小说中的北京

京城风景

张莉 主编

北 京 出 版 集 团
北京十月文艺出版社

编委会

总序：百年文学中的北京

张　莉

“百年文学中的北京”是一套紧贴北京的文学作品集，它致力于收录百年来一代代作家笔下的北京故事、北京声音和北京风景，展现新的北京气象与北京风貌。本套图书由《小说中的北京》《散文中的北京》《诗歌中的北京》三种五册组成。其中，《小说中的北京》以“京城风景”“北京故事”“新北京人”为副标题分为三册，共收录中短篇小说四十七篇；《散文中的北京》收录散文作品二十七篇；《诗歌中的北京》则收录了六十位诗人的诗作。所收录的作品遵循生动、鲜活、好看、常读常新的原则，努力做到兼容并包，丰富多样，既有深入人心的经典作品，也有广受关注的新锐佳作。

如果说百年文学史是奔流不息的长河，那么《小说中的北京》所展现的是与北京有关的鲜活人物与故事，那是属于长河的浩荡与旖旎；《散文中的北京》收录的是有声有色、有趣有味的北京风情与风物，那是属于长河的波涛、海浪与猎猎风声；《诗歌中的北京》所收录的则是北京的诗情与诗意，是长河的气息、浪花与粼粼波光。无论是小说、散文还是诗歌，我们都能从中领略北京的百年风貌，品味不同时代作家对北京生活的书写和理解。

阅读“百年文学中的北京”的过程，是重新领略“北京为何如此迷人”的旅程。我们会深刻认识到，北京是有着深厚传统和文化底蕴的古城，但同时也是国际化的现代都市，新时代的风带来新的氧气，也带来新的生机，今天的北京越来越充满活力，这座城市孕育着无限可能。北京为一代代作家提供了丰厚的创作滋养，作家们则以笔墨建设着它的诗情、它的文心、它的文学气度、它的文学气象。“百年文学中的北京”，见证着北京一路繁荣、一路盛景。

北京为何如此迷人？答案就在这百年小说、百年散文、百年诗歌中。

要特别说明的是，编纂“百年文学中的北京”的三年多来，我深刻意识到，书写北京的文学作品数量庞杂而编选篇幅却总是有限的，作为编者的遗珠之憾终究无法避免。好在，关于北京的书写是“正在进行时”，那么，编纂北京文学作品的工作也势必永无止境。同时，我也期待更多同行参与到这项工作中来，不断摸索、开拓，将更多优秀的北京文学作品纳入视野，共同助力北京文学的蓬勃发展。

作为“北京老舍文学院导师讲义书库”，“百年文学中的北京”获得了北京市文联文学艺术创作扶持专项资金的资助，感谢北京文联陈宁书记、老舍文学院周敏老师的帮助与信任，这些帮助与信任是我编纂此书最坚实的保证。感谢北京十月文艺出版社韩敬群先生和李婧婧女士的出版统筹工作，没有他们的敬业与耐心，就没有这套图书的如期出版。感谢我的研究生团队，作为新一代研究者，他们文学触觉敏锐、视野开阔且深具行动力，和他们在不同场合的讨论推动了本书编选工作的顺利展开。

何为真正的北京味道

——《小说中的北京》序言

张　莉

《小说中的北京》收录了百年文学史上关于北京的中短篇小说佳作四十七篇，从鲁迅、郁达夫、老舍、沈从文、林徽因、汪曾祺等现代文学史上的重要作家开始，直到正在当代文坛活跃着的80后、90后作家；从《伤逝》《微雪的清晨》《九十九度中》《断魂枪》到《组织部来了个年轻人》《辘轳把胡同9号》《安乐居》，从《顽主》《贫嘴张大民的幸福生活》《永远有多远》《手上的星光》到《如果大雪封门》《世间已无陈金芳》，这里有烟火气十足的胡同日常，有熙熙攘攘的都市生活，有外省青年的奋斗与拼搏……北京城里最为热气腾腾的生活在这些小说中留存，那些鲜活可爱、栩栩如生的人物引起代代读者长久的共鸣与共情。

按作品发表时间顺序，我将四十七篇中短篇小说分为上中下三部分。“京城风景”所收录的是1919年至1986年间关于北京生活的重要中短篇小说作品十九篇；“北京故事”收录的是1986年至2005年间的中短篇小说十一篇；“新北京人”则收录的是2005年以来的中短篇小说十七篇。从中可以看到，尽管这些小说的艺术风格及文学追求各有不同，但都讲述了发生在北京的那些难忘故事，讲述了人与城、城与人之间如何互相塑造、互相成就。

阅读这些有关北京生活的小说，其实是与一座伟大、历史悠久但又日新月异的城市不断相遇，是与一个个朴素平凡、亲切生动的北京人相见与相识的过程。事实上，这里收录的诸多作品不仅是书写北京的代表作，也是中国当代文学史上的经典之作，它们引领着不同时期文学写作的潮流与方向。

当然，阅读这些作品的过程，更是不断辨认何为北京味道的阅读之旅。一些小说中，北京味道的主要特征在于北京话与北京风情，一如京味传统的作品；一些小说中的北京味道则与北京城里的故事有关；当然，还有一些作品的北京味道体现在叙事上，一如强烈的北漂叙事——外省人如何来到北京奋斗、拼搏，成为新北京人。某种意义上，京味传承、北京故事与新北京人的际遇构成了百年小说中的北京味道。

京味浮沉与新变

老舍先生开启了京味文学的写作，他以庞大而深具影响力的作品为北京话建造了文学的城堡，这里的北京话洪亮、清脆、好听，有迷人的节奏感，同时也有强烈的平民特征和民间气。《小说中的北京　京城风景》收录的是老舍发表于20世纪30年代的短篇代表作《断魂枪》——它以北京话及北京俚语书写了传统武艺与传统武者的命运。某种意义上，老舍笔下的人物和他所使用的语言形成了水乳交融的关系，他建立起了自己独特的语言地标。

20世纪80年代的京味文学，是中国当代文学史上的重要文学现象，它引领着读者对何为京味的理解。陈建功的《辘轳把胡同9号》用地道的北京话刻画了一个深具传奇命运的北京普通市民形象；邓友梅的《寻访“画儿韩”》聚焦老北京文化，凝视旗人后裔及民间艺人；林斤澜的《头像》追求“到达纯精神的高度”，关注古都平民的心灵世界；张洁的《“冰糖葫芦——”》则以“京片子”来叙说一位残疾人脑海中闪过的一系列思绪；赵大年的《西三旗》用北京话书写了旗人后裔佟二爷夫妇在时代之变中的际遇……这些作品共同构成了80年代京味作品的新风貌。

王朔的《顽主》书写的是三位玩世不恭的北京“顽主”形象，他们调侃一切主流生活方式，消解虚伪。王朔从北京话中提取了一种戏谑、浑不论，以及不驯顺的气质，这是他对北京话内在精神的重新挖掘，这样的语言方式为当代文学带来了关于北京文化、北京人的新认识。在《贫嘴张大民的幸福生活》中，“贫嘴”是张大民的生活方式，也是他的生活态度，他以“贫嘴”为乐，也以“贫嘴”表达爱恨，更以“贫嘴”的方式稀释劫难，度过人生困苦。由“贫嘴”入手，刘恒继承了老舍语言中的平实、质朴、乐观，也为这种语言提了速，从而更突显了北京人生命中的韧性和达观。刘恒挖掘了张大民身上独有的属于民间百姓的精气神儿。

铁凝的《永远有多远》是当代文学史上深刻探索何为北

京味道与北京精神的重要作品。生活在驸马胡同的北京姑娘白大省热情、宽厚、待人真诚，以忍让仁义为美德，但却面临着一次次背叛与失去。小说将这位北京姑娘的故事与北京城市风貌之间进行连接，完成了深具文化意味的相互映照。小说思考的是以胡同文化所代表的仁义精神在全球化时代里所面临的处境，思考的是今天的我们如何理解传统，如何承续传统。叶广芩的《梦也何曾到谢桥》以女童视角回顾民国时期以来旗人世家金家的家族故事。胡同生活与世家故事糅杂在叶广芩的文本里，构成了京味文学的新变。石一枫擅长以地道的京腔将故事讲得引人入胜，能敏锐触摸时代脉搏，《世间已无陈金芳》书写了一位北京土著对北漂女性陈金芳际遇的观察与思考。

一代作家有一代作家对京味的理解，一代作家有一代作家的聚焦点，正是因为他们对何为京味的不同捕捉，才有了京味故事的新声与新变。

北京都市故事的多声部叙述

京味语言是百年小说北京味道的显在特征，另一些潜在的北京味道则体现在作品的字里行间。林徽因的《九十九度中》以“窗内”与“窗外”相结合的视角，讲述了20世纪30年代酷暑中的一天，不同阶层人的生活；林海音的《惠安馆》以女孩视角写下与北京城南有关的天真且复杂的往昔记忆；李陀的《七奶奶》写下的是胡同生活发生变化后给普通百姓七奶奶带来的心灵变化；刘绍棠的《小荷才露尖尖角》书写的是京东运河两岸的风物与人情；肖复兴的《叉路口》以叉（岔）路口为取景器，写下一些被人遗忘的城市角落；刘心武的《公共汽车咏叹调》关注一辆公共汽车在西单站从停靠到再次发动，将之视为日常生活的“咏叹调”；汪曾祺的《安乐居》则凝视“安乐居”里的酒与菜，从食客们的言与行写起，为每一位普通人物立传；徐小斌的《黄和平》以月季花“黄和平”为引，讲述几代女性成员之间的相处；徐坤的《午夜广场最后的探戈》将女性广场舞的体验从私人空间推到公共空间，舞者的着装与探戈舞本身，都成了都市女性自我意识的一种表达载体……

市井生活之外，是作家们对人的精神世界的探索。史铁生的《老屋小记》以“我”的视角回忆与老屋有关的普通人的人生；刘庆邦的《泡澡》讲述了老李穿梭在北京街巷，他希望找到合适的泡澡地点，却遇到了困难；李洱的《悬铃木枝条上的爱情》讲述了来北京参加学术会议的知识分子“我”、妻子艾伦和好友王菲之间的交往诸事，关乎北京城里的知识分子生活；宁肯的《火车》则聚焦于20世纪70年代北京大院里的少年玩伴们和女孩小芹，叙述了少年们当年在琉璃厂到永定门火车站这一空间的漫游。

与前辈作家相比，年轻一代写作者的故事显现出新的情感困扰。乔叶的《至此无山》中，讲述了一对昔日的恋人在八大处公园散步，观寺庙、喝茶、爬山、聊京剧，那是属于中年人的情感际遇；刘汀的《老灵魂》中，三十多岁的北京男人老洪过着普通、平庸的生活，在工作单位与家庭之中都受到压抑；淡豹在《女儿》中，追溯“他”与“她”之间的相处，随着记忆之门慢慢打开，当年的情感考验逐渐袒露出黯淡样貌；笛安的《我认识一个比我善良的人》中，写下的是房东如何与两位合租的年轻房客之间结成都市情谊的故事，那是当代青年在困境中互相贴近彼此照亮的时刻；90后作家杜梨的《故国逢春一寂寥》书写“我”和同事在颐和园工作的日常相处，那是当代青年人与古典皇家园林之间的精神相遇；梁豪的《亮马河》则借老聂的眼睛看亮马河，这条河的过去与现在、旧与新都变得可亲可感，一个人的变化与一条河的变化相互呼应。

以上小说没有一眼可辨的京腔京调，但城市地标（如颐和园）和城市空间（如大院、地铁）都潜在地提示读者这些作品里的北京味道——写下北京城里那些具体而微的生活，是小说家们为百年北京共同弹奏的优美动听而又别具质感的时代变奏曲。

北漂叙事与新北京人

北漂叙事是百年小说中的重要脉络，这些作品书写了外省人如何在北京扎根、如何融入北京的际遇。从鲁迅、郁达夫、沈从文再到邱华栋、徐则臣，这些作品写的是来自四面八方的青年在北京如何与贫困搏斗，如何融入城市成为其中一分子，又或逃离北京的故事。

也许，应该把鲁迅的《伤逝》作为北漂叙事的缘起。小说创作于1925年，写下的是外省青年涓生和子君之间爱情的幻灭。吉兆胡同里的点滴最终磨损了爱情，“爱要有所附丽”成为《伤逝》的主题，——困顿之下，爱情如何时时更新，这是一百年前青年面对的爱情难题，在今天依然有现实性。《微雪的早晨》中郁达夫关注的是青年学生在北京求学的苦闷，沈从文在《生存》中所写的是外来青年吴勋的内心困境。今天看来，这些作品可以算作是一百年前的北漂叙事。

邱华栋的小说《手上的星光》书写了一群“无名之辈”怀揣着野心与梦想来到北京的故事，尽管理想破灭但手上依然有星光，小说写下了20世纪90年代的北京都市图景，更展现了“北漂”青年的精神状态；梁晓声的《烛的泪》关于外地年轻夫妻留在北京过除夕的故事；荆永鸣的《外地人》关于异乡人在北京生活的种种磨难与痛感；付秀莹的《花好月圆》关注来到都市后乡村青年女性内心的震动；马小淘的《毛坯夫妻》则聚焦那些留京的年轻人，一起面对生活压力，一起过日子相互取暖的状态。

2000年以来，徐则臣书写了一系列外省青年在北京的故事。《如果大雪封门》中，跑步的“我”和等待一场大雪的打工人林慧聪，其实都是怀揣着梦想来到北京的青年，在北京生活是他们的美好愿景与奋斗目标，小说书写了“北漂”青年们的精神世界。文珍的《有时雨水落在广场》写的是一位丧偶老人从湖南老家来到北京加入小苹果广场舞队的故事；孙睿的《抠绿大师》中，“我”和宝弟是影视行业的“北漂”，他们在不同的剧组之间来回奔波；蒋在的《外面天气怎么样》则讲述了月光族室友、在洗浴中心打工的女技师等“北漂”青年拮据的日常。

和上述“北漂”生活不同，王蒙的《组织部来了个年轻人》并不凝视漂泊而关注青年人的困惑，小说呈现了富有思考力的干部林震的成长，写下了生活在新中国的青年的品质与信念；浩然的《喜鹊登枝》则以一对青年男女自由恋爱的故事贯穿始终；宗璞的《红豆》关于解放前夕北京校园里大学生恋人江玫与齐虹之间的爱情抉择。来到2000年，我们的青年生活发生了何种变化？孟小书的《深秋北京》关于电台DJ、摇滚乐评人、影视编剧等新兴职业的青年生活，关于青年男女热烈但又多歧的情感，那是属于当下青年情感世界的斑驳；马亿的《莫兰迪展》以即将开幕的莫兰迪艺术展门票售罄为契机，书写了年轻男子陈衡与一位哺乳期女人在夜晚相遇的故事……

将百年北漂叙事与青年叙事并置会发现，青年如何在大城市里立足成为百年来作家们共同关注的主题。这些作品刻下了一代代青年在这座城市的苦闷、彷徨、怅惘以及理想。而来到北京的青年人则为这座城市带来了新气质、新气象，他们成为一代代新北京人。事实上，这些青年人的生活状态和精神状态隐在地说明北京何以庞大与多样，也隐在地说明这座城市何以深具活力，何以深具无限可能。

阅读这些作品会让人想到一座伟大城市与写作者的关系。城市塑造着在这里居住的小说家们，影响他们的写作趣味和写作见识，同时，小说家们也以写作的方式为城市赋形，书写着这座城市的味道、气质、气度，勾勒着这座城市的形象。

在百年作家笔下，何为真正的北京味道呢？

北京有它地道的烟火气、都市气，那味道是纯正的、澄明的、清澈的，是由伟大的传统所构建的；北京也有它的辽阔、浩大、日新月异，那味道是丰富的、驳杂的、生生不息的，——北京味道永远不只是北京的味道，它是中国的，也是世界的。

感谢我的研究生胡诗杨、易彦妮、刘滐德所做的搜集文本及撰写背景介绍工作，在工作中，他们展现出了新一代文学研究者的敏锐、细致与行动力。作为工作助手，胡诗杨同学的协调和统筹减轻了我的工作负担。感谢北京文联陈宁书记、老舍文学院周敏老师的帮助与信任，她们为这本书的出版提供了必不可少的帮助。感谢北京十月文艺出版社总编辑韩敬群先生和责任编辑李婧婧、田宏林女士的工作，没有他们的敬业与严谨，就没有这本书的如期出版。

2024 年 8 月 10 日

目 录

伤 逝

——涓生的手记

鲁 迅

如果我能够，我要写下我的悔恨和悲哀，为子君，为自己。

会馆[1]里的被遗忘在偏僻里的破屋是这样地寂静和空虚。时光过得真快，我爱子君，仗着她逃出这寂静和空虚，已经满一年了。事情又这么不凑巧，我重来时，偏偏空着的又只有这一间屋。依然是这样的破窗，这样的窗外的半枯的槐树和老紫藤，这样的窗前的方桌，这样的败壁，这样的靠壁的板床。深夜中独自躺在床上，就如我未曾和子君同居以前一般，过去一年中的时光全被消灭，全未有过，我并没有曾经从这破屋子搬出，在吉兆胡同创立了满怀希望的小小的家庭。

不但如此。在一年之前，这寂静和空虚是并不这样的，常常含着期待；期待子君的到来。在久待的焦躁中，一听到皮鞋的高底尖触着砖路的清响，是怎样地使我骤然生动起来呵！于是就看见带着笑涡的苍白的圆脸，苍白的瘦的臂膊，

① 旧时都市中同乡会或同业公会设立的馆舍，供同乡或同业旅居、聚会之用。

布的有条纹的衫子，玄色的裙。她又带了窗外的半枯的槐树的新叶来，使我看见，还有挂在铁似的老干上的一房一房的紫白的藤花。

然而现在呢，只有寂静和空虚依旧，子君却决不再来了，而且永远，永远地！……

子君不在我这破屋里时，我什么也看不见。在百无聊赖中，随手抓过一本书来，科学也好，文学也好，横竖什么都一样；看下去，看下去，忽而自己觉得，已经翻了十多页了，但是毫不记得书上所说的事。只是耳朵却分外地灵，仿佛听到大门外一切往来的履声，从中便有子君的，而且橐橐地逐渐临近，——但是，往往又逐渐渺茫，终于消失在别的步声的杂沓中了。我憎恶那不像子君鞋声的穿布底鞋的长班[①]的儿子，我憎恶那太像子君鞋声的常常穿着新皮鞋的邻院的搽雪花膏的小东西！

莫非她翻了车么？莫非她被电车撞伤了么？……

我便要取了帽子去看她，然而她的胞叔就曾经当面骂过我。

蓦然，她的鞋声近来了，一步响于一步，迎出去时，却已经走过紫藤棚下，脸上带着微笑的酒窝。她在她叔子的家里大约并未受气；我的心宁帖了，默默地相视片时之后，破屋里便渐渐充满了我的语声，谈家庭专制，谈打破旧习惯，

① 旧时官员的随身仆人，也用来称呼一般的“听差”。

谈男女平等，谈伊孛生，谈泰戈尔，谈雪莱[①]……。她总是微笑点头，两眼里弥漫着稚气的好奇的光泽。壁上就钉着一张铜板的雪莱半身像，是从杂志上裁下来的，是他的最美的一张像。当我指给她看时，她却只草草一看，便低了头，似乎不好意思了。这些地方，子君就大概还未脱尽旧思想的束缚，——我后来也想，倒不如换一张雪莱淹死在海里的记念像或是伊孛生的罢；但也终于没有换，现在是连这一张也不知那里去了。

"我是我自己的，他们谁也没有干涉我的权利！"

这是我们交际了半年，又谈起她在这里的胞叔和在家的父亲时，她默想了一会之后，分明地，坚决地，沉静地说了出来的话。其时是我已经说尽了我的意见，我的身世，我的缺点，很少隐瞒；她也完全了解的了。这几句话很震动了我的灵魂，此后许多天还在耳中发响，而且说不出的狂喜，知道中国女性，并不如厌世家所说那样的无法可施，在不远的将来，便要看见辉煌的曙色的。

送她出门，照例是相离十多步远；照例是那鲇鱼须的老东西的脸又紧帖在脏的窗玻璃上了，连鼻尖都挤成一个小平面；到外院，照例又是明晃晃的玻璃窗里的那小东西的脸，

① 伊孛生（H. Ibsen，1828—1906），通译易卜生，挪威剧作家。泰戈尔（R. Tagore，1861—1941），印度诗人，1924年曾来过我国，当时他的诗作译成中文的有《新月集》《飞鸟集》等。雪莱（P. B. Shelley，1792—1822），英国诗人，曾参加爱尔兰民族独立运动，因传播革命思想和争取婚姻自由屡遭迫害，后在海里覆舟淹死，他的《西风颂》《云雀颂》等著名短诗，"五四"运动后被介绍到我国。

加厚的雪花膏。她目不邪视地骄傲地走了，没有看见；我骄傲地回来。

“我是我自己的，他们谁也没有干涉我的权利!”这彻底的思想就在她的脑里，比我还透澈，坚强得多。半瓶雪花膏和鼻尖的小平面，于她能算什么东西呢？

我已经记不清那时怎样地将我的纯真热烈的爱表示给她。岂但现在，那时的事后便已模胡，夜间回想，早只剩了一些断片了；同居以后一两月，便连这些断片也化作无可追踪的梦影。我只记得那时以前的十几天，曾经很仔细地研究过表示的态度，排列过措辞的先后，以及倘或遭了拒绝以后的情形。可是临时似乎都无用，在慌张中，身不由己地竟用了在电影上见过的方法了。后来一想到，就使我很愧恧，但在记忆上却偏只有这一点永远留遗，至今还如暗室的孤灯一般，照见我含泪握着她的手，一条腿跪了下去……。

不但我自己的，便是子君的言语举动，我那时就没有看得分明；仅知道她已经允许我了。但也还仿佛记得她脸色变成青白，后来又渐渐转作绯红，——没有见过，也没有再见的绯红；孩子似的眼里射出悲喜，但是夹着惊疑的光，虽然力避我的视线，张皇地似乎要破窗飞去。然而我知道她已经允许我了，没有知道她怎样说或是没有说。

她却是什么都记得：我的言辞，竟至于读熟了的一般，能够滔滔背诵；我的举动，就如有一张我所看不见的影片挂在眼下，叙述得如生，很细微，自然连那使我不愿再想的浅薄的电影的一闪。夜阑人静，是相对温习的时候了，我常是被质问，被考验，并且被命复述当时的言语，然而常须由她补足，由她纠正，像一个丁等的学生。

这温习后来也渐渐稀疏起来。但我只要看见她两眼注视空中，出神似的凝想着，于是神色越加柔和，笑窝也深下去，便知道她又在自修旧课了，只是我很怕她看到我那可笑的电影的一闪。但我又知道，她一定要看见，而且也非看不可的。

然而她并不觉得可笑。即使我自己以为可笑，甚而至于可鄙的，她也毫不以为可笑。这事我知道得很清楚，因为她爱我，是这样地热烈，这样地纯真。

去年的暮春是最为幸福，也是最为忙碌的时光。我的心平静下去了，但又有别一部分和身体一同忙碌起来。我们这时才在路上同行，也到过几回公园，最多的是寻住所。我觉得在路上时时遇到探索，讥笑，猥亵和轻蔑的眼光，一不小心，便使我的全身有些瑟缩，只得即刻提起我的骄傲和反抗来支持。她却是大无畏的，对于这些全不关心，只是镇静地缓缓前行，坦然如入无人之境。

寻住所实在不是容易事，大半是被托辞拒绝，小半是我们以为不相宜。起先我们选择得很苛酷，——也非苛酷，因为看去大抵不像是我们的安身之所；后来，便只要他们能相容了。看了二十多处，这才得到可以暂且敷衍的处所，是吉兆胡同一所小屋里的两间南屋；主人是一个小官，然而倒是明白人，自住着正屋和厢房。他只有夫人和一个不到周岁的女孩子，雇一个乡下的女工，只要孩子不啼哭，是极其安闲幽静的。

我们的家具很简单，但已经用去了我的筹来的款子的大半；子君还卖掉了她唯一的金戒指和耳环。我拦阻她，还是定要卖，我也就不再坚持下去了；我知道不给她加入一点股分去，她是住不舒服的。

和她的叔子，她早经闹开，至于使他气愤到不再认她做侄女；我也陆续和几个自以为忠告，其实是替我胆怯，或者竟是嫉妒的朋友绝了交。然而这倒很清静。每日办公散后，虽然已近黄昏，车夫又一定走得这样慢，但究竟还有二人相对的时候。我们先是沉默的相视，接着是放怀而亲密的交谈，后来又是沉默。大家低头沉思着，却并未想着什么事。我也渐渐清醒地读遍了她的身体，她的灵魂，不过三星期，我似乎于她已经更加了解，揭去许多先前以为了解而现在看来却是隔膜，即所谓真的隔膜了。

子君也逐日活泼起来。但她并不爱花，我在庙会[①]时买来的两盆小草花，四天不浇，枯死在壁角了，我又没有照顾一切的闲暇。然而她爱动物，也许是从官太太那里传染的罢，不一月，我们的眷属便骤然加得很多，四只小油鸡，在小院子里和房主人的十多只在一同走。但她们却认识鸡的相貌，各知道那一只是自家的。还有一只花白的叭儿狗，从庙会买来，记得似乎原有名字，子君却给它另起了一个，叫作阿随。

---

① 又称“庙市”，旧时在节日或规定的日子，设在寺庙或其附近的集市。

我就叫它阿随，但我不喜欢这名字。

这是真的，爱情必须时时更新，生长，创造。我和子君说起这，她也领会地点点头。

唉唉，那是怎样的宁静而幸福的夜呵！

安宁和幸福是要凝固的，永久是这样的安宁和幸福。我们在会馆里时，还偶有议论的冲突和意思的误会，自从到吉兆胡同以来，连这一点也没有了；我们只在灯下对坐的怀旧谭中，回味那时冲突以后的和解的重生一般的乐趣。

子君竟胖了起来，脸色也红活了；可惜的是忙。管了家务便连谈天的工夫也没有，何况读书和散步。我们常说，我们总还得雇一个女工。

这就使我也一样地不快活，傍晚回来，常见她包藏着不快活的颜色，尤其使我不乐的是她要装作勉强的笑容。幸而探听出来了，也还是和那小官太太的暗斗，导火线便是两家的小油鸡。但又何必硬不告诉我呢？人总该有一个独立的家庭。这样的处所，是不能居住的。

我的路也铸定了，每星期中的六天，是由家到局，又由局到家。在局里便坐在办公桌前钞，钞，钞些公文和信件；在家里是和她相对或帮她生白炉子，煮饭，蒸馒头。我的学会了煮饭，就在这时候。

但我的食品却比在会馆里时好得多了。做菜虽不是子君的特长，然而她于此却倾注着全力；对于她的日夜的操心，使我也不能不一同操心，来算作分甘共苦。况且她又这样地终日汗流满面，短发都粘在脑额上；两只手又只是这样地粗糙起来。

况且还要饲阿随，饲油鸡，……都是非她不可的工作。

我曾经忠告她：我不吃，倒也罢了；却万不可这样地操劳。她只看了我一眼，不开口，神色却似乎有点凄然；我也只好不开口。然而她还是这样地操劳。

我所豫期的打击果然到来。双十节的前一晚，我呆坐着，她在洗碗。听到打门声，我去开门时，是局里的信差，交给我一张油印的纸条。我就有些料到了，到灯下去一看，果然，印着的就是：

> 奉
>
> 局长谕史涓生着毋庸到局办事
>
> 秘书处启　十月九号

这在会馆里时，我就早已料到了；那雪花膏便是局长的儿子的赌友，一定要去添些谣言，设法报告的。到现在才发生效验，已经要算是很晚的了。其实这在我不能算是一个打击，因为我早就决定，可以给别人去钞写，或者教读，或者虽然费力，也还可以译点书，况且《自由之友》的总编辑便是见过几次的熟人，两月前还通过信。但我的心却跳跃着。那么一个无畏的子君也变了色，尤其使我痛心；她近来似乎也较为怯弱了。

“那算什么。哼，我们干新的。我们……。”她说。

她的话没有说完；不知怎地，那声音在我听去却只是浮浮的；灯光也觉得格外黯淡。人们真是可笑的动物，一点极微末的小事情，便会受着很深的影响。我们先是默默地相视，逐渐商量起来，终于决定将现有的钱竭力节省，一面登“小广告”去寻求钞写和教读，一面写信给《自由之友》的总编辑，说明我目下的遭遇，请他收用我的译本，给我帮一点艰辛时候的忙。

“说做，就做罢！来开一条新的路！”

我立刻转身向了书案，推开盛香油的瓶子和醋碟，子君便送过那黯淡的灯来。我先拟广告；其次是选定可译的书，迁移以来未曾翻阅过，每本的头上都满漫着灰尘了；最后才写信。

我很费踌躕，不知道怎样措辞好，当停笔凝思的时候，转眼去一瞥她的脸，在昏暗的灯光下，又很见得凄然。我真不料这样微细的小事情，竟会给坚决的，无畏的子君以这么显著的变化。她近来实在变得很怯弱了，但也并不是今夜才开始的。我的心因此更缭乱，忽然有安宁的生活的影像——会馆里的破屋的寂静，在眼前一闪，刚刚想定睛凝视，却又看见了昏暗的灯光。

许久之后，信也写成了，是一封颇长的信；很觉得疲劳，仿佛近来自己也较为怯弱了。于是我们决定，广告和发信，就在明日一同实行。大家不约而同地伸直了腰肢，在无言中，似乎又都感到彼此的坚忍崛强的精神，还看见从新萌芽起来的将来的希望。

外来的打击其实倒是振作了我们的新精神。局里的生活，原如鸟贩子手里的禽鸟一般，仅有一点小米维系残生，决不会肥胖；日子一久，只落得麻痹了翅子，即使放出笼外，早已不能奋飞。现在总算脱出这牢笼了，我从此要在新的开阔的天空中翱翔，趁我还未忘却了我的翅子的扇动。

小广告是一时自然不会发生效力的；但译书也不是容易事，先前看过，以为已经懂得的，一动手，却疑难百出了，进行得很慢。然而我决计努力地做，一本半新的字典，不到半月，边上便有了一大片乌黑的指痕，这就证明着我的工作的切实。《自由之友》的总编辑曾经说过，他的刊物是决不会埋没好稿子的。

可惜的是我没有一间静室，子君又没有先前那么幽静，善于体帖了，屋子里总是散乱着碗碟，弥漫着煤烟，使人不能安心做事，但是这自然还只能怨我自己无力置一间书斋。然而又加以阿随，加以油鸡们。加以油鸡们又大起来了，更容易成为两家争吵的引线。

加以每日的“川流不息”的吃饭；子君的功业，仿佛就完全建立在这吃饭中。吃了筹钱，筹来吃饭，还要喂阿随，饲油鸡；她似乎将先前所知道的全都忘掉了，也不想到我的构思就常常为了这催促吃饭而打断。即使在坐中给看一点怒色，她总是不改变，仍然毫无感触似的大嚼起来。

使她明白了我的作工不能受规定的吃饭的束缚，就费去五星期。她明白之后，大约很不高兴罢，可是没有说。我的工作果然从此较为迅速地进行，不久就共译了五万言，只要润色一回，便可以和做好的两篇小品，一同寄给《自由之友》去。只是吃饭却依然给我苦恼。菜冷，是无妨的，然而竟不够；有时连饭也不够，虽然我因为终日坐在家里用脑，饭量已经比先前要减少得多。这是先去喂了阿随了，有时还并那近来连自己也轻易不吃的羊肉。她说，阿随实在瘦得太可怜，房东太太还因此嗤笑我们了，她受不住这样的奚落。

于是吃我残饭的便只有油鸡们。这是我积久才看出来的，但同时也如赫胥黎[①]的论定“人类在宇宙间的位置”一般，自觉了我在这里的位置：不过是叭儿狗和油鸡之间。

后来，经多次的抗争和催逼，油鸡们也逐渐成为肴馔，我们和阿随都享用了十多日的鲜肥；可是其实都很瘦，因为它们早已每日只能得到几粒高粱了。从此便清静得多。只有子君很颓唐，似乎常觉得凄苦和无聊，至于不大愿意开口。我想，人是多么容易改变呵！

但是阿随也将留不住了。我们已经不能再希望从什么地方会有来信，子君也早没有一点食物可以引它打拱或直立起来。冬季又逼近得这么快，火炉就要成为很大的问题；它的

---

① 赫胥黎（T. Huxley，1825—1895），英国博物学家。他的《人类在宇宙间的位置》（今译《人类在自然界的位置》），是宣传达尔文的进化论的重要著作。

食量，在我们其实早是一个极易觉得的很重的负担。于是连它也留不住了。

倘使插了草标①到庙市去出卖，也许能得几文钱罢，然而我们都不能，也不愿这样做。终于是用包袱蒙着头，由我带到西郊去放掉了，还要追上来，便推在一个并不很深的土坑里。

我一回寓，觉得又清静得多多了；但子君的凄惨的神色，却使我很吃惊。那是没有见过的神色，自然是为阿随。但又何至于此呢？我还没有说起推在土坑里的事。

到夜间，在她的凄惨的神色中，加上冰冷的分子了。

“奇怪。——子君，你怎么今天这样儿了？”我忍不住问。

“什么？”她连看也不看我。

“你的脸色……。”

“没有什么，——什么也没有。”

我终于从她言动上看出，她大概已经认定我是一个忍心的人。其实，我一个人，是容易生活的，虽然因为骄傲，向来不与世交来往，迁居以后，也疏远了所有旧识的人，然而只要能远走高飞，生路还宽广得很。现在忍受着这生活压迫的苦痛，大半倒是为她，便是放掉阿随，也何尝不如此。但子君的识见却似乎只是浅薄起来，竟至于连这一点也想不到了。

我拣了一个机会，将这些道理暗示她；她领会似的点头。

---

① 旧时在被卖的人身或物品上插置的草秆，作为出卖的标志。

然而看她后来的情形，她是没有懂，或者是并不相信的。

天气的冷和神情的冷，逼迫我不能在家庭中安身。但是，往那里去呢？大道上，公园里，虽然没有冰冷的神情，冷风究竟也刺得人皮肤欲裂。我终于在通俗图书馆里觅得了我的天堂。

那里无须买票；阅书室里又装着两个铁火炉。纵使不过是烧着不死不活的煤的火炉，但单是看见装着它，精神上也就总觉得有些温暖。书却无可看：旧的陈腐，新的是几乎没有的。

好在我到那里去也并非为看书。另外时常还有几个人，多则十余人，都是单薄衣裳，正如我，各人看各人的书，作为取暖的口实。这于我尤为合式。道路上容易遇见熟人，得到轻蔑的一瞥，但此地却决无那样的横祸，因为他们是永远围在别的铁炉旁，或者靠在自家的白炉边的。

那里虽然没有书给我看，却还有安闲容得我想。待到孤身枯坐，回忆从前，这才觉得大半年来，只为了爱，——盲目的爱，——而将别的人生的要义全盘疏忽了。第一，便是生活。人必生活着，爱才有所附丽。世界上并非没有为了奋斗者而开的活路；我也还未忘却翅子的扇动，虽然比先前已经颓唐得多……。

屋子和读者渐渐消失了，我看见怒涛中的渔夫，战壕中的兵士，摩托车[①]中的贵人，洋场上的投机家，深山密林中

① 当时对小汽车的称呼。

的豪杰，讲台上的教授，昏夜的运动者和深夜的偷儿……。子君，——不在近旁。她的勇气都失掉了，只为着阿随悲愤，为着做饭出神；然而奇怪的是倒也并不怎样瘦损……。

冷了起来，火炉里的不死不活的几片硬煤，也终于烧尽了，已是闭馆的时候。又须回到吉兆胡同，领略冰冷的颜色去了。近来也间或遇到温暖的神情，但这却反而增加我的苦痛。记得有一夜，子君的眼里忽而又发出久已不见的稚气的光来，笑着和我谈到还在会馆时候的情形，时时又很带些恐怖的神色。我知道我近来的超过她的冷漠，已经引起她的忧疑来，只得也勉力谈笑，想给她一点慰藉。然而我的笑貌一上脸，我的话一出口，却即刻变为空虚，这空虚又即刻发生反响，回向我的耳目里，给我一个难堪的恶毒的冷嘲。

子君似乎也觉得的，从此便失掉了她往常的麻木似的镇静，虽然竭力掩饰，总还是时时露出忧疑的神色来，但对我却温和得多了。

我要明告她，但我还没有敢，当决心要说的时候，看见她孩子一般的眼色，就使我只得暂且改作勉强的欢容。但是这又即刻来冷嘲我，并使我失却那冷漠的镇静。

她从此又开始了往事的温习和新的考验，逼我做出许多虚伪的温存的答案来，将温存示给她，虚伪的草稿便写在自己的心上。我的心渐被这些草稿填满了，常觉得难于呼吸。我在苦恼中常常想，说真实自然须有极大的勇气的；假如没有这勇气，而苟安于虚伪，那也便是不能开辟新的生路的人。

不独不是这个，连这人也未尝有！

子君有怨色，在早晨，极冷的早晨，这是从未见过的，但也许是从我看来的怨色。我那时冷冷地气愤和暗笑了；她所磨练的思想和豁达无畏的言论，到底也还是一个空虚，而对于这空虚却并未自觉。她早已什么书也不看，已不知道人的生活的第一着是求生，向着这求生的道路，是必须携手同行，或奋身孤往的了，倘使只知道搥[①]着一个人的衣角，那便是虽战士也难于战斗，只得一同灭亡。

我觉得新的希望就只在我们的分离；她应该决然舍去，——我也突然想到她的死，然而立刻自责，忏悔了。幸而是早晨，时间正多，我可以说我的真实。我们的新的道路的开辟，便在这一遭。

我和她闲谈，故意地引起我们的往事，提到文艺，于是涉及外国的文人，文人的作品：《诺拉》，《海的女人》[②]。称扬诺拉的果决……。也还是去年在会馆的破屋里讲过的那些话，但现在已经变成空虚，从我的嘴传入自己的耳中，时时疑心有一个隐形的坏孩子，在背后恶意地刻毒地学舌。

她还是点头答应着倾听，后来沉默了。我也就断续地说完了我的话，连余音都消失在虚空中了。

“是的。”她又沉默了一会，说，“但是，……涓生，我觉

---

① 搥，通“捶”，亦作“垂”解，意为“坠”。《墨子·经说下》：“衡加重于其一旁，必捶。”据谭戒甫《墨经分类译注》释：“捶，垂的繁文，下坠之义。”

② 《诺拉》：通译《娜拉》（又译作《玩偶之家》）；《海的女人》：通译《海的夫人》。都是易卜生的著名剧作。

得你近来很两样了。可是的？你，——你老实告诉我。”

我觉得这似乎给了我当头一击，但也立即定了神，说出我的意见和主张来：新的路的开辟，新的生活的再造，为的是免得一同灭亡。

临末，我用了十分的决心，加上这几句话：

“……况且你已经可以无须顾虑，勇往直前了。你要我老实说；是的，人是不该虚伪的。我老实说罢：因为，因为我已经不爱你了！但这于你倒好得多，因为你更可以毫无挂念地做事……。”

我同时豫期着大的变故的到来，然而只有沉默。她脸色陡然变成灰黄，死了似的；瞬间便又苏生，眼里也发了稚气的闪闪的光泽。这眼光射向四处，正如孩子在饥渴中寻求着慈爱的母亲，但只在空中寻求，恐怖地回避着我的眼。

我不能看下去了，幸而是早晨，我冒着寒风径奔通俗图书馆。

在那里看见《自由之友》，我的小品文都登出了。这使我一惊，仿佛得了一点生气。我想，生活的路还很多，——但是，现在这样也还是不行的。

我开始去访问久已不相闻问的熟人，但这也不过一两次；他们的屋子自然是暖和的，我在骨髓中却觉得寒冽。夜间，便蜷伏在比冰还冷的冷屋中。

冰的针刺着我的灵魂，使我永远苦于麻木的疼痛。生活的路还很多，我也还没有忘却翅子的扇动，我想。——我突然想到她的死，然而立刻自责，忏悔了。

在通俗图书馆里往往瞥见一闪的光明，新的生路横在前面。她勇猛地觉悟了，毅然走出这冰冷的家，而且，——毫无怨恨的神色。我便轻如行云，漂浮空际，上有蔚蓝的天，下是深山大海，广厦高楼，战场，摩托车，洋场，公馆，晴明的闹市，黑暗的夜……。

而且，真的，我豫感得这新生面便要来到了。

我们总算度过了极难忍受的冬天，这北京的冬天；就如蜻蜓落在恶作剧的坏孩子的手里一般，被系着细线，尽情玩弄，虐待，虽然幸而没有送掉性命，结果也还是躺在地上，只争着一个迟早之间。

写给《自由之友》的总编辑已经有三封信，这才得到回信，信封里只有两张书券[①]：两角的和三角的。我却单是催，就用了九分的邮票，一天的饥饿，又都白挨给于己一无所得的空虚了。

然而觉得要来的事，却终于来到了。

这是冬春之交的事，风已没有这么冷，我也更久地在外面徘徊；待到回家，大概已经昏黑。就在这样一个昏黑的晚上，我照常没精打采地回来，一看见寓所的门，也照常更加丧气，使脚步放得更缓。但终于走进自己的屋子里了，没有

① 购书用的代价券，可按券面金额到指定书店选购。旧时有的报刊用它代替现金支付稿酬。

灯火；摸火柴点起来时，是异样的寂寞和空虚！

正在错愕中，官太太便到窗外来叫我出去。

“今天子君的父亲来到这里，将她接回去了。”她很简单地说。

这似乎又不是意料中的事，我便如脑后受了一击，无言地站着。

“她去了么?”过了些时，我只问出这样一句话。

“她去了。”

“她，——她可说什么?”

“没说什么。单是托我见你回来时告诉你，说她去了。”

我不信；但是屋子里是异样的寂寞和空虚。我遍看各处，寻觅子君；只见几件破旧而黯淡的家具，都显得极其清疏，在证明着它们毫无隐匿一人一物的能力。我转念寻信或她留下的字迹，也没有；只是盐和干辣椒，面粉，半株白菜，却聚集在一处了，旁边还有几十枚铜元。这是我们两人生活材料的全副，现在她就郑重地将这留给我一个人，在不言中，教我借此去维持较久的生活。

我似乎被周围所排挤，奔到院子中间，有昏黑在我的周围；正屋的纸窗上映出明亮的灯光，他们正在逗着孩子玩笑。我的心也沉静下来，觉得在沉重的迫压中，渐渐隐约地现出脱走的路径：深山大泽，洋场，电灯下的盛筵，壕沟，最黑最黑的深夜，利刃的一击，毫无声响的脚步……。

心地有些轻松，舒展了，想到旅费，并且嘘一口气。

躺着，在合着的眼前经过的豫想的前途，不到半夜已经现尽；暗中忽然仿佛看见一堆食物，这之后，便浮出一个子君的灰黄的脸来，睁了孩子气的眼睛，恳托似的看着我。我一定神，什么也没有了。

但我的心却又觉得沉重。我为什么偏不忍耐几天，要这样急急地告诉她真话的呢？现在她知道，她以后所有的只是她父亲——儿女的债主——的烈日一般的严威和旁人的赛过冰霜的冷眼。此外便是虚空。负着虚空的重担，在严威和冷眼中走着所谓人生的路，这是怎么可怕的事呵！而况这路的尽头，又不过是——连墓碑也没有的坟墓。

我不应该将真实说给子君，我们相爱过，我应该永久奉献她我的说谎。如果真实可以宝贵，这在子君就不该是一个沉重的空虚。谎语当然也是一个空虚，然而临末，至多也不过这样地沉重。

我以为将真实说给子君，她便可以毫无顾虑，坚决地毅然前行，一如我们将要同居时那样。但这恐怕是我错误了。她当时的勇敢和无畏是因为爱。

我没有负着虚伪的重担的勇气，却将真实的重担卸给她了。她爱我之后，就要负了这重担，在严威和冷眼中走着所谓人生的路。

我想到她的死……。我看见我是一个卑怯者，应该被摈于强有力的人们，无论是真实者，虚伪者。然而她却自始至终，还希望我维持较久的生活……。

我要离开吉兆胡同，在这里是异样的空虚和寂寞。我想，只要离开这里，子君便如还在我的身边；至少，也如还在城中，有一天，将要出乎意表地访我，像住在会馆时候似的。

然而一切请托和书信，都是一无反响；我不得已，只好访问一个久不问候的世交去了。他是我伯父的幼年的同窗，以正经出名的拔贡[1]，寓京很久，交游也广阔的。

大概因为衣服的破旧罢，一登门便很遭门房的白眼。好容易才相见，也还相识，但是很冷落。我们的往事，他全都知道了。

“自然，你也不能在这里了，”他听了我托他在别处觅事之后，冷冷地说，“但那里去呢？很难。——你那，什么呢，你的朋友罢，子君，你可知道，她死了。”

我惊得没有话。

“真的？”我终于不自觉地问。

“哈哈。自然真的。我家的王升的家，就和她家同村。”

“但是，——不知道是怎么死的？”

“谁知道呢。总之是死了就是了。”

我已经忘却了怎样辞别他，回到自己的寓所。我知道他是不说谎话的；子君总不会再来的了，像去年那样。她虽是想在严威和冷眼中负着虚空的重担来走所谓人生的路，也已经不能。她的命运，已经决定她在我所给与的真实——无爱

---

① 清代科举考试制度：在规定的年限（原定六年，后改为十二年）选拔“文行兼优”的秀才，保送到京师，贡入国子监，称为“拔贡”。是贡生的一种。

的人间死灭了！

自然，我不能在这里了；但是，“那里去呢？”

四围是广大的空虚，还有死的寂静。死于无爱的人们的眼前的黑暗，我仿佛一一看见，还听得一切苦闷和绝望的挣扎的声音。

我还期待着新的东西到来，无名的，意外的。但一天一天，无非是死的寂静。

我比先前已经不大出门，只坐卧在广大的空虚里，一任这死的寂静侵蚀着我的灵魂。死的寂静有时也自己战栗，自己退藏，于是在这绝续之交，便闪出无名的，意外的，新的期待。

一天是阴沉的上午，太阳还不能从云里面挣扎出来，连空气都疲乏着。耳中听到细碎的步声和咻咻的鼻息，使我睁开眼。大致一看，屋子里还是空虚；但偶然看到地面，却盘旋着一匹小小的动物，瘦弱的，半死的，满身灰土的……。

我一细看，我的心就一停，接着便直跳起来。

那是阿随。它回来了。

我的离开吉兆胡同，也不单是为了房主人们和他家女工的冷眼，大半就为着这阿随。但是，“那里去呢？”新的生路自然还很多，我约略知道，也间或依稀看见，觉得就在我面前，然而我还没有知道跨进那里去的第一步的方法。

经过许多回的思量和比较，也还只有会馆是还能相容的地方。依然是这样的破屋，这样的板床，这样的半枯的槐树和紫藤，但那时使我希望，欢欣，爱，生活的，却全都逝去了，只有一个虚空，我用真实去换来的虚空存在。

新的生路还很多，我必须跨进去，因为我还活着。但我还不知道怎样跨出那第一步。有时，仿佛看见那生路就像一条灰白的长蛇，自己蜿蜒地向我奔来，我等着，等着，看看临近，但忽然便消失在黑暗里了。

初春的夜，还是那么长。长久的枯坐中记起上午在街头所见的葬式，前面是纸人纸马，后面是唱歌一般的哭声。我现在已经知道他们的聪明了，这是多么轻松简截的事。

然而子君的葬式却又在我的眼前，是独自负着虚空的重担，在灰白的长路上前行，而又即刻消失在周围的严威和冷眼里了。

我愿意真有所谓鬼魂，真有所谓地狱，那么，即使在孽风怒吼之中，我也将寻觅子君，当面说出我的悔恨和悲哀，祈求她的饶恕；否则，地狱的毒焰将围绕我，猛烈地烧尽我的悔恨和悲哀。

我将在孽风和毒焰中拥抱子君，乞她宽容，或者使她快意……。

但是，这却更虚空于新的生路；现在所有的只是初春的夜，竟还是那么长。我活着，我总得向着新的生路跨出去，那第一步，——却不过是写下我的悔恨和悲哀，为子君，为自己。

我仍然只有唱歌一般的哭声，给子君送葬，葬在遗忘中。

我要遗忘；我为自己，并且要不再想到这用了遗忘给子君送葬。

我要向着新的生路跨进第一步去，我要将真实深深地藏在心的创伤中，默默地前行，用遗忘和说谎做我的前导……。

一九二五年十月二十一日毕

鲁迅的《伤逝》于1925年10月21日终笔，最初收录于1926年北新书局出版的《彷徨》中。这是常读常新的小说，讲述的是涓生和子君因爱而起，因厌倦而亡的爱情悲剧。《伤逝》中，吉兆胡同里的日常生活，磨损了涓生和子君的激情，厌倦扼杀了两人的爱情。《伤逝》的经典性，正在于看到了当时都市爱情被忽略的一面——在经济、观念的契合之外，人与人之间的相互包容、共同成长，也是爱情重要的支撑。这与1923年底他在《娜拉走后怎样》的演讲中“争取经济权自由”的号召相契合。

——刘浡德

微雪的早晨[①]

郁达夫

这一个人，现在已经不在世上了；而他的致死的原因，一直到现在还没有明白。

他的面貌很清秀，不像是一个北方人。我和他初次在教室里见面的时候，总以为他是江浙一带的学生；后来听他和先生说话的口气，才知道他是北直隶产。在学校的寄宿舍里和他同住了两个月，在图书室里和他见了许多次数的面，又在一天礼拜六的下午，和他同出西便门去骑了一次骡子，才知道他是京兆的乡下，去京城只有十八里地的殷家集的农家之子，是在北京师范毕业之后，考入这师范大学里来的。

一般新进学校的同学，都是趾高气扬的青年，只有他，貌很柔和，人很谦逊，穿着一件青竹布的大褂，上课的第一天，就很勤恳的拿了一枝铅笔和一册笔记簿，在那里记录先生所说的话。

当时我初到北京，朋友很少。见了一般同学，又只是心

---

① 本篇原题为《微雪的早晨》；最初在《教育杂志》上发表时，改题为《考试》；1928年收入《达夫全集》第四卷《奇零集》时，又改题为《考试前后》；同时收入《达夫代表作》时，恢复原题《微雪的早晨》。

虚胆怯，恐怕我的穷状和浅学被他们看出，所以到学校后的一个礼拜之中，竟不敢和同学攀谈一句话。但是对于他，我心里却很感着几分亲热，因为他的座位，是在我的前一排，他的一举一动，我都默默的在那里留心的看着，所以对于他的那一种谦恭的样子，及和我一样的那种沉默怕羞的态度，心里却早起了共鸣。

是我到学校后第二个星期的一天早晨，我一早就起了床，一个人在操场里读英文。当我读完了一节，静静地在翻阅后面的没有教过的地方的时候，我忽而觉得背后仿佛有人立在那里的样子。回头来一看，果然看见他含了笑，也拿了一本书，立在我的背后去墙不过二尺的地方，在那里对我看着。我回过头来看他的时候，同时他就对我说："您真用功啊。"我倒被他说得脸红了，也只好笑着对他说："您也用功得很!"

从这一回之后，我们俩就谈起天来了。两个月之后，因为和他在图书室里老是在一张桌上看书的原因，所以交情尤其觉得亲密。有一天礼拜六，天气特别的好！前夜下的雨，把轻尘压住，晚秋的太阳晒得和暖可人，又加以午后一点钟教育史，先生请假，吃了中饭之后，两个人在阅报室里遇见了，便不约而同的说出了一句话来：

"天气真好极了，上哪儿去散散步罢!"

我北京的地理不熟悉，所以一个人不大敢跑出去。到京住了两月之久，在礼拜天和假日里去过的地方，只有三殿和中央公园。那一天因为天气太好，很想上郊外去走走，一见了他，就临时想定了主意，喊出了那一句话来。同时他也仿佛在那里想上城外去跑，见了我，也自然而然的发了这一个提议，所以我们俩不待说第二句话，就走上了向校门的那条石砌的大路。走出校门之后，第二个问题就起来了，“上那里去呢?”

在琉璃厂正中的那条大道上，朝南迎着日光走了几步，他就笑着问我说：

“李君，你会骑骡儿不会?”

我在苏州住中学住过四年，骡子是当然会骑的，听了他那一句话，忽而想起了中学时代骑骡子上虎丘去的兴致来，所以马上就赞成说：

“北京也有骡子么？让我们去骑骑试试!”

“骡儿多得很，一出城门就有，我就怕你不会骑呀。”

“我骑倒是会骑的。”

两人说说走走，到西便门附近的时候，已经是快两点了。雇好了骡子，骑向白云观去的路上，身上披满了黄金的日光，肺部饱吸着西山的爽气，我们两人觉得做皇帝也没有这样的快乐。

北京的气候，一年中以这一个时期为最好。天气不寒不热，大风期还没有到来。净碧的长空，反映着远山的浓翠，好像是大海波平时的景象。况且这一天午后，刚当前夜小雨之余，路上微尘不起，两旁的树叶还未落尽的洋槐榆树的枝头，青翠欲滴，大有首夏清和的意思。

出了西便门，野田里的黍稷都已收割起了，农夫在那里耕锄播种的地方也有，但是大半的地上都还清清楚楚的空在那里。

我们骑过了那乘石桥，从白云观后远看西山的时候，两个人不知不觉的对视了一回，各作了一种会心的微笑，又同发了一声赞叹：

“真好极了！”

出城的时候，骡儿跑得很快，所以在白云观里走了一阵出来，太阳还是很高。他告诉我说：

“这白云观，是道士们会聚的地方。清朝慈禧太后也时常来此宿歇。每年正月自初一起到十八止，北京的妇女们游冶子来此地烧香驰马的，路上满都挤着。那时候桥洞底下，还有老道坐着，终日不言不语，也不吃东西，说是得道的。老人堂里更坐着一排白发的道士，身上写明几百岁几百岁，骗取女人们的金钱不少。这一种妖言惑众的行为，实在应该禁止的，而北京当局者的太太小姐们还要前来膜拜施舍，以夸她们的阔绰，你说可气不可气？”

这也是令我佩服他不止的一个地方，因为我平时看见他尽是一味的在那里用功的，然而谈到了当时的政治及社会的陋习，他却慷慨激昂，讲出来的话句句中肯，句句有力，不像是一个读死书的人。尤其是对于时事，他发的议论，激烈得很，对于那些军阀官僚，骂得淋漓尽致。

我们走出了白云观，因为时候还早，所以又跑上前面天宁寺的塔下去了一趟。寺里有兵驻扎在那里，不准我们进去，他去交涉了一番，也终于不行。所以在回来的路上，他又切齿的骂了一阵：

“这些狗东西，我总得杀他们干净。我们百姓的儿女田庐，都被他们侵占尽了。总有一天报他们的仇。”

经过了这一次郊外游行之后，我们的交情又进了一步。上课的时候，他坐在我的前头，我坐在他的后一排，进出当然是一道。寝室本来是离开两间的，然而他和一位我的同房间的办妥了交涉，竟私下搬了过来。在图书室里，当然是一起的。自修室却没有法子搬拢来，所以只有自修的时候，我们两人不能同伴。

每日的日课，大抵是一定的。平常的时候，我们都到六点半钟就起床，拿书到操场上去读一个钟头。早饭后上课，中饭后看半点钟报，午后三点钟课余下来，上图书室去读书。晚上自修两个钟头，洗一个脸，上寝室去杂谈一会，就上床睡觉。我自从和他住在一道之后，觉得兴趣也好得多，用功也更加起劲了。

可是有一点，我时常在私心害怕，就是中学里时常有的那一种同学中的风说。他的相儿，虽则很清秀，然而两道眉毛很浓，嘴唇极厚，一张不甚白皙的长方脸，无论何人看起来，总是一位有男性美的青年。万一有风说起来的时候，我这身材矮小的南方人，当然要居于不利的地位。但是这私心的恐惧，终没有实现出来，一则因为大学生究竟比中学生知识高一点，二则大约也是因为他的勤勉的行为和凛不可犯的威风可以压服众人的缘故。

这样的又过去了两个月，北风渐渐的紧起来，京城里的居民也感到寒威的逼迫了；我们学校里就开始了考试，到了旧历十二月底边，便放了年假。

同班的同学，北方人大抵是回家去过年的；只有贫而无归的我和其他的二三个南方人，脸上只是一天一天的在枯寂下去，眼看得同学们一个一个的兴高采烈地整理行箧，心里每在洒丧家的苦泪。同房间的他因为看得我这一种状况，也似乎不忍别去，所以考完的那一天中午，他就同我说：

“年假期内，我也不打算回去，好在这儿多读一点书。”但考试完后的两天，图书室也闭门了，同房间的同学只剩了我和他的两个人。又加以寝室内和自修室里火炉也没有，电灯也似乎灭了光，冷灰灰的蛰伏在那里，看书终究看不进去。若去看戏游玩呢，我们又没有这些钱；上街去走走呢，冰寒的大风灰沙里，看见的又都是些残年的急景和往来忙碌的行人。

到了放假后的第三天，他也垂头丧气的急起来了。那一天早晨，天气特别的冷，我们开了眼，谈着话，一直睡到十点多钟才起床。饿着肚在房里看了一回杂志，他忽儿对我说：

“李君，我们走罢，你到我们乡下去过年好不好？”

当他告诉我不回家去过年的时候，我已经看出了他对我的好意，心里着实的过意不去，现在又听了他这话，更加觉得对他不起了，所以就对他说：

“你去罢！家里又近，回家去又可以享受夫妇的天伦之乐，为什么不回去呢？”

但他无论如何总不肯一个人回去，从十点半钟讲起，一直讲到中午吃饭的时候止，他总要我和他一道，才肯回去。他的脾气是很古怪的，平时沉默寡言，凡事一说出口，却不肯改过口来。我和他相处半年，深知他有这一种执拗不弯的习气，所以到后来就终究答应了他，和他一道上他那里去过年。

那一天早晨很冷，中午的时候，太阳还躲在灰白的层云里，吃过中饭，把行李收拾了一收拾，正要雇车出去的时候，寒空里却下起鹅毛似的雪片来了。

雇洋车坐到永定门外，从永定门我们再雇驴车到殷家集去。路上来往的行人很少，四野寥阔，只有几簇枯树林在那里点缀冬郊的寂寞。雪片尽是一阵一阵的大起来，四面的野景，渺渺茫茫，从车篷缺处看出去，好像是披着了一层薄纱似的。幸亏我们车是往南行的，北风吹不着，但驴背的雪片积得很多，融化的热气一道一道的偷进车厢里来，看去好像是驴子在那里出汗的样子。

冬天的短日，阴森森的晚了，驴车里摇动虽则很厉害，但我已经昏昏的睡着。到了他摇我醒来的时候，我同做梦似的不晓得身子在什么地方。张开眼睛来一看，只觉得车篷里黑得怕人。他笑着说：

“李君！你醒醒罢！你瞧，前面不是有几点灯火看见了么？那儿就是殷家集吓！”

又走了一阵，车子到了他家的门口，下车之后，我的脚也盘坐得麻了。走进他的家里去一看，里边却宽敞得很。他的老父和母亲，喜欢得了不得。我们在一盏煤油灯下，吃完了晚饭，他的媳妇也出来为我在一张暖炕上铺起被褥来。说起他的媳妇，本来是生长在他家里的童养媳，是于去年刚合婚的。两只脚缠得很小，相儿虽则不美，但在乡下也不算很坏。不过衣服的样子太古，从看惯了都会人士的我们看来，她那件青布的棉袄，和紧扎着脚的红棉裤，实在太难看了。这一晚因为日间在驴车上摇摆了半天，我觉得有点倦了，所以吃完晚饭之后，一早就上炕去睡了。他在里间房里和他父母谈了些什么，和他媳妇在什么时候上炕，我却没有知道。

在他家里过了一个年，住了九天，我所看出的事实，有两件很使我为他伤心：第一是婚姻的不如意，第二是他家里的贫穷。

北方的农家，大约都是一样的，终岁劳动，所得的结果，还不够供政府的苛税。他家里虽则有几十亩地，然而这几十亩地的出息，除了赋税而外，他老父母的饮食和媳妇儿的服饰，还是供给不了的。他是独养儿子，父亲今年五十多了。他前后左右的农家的儿子，年纪和他相上下的，都能上地里去工作，帮助家计；而他一个人在学校里念书，非但不能帮他父亲，并且时时还要向家里去支取零用钱来买书购物。到此，我才看出了他在学校里所以要这样减省的原因。唯其如此，我和他同病相怜，更加觉得他的人格的高尚。

到了正月初四，旧年的雪也融化了，他在家里日日和那童养媳相对，也似乎十分的不快，所以我就劝他早日回京，回到学校里去。

正月初五的早晨，天气很好，他父亲自家上前面一家姓陈的人家，去借了驴儿和车子，送我们进城来。

说起了这姓陈的人家，我现在还疑他们的女儿是我同学致死的最大原因。陈家是殷家集的豪农，有地二百多顷。房屋也是瓦屋，屋前屋后的墙围很大。他们有三个儿子，顶大的却是一位女儿。她今年十九岁了，比我那位同学小两岁。我和他在他家里住了九天，然而一半的光阴却是在陈家费去的。陈家的老头儿，年纪和我同学的父亲差不多，可是娶了两次亲，前后都已经死了。初娶的正配生了一个女儿，继娶的续弦生了三个男孩，顶大的还只有十一岁。

我的同学和陈家的惠英——这是她的名字——小的时候，在一个私塾里念书；后来大了，他就去进了史官屯的小学校。这史官屯在殷家集之北七八里路的地方，是出永定门以南的第一个大村庄。他在史官屯小学里住了四年，成绩最好，每次总考第一，所以毕业之后，先生就为他去北京师范报名，要他继续的求学。这先生现在也已经去世了，我的同学一说起他，还要流出眼泪来感激得不得了。从此他在北京师范住了四年，现在却安安稳稳的进了大学。读书人很少的这村庄上，大家对于他的勤俭力学，当然是非常尊敬。尤其是陈家的老头儿，每对他父亲说：

“雅儒这小孩，一定很有出息，你一定培植他出来，若要钱用，我尽可以为你出力。”

我说了大半天，把他的名姓忘了，还没有告诉出来。他姓朱，名字叫“雅儒”。我们学校里的称呼本来是连名带姓叫的，大家叫他“朱雅儒”“朱雅儒”；而他叫人，却总不把名字放进去，只叫一个姓氏，底下添一个君字。因此他总不直呼其名的叫我“李厥明”，而以“李君”两字叫我。我起初还听不惯，觉得有点儿不好意思；后来也就学了他，叫他

“朱君”“朱君”了。

陈家的老头儿既然这样的重视他，对于他父亲提出的借款问题，当然是百无一拒的。所以我想他们家里，欠陈家的款，一定也是不在少数。

那一天，正月初五的那一天，他父亲向陈家去借了驴车驴子，送我们进城来，我在路上因为没有话讲，就对他说：

“可惜陈家的惠英没有读书，她实在是聪明得很!”

他起初听了我这一句话，脸上忽而红了一红；后来觉得我讲这话时并没有恶意含着，他就叹了一口气说：

“唉！天下的恨事正多得很哩!”

我看他的神气，似乎他不大愿意我说这些女孩儿的事情，所以我也就默默的不响了。

那一天到了学校之后，同学们都还没有回来，我和他两个人逛逛厂甸，听听戏，也就猫猫虎虎将一个寒假过了过去。开学之后，又是刻板的生活，上课下课，吃饭睡觉，一直到了暑假。

暑假中，我因为想家想得心切，就和他别去，回南边的家里来住了两个月。上车的时候，他送我到车站上来，说了许多互相勉励的说话，要我到家之后，每天写一封信给他，报告南边的风物。而我自家呢，说想于暑假中去当两个月家庭教师，好弄一点零用，买一点书籍。

我到南边之后，虽则不天天写信，但一个月中间，也总计要和他通五六封信。我从信中的消息，知道他暑假中并不回家去，仍住在北京一家姓黄的人家教书，每月也可得二十块钱薪水。

到阳历八月底边，他写信来催我回京，并且说他于前星期六回到殷家集去了一次，陈家的惠英还在问起我的消息呢。

因为他提起了惠英，我倒想起当日在殷家集过年的事情来了。惠英的貌并不美，不过皮肤的细白实在是北方女子中间所少见的。一双大眼睛，看人的时候，使人要惧怕起来；因为她的眼睛似乎能洞见一切的样子。身材不矮不高，一张团团的面使人一见就觉得她是一个忠厚的人。但是人很能干，自她后母死后，一切家计都操在她的手里。她的家里，洒扫得很干净。西面的一间厢房，是她的起坐室，一切账簿文件，都搁在这一间厢房里。我和朱君于过年前后的几天中老去坐谈的，也是在这间房里。她父亲喜欢喝点酒，所以正月里的几天，他老在外头。我和朱君上她家里去的时候，不是和她的几个弟弟说笑话，谈故事，就和她讲些北京学校里的杂事。朱君对她，严谨沉默，和对我们同学一样。她对朱君亦没有什么特别的亲热的表示。

只有一天，正月初四的晚上，吃过晚饭之后，朱君忽而从家中走了出去。我和他父亲谈了些杂天，抽了一点空，也顺便走了出去，上前面陈家去，以为朱君一定在她那里坐着。然而到了那厢房里，和她的小兄弟谈了几句话之后，问他们“朱君来过了没有？”他们都摇摇头说：“没有来过。”问他们的“姊姊呢？”他们回答说：“病着，睡觉了。”

我回到朱家来，正想上炕去睡的时候，从前面门里朱君却很快的走了进来。在煤油灯底下，我虽看不清他的脸色，然而从他和我说话的声气及他那双红肿的眼睛上看来，似乎他刚上什么地方去痛哭了一场似的。

我接到了他催我回京的信后，一时联想到了这些细事，心里倒觉得有点好笑，就自言自语的说了一句：

“老朱！你大约也掉在恋爱里了罢？”

阳历九月初，我到了北京，朱君早已回到学校里来，床位饭案等事情，他早已为我弄好，弄得和他一块儿。暑假考的成绩，也已经发表了，他列在第二，我却在他的底下三名的第五，所以自修室也合在一块儿。

开学之后，一切都和往年一样，我们的生活也是刻板式的很平稳的过去了一个多月。北京的天气，新考入来的学生，和我们一班的同学，以及其他的一切，都是同上学期一样的没有什么变化，可是朱君的性格却比从前有点不同起来了。

平常本来是沉默的他，入了阳历十月以后，更是闷声不响了。本来他用钱是很节省的，但是新学期开始之后，他老拖了我上酒店去喝酒去。拼命的喝几杯之后，他就放声骂社会制度的不良，骂经济分配的不均，骂军阀，骂官僚，末了他尤其攻击北方农民阶级的愚昧，无微不至。我看了他这一种悲愤，心里也着实为他所动，可是到后来只好以顺天守命的老生常谈来劝他。

本来是勤勉的他，这一学期来更加用功了。晚上熄灯铃打了之后，他还是一个人在自修室里点着洋蜡，在看英文的爱伦凯，倍倍儿，须帝纳儿等人的书。我也曾劝过他好几次，教他及时休养休养，保重身体。他却昂然的对我说：

“像这样的世界上，像这样的社会里，我们偷生着有什么用处？什么叫保重身体？你先去睡罢！”

礼拜六的下午和礼拜天的早晨，我们本来是每礼拜约定上郊外去走走的；但他自从入了阳历十月以后，不推托说是书没有看完，就说是身体不好，总一个人留在寝室里不出去。实际上，我看他的身体也一天一天的瘦下去了。两道很浓的眉毛，投下了两层阴影，他的眼窝陷落得很深，看起来实在有点怕人，而他自家却还在起早落夜的读那些提倡改革社会的书。我注意看他，觉得他的饭量也渐渐的减下去了。

有一天寒风吹得很冷，天空中遮满了灰暗的云，仿佛要下大雪的早晨，门房忽而到我们的寝室里来，说有一位女客，在那里找朱先生。那时候，朱君已经出去上操场上去散步看书去了。我走到操场上，寻见了他，告诉了他以后，他脸上忽然变得一点血色也没有，瞪了两眼，同呆子似的尽管问我说：

“她来了么？她真来了么？”

我倒被他骇了一跳，认真的对他说：

“谁来谎你，你跑出去看看就对了。”

他出去了半日，到上课的时候，也不进教室里来；等到午后一点多钟，我在下堂上自修室去的路上，却遇见了他。他的脸色更灰白了，比早晨我对他说话的时候还要阴郁，锁紧了的一双浓厚的眉毛，阴影扩大了开来，他的全部脸上都罩着一层死色。我遇见了他，问他早晨来的是谁，他却微微的露了一脸苦笑说：

“是惠英！她上京来买货物的，现在和她爸爸住在打磨厂高升店。你打算去看她么？我们晚上一同去罢！去和他们听戏去。”

听了他这一番话，我心里倒喜欢得很，因为陈家的老头儿的话，他是很要听的。所以我想吃过晚饭之后，和他同上高升店去，一则可以看看半年多不见的惠英，二则可以托陈家的老头儿劝劝朱君，劝他少用些功。

吃过晚饭，风刮得很大，我和他两个人不得不坐洋车上打磨厂去。到高升店去一看，他们父女二人正在吃晚饭，陈老头还在喝白干，桌上一个羊肉火锅烧得满屋里都是火锅的香味。电灯光为火锅的热气所包住，照得房里朦朦胧胧。惠英着了一件黑布的长袍，立起来让我们坐下喝酒的时候，我觉得她的相儿却比在殷家集的时候美得多了。

陈老头一定要我们坐下去喝酒，我们不得已就坐下去喝了几杯。一边喝，一边谈，我就把朱君近来太用功的事情说了一遍。陈老头听了我的话，果然对朱君说：

“雅儒！你在大学里，成绩也不算不好，何必再这样呢？听说你考在第二名，也已经可以了，你难道还想夺第一名么？……总之，是身体要紧。……你的家里，全都在盼望你在大学里毕业后，赚钱去养家；万一身体不好，你就是学问再好一点，也没有用处。”

朱君听了这些话，尽是闷声不语，一杯一杯的在俯着头喝酒。我也因为喝了一点酒，头早昏痛了，所以看不出他的表情来。一面回过头来看看惠英，似乎也俯着了头，在那里落眼泪。

这一天晚上，因为谈天谈得时节长了，戏终于没有去听。我们坐洋车回校里的时候，自修的钟头却已经过了。第二天，陈家的父女已经回家去了，我们也就回复了平时的刻板生活。朱君的用功，沉默，牢骚抑郁的态度，也仍旧和前头一样，并不因陈家老头儿的劝告而减轻些。

时间一天一天的过去，又是一年将尽的冬天到了。北风接着吹了几天，早晚的寒冷骤然增加了起来。

年假考的前一个星期，大家都紧张起来了，朱君也因这一学期里看课外的书看了太多，把学校里的课本丢开的原因，接连有三夜不睡，温习了三夜功课。

正将考试的前一天早晨，朱君忽而一早就起了床，袜子也不穿，蓬头垢面的跑了出去。跑到了门房里，他拉住了门房，要他把那一个人交出来。门房莫名其妙，问他所说的那一个人是谁，他只是拉住了门房吵闹，却不肯说出那一个人的姓名来。吵得声音大了，我们都出去看，一看是朱君在和门房吵闹，我就夹了进去。这时候我一看朱君的神色，自家也骇了一跳。

他的眼睛是血涨得红红的，两道眉毛直竖在那里，脸上是一种没有光泽的青灰色，额上颈项上涨满了许多青筋。他一看见我们，就露了两列雪白的牙齿，同哭也似的笑着说：

“好好，你们都来了，你们把这一个小军阀看守着，让我去拿出手枪来枪毙他。”

说着，他就把门房一推，推在我和另外两个同学的身上；大家都不提防他的，被他这么一推，四个人就一块儿的跌倒在地上。他却狞猛地哈哈的笑了几声，就一直的跑了进去。

我们看了他这一种行动，大家都晓得他是精神错乱了。就商量叫校役把他看守在养病室里，一边去通知学校当局，请学校里快去请医生来替他医治。

他一个人坐在养病室里不耐烦，硬要出来和校役打骂。并且指看守他的校役是小军阀，骂着说：

“混蛋，像你这样的一个小小的军阀，也敢强取人家的闺女么？快拿手枪来，快拿手枪来！”

校医来看他的病，也被他打了几下，并且把校医的一副眼镜也扯下来打碎了。我站在门口，含泪的叫了几声：

“朱君！朱君！你连我都认不清了么？”

他光着眼睛，对我看了一忽，就又哈哈哈哈的笑着说：

“你这小王八，你是来骗钱的罢！”

说着，他又打上我的身来，我们不得已就只好将养病室的门锁上，一边差人上他家里去报信，叫他的父母出来看护他的病。

到了将晚的时候，他父亲来了，同来的是陈家的老头儿。我当夜就和他们陪朱君出去，在一家公寓里先租了一间房间住着。朱君的病愈来愈凶了，我们三个人因为想制止他的暴行，终于一晚没有睡觉。

第二天早晨，我一早就回学校去考试，到了午后，再上公寓里去看他的时候，知道他们已经另外租定了一间小屋，把朱君捆缚起来了。

我在学校里考试考了三天，正到考完的那一日早晨一早就接到了一个急信，说朱君已经不行了，急待我上那儿去看看他。我到了那里去一看，只见黑戚戚的一间小屋里，他同鬼也似的还被缚在一张板床上。房里的空气秽臭得不堪，在这黑臭的空气里，只听见微微的喘气声和腹泻的声音。我在门口静立了一忽，实在是耐不住了，便放高了声音，“朱君”“朱君”的叫了两声。坐在他脚后的他那老父，马上就举起手来阻止住我的发声。朱君听了我的唤声，把头转过来看我的时候，我只看见了一个枯黑得同髑髅似的头和很黑很黑的两颗眼睛。

我踏进了那间小房，审视了他一回，看见他的手脚还是绑着，头却软软的斜靠在枕头上面。脚后头坐在他父亲背后的，还有一位那朱君的媳妇，眼睛哭得红肿，呆呆的缩着头，在那里看守着这将死的她的男人。

我向前后一看，眼泪忽而涌了出来，走上他的枕头边上，伏下身去，轻轻的问了他一句话“朱君！你还认得我么?”底下就说不下去了。他又转过头来对我看了一眼，脸上一点儿表情也没有，但由我的泪眼看过去，好像他的眼角上也在流出眼泪来的样子。

我走近他父亲的身边，问陈老头那里去了。他父亲说：

“他们惠英要于今天出嫁给一位军官，所以他早就回去料理喜事去了。”

我又问朱君服的是什么药，他父亲只摇摇头，说：“我也不晓得。不过他服了药后，却泻到如今，现在是好像已经不行了。”

我心里想，这一定是服药服错了，否则，三天之内，他何以会变得这样的呢？我正想说话的时候，却又听见了一阵腹泻的声音，朱君的头在枕上摇了几摇，喉头咯咯的响起来了。我的毛发竦竖了起来，同时他父亲，他媳妇儿也站起来赶上他的枕头边上去。我看见他的头往上抽了几抽，喉咙头格落落响了几声，微微抽动了一刻钟的样子，一切的动静就停止了。他的媳妇儿放声哭了起来，他的父亲也因急得痴了，倒只是不发声的呆站在那里。我却忍耐不住了，也低下头去在他耳边“朱君！朱君！”的绝叫了两三声。

第二天早晨，天又下起微雪来了。我和朱君的父亲和他的媳妇，在一辆大车上一清早就送朱君的棺材出城去。这时候城内外的居民还没有起床，长街上清冷的很。一辆大车，前面载着朱君的灵柩，后面坐着我们三人，慢慢的在雪里转走。雪片积在前面罩棺木的红毡上，我和朱君的父亲却包在一条破棉被里，避着背后吹来的北风。街上的行人很少，朱君的媳妇幽幽在哭着的声音，觉得更加令人伤感。

大车走出永定门的时候，黄灰色的太阳出来了，雪片也似乎少了一点。我想起了去年冬假里和朱君一道上他家去的光景，就不知不觉的向前面的灵柩叫了两声，忽而按捺不住地哗的一声放声哭了起来。

一九二七年七月十六日

郁达夫《微雪的早晨》最初刊载于1927年7月20日《教育杂志》第19卷第7号《教育文艺》专栏，当时篇名为《考试》。不同于后来《故都的秋》《北平的四季》书写对北京的体验与印象,《微雪的早晨》中郁达夫有着强烈的现实关怀,他捕捉到青年学生在北京求学生活时内心的苦闷、怅惘等多重心理，深刻地表现出接受新教育的学生一代面对旧社会事物时的冲突与无力。对时代进行反思的同时，郁达夫在小说中兼有对北京风物的细致描摹，令人印象深刻。

——刘涞德

九十九度中

林徽因

三个人肩上各挑着黄色，有“美丰楼”字号大圆篓的，用着六个满是泥泞凝结的布鞋，走完一条被太阳晒得滚烫的马路之后，转弯进了一个胡同里去。

“劳驾，借光——三十四号甲在哪一头?”在酸梅汤的摊子前面，让过一辆正在飞奔的家车——钢丝轮子亮得晃眼的——又向蹲在墙角影子底下的老头儿，问清了张宅方向后，这三个流汗的挑夫便又努力地往前走。那六只泥泞布履的脚，无条件地，继续着他们机械式的展动。

在那轻快的一瞥中，坐在洋车上的卢二爷看到黄篓上饭庄的字号，完全明白里面装的是丰盛的筵席，自然地，他估计到他自己午饭的问题。家里饭乏味，菜蔬缺乏个性，太太的脸难看，你简直就不能对她提到那厨子问题。这几天天太热，太热，并且今天已经二十二，什么事她都能够牵扯到薪水问题上，孩子们再一吵，谁能够在家里吃中饭!

“美丰楼饭庄”黄篓上黑字写得很笨大，方才第三个挑夫挑得特别吃劲，摇摇摆摆地使那黄篓左右的晃……

美丰楼的菜不能算坏，义永居的汤面实在也不错……于是义永居的汤面？还是市场万花斋的点心？东城或西城？找谁同去聊天？逸九新从南边来的住在哪里？或许老孟知道，何不到和记理发馆借个电话？卢二爷估计着，犹豫着，随着洋车的起落。他又好像已经决定了在和记借电话，听到伙计们的招呼："……二爷您好早？……用电话，这边您哪！……"

伸出手臂，他睨一眼金表上所指示的时间，细小的两针分停在两个钟点上，但是分明的都在挣扎着到达十二点上边。在这时间中，车夫感觉到主人在车上翻动不安，便更抓稳了车把，弯下一点背，勇猛地狂跑。二爷心里仍然疑问着面或点心，东城或西城；车已赶过前面的几辆。一个女人骑着自行车，由他左侧冲过去，快镜似的一瞥鲜艳的颜色，脚与腿，腰与背，侧脸、眼和头发，全映进老卢的眼里，那又是谁说过的……老卢就是爱看女人！女人谁又不爱？难道你在街上真闭上眼不瞧那过路的漂亮的！

"到市场，快点。"老卢吩咐他车夫奔驰的终点，于是主人和车夫戴着两顶价格极不相同的草帽，便同在一个太阳底下，向东安市场奔去。

很多好看的碟子和鲜果点心，全都在大厨房院里，从黄色层篓中检点出来。立着监视的有饭庄的"二掌柜"和张宅的"大师傅"；两人都因为胖的缘故，手里都有把大蒲扇。大师傅举着扇扑一下进来凑热闹的大黄狗。

"这东西最讨嫌不过！"这句话大师傅一半拿来骂狗，一半也是来权作和掌柜的寒暄。

“可不是？他 × 的，这东西真可恶。”二掌柜好脾气地用粗话也骂起狗。

狗无聊地转过头到垃圾堆边闻嗅隔夜的肉骨。

奶妈抱着孙少爷进来，七少奶每月用六元现洋雇她，抱孙少爷到厨房，门房，大门口，街上一些地方喂奶连游玩的。今天的厨房又是这样的不同，饭庄的“头把刀”带着几个伙计在灶边手忙脚乱地炒菜切肉丝，奶妈觉得孙少爷是更不能不来看：果然看到了生人，看到狗，看到厨房桌上全是好看的干果，鲜果，糕饼，点心，孙少爷格外高兴，在奶妈怀里跳，手指着要吃。奶妈随手赶开了几只苍蝇，拣一块山楂糕放到孩子口里，一面和伙计们打招呼。

忽然看到陈升走到院子里找赵奶奶，奶妈对他挤了挤眼，含笑地问：“什么事值得这么忙？”同时她打开衣襟露出前胸喂孩子奶吃。

“外边挑担子的要酒钱。”陈升没有平时的温和，或许是太忙了的缘故。老太太这次做寿，比上个月四少奶小孙少爷的满月酒的确忙多了。

此刻那三个粗蠢的挑夫蹲在外院槐树荫下，用黯黑的毛巾擦他们的脑袋，等候着他们这满身淋汗的代价。一个探首到里院偷偷看院内华丽的景象。

里院和厨房所呈的纷乱固然完全不同，但是它们纷乱的主要原因则是同样的，为着六十九年前的今天。六十九年前的今天，江南一个富家里又添了一个绸缎金银裹托着的小生命。经过六十九个像今年这样流汗天气的夏天，又产生过另十一个同样需要绸缎金银的生命以后，那个生命乃被称为长寿而又有福气的妇人。这个妇人，今早由两个老妈扶着，坐在床前，拢一下斑白稀疏的鬓发，对着半碗火腿稀饭摇头：

“赵妈，我哪里吃得下这许多？你把锅里的拿去给七少奶的云乖乖吃罢……”

七十年的穿插，已经卷在历史的章页里，在今天的院里能呈露出多少，谁也不敢说。事实是今天，将有很多打扮得极体面的男女来庆祝，庆祝能够维持这样长久寿命的女人，并且为这一庆祝，饭庄里已将许多生物的寿命裁削了，拿它们的肌肉来补充这庆祝者的肠胃。

前两天这院子就为了这事改变了模样，簇新的喜棚支出瓦檐丈余尺高。两旁红喜字玻璃方窗，由胡同的东头，和顺车厂的院里是可以看得很清楚的。前晚上六点左右，小三和环子，两个洋车夫的儿子，倒土筐的时候看到了，就告诉他们嬷：“张家喜棚都搭好了，是哪一个孙少爷娶新娘子？”他们嬷为这事，还拿了鞋样到陈大嫂家说个话儿。正看到她在包饺子，笑嘻嘻地得意得很，说老太太做整寿，——多好福气——她当家的跟了张老太爷多少年。昨天张家三少奶还叫她进去，说到日子要她去帮个忙儿。

喜棚底下圆桌面就有七八张，方凳更是成叠地堆在一边；几个夫役持着鸡毛帚，忙了半早上才排好五桌。小孩子又多，什么孙少爷，侄孙少爷，姑太太们带来的那几位都够淘气的。李贵这边排好几张，那边小爷们又扯走了排火车玩。天热得厉害，苍蝇是免不了多，点心干果都不敢先往桌子上摆。冰化得也快，篓子底下冰水化了满地！汽水瓶子挤满了厢房的廊上，五少奶看见了只嚷不行，全要冰起来。

全要冰起来！真是的，今天的食品全摆起来够像个菜市，四个冰箱也腾不出一点空隙。这新买来的冰又放在哪里好？李贵手里捧着两个绿瓦盆，私下里咕噜着为这筵席所发生的难题。

赵妈走到外院传话，听到陈升很不高兴地在问三个挑夫要多少酒钱。

“瞅着给罢。”一个说。

“怪热天多赏点吧。”又一个抿了抿干燥的口唇，想到方才胡同口的酸梅汤摊子，嘴里觉着渴。

就是这嘴里渴得难受，杨三把卢二爷拉到东安市场西门口，心想方才在那个“喜什么堂”门首，明明看到王康坐在洋车脚蹬上睡午觉。王康上月底欠了杨三十四吊钱，到现在仍不肯还；只顾着躲他。今天债主遇到赊债的赌鬼，心头起了各种的计算——杨三到饿的时候，脾气常常要比平时坏一点。天本来就太热，太阳简直是冒火，谁又受得了！方才二爷坐在车上，尽管用劲踩铃，金鱼胡同走道的学生们又多，你撞我闯的，挤得真可以的。杨三擦了汗一手抓住车把，拉了空车转回头去找王康要账。

“要不着八吊要六吊，再要不着，要他 × 的几个混蛋嘴巴！”杨三脖干儿上太阳烫得像火烧。“四吊多钱我买点羊肉，吃一顿好的。葱花烙饼也不坏——谁又说大热天不能喝酒？

喝点又怕什么——睡得更香。卢二爷到市场吃饭，进去少不了好几个钟头……”

喜燕堂门口挂着彩，几个乐队里人穿着红色制服，坐在门口喝茶——他们把大铜鼓撂在一旁，铜喇叭夹在两膝中间。杨三知道这又是哪一家办喜事。反正一礼拜短不了有两天好日子，就在这喜燕堂，哪一个礼拜没有一辆花马车，里面搀出花溜溜的新娘？今天的花车还停在一旁……

“王康，可不是他！”杨三看到王康在小挑子的担里买香瓜吃。

“有钱的娶媳妇，和咱们没有钱的娶媳妇，还不是一样？花多少钱娶了她，她也短不了要这个那个的——这年头！好媳妇，好！你瞧怎么着？更惹不起！管你要钱，气你喝酒！再有了孩子，又得顾他们吃，顾他们穿。……”

王康说话就是要“逗个乐儿”，人家不敢说的话他敢说。一群车夫听到他的话，各各高兴地凑点尾声。李荣手里捧着大饼，用着他最现成的粗话引着那几个年轻的笑。李荣从前是拉过家车的——可惜东家回南，把事情就搁下来了——他认得字，会看报，他会用新名词来发议论：“文明结婚可不同了，这年头是最讲‘自由’‘平等’的了。”底下再引用了小报上捡来离婚的新闻打哈哈。

杨三没有娶过媳妇，他想要，可是“老家儿”早过去了没有给他定下亲，外面瞎姘的他没敢要。前两天，棚铺的掌柜娘要同他做媒；提起了一个姑娘说是什么都不错，这几天不知道怎么又没有讯儿了。今天洋车夫们说笑的话，杨三听了感着不痛快。看看王康的脸在太阳里笑得皱成一团，更使他气起来。

王康仍然笑着说话，没有看到杨三，手里咬剩的半个香瓜里面，黄黄的一把瓜子像不整齐的牙齿向着上面。

“老康！这些日子都到哪里去了？我这儿还等着钱吃饭呢！”杨三乘着一股劲发作。

听到声，王康怔了向后看，“呵，这打哪儿说得呢？”他开始赖账了，“你要吃饭，你打你 × 的自己腰包里掏！要不然，你出个份子，进去那里边，”他手指着喜燕堂，“吃个现成的席去。”王康的嘴说得滑了，禁不住这样嘲笑着杨三。

周围的人也都跟着笑起来。

本来准备着对付赖账的巴掌，立刻打到王康的老脸上了。必须地扭打，由蓝布幕的小摊边开始，一直扩张到停洋车的地方。来往汽车的喇叭，像被打的狗，呜呜叫号。好几辆正在街心奔驰的洋车都停住了，流汗车夫连喊着：“靠里！”“瞧车！”脾气暴的人顺口就是：“他 × 的，这大热天，单挑这么个地方！！”

巡警离开了岗位；小孩子们围上来；喝茶的军乐队人员全站起来看；女人们吓得只喊：“了不得，前面出事了罢！”

杨三提高嗓子只嚷着问王康：“十四吊钱，是你——是你拿走了不是了——”

呼喊的声浪由扭打的两人出发，膨胀，膨胀到周围各种人的口里：“你听我说……”“把他们拉开……”“这样挡着路……瞧腿要紧。”嘈杂声中还有人叉着手远远地喊，“打得好呀，好拳头！”

喜燕堂正厅里挂着金喜字红幛，几对喜联，新娘正在服从号令，连连地深深地鞠躬。外边的喧吵使周围客人的头同时向外面转，似乎打听外面喧吵的原故。新娘本来就是一阵阵地心跳，此刻更加失掉了均衡；一下子撞上，一下子沉下，手里抱着的鲜花随着只是打颤。雷响深入她耳朵里，心房里。……

“新郎新妇——三鞠躬——……三鞠躬。”阿淑在迷惘里弯腰伸直，伸直弯腰。昨晚上她哭，她妈也哭，将一串经验上得来的教训，拿出来赠给她——什么对老人要忍耐点，对小的要和气，什么事都要让着点——好像生活就是靠容忍和让步支持着！

她焦心的不是在公婆妯娌间的委曲求全。这几年对婚姻问题谁都讨论得热闹，她就不懂那些讨论的道理遇到实际时怎么就不发生关系。她这结婚的实际，并没有因为她多留心报纸上，新文学上，所讨论的婚姻问题，家庭问题，恋爱问题，而减少了问题。

“二十五岁了……”有人问到阿淑的岁数时，她妈总是发愁似的轻轻地回答那问她的人，底下说不清是叹息是啰嗦。

在这旧式家庭里，阿淑算是已经超出应该结婚的年龄很多了，她知道。父母那急着要她出嫁的神情使她太难堪！他们天天在替她选择合适的人家——其实哪里是选择！反对她尽管反对，那只是消极的无奈何的抵抗，她自己明知道是绝对没有机会选择，乃至于接触比较合适，理想的人物！她挣扎了三年，三年的时间不算短，在她父亲看去那更是不可信的长久……

“余家又托人来提了，你和阿淑商量商量吧，我这身体眼见得更糟，这潮湿天……”父亲的话常常说得很响，故意要她听得见，有时在饭桌上脾气或许更坏一点。“这六十块钱，养活这一大家子！养儿养女都不够，还要捐什么钱？干脆饿死！”有时更直接更难堪：“这又是谁的新褂子？阿淑，你别学时髦穿了到处走，那是找不着婆婆家的——外面瞎认识什么朋友我可不答应，我们不是那种人家！”……懦弱的母亲低着头装作缝衣：“妈劝你将就点……爹身体近来不好，……女儿不能在娘家一辈子的……这家子不算坏；差事不错，前妻没有孩子不能算填房。……”

理论和实际似乎永不发生关系；理论说婚姻得怎样又怎样，今天阿淑都记不得那许多了。实际呢，只要她点一次头，让一个陌生的，异姓的，异性的人坐在她家里，乃至于她旁边，吃一顿饭的手续，父亲和母亲这两三年——竟许已是五六年——来的难题便突然地，在他们是觉得极文明地解决了。

对于阿淑这订婚的疑惧，常使她父亲像小孩子似的自己安慰自己：阿淑这门亲事真是运气呀，说时总希望阿淑听见这话。不知怎样，阿淑听到这话总很可怜父亲，想装出高兴样子来安慰他。母亲更可怜；自从阿淑定婚以来总似乎对她抱歉，常常哑着嗓子说：“看我做母亲的这份心上面。”

看做母亲的那份心上面！那天她初次见到那陌生的，异姓的，异性的人，那个庸俗的典型触碎她那一点脆弱的爱美的希望，她怔住了，能去寻死，为婚姻失望而自杀么？可以大胆告诉父亲，这婚约是不可能的么？能逃脱这家庭的苛刑（在爱的招牌下的）去冒险，去漂落么？

她没有勇气说什么，她哭了一会，妈也流了眼泪，后来妈说：阿淑你这几天瘦了，别哭了，做娘的也只是一份心。……现在一鞠躬，一鞠躬地和幸福作别，事情已经太晚得没有办法了。

吵闹的声浪愈加明显了一阵，伴娘为新娘戴上手套，又由赞礼的喊了一些命令。

迷离中阿淑开始幻想那外面吵闹的原因：洋车夫打电车吧，汽车轧伤了人吧，学生又请愿，当局派军警弹压吧……但是阿淑想怎么我还如是焦急，现在我该像死人一样了，生活的波澜该沾不上我了，像已经临刑的人。但临刑也好，被迫结婚也好，在电影里到了这种无可奈何的时候总有一个意料不到快慰人心的解脱，不合法，特赦，恋人骑着马星夜奔波地赶到……但谁是她的恋人？除却九哥！学政治法律，讲究新思想的九哥，得着他表妹阿淑结婚的消息不知怎样？他恨由父母把持的婚姻……但准知道他关心么？他们多少年不来往了，虽然在山东住的时候，他们曾经邻居，两小无猜地整天在一起玩。幻想是不中用的，九哥先就不在北平，两年前他回来过一次，她记得自己遇到九哥扶着一位漂亮的女同学在书店前边，她躲过了九哥的视线，惭愧自己一身不入时的装束，她不愿和九哥的女友做个太难堪的比较。

感到手酸，心酸，浑身打颤，阿淑由一堆人拥簇着退到里面房间休息。女客们在新娘前后彼此寒暄招呼，彼此注意大家的装扮。有几个很不客气在批评新娘子，显然认为不满意。“新娘太单薄点。”一个摺着十几层下颏的胖女人，摇着扇和旁边的六姨说话。阿淑觉到她自己真可以立刻碰得粉碎；这位胖太太像一座石臼，六姨则像一根铁杵横在前面，阿淑两手发抖拉紧了一块丝巾，听老妈在她头上不住地搬弄那几朵绒花。

随着花露水香味进屋子来的，是锡娇和丽丽，六姨的两个女儿，她们的装扮已经招了许多羡慕的眼光。有电影明星细眉的锡娇抓把瓜子嗑着，猩红的嘴唇里露出雪白的牙齿。她暗中扯了她妹妹的衣襟，嘴向一个客人的侧面努了一下。丽丽立刻笑红了脸，拿出一条丝绸手绢蒙住嘴挤出人堆到廊上走，望着已经在席上的男客们。有几个已经提起筷子高高兴兴地在选择肥美的鸡肉，一面讲着笑话，顿时都为着丽丽的笑声，转过脸来，镇住眼看她。丽丽扭一下腰，又摆了一下，软的长衫轻轻展开，露出裹着肉色丝袜的长腿走过另一边去。

年轻的茶房穿着蓝布大褂，肩搭一块桌布，由厨房里出来，两只手拿四碟冷荤，几乎撞住丽丽。闻到花露香味，茶房忘却顾忌地斜过眼看。昨晚他上菜的时候，那唱戏的云娟坐在首席曾对着他笑，两只水钻耳坠，打秋千似的左右晃。他最忘不了云娟旁座的张四爷，抓住她如玉的手臂劝干杯的情形，笑眯眯的带醉的眼，云娟明明是向着正端着大碗三鲜汤的他笑。他记得放平了大碗，心还怦怦地跳。直到晚上他睡不着，躺在院里板凳上乘凉，随口唱几声“孤王……酒醉……”才算松动了些。今天又是这么一个笑嘻嘻的小姐，穿着这一身软，茶房垂下头去拿酒壶，心底似乎恨谁似的一股气。

“逸九你喝一杯什么？”老卢做东这样问。

“我来一杯香桃冰淇凌吧。”

“你去拣几块好点心，老孟。”主人又招呼那一个客。午饭问题算是如此解决了。为着天热，又为着起得太晚，老卢看到点心铺前面挂的“卫生冰淇凌，咖啡，牛乳，各样点心”这种动人的招牌，便决意里面去消磨时光。约到逸九和老孟来聊天，老卢显然很满意了。

三个人之中，逸九最年少，最摩登。在中学时代就是一口英文，屋子里挂着不是“梨娜”就是“琴妮”的相片，从电影杂志里细心剪下来的，圆一张，方一张，满壁动人的娇憨。——他到上海去了两年，跳舞更是出色了，老卢端详着自己的脚，打算找逸九带他到舞场拜老师去。

“哪个电影好，今天下午？”老孟抓一张报纸看。

邻座上两个情人模样男女，对面坐着呆看。男人有很温和的脸，抽着烟没有说话；女人的侧相则颇有动人的轮廓，睫毛长长的活动着，脸上时时浮微笑。她的青纱长衫罩着丰润的肩臂，带着神秘性的淡雅。两人无声地吃着冰淇凌，似乎对于一切完全的满足。

老卢、老孟谈着时局，老卢既是机关人员，时常免不了说“我又有个特别的消息，这样看来里面还有原因”，于是一层一层地做更详细原因地检讨，深深地浸入政治波澜里面。

逸九看着女人的睫毛，和浮起的笑涡，想到好几年前同在假山后捉迷藏的琼两条发辫，一个垂前，一个垂后地跳跃。琼已经死了这六七年，谁也没有再提起过她。今天这青长衫的女人，单单叫他心底涌起琼的影子。不可思议的，淡淡的，记忆描着活泼的琼。在极旧式的家庭里淘气，二舅舅提根旱烟管，厉声地出来停止她各种的嬉戏。但是琼只是敛住声音低低地笑。雨下大了，院中满是水，又是琼胆子大，把裤腿卷过膝盖，赤着脚，到水里装摸鱼。不小心她滑倒了，还是逸九去把她抱回来。和琼差不多大小的还有阿淑，住在对门，他们时常在一起玩，逸九忽然记起瘦小，不爱说话的阿淑来。

“听说阿淑快要结婚了，嬷嘱咐到表姨家问候，不知道阿淑要嫁给谁!”他似乎怕到表姨家。这几年的生疏叫他为难，前年他们遇见一次，装束不入时的阿淑倒有种特有的美，一种灵性……奇怪今天这青长衫女人为什么叫他想起这许多……

“逸九，你有相当的聪明，手腕，你又能巴结女人，你也应该来试试，我介绍你见老王。”

倦了的逸九忽然感到苦闷。

老卢手弹着桌边表示不高兴:“老孟你少说话，逸九这位大少爷说不定他倒愿意去演电影呢!”种种都有一点落伍的老卢嘲笑着翩翩年少的朋友出气。

青纱长衫的女人和她朋友吃完了，站了起来。男的手托着女人的臂腕，无声地绕过他们三人的茶桌前面，走出门去。

老卢逸九注意到女人有秀美的腿，稳健的步履。两人的融洽，在不言不语中流露出来。

“他们是甜心！”

“愿有情人都成眷属。”

“这女人算好看不？”

三个人同时说出口来，各各有所感触。

午后的热，由窗口外嘘进来，三个朋友吃下许多清凉的东西，更不知做什么好。

“电影院去，咱们去研究一回什么‘人生问题’‘社会问题’吧？”逸九望着桌上的空杯，催促着卢、孟两个走。心里仍然浮着琼的影子。活泼、美丽、健硕，全幻灭在死的幕后，时间一样的向前，计量着死的实在。像今天这样，偶尔地回忆就算是证实琼有过活泼生命的惟一的证据。

东安市场门口洋车像放大的蚂蚁一串，头尾衔接着放在街沿。杨三已不在他寻常停车的地方。

“区里去，好，区里去！咱们到区里说个理去！”就是这样，王康和杨三到底结束了殴打，被两个巡警弹压下来。

刘太太打着油纸伞，端正地坐在洋车上，想金裁缝太不小心了，今天这件绸衫下摆仍然不合适，领也太小，紧得透不了气，想不到今天这样热，早知道还不如穿纱的去。裁缝赶做的活总要出点毛病。实甫现在脾气更坏一点，老嫌女人们麻烦。每次有个应酬你总要听他说一顿的。今天张老太太做整寿，又不比得寻常的场面可以随便……

对面来了浅蓝色衣服的年轻小姐，极时髦的装束使刘太太睁大了眼注意了。

“刘太太哪里去?”蓝衣小姐笑了笑，远远招呼她一声过去了。

“人家的衣服怎么如此合适!”刘太太不耐烦地举着花纸伞。

“呜呜——呜呜……”汽车的喇叭响得震耳。

“打住。”洋车夫紧抓车把，缩住车身前冲的趋势。汽车过去后，由刘太太车旁走出一个巡警，带着两个粗人：一根白绳由一个的臂膀系到另一个的臂上。巡警执着绳端，板着脸走着。一个粗人显然是车夫；手里仍然拉着空车，嘴里咕噜着。很讲究的车身，各件白铜都擦得放亮，后面铜牌上还镌着“卢”字。这又是谁家的车夫，闹出事让巡警拉走。刘太太恨恨地一想车夫们爱肇事的可恶，反正他们到区里去少不了东家设法把他们保出来的……

“靠里！……靠里!”威风的刘家车夫是不耐烦挤在别人车后的——老爷是局长，太太此刻出去阔绰的应酬，洋车又是新打的，两盏灯发出银光……哗啦一下，靠手板在另一个车边擦一下，车已猛冲到前头走了。刘太太的花油纸伞在日光中摇摇荡荡地迎着风，顺着街心溜向北去。

胡同口酸梅汤摊边刚走开了三个挑夫。酸凉的一杯水，短时间地给他们愉快，六只泥泞的脚仍然踏着滚烫的马路行去。卖酸梅汤的老头儿手里正在数着几十枚铜元，一把小鸡毛帚夹在腋下。他翻上两颗黯淡的眼珠，看看过去的花纸伞，知道这是到张家去的客人。他想今天为着张家做寿，客人多，他们的车夫少不得来摊上喝点凉的解渴。

“两吊……三吊！……”他动着他的手指，把一叠铜元收入摊边美人牌香烟的纸盒中。不知道今天这冰够不够使用的，他翻开几重荷叶，和一块灰黑色的破布，仍然用着他黯淡的眼珠向磁缸里的冰块端详了一回。“天不热，喝的人少，天热了，冰又化得太快!”事情哪一件不有为难的地方，他叹口气再翻眼看看过去的汽车。汽车轧起一阵尘土，笼罩着老人和他的摊子。

寒暑表中的水银从早起上升，一直过了九十五度的黑线上。喜棚底下比较阴凉的一片地面上曾聚过各种各色的人物。丁大夫也是其间一个。

丁大夫是张老太太内侄孙，德国学医刚回来不久，麻利，漂亮，现在社会上已经有了声望，和他同席的都借着他是医生的缘故，拿北平市卫生问题做谈料，什么虎疫、伤寒、预防针、微菌，全在吞咽八宝冬瓜、瓦块鱼、锅贴鸡、炒虾仁中间讨论过。

“贵医院有预防针，是好极了。我们过几天要来麻烦请教了。”说话的以为如果微菌听到他有打预防针的决心也皆气馁了。

“欢迎，欢迎。”

厨房送上一碗凉菜。丁大夫踌躇之后决意放弃吃这碗菜的权利。

小孩们都抢了盘子边上放的小冰块，含到嘴里嚼着玩，其他客喜欢这凉菜的也就不少。天实在热！

张家几位少奶奶装扮得非常得体，头上都戴朵红花，表示对旧礼教习尚仍然相当遵守的。在院子中盘旋着做主人，各人心里都明白自己今天的体面。好几个星期前就顾虑到的今天，她们所理想到的今天各种成功，已然顺序的，在眼前实现。虽然为着这重要的今天，各人都轮流着觉得受过委屈；生过气；用过心思和手腕；将就过许多不如意的细节。

老太太颤巍巍地喘息着，继续维持着她的寿命。杂乱模糊的回忆在脑子里浮沉。兰兰七岁的那年……送阿旭到上海医病的那年真热……生四宝的时候在湖南，于是生育，病痛，兵乱，行旅，婚娶，没秩序，没规则地纷纷在她记忆下掀动。

“我给老太太拜寿，您给回一声吧。”

这又是谁的声音？这样大！老太太睁开打瞌睡的眼，看一个浓妆的妇人对她鞠躬问好。刘太太，——谁又是刘太太，真是的！今天客人太多了，好吃劲。老太太扶着赵妈站起来还礼。

“别客气了，外边坐吧。”二少奶伴着客人出去。

谁又是这刘太太……谁？……老太太模模糊糊地又做了一些猜想，望着门槛又堕入各种的回忆里去。

坐在门槛上的小丫头寿儿，看着院里石榴花出神。她巴不得酒席可以快点开完，底下人们可以吃中饭，她肚子里实在饿得慌。一早眼睛所接触的，大部分几乎全是可口的食品，但是她仍然是饿着肚子，坐在老太太门槛上等候呼唤。她极想再到前院去看看热闹，但为想到上次被打的情形，只得竭力忍耐。在饥饿中，有一桩事她仍然没有忘掉她的高兴。因为老太太的整寿大少奶给她一副银镯。虽然为着捶背而酸乏的手臂懒得转动，她仍不时得意地举起手来，晃摇着她的新镯子。

午后的太阳斜到东廊上，后院子暂时沉睡在静寂中。幼兰在书房里和羽哭着闹脾气：

“你们都欺侮我，下次赛球我就没有去看。为什么要去？反正人家也不欢迎我，……慧石不肯说，可是我知道你和阿玲在一起玩得上劲。”抽噎的声音微微地由廊上传来。

“等会客人进来了不好看……别哭……你听我说……绝对没有这么回事的。咱们是亲表谁不知道我们亲热，你是我的兰，永远，永远的是我的最爱最爱的……你信我……”

“你在哄骗我，我……我永远不会再信你的了……”

“你又来伤我，你心狠……”

声音微下去，也和缓了许多，又过了一些时候，才有轻轻的笑语声。小丫头仍然饿得慌，仍然坐在门槛上没有敢动，她听着小外孙小姐和羽孙少爷老是吵嘴，哭哭啼啼的，她不懂。一会儿他们又笑着一块儿由书房里出来。

“我到婆婆的里间洗个脸去。寿儿你给我打盆洗脸水去。”

寿儿得着打水的命令，高兴地站起来。什么事也比坐着等老太太睡醒都好一点。

“别忘了晚饭等我一桌吃。”羽说完大步地跑出去。

后院顿时又堕入闷热的静寂里；柳条的影子画上粉墙，

太阳的红比得胭脂。墙外天蓝蓝的没有一片云，像戏台上的布景。隐隐地送来小贩子叫卖的声音——卖西瓜的——卖凉席的，一阵一阵。

挑夫提起力气喊他孩子找他媳妇。天快要黑下来，媳妇还坐在门口纳鞋底子；赶着那一点天亮再做完一只。一个月她当家的要穿两双鞋子，有时还不够的，方才当家的回家来说不舒服，睡倒在炕上，这半天也没有醒。她放下鞋底又走到旁边一家小铺里买点生姜，说几句话儿。

断续着呻吟，挑夫开始感到苦痛，不该喝那冰凉东西，早知道这大暑天，还不如喝口热茶！迷惘中他看到茶碗，茶缸，施茶的人家，碗，碟，果子杂乱地绕着大圆篓，他又像看到张家的厨房。不到一刻他肚子里像纠麻绳一般痛，发狂地呕吐使他沉入严重的症候里和死搏斗。

挑夫媳妇失了主意，喊孩子出去到药铺求点药。那边时常夏天是施暑药的。……

邻居积渐知道挑夫家里出了事，看过报纸的说许是霍乱，要扎针的。张秃子认得大街东头的西医丁家，他披上小褂子，一边扣钮子，一边跑。丁大夫的门牌挂高高的，新漆大门两扇紧闭着。张秃子找着电铃死命地按，又在门缝里张望了好一会，才有人出来开门。什么事？什么事？门房望着张秃子生气，张秃子看着丁宅的门房说，“劳驾——劳驾您大爷，我们‘街坊’，李挑子中了暑，托我来行点药。”

“丁大夫和管药房先生‘出份子去了’没有在家，这里也没有旁人，这事谁又懂得?!”门房吞吞吐吐地说，“还是到对门益年堂打听吧。”大门已经差不多关上。

张秃子又跑了，跑到益年堂，听说一个孩子拿了暑药已经走了。张秃子是信教的，他相信外国医院的药，他又跑到那边医院里打听，等了半天，说那里不是施医院，并且也不收传染病的，医生晚上也都回家了，助手没有得上边话不能随便走开的。

“最好快报告区里，找卫生局里人。”管事的告诉他，但是卫生局又在哪里……

到张秃子失望地走回自己院子里的时候，天已经黑了下来，他听见李大嫂的哭声知道事情不行了。院里磁罐子里还放出浓馥的药味。他顿一下脚，“咱们这命苦的……”他已在想如何去捐募点钱，收殓他朋友的尸体。叫孝子挨家去磕头吧！

天黑了下来张宅跨院里更热闹，水月灯底下围着许多孩子，看变戏法的由袍子里捧出一大缸金鱼，一盘子“王母蟠桃”献到老太太面前。孩子们都凑上去验看金鱼的真假。老太太高兴地笑。

大爷熟识捧场过的名伶自动地要送戏，正院前边搭着戏台，当差的忙着拦阻外面杂人往里挤，大爷由上海回来，两年中还是第一次——这次碍着母亲整寿的面，不回来太难为情。这几天行市不稳定，工人们听说很活动，本来就不放心走开，并且厂里的老赵靠不住，大爷最记挂……

看到院里戏台上正开场，又看廊上的灯，听听厢房各处传来的牌声，风扇声，开汽水声，大爷知道一切都圆满地进行，明天事完了，他就可以走了。

“伯伯上哪儿去？”游廊对面走出一个清秀的女孩。他怔住了看，慧石——是他兄弟的女儿，已经长的这么大了？大爷伤感着，看他早死兄弟的遗腹女儿：她长得实在像她爸爸……实在像她爸爸……

“慧石，是你。长得这样俊，伯伯快认不得了。”

慧石只是笑，笑。大伯伯还会说笑话，她觉得太料想不到的事，同时她像被电击一样，触到伯伯眼里蕴住的怜爱，一股心酸抓紧了她的嗓子。

她仍只是笑。

“哪一年毕业？”大伯伯问她。

“明年。”

“毕业了到伯伯那里住。”

“好极了。”

“喜欢上海不？”

她摇摇头：“没有北平好。可是可以找事做，倒不错。”

伯伯走了，容易伤感的慧石急忙回到卧室里，想哭一哭，但眼睛湿了几回，也就不哭了，又在镜子前抹点粉笑了笑；她喜欢伯伯对她那和蔼态度。嬷常常不满伯伯和伯母的，常说些不高兴他们的话，但她自己却总觉得喜欢这伯伯的。

也许是骨肉关系有种不可思议的亲热，也许是因为感激知己的心，慧石知道她更喜欢她这伯伯了。

厢房里电话铃响。

“丁宅呀，找丁大夫说话？等一等。”

丁大夫的手气不坏，刚和了一牌三翻，他得意地站起来接电话：

“知道了，知道了，回头就去叫他派车到张宅来接。什么？要暑药的？发痧中暑？叫他到平济医院去吧。”

“天实在热，今天，中暑的一定不少。”五少奶坐在牌桌上抽烟，等丁大夫打电话回来。“下午两点的时候刚刚九十九度啦！”她睁大了眼表示严重。

“往年没有这么热，九十九度的天气在北平真可以的了。”一个客人摇了摇檀香扇，急着想做庄。

咯突一声，丁大夫将电话挂上。

报馆到这时候积渐热闹，排字工人流着汗在机器房里忙着。编辑坐到公事桌上面批阅新闻。本市新闻由各区里送到；编辑略略将张宅名伶送戏一节细细看了看，想到方才同太太在市场吃冰淇凌后，遇到街上的打架，又看看那段断打的新闻，于是很自然地写着“西四牌楼三条胡同卢宅车夫杨三……”新闻里将杨三王康的争斗形容得非常动听，一直到了“扭区成讼”。

再看一些零碎，他不禁注意到挑夫霍乱数小时毙命一节，感到白天去吃冰淇凌是件不聪明的事。

杨三在热臭的拘留所里发愁，想着主人应该得到他出事的消息了，怎么还没有设法来保他出去。王康则在又一间房子里喂臭虫，苟且地睡觉。

“……哪儿呀，我卢宅呀，请王先生说话，……”老卢为着洋车被扣已经打了好几个电话了，在晚饭桌他听着太太的埋怨……那杨三真是太没有样子，准是又喝醉了，三天两回闹事。

"……对啦，找王先生有要紧事，出去饭局了么，回头请他给卢宅来个电话！别忘了！"

这大热晚上难道闷在家里听太太埋怨？杨三又没有回来，还得出去雇车，老卢不耐烦地躺在床上看报，一手抓起一把蒲扇赶开蚊子。

林徽因的小说《九十九度中》最早发表于1934年《学文》的创刊号上，这是中国女性写作史上最早的意识流小说。林徽因使用了"窗内"与"窗外"相结合的视角，把时间限定在一天之内，用意识流的手法，描述了20世纪30年代的酷暑一天里北平各阶层的百态人生。林徽因的北平素描中，大街小巷回转着各色人等意识流动的漩涡。在纷繁的意识流中，林徽因埋下了一个女性细密而蕴藉的情感。她描写了自己熟知的窗子内的生活，却又同情着窗子外的人生。

——刘涞德

断魂枪

老　舍

“生命是闹着玩，事事显出如此；从前我这么想过，现在我懂得了。”

沙子龙的镳局已改成客栈。

东方的大梦没法子不醒了。炮声压下去马来与印度野林中的虎啸。半醒的人们，揉着眼，祷告着祖先与神灵；不大会儿，失去了国土、自由与主权。门外立着不同面色的人，枪口还热着。他们的长矛毒弩，花蛇斑彩的厚盾，都有什么用呢；连祖先与祖先所信的神明全不灵了啊！龙旗的中国也不再神秘，有了火车呀，穿坟过墓破坏着风水。枣红色多穗的镳旗，绿鲨皮鞘的钢刀，响着串铃的口马[①]，江湖上的智慧与黑话，义气与声名，连沙子龙，他的武艺、事业，都梦似的变成昨夜的。今天是火车、快枪，通商与恐怖。听说，有人还要杀下皇帝的头呢！

这是走镳已没有饭吃，而国术还没被革命党与教育家提

① 指张家口外的马匹。

倡起来的时候。

谁不晓得沙子龙是短瘦、利落、硬棒，两眼明得像霜夜的大星？可是，现在他身上放了肉。镳局改了客栈，他自己在后小院占着三间北房，大枪立在墙角，院子里有几只楼鸽。只是在夜间，他把小院的门关好，熟习熟习他的“五虎断魂枪”。这条枪与这套枪，二十年的工夫，在西北一带，给他创出来：“神枪沙子龙”五个字，没遇见过敌手。现在，这条枪与这套枪不会再替他增光显胜了；只是摸摸这凉、滑、硬而发颤的杆子，使他心中少难过一些而已。只有在夜间独自拿起枪来，才能相信自己还是“神枪沙”。在白天，他不大谈武艺与往事；他的世界已被狂风吹了走。

在他手下闯练起来的少年们还时常来找他。他们大多数是没落子的，都有点武艺，可是没地方去用。有的在庙会上去卖艺：踢两趟腿，练套家伙，翻几个跟头，附带着卖点大力丸，混个三吊两吊的。有的实在闲不起了，去弄筐果子，或挑些毛豆角，赶早儿在街上论斤吆喝出去。那时候，米贱肉贱，肯卖膀子力气本来可以混个肚儿圆；他们可是不成：肚量既大，而且得吃口当事儿的①；干饽饽辣饼子②咽不下去。况且他们还时常去走会：五虎棍，开路，太狮少狮……虽然算不了什么——比起走镳来——可是到底有个机会活动活动，露露脸。是的，走会捧场是买脸的事，他们打扮的得像个样儿，至少得有条青洋绉裤子，新漂白细市布的小褂，和一双

① 有营养，吃了不至于不久又饿的。

② 剩下的隔夜干粮。

鱼鳞洒鞋——顶好是青缎子抓地虎靴子。他们是神枪沙子龙的徒弟——虽然沙子龙并不承认——得到处露脸，走会得赔上俩钱，说不定还得打场架。没钱，上沙老师那里去求。沙老师不含糊，多少不拘，不让他们空着手儿走。可是，为打架或献技去讨教一个招数，或是请给说个“对子”——什么空手夺刀，或虎头钩进枪——沙老师有时说句笑话，马虎过去：“教什么？拿开水浇吧！”有时直接把他们逐出去。他们不大明白沙老师是怎么了，心中也有点不乐意。

可是，他们到处为沙老师吹腾，一来是愿意使人知道他们的武艺有真传授，受过高人的指教；二来是为激动沙老师：万一有人不服气而找上老师来，老师难道还不露一两手真的么？所以：沙老师一拳就砸倒了个牛！沙老师一脚把人踢到房上去，并没使多大的劲！他们谁也没见过这种事，但是说着说着，他们相信这是真的了，有年月，有地方，千真万确，敢起誓！

王三胜——沙子龙的大伙计——在土地庙拉开了场子，摆好了家伙。抹了一鼻子茶叶末色的鼻烟，他抡了几下竹节钢鞭，把场子打大一些。放下鞭，没向四围作揖，叉着腰念了两句：“脚踢天下好汉，拳打五路英雄！”向四围扫了一眼：“乡亲们，王三胜不是卖艺的；玩艺儿会几套，西北路上走过镖，会过绿林上的朋友。现在闲着没事，拉个场子陪诸位玩玩。有爱练的尽管下来，王三胜以武会友，有赏脸的，我陪着。神枪沙子龙是我的师傅；玩艺地道！诸位，有愿下来的没有？”他看着，准知道没人敢下来，他的话硬，可是那条钢鞭更硬，十八斤重。

王三胜，大个子，一脸横肉，努着对大黑眼珠，看着四围。大家不出声。他脱了小褂，紧了紧深月白色的“腰里硬”，把肚子杀进去。给手心一口唾沫，抄起大刀来：

“诸位，王三胜先练趟瞧瞧。不白练，练完了，带着的扔几个；没钱，给喊个好，助助威。这儿没生意口。好，上眼[①]！”

大刀靠了身，眼珠努出多高，脸上绷紧，胸脯子鼓出像两块老桦木根子。一跺脚，刀横起，大红缨子在肩前摆动。削砍劈拨，蹲越闪转，手起风生，忽忽直响。忽然刀在右手心上旋转，身弯下去，四围鸦雀无声，只有缨铃轻叫。刀顺过来，猛的一个“跺泥”，身子直挺，比众人高着一头，黑塔似的。收了势：“诸位！”一手持刀，一手叉腰，看着四围。稀稀的扔下几个铜钱，他点点头。“诸位！”他等着，等着，地上依旧是那几个亮而削薄的铜钱，外层的人偷偷散去。他咽了口气：“没人懂！”他低声的说，可是大家全听见了。

“有功夫！”西北角上一个黄胡子老头儿答了话。

“啊？”王三胜好似没听明白。

“我说：你——有——功——夫！”老头子的语气很不得人心。

放下大刀，王三胜随着大家的头往西北看。谁也没看重这个老人：小干巴个儿，披着件粗蓝布大衫，脸上窝窝瘪

① 请观众注意看。

瘪，眼陷进去很深，嘴上几根细黄胡，肩上扛着条小黄草辫子，有筷子那么细，而绝对不像筷子那么直顺。王三胜可是看出这老家伙有功夫，脑门亮，眼睛亮——眼眶虽深，眼珠可黑得像两口小井，深深的闪着黑光。王三胜不怕：他看得出别人有功夫没有，可更相信自己的本事，他是沙子龙手下的大将。

“下来玩玩，大叔！”王三胜说得很得体。

点点头，老头儿往里走。这一走，四外全笑了。他的胳臂不大动；左脚往前迈，右脚随着拉上来，一步步的往前拉扯，身子整着[①]，像是患过瘫痪病。蹭到场中，把大衫扔在地上，一点没理会四围怎样笑他。

“神枪沙子龙的徒弟，你说？好，让你使枪吧；我呢？”老头子非常的干脆，很像久想动手。

人们全回来了，邻场耍狗熊的无论怎敲锣也不中用了。

“三截棍进枪吧？”王三胜要看老头子一手，三截棍不是随便就拿得起来的家伙。

老头子又点点头，拾起家伙来。

王三胜努着眼，抖着枪，脸上十分难看。

老头子的黑眼珠更深更小了，像两个香火头，随着面前的枪尖儿转，王三胜忽然觉得不舒服，那俩黑眼珠似乎要把枪尖吸进去！

四外已围得风雨不透，大家都觉出老头子确是有威。为

---

① 两臂不动，身体僵硬地走路。

躲那对眼睛，王三胜要了个枪花。老头子的黄胡子一动：“请！”王三胜一扣枪，向前躬步，枪尖奔了老头子的喉头去，枪缨打了一个红旋。老人的身子忽然活展了，将身微偏，让过枪尖，前把一挂，后把撩王三胜的手。拍，拍，两响，王三胜的枪撒了手。场外叫了好。王三胜连脸带胸口全紫了，抄起枪来；一个花子，连枪带人滚了过来，枪尖奔了老人的中部。老头子的眼亮得发着黑光；腿轻轻一屈，下把掩裆，上把打着刚要抽回的枪杆；拍，枪又落在地上。

场外又是一片彩声。王三胜流了汗，不再去拾枪，努着眼，木在那里。老头子扔下家伙，拾起大衫，还是拉拉着腿，可是走得很快了。大衫搭在臂上，他过来拍了王三胜一下：“还得练哪，伙计！”

“别走！”王三胜擦着汗，“你不离，姓王的服了！可有一样，你敢会会沙老师？”

“就是为会他才来的！”老头子的干巴脸上皱起点来，似乎是笑呢。“走；收了吧；晚饭我请！”

王三胜把兵器拢在一处，寄放在变戏法二麻子那里，陪着老头子往庙外走。后面跟着不少人，他把他们骂散。

“你老贵姓？”他问。

“姓孙哪，”老头子的话与人一样，都那么干巴。“爱练；久想会会沙子龙。”

沙子龙不把你打扁了！王三胜心里说。他脚底下加了劲，可是没把孙老头落下。他看出来，老头子的腿是老走着查拳门中的连跳步；交起手来，必定很快。但是，无论他怎么快，沙子龙是没对手的。准知道孙老头要吃亏，他心中痛快了些，放慢了些脚步。

“孙大叔贵处？”

“河间的，小地方。”孙老者也和气了些，“月棍年刀一辈子枪，不容易见功夫！说真的，你那两手就不坏！”

王三胜头上的汗又回来了，没言语。

到了客栈，他心中直跳，唯恐沙老师不在家，他急于报仇。他知道老师不爱管这种事，师弟们已碰过不少回钉子，可是他相信这回必定行，他是大伙计，不比那些毛孩子；再说，人家在庙会上点名叫阵，沙老师还能丢这个脸么？

“三胜，”沙子龙正在床上看着本《封神榜》，“有事吗？”

三胜的脸又紫了，嘴唇动着，说不出话来。

沙子龙坐起来，“怎了，三胜？”

“栽了跟头！”

只打了个不甚长的哈欠，沙老师没别的表示。

王三胜心中不平，但是不敢发作；他得激动老师：“姓孙的一个老头儿，门外等着老师呢；把我的枪，枪，打掉了两次！”他知道“枪”字在老师心中有多大分量。没等吩咐，他慌忙跑出去。

客人进来，沙子龙在外间屋等着呢。彼此拱手坐下，他叫三胜去泡茶。三胜希望两个老人立刻交了手，可是不能不沏茶去。孙老者没话讲，用深藏着的眼睛打量沙子龙。沙很客气：

“要是三胜得罪了你，不用理他，年纪还轻。”

孙老者有些失望，可也看出沙子龙的精明。他不知怎样好了，不能拿一个人的精明断定他的武艺。“我来领教领教枪法！”他不由得说出来。

沙子龙没接碴儿。王三胜提着茶壶走进来——急于看二人动手，他没管水开了没有，就沏在壶中。

“三胜，”沙子龙拿起个茶碗来，“去找小顺们去，天汇见，陪孙老者吃饭。”

“什么！”王三胜的眼珠几乎掉出来。看了看沙老师的脸，他敢怒而不敢言地说了声“是啦！”走出去，撅着大嘴。

“教徒弟不易！”孙老者说。

“我没收过徒弟。走吧，这个水不开！茶馆去喝，喝饿了就吃。”沙子龙从桌子上拿起青缎子褡裢，一头装着鼻烟壶，一头装着点钱，挂在腰带上。

“不，我还不饿！”孙老者很坚决，两个“不”字把小辫从肩上抡到后边去。

“说会子话儿。”

“我来为领教领教枪法。”

“功夫早搁下了，”沙子龙指着身上，“已经放了肉！”

“这么办也行，”孙老者深深的看了沙老师一眼，“不比武，教给我那趟五虎断魂枪。”

“五虎断魂枪？”沙子龙笑了，“早忘干净了！早忘干净了！告诉你，在我这儿住几天，咱们各处逛逛，临走，多少送点盘缠。”

“我不逛，也用不着钱，我来学艺！”孙老者立起来，“我练趟给你看看，看够得上学艺不够！”一屈腰已到了院中，把楼鸽都吓飞起去。拉开架子，他打了趟查拳：腿快，手飘洒，一个飞脚起去，小辫儿飘在空中，像从天上落下来一个风筝；快之中，每个架子都摆得稳、准，利落；来回六趟，把院子满都打到，走得圆，接得紧，身子在一处，而精神贯串到四面八方。抱拳收势，身儿缩紧，好似满院乱飞的燕子忽然归了巢。

“好！好！”沙子龙在台阶上点着头喊。

“教给我那趟枪！”孙老者抱了抱拳。

沙子龙下了台阶，也抱着拳：“孙老者，说真的吧；那条枪和那套枪都跟我入棺材，一齐入棺材！”

“不传？”

“不传！”

孙老者的胡子嘴动了半天，没说出什么来。到屋里抄起蓝布大衫，拉拉着腿：“打搅了，再会！”

“吃过饭走！”沙子龙说。

孙老者没言语。

沙子龙把客人送到小门，然后回到屋中，对着墙角立着的大枪点了点头。

他独自上了天汇，怕是王三胜们在那里等着。他们都没有去。

王三胜和小顺们都不敢再到土地庙去卖艺，大家谁也不再为沙子龙吹腾；反之，他们说沙子龙栽了跟头，不敢和个老头儿动手；那个老头子一脚能踢死个牛。不要说王三胜输给他，沙子龙也不是“个儿”。不过呢，王三胜到底和老头子见了个高低，而沙子龙连句硬话也没敢说。“神枪沙子龙”慢慢似乎被人们忘了。

夜静人稀，沙子龙关好了小门，一气把六十四枪刺下来；而后，拄着枪，望着天上的群星，想起当年在野店荒林的威风。叹一口气，用手指慢慢摸着凉滑的枪身，又微微一笑，“不传！不传！”

老舍的《断魂枪》原载于1935年9月22日《大公报·文艺》第十三期。老舍是京味文学的代表作家，而《断魂枪》是老舍的代表作之一。《断魂枪》写的是传统武艺的命运和沙子龙这样武者的命运。小说语言充满了老舍的京味儿，武行俚语和打斗描写有着专属于北京话的精气神儿。老舍小说的京味语言，往往在市井声音与日常腔调中，隐含着大时代新旧激荡的风云。《断魂枪》写作的当时，老舍先生正在齐鲁大学任教，同时日本帝国主义侵略的脚步也向华北紧逼。小说中沙子龙的“五虎断魂枪”究竟会何去何从，这恰恰融入了老舍对当时国族命运的慨叹与思索。

——刘涞德

生　存

沈从文

青年吴勋坐在会馆里南屋一个小房子的窗前，借檐口黄昏余光，修整他那未完成的画稿。一不小心，一点淡黑水滴在纸角上，找寻吸水纸不得，担心把画弄坏了，忙伏在纸上用口去吸吮那墨水，一面想："真糟，真糟，不小心就出乱子!" 完事时去看那画上水迹，好在画并未受损失。他苦笑着。

天已将夜。会馆里院子中两株洋槐树，叶子被微风刷着，声音单调而无意义，寂寞而闷人，正象征这青年人的生活，目前一无所有，希望全在未来。

再过十天半月，成球成串的白花，就会在这槐树枝叶间开放，到时照例会有北平特殊的挟砂带热风，无意义的吹着，香味各处送去，蜂子却被引来了。这些小小虫子终日营营嗡嗡，不知它从何处来，又飞往何处。院中一定因此多有了一点生气。会馆大门对街的成衣铺小姑娘，必将扛了芦竹竿子，上面用绳子或铁丝作成一个圈儿，来摘树上的花，一大把插到洋酒瓶里去，搁在门前窗口边作装饰（春光也上了窗子，引起路人的注意）。可是这年青人的希望，到明天会不会实现？他有不有个光明的未来？这偌大一个都会里，城圈内外住上一百五十万市民，他从一个人所想象不到的小地方，来到这大都会里住下，凭一点点过去的兴趣和当前的方便，住下来学习用手和脑建设自己，对面是那么一个陌生、冷酷、流动的人海。生活既极其穷困，到无可奈何时，就缩成一团躺到床上去，用一点空气和一点希望，代替了那一顿应吃而不得吃的饭食。近于奇迹似的，在极短期间中，画居然进步了，所指望的文章，也居然写出而且从友人手中送过杂志编辑手中去了。但这去“成功”实在还远得很，远得很，他知道的。然而如此一来，空气和希望似乎也就更有用，更需要了。因为在先前一时，他还把每天挨饿一次当成不得已的忍受，如今却自觉的认明白了这么办对于目前体力的损害并不大，当成习惯每天只正餐一顿，把仅有的一点点钱，留下来买画笔和应用稿纸了。

这时节看看已不宜于再画，放下了笔，把那未完成的画钉到墙壁上去。他心想：“张大千也是个人！征服了许多人的眼睛，集中了许多人的兴味，还是他那一只手。高尔基也是那一只手！”他站在院中那槐树下，捏捏自己两只又脏又瘦的手，那么很豪气的想着。且继续想起一个亲戚劝勉他的话语，把当前的困难忘掉了。听会馆中另外有人在说“开饭”，知道这件事与他无分，就扣了门，上街散步。

会馆那条街西口原接着琉璃厂东口。他上街就是去用眼睛吃那些南纸店，古玩店，裱画铺，笔墨铺，陈列在窗前的东东西西。从那些东西形体颜色上领略一点愉快。尤其是晚上，铺子里有灯光，他更方便。他知道这条街号称京城文化的宝库，一切东西都能增长他的见识，润泽他的心灵。可是事实上任何一家的宝藏当前终无从见到，除了从窗口看看那些大瓶子和一点平平常常的字画外，最多的还是那些店铺里许多青衣光头势利油滑的店伙。他像一个乡下人似的，把两只手插在那件破呢裤口袋里，一家一家的看去（有时还停顿在那些墨盒铺刻字铺外边许久，欣赏铺子里那些小学徒的工作）。一直走到将近琉璃厂西口，才折身回头，再一家一家看去。

他有时觉得很快乐，这快乐照例是那些当代画家的劣画给他的。因为他从这些作品上看出了自己未来的无限希望。有时又觉得很悲哀，因为他明白一切成功都受相关机会支配，生活上的限制，他无法打破。他想学，无从跟谁去学。他想看好画，看不着。他想画，纸、笔、墨，都要不得，用目前能够弄到手的工具，简直无从产生好作品。同时，还有那个事实上的问题，一个人总不能专凭空气和希望活下去呀！要一个人气壮乐观，他每天总得有点什么具体东西填到消化器里去，不然是不成的。在街头街尾有的是小食铺，长案旁坐下了三五个车夫，咬他的切糕和大面条，这也要子儿的，他不能冒昧坐拢去。因此这散步有时不能不半途而止，回住处来依然是把身子缩成一团，向床上躺去。吸嗅着那小房中湿霉味，石灰味，以及脏被盖上汗臭味。耳朵边听着街头南边一个包子铺小伙子用面杖托托托托敲打案板，一面锐声唱喊，和街上别的声音混杂。心里就胡胡乱乱的想：这是个百五十万市民的大城，至少有十万学生，一万小馆子，一万羊肉铺，二十万洋车，十万自行车，五千公寓和会馆，……末了却难受起来。因为自己是那么渺小，消失到无声无息中。每天看小报，都有年青人穷困自杀的消息。在记者笔下，那些自杀者衣装、神情、年龄，就多半和自己差不多，想来境遇也差不多，在自杀以前理想也差不多。但是却死了。跳进御河里淹死的，跑到树林子里去解裤腰带吊死的，躺在火车轨道上辗死的，在会馆、公寓、小客店吃鸦片红矾毒死的。这些人生前都不讨厌这个世界的。活着时也一定各有志气，各有欲望，且各有原因来到个大城市里，用各种方法挣扎过，还忍受过各种苦难和羞辱。也一定还有家庭，一个老父，一个祖母，或一个小弟妹，同在一起时十分亲爱关切，虽不得已离开了，还是在另外一个地方，把心紧紧系着这个远人，直到死了的血肉消解多年，还盼望着这远行者忽然归来。他自己就还有个妻，一个同在小学里教过书，因为不曾加入党，被人抢去那个职务，又害了痨病，目前寄住在岳家养病，还不知近来如何的可怜人。

年青人在黑暗中想着这些那些。眼泪沿着脸颊流下来。另一时那点求生勇气好像完全馁尽了。觉得生活前途正如当前房中，所有的只是一片黑暗。虽活在一个四处是扰扰人声的地方，却等于虫豸，甚至于不如虫豸。要奋斗，终将为这个无情的社会所战败，到头是死亡，是同许多人一样自己用一个简单方法来结束自己。

于是觉得害怕起来，再也不能忍受了，就起来点上了灯。

但是点上灯，对那未完成的画幅照照，在那画幅上他却俨然见出了一线光明。他心情忽然又变了。他那成功的自信，用作品在这大城中建树自己的雄心，回到身边来了。

于是来在灯光下继续给那画幅勾勒润色，工作直到半夜。有时且写信给那可怜的害痨病的妻子，报告一切，用种种空话安慰那可怜妇人。为讨好她起见，还把生活加上许多文学形容词，说一到黄昏，就在京城里一条最风雅的街上去散步！

这一次就是这样散步回来时，他才知道大学生陆尔全来看他，放下个从他转交的挂号信。并留下字条说："老吴，你家中来信了，会是汇票，得了钱，来看看我们吧。这里有三个朋友从陕西边地回来，一个病倒了，躺在公寓发热，肠子会烧断的！要十五块钱才给进医院，想不出办法，目前大家都穷得要命！"

年青人看看信封，是从家乡寄来的，真以为是钱来了。把信裁开，见信是寄住在岳家的妻写的。

> 哥哥，我得你三月十二的信，知道你在北京生活，刀割我的心，我就哭了。你是有志气的人，我希望你莫丧气。你会成功，只要你肯忍受眼前的折磨，一定会成功。我听说你常常不吃饭，我饭也吃不下去。我又不能帮你忙。哥哥，刀真是割我心子！
>
> 你问我病好不好些，我不能再隐瞒你，老老实实告

你，我完了。我知道我快要死了。晚上冷汗只是流（月前大舅妈死时，我摸过她那冷手，汗还是流）。上月咳血不多，可是我知道我一定要死。前街杨伯开方子无效，请王瞎子算命，说犯七，用七星经禳，要十七块七毛办法事。我借了十三块钱，余下借不出，挪不动。问五嫂借，五嫂说，卖儿女也借不来。我托人问王瞎子，十三块钱将就办，不成吗？王瞎子说，人命看得儿戏，这岂是讲价钱事情，少一个不干。你不禳，难过五月五。……哥哥，不要念我，不要心急。人生有命，要死听它死去。我和王瞎子打赌，我要活过五月五。我钱在手边无用处，如今寄十块来（邮费汇费七毛三）。你拿用。身体务要好好保重，好好保重！你我夫妇要好，来生有缘，还会再见！（本想照一相给哥哥，照相馆人要我一元五角，相不照来。）玉芸拜启。

又我已托刘干妈赊棺木，干妈说你将来发财，还她一笔钱，不然她认账。干妈人心好，病中承她情帮忙不少，你出头了不要忘她。芸又及。

信中果然附有一张十元汇票，还是用油纸很谨慎包好的。看完信时年青人心中异常纷乱，印象中浮出个寄住在岳家害痨病的妻子种种神情。又重新在字里行间去搜寻妻的话外的意思，读了又读。眼睛潮湿了。两手揪着自己的短发，轻轻的嚷叫：“天呀，天呀，我什么事得罪了你，我得到的就是这些！”又无伦无次的说：“我要死的，我要死的。”他觉得很伤心很伤心，像被谁重重的打了一顿。这时唯一办法是赶回去。回去既无能力，并且一回到那小县城，抱着那快要死去的人哭一场，此后又怎么办？回去办不到，就照信上说的在此奋斗，为谁奋斗，纵成功了，有何意义？越想心中越乱。且想起写信的人五月六月就会要死去，勉强再去画画，也画不下去。又想写一封信回家，写去写来也难写好。末了还是上街。在街上乱走了一阵，看看一个铺子里钟还只九点，就进城去找他的朋友。到 × 大学宿舍见到了朋友陆尔全，正在写信。

姓陆的说："老吴，你见我留下那封信了，是不是？"

他说："我见到了那个信。"

"是不是有汇款？"

"有十块钱！你要用，明天取来你拿一半！"

"好极了，我们正急得要命，好朋友 × × 回来就病倒了住在忠会公寓里，烧得个昏迷不醒。我们去看看他去。这是我们朋友中最好的最能干的一个，不应当这样死去。"

年青人心想："许多人都不应当死去！"

两人到得那公寓里，只见四五个年青人正围在桌边谈话，其中只有一个人在陆尔全宿舍里见过，其余都面生。靠墙硬板床上躺着一个长个子，很苦闷的样子把头倾侧在床边。两人站在床边，病人竟似乎一点不知道。陆尔全摸摸那病人头额，同火一样灼手。就问另外一个人："怎么样？"

另外一个年青人就说："怎么样？还不是一样的！明天再不进医院，实在要命！可是在路上一震动，肠子也会破的。"

陆尔全说：“我们又得了五块钱。”且把吴勋介绍给那人，“这是好朋友吴勋，学艺术的。他答应借我们五块钱。”

“那好极了，明天就决定进医院！”

吴勋却插口说：“钱不够，我还有多的，拿八块也成。”

陆尔全说：“还是拿五块吧，你也要钱用！这里应当差不多了。”

“五块够了，我们已经有了十二块！”

大家于是抛开病人来谈陕西近事，几个青年显然都是从那边才回来的。说到一个朋友在那边死去时，病人忽然醒了，轻轻的说：“死了的让他死去，活下的还是要好好的活！”大家眼睛都向病人呆着。到了十点，两人回到学生宿舍，吴勋把那汇票取出来交给陆尔全，信封也交给他，只把信拿在手中。

陆尔全说：“是你家信吗？你那美丽太太写来的吗？”

他咬着下唇不作声，勉强微笑着。

陆尔全又说：“我看你画进步得真快，努力吧，过两年一定成功！”

他依然微笑着。

陆尔全似乎不注意到这微笑里的悲哀，又说：“你那木刻我给 × 看了，都觉得好。你做什么都有希望，只要努力，大家各在自己分上努力，这世界终究是归我们年青人来支配的，来创造的。”

他依然微笑着。

看看时候已不早了，就离开他的朋友回转会馆去。在路上记起病人那两句话："死了的让他死去，活着的好好的活。"且因为已把病妻寄来的钱一部分借给这个陌生病人，好像自己也正在参加另外一种生活，精神强旺多了。到得会馆时已快近十一点。

坐在自己那个床边，重新取出那个信来在灯光下阅看，重新在字里行间去寻觅那些看不见的悲哀，和隐忍不言的希望。想起两人在教书时的种种，结婚的种种，以及在学校里忽然被人撤换，一个病倒，一个不能不离开家乡，向五千里外一个大都市撞去，当前的种种。心里重新纷乱起来，不知如何是好。

那个明知快要死去的妻说的话——

……哥哥，我知道你在北京的生活，刀割我的心子！……你是个有志气的人，我希望你莫丧气！……身体务要好好保重，好好保重！

那个虽要死去却不愿意死去的人说的话——

……死的让它死去，活着的要好好活下去！

那个凡事热心的好朋友陆尔全说的话——

……你什么都有希望，只要努力……世界终归是年青人来支配的，来创造的！

一些话轮流在耳边响着。心里还是很乱，很软弱。他想，我一定要活下来奋斗！我什么都不怕。我要作个人，我要作个人！

可是，临到末了，他却忍不住哭了。

他把身子缩在一团，侧身睡在床上，让眼泪不知羞耻的流到那脏枕头上去。

五月十五日北平

沈从文的短篇小说《生存》发表于1937年6月15日《文丛》第1卷第4号，原为牺牲于抗日战争中表弟聂长荣而作。这篇小说是属于20世纪30年代的“北漂叙事”。青年吴勋周旋于会馆和琉璃厂之间，也在北平城中处处碰壁。吴勋某种程度上可以说是当年从湘西初到北京的沈从文的化身，在自传中他回忆道：“我住的酉西会馆由清代上湘西人出钱建立……出门向西走十五分钟，就可到达中国古代文化集中地之一——在世界上十分著名的琉璃厂。”正是因为有过真实的“北漂”经历，沈从文写出了北平城景、市民生活和他有志于艺术的理想之间所产生的震动。吴勋是当时北平城里无数外乡青年的代表。

——刘涞德

组织部来了个年轻人

王　蒙

一

三月，天空中纷洒着的似雨似雪。三轮车在区委会门口停住，一个年轻人跳下来。车夫看了看门口挂着的大牌子，客气地对乘客说："您到这儿来，我不收钱。"传达室的工人、复员荣军老吕微跛着脚走出，问明了那年轻人的来历后，连忙帮他搬下微湿的行李，又去把组织部的秘书赵慧文叫出来。赵慧文紧握着年轻人的两只手说："我们等你好久了。"这个叫林震的年轻人，在小学教师支部的时候就与赵慧文认识。她的苍白而美丽的脸上，两只大眼睛闪着友善亲切的光亮，只是下眼皮上有着因疲倦而现出来的青色。她带林震到男宿舍，把行李放好、解开，把湿了的毡子晾上，再铺被褥。在她料理这些事情的时候，常常撩一撩自己的头发，正像那些能干而漂亮的女同志们一样。

她说："我们等了你好久，半年前就要调你来，区人民委员会文教科死也不同意，后来区委书记直接找区长要人，又和教育局人事室吵了一回，这才把你调了来。"

“可我前天才知道。”林震说，“听说调我到区委会，真不知怎么好。咱们区委会尽干什么呀？”

“什么都干。”

“组织部呢？”

“组织部就做组织工作。”

“工作忙不忙？”

“有时候忙，有时候不忙。”

赵慧文端详着林震的床铺，摇摇头，大姐姐似的不以为然地说：“小伙子，真不讲卫生。瞧那枕头布，已经由白变黑；被头呢，吸饱了你脖子上的油；还有床单，那么多褶子，简直成了泡泡纱……”

林震觉得，他一走进区委会的门，他的新的生活刚一开始，就碰到了一个很亲切的人。他带着一种节日的兴奋心情跑着到组织部第一副部长的办公室去报到。副部长有一个古怪的名字：刘世吾。在林震心跳着敲门的时候，他正仰着脸衔着烟考虑组织部的工作规划。他热情而得体地接待林震，让林震坐在沙发上，自己坐在办公桌边，推一推玻璃板上摞得高高的文件，从容地问：

“怎么样？”他的左眼微眯，右手弹着烟灰。

“支部书记通知我后天搬来，我在学校已经没事，今天就来了。叫我到组织部工作，我怕干不了，我是个新党员，过去当小学教师，小学教师的工作与党的组织工作有些不同……”

林震说着他早已准备好的话，说得很不自然，正像小学生第一次见老师一样。于是他感到这间屋子很热。三月中旬，冬天就要过去，屋里还生着火，玻璃上的霜花融解成一条条的污道子。他的额头沁出了汗珠，他想掏出手绢擦擦，在衣袋里摸索了半天没有找到。

刘世吾机械地点着头，看也不看地从那一大摞文件中抽出一个牛皮纸袋，打开纸袋，拿出林震的党员登记表，锐利的眼光迅速掠过，宽阔的前额下出现了密密的皱纹。他闭了一下眼，手扶着椅子背站起来，披着的棉袄从肩头滑落了，他用熟练的毫不费力的声调说：

“好，好，好极了，组织部正缺干部，你来得好。不，我们的工作并不难做，学习学习就会做的，就那么回事。而且，你原来在下边工作得……相当不错嘛，是不是不错?”

林震觉得这种称赞似乎有某种嘲笑意味，他惶恐地摇头：“我工作做得并不好……”

刘世吾的不太整洁的脸上现出隐约的笑容，他的眼光聪敏地闪动着，继续说：“当然也可能有困难，可能。这是个了不起的工作。中央的一位同志说过，组织工作是给党管家的，如果家管不好，党就没有力量。”然后他不等问就加以解释：“管什么家呢? 发展党和巩固党，壮大党的组织和增强党组织的战斗力，把党的生活建立在集体领导、批评和自我批评与密切联系群众的基础上。这些做好了，党组织就是坚强的、活泼的、有战斗力的，就足以团结和指引群众，完成和更好地完成社会主义建设与社会主义改造的各项任务……”

他每说一句话，都干咳一下，但说到那些惯用语的时候，快得像说一个字。譬如他说“把党的生活建立在……上”，听起来就像“把生活建在登登登上”，他纯熟地驾驭那些林震觉得相当深奥的概念，像拨弄算盘珠子一样灵活。林震集中最大的注意力，仍然不能把他讲的话全部把握住。

接着，刘世吾给他分配了工作。

当林震推门要走的时候。刘世吾又叫住他，用另一种全然不同的随意神情问：

“怎么样，小林，有对象了没有?”

“没……”林震的脸刷地红了。

“大小伙子还红脸?”刘世吾大笑了，“才二十二岁，不忙。”他又问：“口袋里装着什么书?”

林震拿出书，说出书名：“《拖拉机站站长与总农艺师》。”

刘世吾拿过书去，从中间打开看了几行，问：“这是他们团中央推荐给你们青年看的吧?”

林震点头。

“借我看看。”

“您还能有时间看小说吗?”林震看着副部长桌上的大摞材料，惊异了。

刘世吾用手托了托书，试了试分量，微眯着左眼说：“怎么样？这么一薄本有半个夜车就开完啦。四本《静静的顿河》我只看了一个星期，就那么回事。”

当林震走向组织部大办公室的时候，天已经放晴，残留的几片云现出了亮晶晶的边缘，太阳照亮了区委会的大院子。人们都在忙碌：一个穿军服的同志夹着皮包匆匆走过，传达室的老吕提着两个大铁壶给会议室送茶水，可以听见一个女同志顽强地对着电话机子说：“不行，最迟明天早上！不行……”还可以听见忽快忽慢的哐哧哐哧声——是一只生疏的手使用着打字机，“她也和我一样，是新调来的吧？”林震不知凭什么理由，猜打字员一定是个女的。他在走廊上站了一站，望着耀眼的区委会的院子，高兴自己新生活的开始。

二

组织部的干部算上林震一共二十四个人，其中三个人临时调到肃反办公室去了，一个人半日工作准备考大学，一个人请产假，能按时工作的只剩下十九个人。四个人做干部工作，十五个人按工厂、机关、学校分工管理建党工作，林震被分配与工厂支部联系组织发展工作。

组织部部长由区委副书记李宗秦兼任，他并不常过问组织部的事，实际工作是由第一副部长刘世吾掌握，另一个副部长负责干部工作。具体指导林震工作的是工厂建党组组长的韩常新。

韩常新的风度与刘世吾迥然不同。他二十七岁，穿蓝色海军呢制服，干净得抖都抖不下土。他有高大的身材，配着英武的只因为粉刺太多而略有瑕疵的脸。他拍着林震的肩膀，用嘹亮的嗓音讲解工作，不时发出豪放的笑声，使林震想：“他比领导干部还像领导干部。”特别是第二天韩常新与一个支部的组织委员的谈话，加强了他给林震的这种印象。

“为什么你们只谈了半小时？我在电话里告诉你，至少要用两小时讨论发展计划！”

那个组织委员说：“这个月生产任务太忙……”

韩常新打断了他的话，富有教训意味地说：“生产任务忙就不认真研究发展工作了？这是把中心工作与经常工作对立起来，也是党不管党的一种表现……”

林震弄不明白什么叫“中心工作与经常工作对立起来”和“党不管党”，他熟悉的是另外一类名词：“课堂五环节”与“直观教具”。他很钦佩韩常新的这种气魄与能力——迅速地提到原则上分析问题和指示别人。

他转过头，看见正伏在桌上复写材料的赵慧文。她皱着眉怀疑地看一看韩常新，然后扶正头上的假琥珀发卡，用微带忧郁的目光看向窗外。

晚上，有的干部去参加基层支部的组织生活，有的休息了，赵慧文仍然赶着复写“税务分局培养、提拔干部的经验”，累了一天，手腕酸疼，在写的中间不时撂下笔，摇摇手，往手上吹口气。林震自告奋勇来帮忙，她拒绝了，说：“你抄，我不放心。”于是林震帮她把抄过的美浓纸叠整齐，站在她身旁，起一点精神支援作用。她一边抄，一边时时抬头看林震，林震问：“干吗老看我？”赵慧文咬了一下复写笔，笑了笑。

三

林震是1953年秋天由师范学校毕业的，当时是候补党员，被分配到这个区的中心小学当教员。当了教师的他，仍然保持中学生的生活习惯：清晨练哑铃，夜晚记日记，每个大节日——五一、七一、十一——之前到处征求人们对他的意见。曾经有人预言，过不了三个月他就会被那些生活不规律的成年人“同化”。但不久以后，许多教师夸奖他也羡慕他了，说：“这孩子无忧无虑，无牵无挂，除了工作，就是工作……”

他也没有辜负这种羡慕，1954年寒假，由于教学上的成绩，他受到了教育局的奖励。

人们也许以为，这位年轻的教师就会这样平稳地、满足而快乐地度过自己的青年时代。但是不，孩子般单纯的林震，也有自己的心事。

一年以后，他经常焦灼地鞭策自己。是因为社会主义高潮的推动、全国青年社会主义积极分子会议的召开，还是因为年龄的增长？

他已经二十二岁了，记得在初中一年级时写过一篇作文，题目是《当我 × × 岁的时候》，他写成《当我二十二岁的时候，我要……》。现在二十二岁，他的生命史上好像还是白纸，没有功勋，没有创造，没有冒险，也没有爱情——连给某个姑娘写一封信的事都没做过。他努力工作，但是他做得少、慢、差。和青年积极分子们比较，和生活的飞奔比较，难道能安慰自己吗？他订规划，学这学那，做这做那，他要一日千里！

这时，接到调动工作的通知。“当我二十二岁的时候，我成了党的工作者……”也许真正的生活在这里开始了？他抑制住对小学教育工作和孩子们的依恋，燃烧起对新的工作的渴望。支部书记和他谈话的那个晚上，他想了一夜。

就这样，林震口袋里装着《拖拉机站站长与总农艺师》，兴高采烈地登上区委会的台阶。他对党的工作者（他是根据电影里全能的党委书记的形象来猜测他们的）的生活，充满了神圣的憧憬。但是，等他接触到那些忙碌而自信的领导同志、看到来往的文件和同时举行的会议、听到那些尖锐争吵与高深的分析，他眨眨那有些特别的淡褐色眼珠的眼睛，心里有点怯……

到区委会的第四天，林震去通华麻袋厂了解第一季度发展党员工作的情况。去以前，他看了有关的文件和名叫《怎样进行调查研究》的小册子，再三地请教了韩常新，他密密麻麻地写了一篇提纲，然后飞快地骑着新领到的自行车，向麻袋厂驶去。

工厂门口的警卫同志听说他是区委会的干部，没要他签名，信任地请他进去了。穿过一个大空场，走过一片放麻的露天货场与机器隆隆响的厂房，他心神不安地去敲厂长兼支部书记王清泉办公室的门。得到了里面“进来”的回答后，他慢慢地走进去，怕走快了显得没有经验。他看见一个阔脸、粗脖子、身材矮小的男人正与一个头发上抹了许多油的驼背的男人下棋。小个子的同志抬起头，右手玩着棋子，问清了林震找谁以后，不耐烦地挥一挥手：“你去西跨院党支部办公室找魏鹤鸣，他是组织委员。”然后低下头继续下棋。

林震找着了红脸的魏鹤鸣，开始按提纲发问了："1956年第一季度，你们发展了几个人？"

"一个半。"魏鹤鸣粗声粗气地说。

"什么叫'半'？"

"有一个通过了，区委拖了两个多月还没有批下来。"

林震掏出笔记本记了下来。又问：

"发展工作是怎么样进行的，有什么经验？"

"进行过程和向来一样——和党章的规定一样。"

林震看了看对方，为什么他说出的话像搁了一个星期的窝窝头一样干巴？魏鹤鸣托着腮，眼睛看着别处，心里也像在想别的事。

林震又问："发展工作的成绩怎么样？"

魏鹤鸣答："刚才说过了，就是那些。"他好像应付似的希望快点谈完。

林震不知道应该再问什么了。预备了一下午的提纲，和人家只谈上五分钟就用完了，他很窘。

这时门被一只有力的手推开了，那个小个子的同志进来，匆匆忙忙地问魏鹤鸣："来信的事你知道吗？"

魏鹤鸣无精打采地点了点头。

小个子的同志来回踱着步子，然后撇开腿站在房中央："你们要想办法！质量问题去年就提出来了，为什么还等着合同单位给纺织工业部写信？在社会主义高潮当中我们的生产迟迟不能提高，这是耻辱！"

魏鹤鸣冷冷地看着小个子的脸，用颤抖的声音问："您说谁?”

“我说你们大家!”小个子手一挥，把林震也包括在里面了。

魏鹤鸣因为抑制着的愤怒的爆发而显得可怕，他的红脸更红了，他站起来问:“那么您呢? 您不负责任?”

“我当然负责。”小个子的同志却平静了,“对于上级，我负责，他们怎么处分我！我也接受。对于我，你得负责，谁让你是生产科长呢? 你得小心……”说完，他威胁地看了魏鹤鸣一眼，走了。

魏鹤鸣坐下，把棉袄的扣子全解开了，喘着气。林震问:“他是谁?”魏鹤鸣讽刺地说:“你不认识? 他就是厂长王清泉。”

于是魏鹤鸣向林震详细地谈起了王清泉的情况。王清泉原来在中央某部工作，因为在男女关系上犯错误受了处分，1951年调到这个厂子当副厂长，1953年厂长调走，他就被提拔成厂长。他一向是吃饱了转一转，躲在办公室批批文件下下棋，然后每月在工会大会、党支部大会、团总支大会上讲话，批评工人群众竞赛没搞好，对质量不关心，有经济主义思想……魏鹤鸣没说完，王清泉又推门进来了。他看着左腕上的表，下令说:“今天中午十二点十分，你通知党、团、工会和行政各科室的负责人到厂长室开会。”然后把门砰地一带，走了。

魏鹤鸣嘟哝着:“你看他怎么样?”

林震说:“你别光发牢骚，你批评他，也可以向上级反映。上级绝不允许有这样的厂长。”

魏鹤鸣笑了，问林震：“老林同志，你是新来的吧？”

“老林”同志脸红了。

魏鹤鸣说：“批评不动！他根本不参加党的会议，你上哪儿批评去？偶尔参加一次，你提意见，他说：‘提意见是好的，不过应该掌握分寸，也应该看时间、场合。现在，我们不应该因为个人意见侵占党支部讨论国家任务的宝贵时间。’好，不占用宝贵时间，我找他个别提，于是我们俩吵成了现在这个样子。”

“向上级反映呢？”

“1954年我给纺织工业部和区委写了信，部里一位张同志与你们那儿的老韩同志下来检查了一回。检查结果是：‘官僚主义较严重，但主要是作风问题。任务基本上完成了，只是完成任务的方法有缺点。’然后找王清泉‘批评’了一下，又鼓励了一下我开展自下而上的批评的精神，就完事了。此后，王厂长有一个来月对工作比较认真，不久他得了肾病，病好以后他说自己是‘因劳致疾’，就又成了这个样子。”

“你再反映呀！”

“哼，后来与韩常新也不知说过多少次，老韩也不搭理，反倒向我进行教育说，应该尊重领导，加强团结。也许我不该这样想，但我觉得，也许要等到王厂长贪污了人民币或者强奸了妇女，上级才会重视起来！”

林震出了厂子再骑上自行车的时候，车轮旋转的速度就慢多了。他深深地把眉头皱了起来，他发现他的工作的第一步就有重重的困难，但他也受到一种刺激，甚至是激励——这正是发挥战斗精神的时候啊！他想着想着，直到因为车子溜进了急行线而受到交通民警的申斥。

四

吃完午饭，林震迫不及待地找韩常新汇报情况。韩常新有些疲倦地靠着沙发背，高大的身体显得笨重，从身上掏出火柴盒，拿起一根火柴剔牙。

林震杂乱地叙述他去麻袋厂的见闻，韩常新脚尖打着地不住地说："是的，我知道。"然后他拍一拍林震的肩膀，愉快地说："情况没了解上来不要紧，第一次下去嘛，下次就好了。"

林震说："可是我了解了关于王清泉的情况。"他把笔记本打开。

韩常新把他的笔记本合上，告诉他："对，这个情况我早知道。前年区委让我处理过这个事情，我严厉地批评过他，指出他的缺点和危险性，我们谈了至少有三四个钟头……"

"可是并没有效果呀，魏鹤鸣说他只好了一个月……"林震插嘴说。

"一个月也是效果，而且绝不止一个月。魏鹤鸣那个人思想上有问题，见人就告厂长的状……"

"他告的状是不是真的？"

"很难说不真，也很难说全真。当然这个问题是应该解决的，我和区委副书记李宗秦同志谈过。”

“副书记的意见是什么？”

“副书记同意我的意见，王清泉的问题是应该解决也是可能解决的……不过，你不要一下子就陷到这里边去。”

“我？”

“是的。你第一次去一个工厂，全面情况也不了解，你的任务又不是去解决王清泉的问题。而且，直爽地说，解决他的问题也需要更有经验的干部，何况我们并不是没有管过这件事……你要是一下子陷到这个里头，三个月也出不来，第一季度的建党总结还了解不了解？上级正催我们交汇报呢！”

林震说不出话。

韩常新又拍拍林震的肩膀：“不要急躁嘛！咱们区三千个党员，百十个支部，你一来就什么问题都摸还行？”他打了个哈欠，有倦意的脸上的粉刺涨红了：“啊——哈，该睡午觉了。”

“那，发展工作怎么再去了解？”林震没有办法地问。

韩常新又去拍林震的肩膀，林震不由得躲开了。韩常新有把握地说：“明天咱们俩一齐去，我帮你去了解，好不好？”然后他拉着林震一同到宿舍去。

第二天，林震很有兴趣地观察韩常新如何了解情况。三年前，林震在北京师范上学的时候，出去当过见习教师，老教师在前面讲，林震和学生一起听，学了不少东西。这次，他也抱着见习的态度，打开笔记本，准备把韩常新的工作过程详细记录下来。

韩常新问魏鹤鸣："发展了几个党员？"

"一个半。"

"不是一个半，是两个，我是检查你们的发展情况，不是检查区委批没批。"韩常新纠正他。又问："这两个人本季度生产计划完成的怎么样？"

"很好，他们一个超额百分之七，一个超额百分之四，厂里黑板报还表扬……"

谈起生产情况，魏鹤鸣似乎起劲了些，但是韩常新打断了他的话："他们有些什么缺点？"

魏鹤鸣想了半天，空空洞洞地说了些缺点。

韩常新叫他给所举的缺点提一些例子。

提完例子，韩常新再问他党的积极分子完成本季度生产任务的情况，他特别感兴趣的是一些数字和具体事例，至于这些先进的工人克服困难、钻研创造的过程，他听都不要听。

回来以后，韩常新用流利的行书示范地写了一个"麻袋厂发展工作简况"，内容是这样的：

……本季度（1956年一月至三月）麻袋厂支部基本上贯彻了积极慎重发展新党员的方针，在建党工作上取得了一定的成绩。新通过的党员朱××与范××受到了共产党员的光荣称号的鼓舞，增强了主人翁的观念，在第一季度繁重的生产任务中各超额百分之七、百分之四。广大积极分子围绕在支部周围，受到了朱××与范××模范事例的教育，并为争取入党的决心所推动，发挥了劳动的积极性与创造性，良好地完成或者超额完成了第一季度的生产任务（下面是一系列数字与具体事例）。这说明：一、建党工作不仅与生产工作不会发生矛盾，而且大大推动了生产，任何借口生产忙而忽视建党工作的做法是错误的。二、……但同时必须指出，麻袋厂支部的建党工作，也仍然存在着一定的缺点……例如……

林震把写着“简况”的片艳纸捧在手里看了又看。有一刹那，他甚至于怀疑自己去没去过麻袋厂，怀疑自己上次与韩常新同去时睡着了，为什么许多情况他根本不记得呢？他迷惑地问韩常新：

“这，这是根据什么写的？”

“根据那天魏鹤鸣的汇报呀！”

“他们在生产上取得的成绩是因为建党工作么？”林震口吃起来。

韩常新抖一抖裤脚，说：“当然。”

“不吧？上次魏鹤鸣并没有这样讲。他们的生产提高了，也可能是由于开展竞赛，也许由于青年团建立了监督岗，未必是建党工作的成绩……”

“当然，我不否认。各种因素是统一起来的，不能形而上学地割裂地分析这是甲项工作的成绩，那是乙项工作的成绩。”

“那，譬如我们写第一季度的捕鼠工作总结，是不是也可以用这些数字和事例呢?”

韩常新沉着地笑了，他笑林震不懂“行”，他说:“那可以灵活掌握嘛……”

林震又抓住几个小问题问:

“你怎么知道他们的生产任务是繁重的呢?”

“难道现在会有一个工厂任务很清闲吗?”

林震目瞪口呆了。

五

初到区委会十天的生活，在林震头脑中积累起的印象与产生的问题，比他在小学待了两年的还多。区委会的工作是紧张而严肃的。在区委书记办公室，连日开会到深夜。从汉语拼音到预防大脑炎，从劳动保护到政治经济学讲座，无一不经过区委会的忠实的手。林震有一次去收发室取报纸，看见一份厚厚的材料，第一页上写着“区人民委员会党组关于调整公私合营工商业的分布、管理、经营方法及贯彻市委关于公私合营工商业工人工资问题的报告的请示”。他怀着敬畏的心情看着这份厚得像一本书的材料和它的长长的题目。有时，一眼望去，却又觉得区委干部们是随意而松懈的，他们在办公时间聊天，看报纸，大胆地拿林震认为最严肃的题目开玩笑，例如，青年监督岗开展工作，韩常新半嘲笑地说:“嚯，小青年们，脑门子热起来啦……”林震参加的一次部务会议也很有意思，讨论市委布置的一个临时任务，大家抽着烟，说着笑话，打着岔，开了两个钟头，拖拖沓沓，没有什么结果。这时，皱着眉思索了好久的刘世吾提出了一个方案，大家马上热烈地展开了讨论，很多人发表了使林震惊佩的精彩意见。林震觉得，这最后的三十多分钟的讨论要比以前的两个钟头有效十倍。某些时候，譬如说夜里，各屋亮着灯：第一会议室，出席座谈会的胖胖的工商业者愉快地与统战部长交换意见；第二会议室，各单位的学习辅导员们为“价值”与“价格”的关系争得面红耳赤；组织部坐着等待入党谈话的激动的年轻人，而市委的某个严厉的书记出现在书记办公室，找区委正副书记汇报贯彻工资改革的情况……这时，人声嘈杂，人影交错，电话铃声断断续续，林震仿佛从中听到了本区生活的脉搏的跳动，而区委会这座不新的、平凡的院落，也变得辉煌壮观起来。

在一切印象中，最突出和新鲜的印象是关于刘世吾的：刘世吾工作极多，常常同一个时间好几个电话催他去开会，但他还是一会儿就看完了《拖拉机站站长与总农艺师》，把书转借给了韩常新。而且，他已经把前一个月公布的拼音文字草案学会了，开始在开会时用拼音文字做记录了。某些传阅文件刘世吾拿过来看看题目和结尾就签上名送走，也有的不到三千字的指示他看上一下午，密密麻麻地画上各种符号。刘世吾有时一面听韩常新汇报情况，一面漫不经心地查阅其他的材料，听着听着却突然指出：“上次你汇报的情况不是这样！”韩常新不自然地笑了。刘世吾的眼睛捉摸不定地闪着光，但他并不深入追究，仍然查他的材料，于是韩常新恢复了常态，有声有色地汇报下去。

赵慧文与韩常新的关系也被林震看出了一些疑窦：韩常新对一切人都是拍着肩膀，称呼着“老王”“小李”，亲热而随便。独独对赵慧文，却是一种礼貌的公事公办的态度。这样说话：“赵慧文同志，党刊第一百零四期放在哪里？”而赵慧文也用顺从包含着警戒的神情对待他。

……四月，东风悄悄地刮起，不再被人喜爱的火炉蜷缩在阴暗的贮藏室，只有各房间熏黑了的屋顶还存留着严冬的痕迹。往年这个时候，林震就会带着活泼的孩子们去卧佛寺或者西山八大处踏青，在早开的桃李与混浊的溪水中寻找春天的消息。区委会的生活却不怎么受季节的影响，继续以那种紧张的节奏和复杂的色彩流转着。当林震从院里的垂柳上摘下一片多汁的嫩芽时，他稍微有点怅惘，因为春天来得那么快，而他，却没做出什么有意义的事情来迎接这个美妙的季节……

晚上九点钟，林震走进了刘世吾办公室的门。赵慧文正在这里，她穿着紫黑色的毛衣，脸儿在灯光下显得越发苍白。听到有人进来，她迅速地转过头来，林震仍然看见了她略略突出的颧骨上的泪迹。他回身要走，低着头吸烟的刘世吾做手势止住他：“坐在这儿吧，我们就谈完了。”

林震坐在一角，远远地隔着灯光看报，刘世吾用烟卷在空中划着圆圈，诚恳地说：

“相信我的话吧，没错。年轻人都这样，最初互相美化，慢慢发现了缺点，就觉得都很平凡。不要有不切实际的要求，没有遗弃，没有虐待，没有发现他政治上、品质上的问题，怎么能说生活不下去呢？才四年嘛。你的许多想法是从苏联电影里学来的，实际上，就那么回事……”

赵慧文没说话，她撩一撩头发，临走的时候，对林震惨然地一笑。

刘世吾走到林震旁边，问：“怎么样？”他丢下烟蒂，又掏出一支来点上火，紧接着贪婪地吸了几口，缓缓地吐着白烟，告诉林震：“赵慧文跟她爱人又闹翻了……”接着，他开开窗户，一阵风吹掉了办公桌上的几张纸，传来了前院里散会以后人们的笑声、招呼声和自行车铃响。

刘世吾把只抽了几口的烟扔出去，伸了个懒腰，扶着窗户，低声说：“真的是春天了呢！”

“我想谈谈来区委工作的情况，我有一些问题不知道怎么解决。”林震用一种坚决的神气说，同时把落在地上的纸页拾起来。

“对，很好。”刘世吾仍然靠着窗户框子。

林震从去麻袋厂说起：“……我走到厂长室，正看见王清泉同志在……”

“下棋呢还是打扑克？”刘世吾微笑着问。

“您怎么知道？”林震惊骇了。

“他老兄什么时候干什么我都算得出来。”刘世吾慢慢地说，“这个老兄棋瘾很大，有一次在咱这儿开了半截会，他出去上厕所，半天不回来，我出去一找，原来他看见老吕和区委书记的儿子下棋，就在旁边支上招儿了。”

林震把魏鹤鸣对他的控告讲了一遍。

刘世吾关上窗户，拉一把椅子坐下，用两个手扶着膝头支持着身体，轻轻地摆动着头：

“魏鹤鸣是个直性子，他一来就和王清泉吵得面红耳赤……你知道，王清泉也是个特殊人物，不太简单。抗日胜利以后，王清泉被派到国民党军队里工作，他当过国民党军的副团长，是个呱呱叫的情报人员。1947年以后他与我们的联系中断，直到解放以后才接上线。他是去瓦解敌人的，但是他自己也染上国民党军官的一些习气，改不过来，其实是个英勇的老同志。”

“这样……”

“是啊。”刘世吾严肃地点点头，接着说，“当然，不能以这为他辩护，党是派他去战胜敌人而不是与敌人同流合污，所以他的错误是应该纠正的。”

“怎么解决呢？魏鹤鸣说，这个问题已经拖了好久。他到处写过信……”

“是啊。”刘世吾又干咳了一会儿，做着手势说，“现在下边支部里各类问题很多，你如果一一地用手工业的方法去解决，那是事倍功半的。而且，上级布置的任务追着屁股，完成这些任务已经感到很吃力。作为领导，必须掌握一种把个别问题与一般问题结合起来，把上级分配的任务与基层存在的问题结合起来的艺术。再者，王清泉工作不努力是事实，但还没有发展到消极怠工的地步，作风有些生硬，也不是什么违法乱纪。显然，这不是组织处理问题而是经常教育的问题。从各方面看，解决这个问题的时机目前还不成熟。”

林震沉默着，他判断不清究竟怎样对。是娜斯嘉的“对坏事绝不容忍”对呢，还是刘世吾的“条件成熟论”对。他一想起王清泉那样的厂长就觉得难受，但是，他驳不倒刘世吾的“领导艺术”。刘世吾又告诉他：“其实，有类似毛病的干部也不只一个……”这更加使得林震睁大了眼睛，觉得这跟他在小学时所听的党课的内容不是一个味儿。

后来，林震又把看到的韩常新如何了解情况与写简报的事说了说，他说，他觉得这样整理简报不太真实。

刘世吾大笑起来，说：“老韩……这家伙……真高明……”笑完了，又长出一口气，告诉林震：“对，我把你的意见告诉他。”

林震犹豫着。刘世吾问：“还有别的意见么？”

于是林震勇敢地提出：“我不知道为什么，来了区委会以后发现了许多许多缺点，过去我想象的党的领导机关不是这样……”

刘世吾把茶杯一放：“当然，想象总是好的，实际呢，就那么回事。问题不在于有没有缺点，而在于什么是主导的。我们区委的工作，包括组织部的工作，成绩是基本的呢，还是缺点是基本的？显然成绩是基本的，缺点是前进中的缺点。我们伟大的事业，正是由这些有缺点的组织和党员完成着的。”

走出办公室以后，林震有一种奇怪的感觉：和刘世吾谈话似乎可以消食化气，而他自己的那些肯定的判断，明确的意见，却变得模糊不清了。他更加惶惑了。

六

不久，在党小组会上，林震受到了一次严厉的批评。

事情是这样：有一次，林震去麻袋厂，魏鹤鸣说，由于季度生产质量指标没有达到，王厂长狠狠地训了一回工人，工人意见很大，魏鹤鸣打算找些人开个座谈会，搜集意见，准备向上反映。林震很同意这种做法，以为这样也许能促进“条件的成熟”。过了三天，王清泉气急败坏地到区委会找副书记李宗秦，说魏鹤鸣在林震支持下搞小集团进行反领导的活动，还说参加魏鹤鸣主持的座谈会的工人都有历史问题，最后说自己请求辞职。李宗秦批评了他的一些缺点，同意制止魏鹤鸣再开座谈会，“至于林震，”他对王清泉说，“我们会给予应有的教育的。”

批评会上，韩常新分析道：“林震同志没有和领导上商量，擅自同意魏鹤鸣召集座谈会，这首先是一种无组织无纪律的行为……”

林震不服气，他说：“没有请示领导，是我的错。但是我不明白为什么我们不但不去主动了解群众的意见，反而制止基层这样做。”

“谁说我们不了解？”韩常新跷起一只腿，“我们对麻袋厂的情况统统掌握……”

“掌握了而不去解决，这正是最痛心的！党章上规定着，我们党员应该向一切违反党的利益的现象做斗争……”林震的脸变青了。

富有经验的刘世吾开始发言了，他向来就专门能在一定的关头起扭转局面的作用。

“林震同志的工作热情不错，但是他刚来一个月就给组织部的干部讲党章，未免仓促了些。林震以为自己是支持自下而上的批评，是做一件漂亮事，他的动机当然是好的。不过，自下而上的批评必须有领导地去开展，譬如这回事，请林震同志想一想：第一，魏鹤鸣是不是对王清泉有个人成见呢？很难说没有。那么魏鹤鸣那样积极地去召集座谈会，可不可能有什么个人目的呢？我看不一定完全不可能。第二，参加会的人是不是有一些历史复杂别有用心的分子呢？这也应该考虑到。第三，开这样一个会，会不会在群众里造成一种王清泉快要挨整了的印象因而天下大乱了呢？等等。至于林震同志的思想情况，我愿意直爽地提出一个推测：年轻人容易把生活理想化，他以为生活应该怎样，便要求生活怎样。作为一个党的工作者，要多考虑的却是客观现实，是生活可能怎样。年轻人也容易过高估计自己，抱负甚多，一到新的工作岗位就想对缺点斗争一番，充当个娜斯嘉式的英雄。这是一种可贵的、可爱的想法，也是一种虚妄……”

林震像被打中了似的颤了一下，他紧咬住了下嘴唇。

他鼓起勇气再问：“那么王清泉……”刘世吾把头一仰：“我明天找他谈话，有原则性的并不仅是你一个人。”

七

星期六晚上，韩常新举行婚礼。林震走进礼堂，他不喜欢那弥漫的呛人的烟气和地上杂乱的糖果皮与空中杂乱的哄笑，没等婚礼开始他就退了出来。

组织部的办公室黑着，他拉开灯，看见自己桌上的信，是小学的同事们写来，其中还夹着孩子们用小手签了名的信：

> 林老师：您身体好吗？我们特别特别想您，女同学都哭了，后来就不哭了，后来我们做算术，题目特别特别难，我们费了半天劲，中于算出来了……

看着信，林震不禁独自笑起来了，他拿起笔把“中于”改成“终于”，准备在回信时告诉他们下次要避免别字。他仿佛看见了系蝴蝶结的李琳琳、爱画水彩画的刘小毛和常常爱把铅笔头含在嘴里的孟飞……他猛地把头从信纸上抬起来，看见的却是电话、吸墨纸和玻璃板。他所熟悉的孩子的世界和他的单纯的工作已经离他而去了，新的工作要复杂得多……他想起前天党小组会上人们对他的批评。难道自己真的错了？真的是莽撞和幼稚，再加几分年轻人的廉价的勇气？也许真的应该切实估量一下自己，把分内的事做好，过两年，等到自己“成熟”了以后再干预一切？

礼堂里传来爆发的掌声和笑声。

一只手落在肩上，他吃惊地回过头来，灯光显得刺眼，赵慧文没有声响地站在他的身边，女同志走路都有这种不声不响的本事。

赵慧文问："怎么不去玩？"

"我懒得去。你呢？"

"我该回家了。"赵慧文说，"到我家坐坐好吗？省得一个人在这儿想心事。"

"我没有心事。"林震分辩着，但他接受了赵慧文的好意。

赵慧文住在离区委会不远的一个小院落里。

孩子睡在浅蓝色的小床里，幸福地含着指头。赵慧文吻了儿子，拉林震到自己房间里来。

"他父亲不回来吗？"林震问。

赵慧文摇摇头。

这间卧室好像是布置得很仓促，墙壁因为空无一物而显得过分洁白，盆架孤单地缩在一角，窗台上的花瓶傻气地张着口。只有床头小桌上的收音机，好像还能扰乱这卧室的安静。

林震坐在藤椅上，赵慧文靠墙站着。林震指着花瓶说："应该插枝花。"又指着墙壁说："为什么不买几张画挂上？"

赵慧文说："经常也不在，就没有管它。"然后她指着收音机问："听不听？星期六晚上，总有好的音乐。"

收音机响了，一种梦幻般的柔美的旋律从远处飘来，慢慢变得热情激荡。提琴奏出的诗一样的主题，立即揪住了林震的心。他托着腮，屏住了气。他的青春，他的追求，他的碰壁，似乎都能与这乐曲相通。

赵慧文背着手靠在墙上，不顾衣服蹭上了石灰粉，等这段乐曲过去，她用和音乐一样的声音说：“这是柴可夫斯基的《意大利随想曲》，让人想到南国，想到海……我在文工团的时候常听它，慢慢觉得，这调子不是别人演奏出的，而是从我心里钻出来的……”

“在文工团？”

“参加军事干部学校以后被分配去的，在朝鲜，我用我的蹩脚的嗓子给战士唱过歌，我是个哑嗓子的歌手。”

林震像第一次见面似的又重新打量赵慧文。

“怎么？不像了吧？”这时电台改放“剧场实况”了，赵慧文把收音机关了。

“你是文工团的，为什么很少唱歌？”林震问。

她不回答，走到床边，坐下。她说：“我们谈谈吧，小林，告诉我，你对咱们区委的印象怎么样？”

“不知道，我是说，还不明确。”

“你对韩常新和刘世吾有点意见吧，是不？”

“也许。”

“当初我也这样，从部队转业到这里，和部队的严格准确比较，许多东西我看不惯。我给他们提了好多意见，和韩常新激动地吵过一回，但是他们笑我幼稚，笑我工作没做好意见倒一大堆，慢慢地我发现，和区委的这些缺点做斗争是我力不胜任的……”

“为什么力不胜任？”林震像刺痛了似的跳起来，他的眉毛拧在一起了。

“这是我的错。”赵慧文抓起一个枕头，放在腿上，“那时我觉得自己水平太低，自己也很不完美，却想纠正那些水平比自己高得多的同志，实在自不量力。而且，刘世吾、韩常新还有别人，他们确实把有些工作做得很好。他们的缺点散布在咱们工作的成绩里边，就像灰尘散布在美好的空气中，你嗅得出来，但抓不住，这正是难办的地方。”

“对！”林震把右拳头打在左手掌上。

赵慧文也有些激动了，她把枕头抛开，话说得更慢，她说：“我做的是事务工作，领导同志也不大过问，加上个人生活上的许多牵扯，我沉默了。于是，上班抄抄写写，下班给孩子洗尿布、买奶粉。我觉得我老得很快，参加军干校时候那种热情和幻想，不知道哪里去了。”她沉默着，一个一个地捏着自己的手指，接着说：“两个月以前，北京市进入社会主义高潮，工人、店员还有资本家，放着鞭炮，打着锣鼓到区委会报喜。工人、店员把入党申请书直接送到组织部，大街上一天一变，整个区委会彻夜通明，吃饭的时候，宣传部、财经部的同志滔滔不绝地讲着社会主义高潮中的各种气象。可我们组织部呢？工作改进很少！打电话催催发展数字，按前年的格式添几条新例子写写总结……最近，大家检查保守思想，组织部也检查，拖拖沓沓开了三次会，然后写个材料完事……哎，我说乱了，社会主义高潮中，每一声鞭炮都刺着我，当我复写批准新党员通知的时候，我的手激动得发抖，可是我们的工作就这样依然故我地下去吗？”她喘了一口气，来回踱着，然后接着说：“我在党小组会上谈自己的想法，韩常新满足地问：‘难道我们发展数字的完成比例不是各区最高的？难道市委组织部没要我们写过经验？’然后他进行分析，说我情绪不够乐观，是因为不安心事务工作……”

“开始的时候，韩常新给人一个了不起的印象，但是，实际一接触……”林震又说起那次写汇报的事。

赵慧文同意地点头：“这一两年，虽然我没提什么意见，但我无时无刻不在观察。生活里的一切，有表面也有内容，做到金玉其外，并不是难事。譬如韩常新，充领导他会拉长了声音训人，写汇报他会强拉硬扯生动的例子，分析问题他会用几个无所不包的概念，于是，俨然成了个少壮有为的干部，他漂浮在生活上边，悠然得意。”

“那么刘世吾呢？”林震问，“他绝不像韩常新那样浅薄，但是他的那些独到的见解，精辟的分析，好像包含着一种可怕的冷漠。看到他容忍王清泉这样的厂长，我无法理解，而当我想向他表示什么意见的时候，他的议论却使人越绕越糊涂，可除了跟着他走，似乎没有别的路……”

“刘世吾有一句口头语：就那么回事。他看透了一切，以为一切就那么回事。按他自己的说法，他知道什么是‘是’，什么是‘非’，还知道‘是’一定战胜‘非’，又知道‘是’不能一下子战胜‘非’。他什么都知道，什么都见过——党的工作给人的经验本来很多。于是他不再操心，不再爱也不再恨。他取笑缺陷，仅仅是取笑；欣赏成绩，仅仅是欣赏。他满有把握地应付一切，再也不需要虔诚地学习什么，除了拼音文字之类的具体知识。一旦他认为条件成熟需要干一气，他就一把把事情抓在手里，教育这个，处理那个，俨然是一切人的上司。凭他的经验和智慧，他当然可以做好一些事，于是他更加自信。”赵慧文毫不容情地说道。这些话曾经在多少个不眠的夜晚萦绕在她的心头。

“我们的区委副书记兼部长呢？他不管么？”

赵慧文更加兴奋了，她说：“李宗秦身体不好，他想去做理论研究工作，嫌区委的工作过于具体。他当组织部长只是挂名，把一切事情推给刘世吾。这也是一种相当普遍的不正常的现象，有一批老党员，因为病，因为文化水平低，或者因为是首长爱人，他们挂着厂长、校长和书记的名，却由副厂长、教导主任、秘书或者某个干事做实际工作。”

“我们的正书记——周润祥同志呢？”

“周润祥是一个非常令人尊敬的领导同志，但是他工作太多，忙着肃反、私营企业的改造……各种带有突击性的任务。我们组织部的工作呢，一般说永远成不了带突击性的中心任务，所以他管得也不多。”

“那……怎么办呢？”林震直到现在，才开始明白了事情的复杂性，一个缺点，仿佛粘在从上到下的一系列的缘故上。

“是啊。”赵慧文沉思地用手指弹着自己的腿，好像在弹一架钢琴，然后她向着远处笑了，她说：“谢谢你……”

“谢我？”林震以为自己听错了。

“是的，见到你，我好像又年轻了。你天不怕地不怕，敢于和一切坏现象做斗争，于是我有一种婆婆妈妈的预感：

你……一场风波要起来了。”

林震脸红了。他根本没想到这些，他正为自己的无能而十分羞耻。他嘟哝着说：“但愿是真正的风波而不是瞎胡闹。”然后他问：“你想了这么多，分析得这么清楚，为什么只是憋在心里呢？”

“我老觉得没有把握。”赵慧文把手放在自己的胸前，“我看了想，想了又看，我有时候想得一夜都睡不好，我问自己：‘你的工作是事务性的，你能理解这些吗？’”

“你怎么会这样想？我觉得你刚才说得对极了！你应该把你刚才说的对区委书记谈，或者写成材料给《人民日报》……”

“瞧，你又来了。”赵慧文露出润湿的牙齿笑了。

“怎么叫又来了？”林震不高兴地站起来，使劲搔着头皮，“我也想过多少次，我觉得，人要在斗争中使自己变正确，而不能等到正确了才去做斗争！”

赵慧文突然推门出去了，把林震一个人留在这空旷的屋子里，他嗅见了肥皂的香气。马上，赵慧文回来了，端着一个长柄的小锅，她跳着进来，像一个梳着三只辫子的小姑娘。她打开锅盖，戏剧性地向林震说：

“来，我们吃荸荠，煮熟了的荸荠！我没有找到别的好吃的。”

“我从小就喜欢吃熟荸荠。”林震愉快地把锅接过来，他挑了一个大的没剥皮就咬了一口，然后他皱着眉吐了出来，“这是个坏的，又酸又臭。”赵慧文大笑了。林震气愤地把捏烂了的酸荸荠扔到地上。

临走的时候，夜已经深了，纯净的天空上布满了畏怯的小星星。有一个老头儿吆喝着“炸丸子开锅！”推车走过。林震站在门外，赵慧文站在门里，她的眼睛在黑暗中闪光，她说：“下次来的时候，墙上就有画了。”

林震会心地笑着：“而且希望你把丢下的歌儿唱起来！”他摇了一下她的手。

林震用力地呼吸着春夜的清香之气，一股温暖的泉水从心头涌了上来。

八

韩常新最近被任命为组织部副部长。新婚和被提拔，使他愈益精神焕发和朝气勃勃。他每天刮一次脸，在参观了服装展览会以后又做了一套凡尔丁料子的衣服。不过，最近他亲自出马下去检查工作少了，主要是在办公室听汇报、改文件和找人谈话。刘世吾仍然那么忙。

一天，晚饭以后，韩常新把《拖拉机站站长与总农艺师》还给林震，他用手弹一弹那本书，点点头说：“很有意思，也很荒唐。当个作家倒不坏，编得天花乱坠。赶明儿我得了风湿性关节炎或者犯错误受了处分，就也写小说去。”

林震接过书，赶快拉开抽屉，把它压在最底下。

刘世吾坐在另一边的沙发上正出神地研究一盘象棋残局，听了韩常新的话，刻薄地说：“老韩将来得关节炎或者受处分倒不见得不可能。至于小说，我们可以放心，至少在这个行星上不会看到您的大作。”他说的时候一点不像开玩笑，以致韩常新尴尬地转过头，装没听见。

这时刘世吾又把林震叫过去，坐在他旁边，问：“最近看什么书了？有没有好的借我看看？”

林震说没有。

刘世吾挪动着身体，斜躺在沙发上，两手托在脑后，半闭着眼，缓慢地说：“最近在《译文》上看了《被开垦的处女地》第二部的片段，人家写得真好，活得很……”

“您常看小说？”林震真不大相信。

“我愿意荣幸地表示，我和你一样爱读书：小说、诗歌，包括童话。解放以前，我最喜欢屠格涅夫。小学五年级，我已经读《贵族之家》，我为伦蒙那个德国老头儿流泪，我也喜欢叶琳娜，英沙罗夫写得却并不好……可他的书有一种清新的、委婉多情的调子。”他忽地站起来，走近林震，扶着沙发背，弯着腰继续说，“现在也爱看，看的时候很入迷，看完了又觉得没什么。你知道，”他紧挨林震坐下，又半闭起眼睛，“当我读一本好小说的时候，我梦想一种单纯的、美妙的、透明的生活。我想去当水手，或者穿上白衣服研究红血球，或者当一个花匠，专门培植十样锦……”他笑了，他从来没这样笑过，不是用机智，而是用心。“可还是得当什么组织部长。”他摊开了手。

“为什么您把现在的工作看得和小说那么不一样呢？党的工作不单纯，不美妙，也不透明么？”林震友好而关切地问。

刘世吾接连摇头，咳嗽了一会儿又站起来。靠到远一点的地方，嘲笑地说："党的工作者不适合看小说……譬如，"他用手在空中一画，"拿发展党员来说，小说可以写：'在壮丽的事业里，多少名新战士参加了无产阶级的先锋行列，万岁！'而我们呢，组织部呢，却正在发愁：第一，某支部组织委员工作马大哈，谈不清新党员的历史情况。第二，组织部压了百十个等着批准的新党员，没时间审查。第三，新党员须经常委会批准，而常委委员一听开会批准党员就请假。第四，公安局长参加常委会批准党员的时候老是打瞌睡……"

"您不对！"林震大声说，他像本人受了侮辱一样难以忍耐，"您看不见壮丽的事业，只看见某某在打瞌睡……难道您也打瞌睡了？"

刘世吾笑了笑，叫韩常新："来，看看报上登的这个象棋残局，该先挪车呢还是先跳马？"

九

魏鹤鸣告诉林震，他要求回到车间当工人，他说："这个支部委员和生产科长我干不了。"林震费尽唇舌，劝他把那次座谈会搜集的意见写给党报，并且质问他："你退缩了，你不信任党和国家了，是吗？"后来魏鹤鸣和几个意见较多的工人写了一封长信，偷偷地寄给报纸，连魏鹤鸣本人都对自己有些怀疑："也许这又是'小集团活动'？那就处罚我吧！"他是带着有罪的心情把大信封扔进邮箱的。

五月中旬,《北京日报》以显明的标题登出揭发王清泉官僚主义作风的群众来信。署名“麻袋厂一群工人”的信，愤怒地要求领导上处理这一问题。《北京日报》编者也在按语中指出:“……有关领导部门应迅速做认真的检查……”

赵慧文首先发现了，她叫林震来看。林震兴奋得手发抖，看了半天连不成句子，他想:“好！终于揭出来了！还是党报有力量!”

他把报纸拿给刘世吾看，刘世吾仔细地看了几遍，然后抖一抖报纸，客观地说:“好，开刀了!”

这时，区委书记周润祥走进来，他问:“王清泉的情况你们了解不?”

刘世吾不慌不忙地说:“麻袋厂支部的一些不健康的情况那是确实存在的。过去，我们就了解过，最近我亲自找王清泉谈过话，同时小林同志也去了解过。”他转身向林震:“小林，你谈谈王清泉的情况吧。”

有人敲门，魏鹤鸣紧张地撞进来，他的脸由红色变成了青色，他说，王厂长在看到《北京日报》以后非常生气，现在正追查写信的人。

经过党报的揭发与区委书记的过问，刘世吾以出乎林震意料之外的雷厉风行的精神处理了麻袋厂的问题。刘世吾一下决心，就可以把工作做得很出色。他把其他工作交代给别人，连日与林震一起下到麻袋厂去。他深入车间，详细调查了王清泉工作的一切情况，征询工人群众的一切意见。然后，与各有关部门进行了联系，只用了一个多星期的时间，就对王清泉做了处理——党内和行政都予以撤职处分。

处理王清泉的大会一直开到深夜。开完会，外面下起雨，雨忽大忽小，久久地不停息，风吹到人脸上有些凉。刘世吾与林震到附近的一个小铺子去吃馄饨。

这是新近公私合营的小铺子，整理得干净而且舒适。由于下雨，顾客不多。他们避开热气腾腾的馄饨锅，在墙角的小桌旁坐下来。

他们要了馄饨，刘世吾还要了白酒，他呷了一口酒，掐着手指，有些感触地说："我这是第六次参加处理犯错误的负责干部的问题了，头几次，我的心很沉重。"由于在大会上激昂地讲过话，他的嗓音有些嘶哑，"党的工作者是医生，他要给人治病，他自己却是并不轻松的。"他用无名指轻轻敲着桌子。

林震同意地点头。

刘世吾忽然问："今天是几号？"

"五月二十。"林震告诉他。

"五月二十，对了。九年前的今天，'青年军'二〇八师打坏了我的腿。"

"打坏了腿？"林震对刘世吾的过去历史还不了解。

刘世吾不说话，雨一阵大起来，他听着那哗啦哗啦的单调的响声，嗅着潮湿的土气。一个被雨淋透的小孩子跑进来避雨，小孩的头发在往下滴水。

刘世吾招呼店员："切一盘肘子。"然后告诉林震："1947年，我在北大当自治会主席。参加五二〇游行的时候，二〇八师的流氓打坏了我的腿。”他挽起裤子，可以看到一道弧形的疤痕，然后他站起来：“看，我的左腿是不是比右腿短一点?”

林震第一次以深深的尊敬和爱戴的眼光看着他。

喝了几口酒，刘世吾的脸微微发红，他坐下，把肉片夹给林震，然后歪着头说：“那个时候……我是多么热情，多么年轻啊！我真恨不得……”

“现在就不年轻，不热情了么?”林震用期待的眼光看着。

“当然不。”刘世吾玩着空酒杯，“可是我真忙啊！忙得什么都习惯了，疲倦了。解放以来从来没睡够过八小时觉，我处理这个人和那个人，却没有时间处理处理自己。”他托起腮，用最质朴的人对人的态度看着林震，“是啊，一个布尔什维克，经验要丰富，但是心还要单纯……再来一两！”刘世吾举起酒杯，向店员招手。

这时林震已经开始被他深刻和真诚的抒发所感动了。刘世吾接着闷闷地说：“据说，炊事员的职业病是缺少良好的食欲，饭菜是他们做的，他们整天和饭菜打交道。我们，党的工作者，我们创造了新生活，结果，生活反倒不能激动我们……”

林震的嘴动了动，刘世吾摆摆手，表示希望不要现在就和他辩论。他不说话，独自托着腮发愣。

“雨小多了，这场雨对麦子不错。”过了半天，刘世吾叹了口气，忽然又说：“你这个干部好，比韩常新强。”

林震在慌乱中赶紧喝汤。

刘世吾盯着他，亲切地笑着，问他："赵慧文最近怎么样？"

"她情绪挺好。"林震随口说。他拿起筷子去夹熟肉，看见了他熟悉的刘世吾的闪烁的目光。

刘世吾把椅子拉近他，缓缓地说："原谅我的直爽，但是我有责任告诉你……"

"什么？"林震停止了夹肉。

"据我看，赵慧文对你的感情有些不……"

林震颤抖着手放下了筷子。

离开馄饨铺，雨已经停了，星光从黑云下面迅速地露出来，风更凉了，积水潺潺地从马路两边的泄水池流下去。林震迷惘地跑回宿舍，好像喝了酒的不是刘世吾，倒是他。同宿舍的同志都睡得很甜，粗短的和细长的鼾声此起彼伏。林震坐在床上，摸着湿了的裤脚，眼前浮现了赵慧文的苍白而美丽的脸……他还是个毛头小伙子，他什么也没经历过，什么都不懂。他走近窗子，把脸紧贴在外面沾满了水珠的冰冷的玻璃上。

十

区委常委开会讨论麻袋厂的问题。

林震列席参加。他坐在一角，心跳、紧张，手心里出了汗。他的衣袋里装着好几千字的发言提纲，准备在常委会上从麻袋厂事件扯出组织部工作中的问题。他觉得麻袋厂问题的揭发和解决，造成了最好的机会，可以促请领导从根本上考虑一下组织部的工作。时候到了！刘世吾正在条理分明地汇报情况。书记周润祥显出沉思的神色，用左拳托着士兵式的粗壮而宽大的脸，右腕子压着一张纸，时而在上面写几个字。李宗秦用食指在空中写画着。韩常新也参加了会，他专心地把自己的鞋带解开又系上。

林震几次想说话，但是心跳得使他喘不上气。第一次参加常委会，就作这种大胆的发言，未免过于莽撞吧？不怕，不怕！他鼓励自己。他想起八岁那年在青岛学跳水，他也一边听着心跳，一边生气地对自己说："不怕，不怕！"

区委常委批准了刘世吾对于麻袋厂问题提出的处理意见，马上就要进行下面一项议程了，林震霍地举起了手。

"有意见吗？不举手就可以发言的。"周书记笑着说。

林震站起来，碰响了椅子，掏出笔记本看着提纲，他不敢看大家。

他说："王清泉个人是作了处理了，但是如何保证不再有第二、第三个王清泉出现呢？我们应该检查一下区委组织工作中的缺点：第一，我们只抓了建党，对于巩固党没给予应有的注意，使基层的党内斗争处于自流状态。第二，我们明知有问题却拖延着不去解决，王清泉来厂子整整五年，问题一直存在而且愈发展愈严重。……具体地说，我认为韩常新同志与刘世吾同志有责任……"

会场起了轻微的骚动，有人咳嗽，有人放下了烟卷，有人打开笔记本，有人挪了一下椅子。

韩常新耸了一下肩，用舌头舔了一下扭动着的牙床，讽刺地说："往往听到一种事后诸葛亮的意见：'为什么不早一点处理呢？'当然是愈早愈好啰！高、饶事件发生了，有人问为什么不早一点，贝利亚，也有人问为什么不早一点。再者，组织部并不能保证第二、第三个王清泉不会出现，林震同志也未尝能保证这一点。……"

林震抬起头，用激怒的目光看着韩常新。韩常新却只是冷冷地笑。林震压抑着自己说："老韩同志知道缺点的存在是规律，但他不知道克服缺点前进更是规律。老韩同志和刘部长，就是抱住了头一个规律，因而对各种严重的缺点采取了容忍乃至于麻木的态度！"说完，他用手抹了抹头上的汗，他也不知道自己怎么敢说得这样尖锐，但是终究说出来了，他有一种如释重负的感觉。

李宗秦在空中画着的食指停住了。周润祥转头看看林震又看看大家，他的沉重的身躯使木椅发出了吱吱声。他向刘世吾示意："你的意见？"

刘世吾点点头："小林同志的意见是对的，他的精神也给了我一些启发……"然后他悠闲地溜到桌子边去倒茶水，用手抚摸着茶碗沉思地说："不过具体到麻袋厂事件，倒难说了。组织部门巩固党的工作抓得不够，是的，我们干部太少，建党还抓不过来。麻袋厂王清泉的处理，应该说还是及时而有效的。在宣布处理的工人大会上，工人的情绪空前高涨，有些落后的工人也表示更认识到了党的大公无私，有一个老工人在台上一边讲话一边落泪，他们口口声声说着感谢党，感谢区委……"

林震小声说：“是的，正因为这样，我才觉得我们工作中的麻木、拖延、不负责任，是对群众犯罪。”他提高了声音，“党是人民的、阶级的心脏，我们不能容忍心脏上有灰尘，就不能容忍党的机关的缺点！”

李宗秦把两手交叉起来放在膝头，他缓缓地说，像是一边说一边思索着如何造句：“我认为林震、韩常新、刘世吾同志的主要争论有两个症结，一个是规律性与能动性的问题，……一个是……”

林震以不知从哪儿来的勇气对李宗秦说：“我希望不要只作冷静而全面的分析……”他没有说下去，他怕自己掉下眼泪来。

周润祥看一看林震，又看一看李宗秦，皱起了眉头，沉默了一会儿，迅速地写了几个字，然后对大家说：“讨论下一项议程吧。”

散会后，林震气恼得没有吃下饭，区委书记的态度他没想到。他不满甚至有点失望。韩常新与刘世吾找他一起出去散步，就像根本没理会他对他们的不满意，这使林震更意识到自己和他们力量的悬殊。他苦笑着想：“你还以为常委会上发一席言就可以起好大的作用呢！”他打开抽屉，拿起那本被韩常新嘲笑过的苏联小说，翻开第一页，上面写着：“按娜斯嘉的方式生活！”他自言自语：“真难啊！”

他缺少了什么呢？

十一

第二天下班以后，赵慧文告诉林震：“到我家吃饭去吧，我自己包饺子。”他想推辞，赵慧文已经走了。

林震犹豫了好久，终于在食堂吃了饭再到赵慧文家去。赵慧文的饺子刚刚煮熟。她穿着暗红色的旗袍，系着围裙，手上沾满面粉，像一个殷勤的主妇似的对林震说：“新下来的豆角做的馅子……”

林震嗫嚅地说：“我吃过了。”

赵慧文不信，跑出去给他拿来了筷子，林震再三表示确实吃过，赵慧文不满意地一个人吃起来。林震不安地坐在一旁，一会儿看看这，一会儿看看那，一会儿搓搓手，一会儿晃一晃身体。

“小林，有什么事么？”赵慧文停止了吃饺子。

“没……有。”

“告诉我吧。”赵慧文目不转睛地看着他。

“昨天在常委会上我把意见都提了，区委书记睬都不睬……”

赵慧文咬着筷子头想了想，她坚决地说：“不会的，周润祥同志只是不轻易发表意见……”

“也许。”林震半信半疑地说，他低下头，不敢正面接触赵慧文关切的目光。

赵慧文吃了几个饺子，又问：“还有呢？”

林震的心跳起来了。他抬起头，看见了赵慧文的好意的眼睛，他轻轻地叫：“赵慧文同志……”

赵慧文放下筷子，靠在椅子背上，有些吃惊了。

“我很想知道，你是否幸福。”林震用一种粗重的，完全像大人一样的声音说，“我看见过你的眼泪，在刘世吾的办公室，那时候春天刚来……后来忘记了。我自己马马虎虎地过日子，也不会关心人。你幸福吗?”

赵慧文略略疑惑地看着他，摇头，“有时候我也忘记……”然后点头，“会的，会幸福的。你为什么问它呢?”她安详地笑着。

林震把刘世吾对他讲的告诉了她：“……请原谅我，把刘世吾同志随便讲的一些话告诉了你，那完全是瞎说……我很愿意和你一起说话或者听交响乐，你好极了，那是自然而然的，……也许这里边有什么不好的，不合适的东西，马马虎虎的我忽然多虑了，我恐怕我扰乱谁。”林震抱歉地结束了。

赵慧文安详地笑着，接着皱起了眉尖儿，又抬起了细瘦的胳臂，用力擦了一下前额，然后她甩了一下头，好像甩掉什么不愉快的心事似的转过身去了。

她慢慢地走到墙壁上新挂的油画前边，默默地看画。那幅画的题目是《春》：莫斯科，太阳在春天初次出现，母亲和孩子一起到街头去……

一会儿，她又转过身来，迅速地坐在床上，一只手扶着床栏杆，异常平静地说：“你说了些什么呀？真的！我不会做那些不经过考虑的事。我有丈夫，有孩子，我还没和你谈过我的丈夫。”她不用常说的“爱人”，而强调地说着“丈夫”。“我们在五二年结的婚，我才十九，真不该结婚那么早。他从部队里转业，在中央一个部里当科长，他慢慢地染上了一种油条劲儿，争地位、争待遇，和别人不团结。我们之间呢，好像也只剩下了星期六晚上回来和星期一走。我的看法是：或者是崇高的爱情，或者什么都没有。我们争吵了……但是我仍然等待着……他最近出差去上海，等回来，我要和他好好谈一谈。可你说了些什么呢?”她又一次问，“小林，你是我所尊敬的顶好的朋友，但你还是个孩子——这个称呼也许不对，对不起。我们都希望过一种真正的生活，我们希望组织部成为真正的党的工作机构，我觉着你像是我的弟弟，你盼望我振作起来，是吧？生活是应该有互相支援和友谊的温暖，我从来就害怕冷淡。就是这些了，还有什么呢？还能有什么呢?”

林震惶恐地说：“我不该受刘世吾话的影响……”

“不。”赵慧文摇头，“刘世吾同志是聪明人，他的警告也许并不是完全没有必要，然后……”她深深地吐一口气，“那就好了。”

她收拾起碗筷，出去了。

林震茫然地站起，来回踱着步子，他想着、想着，好像有许多话要说，慢慢地，又没有了。他要说什么呢？本来什么都没有发生。生活有时候带来某种情绪的波流，使人激动也使人困扰，然后波流流过去，没有一点痕迹……真的没有痕迹吗？它留下对于相逢者的纯洁和美好的记忆，虽然淡淡，却难忘……

赵慧文又进来了，她领着两岁的儿子，还提着一个书包。小孩已经与林震见过几次面，亲热地叫林震“夫夫”——他说不清楚“叔叔”。

林震用强健的手臂把他举了起来。空旷的屋子里顿时充满了孩子的笑闹声。

赵慧文打开书包，拿出一叠纸，翻着，说：“今天晚上，我要让你看几样东西。我已经把三年来看到的组织部工作中的一些问题和自己的意见写了一个草稿。这个………”她不好意思地摸了一下一张橡皮纸，“大概这是可笑的，我给自己规定了一个竞赛的办法，让今天的自己和昨天的自己竞赛。我画了表，如果我的工作有了失误——写入党批准通知的时候抄错了名字或者统计错了新党员人数，我就在表上画一个黑叉子，如果一天没有错，就画一个小红旗。连续一个月都是红旗，我就买一条漂亮的头巾或者别的什么奖励自己……也许，这像幼儿园的做法吧？你觉得好笑吗？”

林震入神地听着，他严肃地说：“不。我尊敬你对自己的……”

临走的时候，夜已经深了。林震站在门外，赵慧文站在门里，她的眼睛在黑暗中闪着光，她说：“今天的夜色非常好，你同意吗？你闻见槐花的香气了没有？平凡的小白花，它比牡丹清雅，比桃李浓馥。你闻不见？真是！再见，明天一早就见面了，我们各自投身在伟大而麻烦的工作里边。然后晚上来找我吧，我们听美丽的《意大利随想曲》。听完歌，我给你煮荸荠，然后我们把荸荠皮扔得满地都是……”

林震靠着组织部门前的大柱子好久好久地呆立着，望着夜的天空。初夏的南风吹拂着他——他来时是残冬，现在已经是初夏了。他在区委会度过了第一个春天。

他做好的事情简直很少，简直就是没有，但他学了很多，多懂了不少事。他懂了生活的真正的美好和真正的分量，他懂了斗争的困难和斗争的价值。他渐渐明白，在这平凡而又伟大的、包罗万象的、担负着无数艰巨任务的区委会，单凭个人的勇气是做不成任何事情的……从明天……

办公室的小刘走过，叫他：“林震，你上哪儿去了？快去找周润祥同志，他刚才找了你三次。”

区委书记找林震了吗？那么不是从明天，而是从现在，他要尽一切力量去争取领导的指引，这正是目前最重要的……

隔着窗子，他看见绿色的台灯和夜间办公的区委书记的高大侧影，他坚决地、迫不及待地敲响了领导同志办公室的门。

一九五六年五月至七月

王蒙的《组织部来了个年轻人》是当代文学史上的经典作品，最初发表于《人民文学》1956年9月号，发表时标题为《组织部新来的青年人》。当时，24岁的王蒙任职于北京市东四区政府，他凭借自身的基层工作经验，意识到政治工作的复杂性，于是创作了这篇小说。王蒙以一个富于浪漫激情的青年知识分子身份，呈现了青年在日常工作环境中的成长困惑，也凸显了青年人的纯洁品质和坚定信念。《组织部来了个年轻人》这篇小说在发表之初便受到很大的关注，有着超越时代的魅力。

——胡诗杨

喜鹊登枝

浩　然

一

清早，飞来了两只花喜鹊，登在院子当中的桃树枝上，冲着北屋窗户喳喳地叫。

韩兴老头从农业社回到家里，被这叫声惊动了。他把粪箕子往猪圈墙下边一丢，仰着脸，捋着黄胡子，笑眯眯地望着花喜鹊，寻思着它们预兆的喜事儿。

坐在北屋炕上的老伴，挺不高兴地对着窗上的玻璃朝他喊："粥都凉了，你到底还吃不吃？一家子人光等着你。"

闺女韩玉凤眉开眼笑地迎着走进屋来的爸爸，一句话也没有说，就端粥盆拿碗筷，给老人盛上，自己也往炕沿上一跨，端着粥碗，稀里呼噜地吃起来；还没等把饭咽利落，碗筷一放，拿起小包裹就要走。

当妈妈的最能观察闺女的心事，见闺女那个慌慌张张的样子，故意绷着脸说："啥事儿勾你的魂儿啦？慌得你整天价饭都不想吃？"

玉凤脸一红，脑袋一晃："今儿个各社的会计开碰头会，能不忙吗?”她说着，看爸爸一眼，一阵风似的跑了。

老伴回头看看老头子，见他还是闷着头吃饭，就没好气地说:“你呀，整天价像个木头人，啥事儿也不管。看咱们丫头这两天成了没砣的秤，到哪儿都站不住，像个啥样子!”

这对老夫妻平时断不了开个玩笑，老伴性子急，老头子那股遇事满不在乎的脾气常常使她恼火。

这会儿，韩兴又不慌不忙地回答一句:“人家还不是忙工作嘛!”

老伴更生气了:“屁，什么忙工作，忙着搞‘自由’哩!”

“搞‘自由’就搞‘自由’呗，又何必大惊小怪的!”

“我的天，不是你身上掉下的肉，敢情是不疼。年轻人自己办终身大事，哪有什么主心骨哇?你没见老焦家二姑娘遭的那事儿:马马虎虎地订了亲，过门三天半就闹离婚，多糟心哪。咱丫头要是那个样子，我可不答应。”

“你不答应不顶用，有《婚姻法》管着呐。”

“《婚姻法》是《婚姻法》，她眼里也不能没我一点儿呀!”

老头子故意问:“怎么才合你的心呢?你想包办?”

老伴很认真地压低声音说:“新社会不兴包办，更不能拿儿女搞买卖，咱们得顺着潮流走。依我看，就按照玉凤她二姨的主意做，把城里供销社那个股长叫到咱家来，让他俩对面相看;相中了，问的她心服口服，两头乐意，一分钱彩礼也不要，这还能算我包办?”

老头子忍不住笑了:“要我说呀，你这是变相包办!”

老伴把嘴一噘:“你不用给我乱扣大帽子，不包办，也不能大撒巴掌不管。你就是不疼闺女。”

老头子又笑笑说：“我怎么不疼闺女？疼得讲究疼法，我比你会疼。你明知道人家自己找好了对象，不分青红皂白地偏要拆散人家，再给另找一个，这是为啥？非这样你不痛快？这还不是老思想穿上新外罩出来了？要我说呀，咱们应当认真负责地帮助玉凤把那个人调查调查，要是根子正、思想好，成亲后能够一块儿过社会主义日子，咱们就成全他们；要是真不好，咱们再劝玉凤也有话说了。这不是两全其美吗？”

老伴听了这番话，心里还有些不舒服，可是自己一时又想不出别的理由来驳老头子；再说，她也不敢相信自己那条道真能够走得通，就噘着嘴巴不吭气了。

老头子撂下饭碗，想了想说：“哦，有了。咱们东方红社跟他们青春社订了换种合同，我今天就去商量这码事；借这个由头，到那边把那个人的根底儿仔细地打听打听，看情形回头再说。你看行不行啊？”

老伴叹口气说：“去就去吧，说不定是喜是忧哩！”

二

韩兴老头在黑袄外边罩上了一件蓝布衫，换了一双纳帮薄底鞋，兜里还装上几块钱，背着粪箕子就动身了。

东方红社和青春社相离只有十来里地，因为当中隔着一道金鸡塘河，古来结亲的少，来往的也少。今年开春都转了高级社，又并成一个乡，两边社员觉得隔河涉水，走动起来很别扭。社干部们凑到一块儿开了个会，接着又发动了两班人马，在河上修起一座石桥。就在修石桥的时候，女儿韩玉凤才认识了青春社的林雨泉。他俩一块儿参加运石头，一块儿搞宣传鼓动工作，最后又一块儿计算工料成本，一来二去就悄悄地搞起恋爱来了。韩兴老头在县农业技术训练班学习一个多月，回来就听到一些风言风语。做父母的谁不关心儿女的终身大事？何况他的儿子不在家，身边独有这么一个眼珠子似的闺女呢！

有一天，玉凤没在家，老两口子正唠叨这件事儿，西头玉凤她二姨一掀门帘进来，坐在炕上就数叨起来了："我的姐夫呀，玉凤的婚事你们可该拿拿主意了。你没见东街老焦家二姑娘唱的那出戏。自由呀，恋爱呀，末了让那个二流子一身制服一双皮鞋，就把她给哄弄走了。爹妈把闺女养那么大，不要说闹几个养老钱，连一包点心都没有吃上。结果呢，三天半又闹着打离婚，跟着生气、丢人。"她见姐姐被自己的话说得哑口无言，就又出谋献策，"要我说呀，先下手为强，把我们亲家表侄，给玉凤介绍介绍。人家在顺义县供销社当股长，要人有人，要事儿有事儿。成了亲，玉凤往城里一住，再不用在庄稼地受苦了。你们两口子吃缺了，花短了，伸手就有钱用。话说回来，嫁给青春社林家，你们有什么便宜占？前几天我听说，老林家是个穷光蛋，那小子上了半截中学就回家拿上锄把啦，也不知道他犯了什么错误……"

韩兴老头子很干脆地回答说："抚养子女是咱们的义务。

把她拉扯大了，也不是图一棵摇钱树。至于说林家穷不穷，这更没啥。闺女要想嫁给富农，我还不干哩。只要小伙子劳动强，思想进步，家庭是革命的，结了婚，靠着农业社，凭着两双手，还愁没有幸福日子过？”

从这以后，林雨泉的品质好坏，家庭如何，就成了他心上的一件大事情。可是闺女总不愿意把事情公开，当老人的也不好多问，事情就这样悄悄地拖了下来。

韩兴老头是个热心人，村里两姓旁人出了事，他总得揽起来，尽心尽意地帮助，如今事儿摊到自己亲生闺女身上，他怎么能不管呢？不过，他有一定之规：做父母的既不能像东街老焦家那样对闺女的终身大事漠不关心，撒开手不管，也不能像老伴那样再来个变相包办。更不能像玉凤二姨说的那样，趁儿女办婚事捞一把。他认为新社会的父母应当按照国家的章程，集体的利益，青年人的意愿，帮助孩子安排好前途，让她一生永远向上，幸福美满。同时，他也很相信自己的闺女玉凤，不会像焦家二姑娘那样没主见，更不会拿恋爱、结婚开玩笑，随随便便料理终身大事。

韩兴老头走着路，光顾想心事了，身后的喊叫声和车铃声他都没听见。当他被响声惊动，猛一转身，见一个人骑着自行车朝他这边来了，左躲右躲拿不定主意，脚下边的石头子儿一滑，闹了个屁股蹲儿。前边的自行车眼看要冲到他身上，骑车的小伙子来了个急刹车。“叭嚓”摔倒了，挂在车把上的小包和本子滚出老远。

韩兴老头自知理亏，正想说几句抱歉话儿，谁知那个小伙子爬起来，也不顾自己的东西，就先跑来扶他，亲热地问他：“老大爷，您摔着没有？”

韩兴老头爬起来，拍着土，说：“上年纪的人耳朵背，真耽误事儿，让你挨了摔，车子没有摔坏呀？”

小伙子扶起车子，拾起东西，笑着说：“没有。也怪我骑的急了点儿。”

韩兴老头对这个又热情又肚量宽的年轻人很感激，就问：“小伙子，是哪庄的？”

“青春社的。您呢？”

“我是东方红社的，到你们社办点事儿。”

“太好了。您跟我一块儿走吧。”

韩兴老头留神看看这个年轻人，只见他中溜儿个子，圆脸盘，两道粗眉毛下边闪动两只很俊气的眼睛，文文雅雅，结结实实，说话时不慌不忙。他觉得这个年轻人很不错。

一边走，小伙子问：“老大爷，您到我们社是换谷子种吧？”

“是呀，听说那个品种产量挺高。”

“高是高，就是挺娇贵，要摸准它的性子才行。我们团支部种了两年才摸到一点儿经验。您换回去，最好先少种一点试试，再扩大面积。”

“你说的对，办啥事儿都应当稳重扎实。”

“您住我们那儿吧，晚上我们团支部给您介绍介绍情况。”

“那太好啦。”

“明天我帮您把种子驮回来。我这车子能驮二百多斤。”

一边走，一边说，韩兴老头很喜欢这个小伙子，就问：“你在村里负什么责任哪？”

“会计，团支部委员。”

“噢，你叫什么名字？”

“老大伯，您就叫我泉子吧。”

老头又问：“你们社有个叫林雨泉的，那个人怎么样呀？”

小伙子听了这句话，停住脚步，望望老人，突然一下子红了脸，说了声“你到村里跟大伙打听去吧”，蹬上车子，一溜烟似的跑了。

三

韩兴老头来到青春社，社主任热情地把他引到办公室，把换种的事商量妥当，又谈两个社的生产。随后韩兴老头转弯抹角地问起林雨泉的情况。

社主任对这个问题兴头也挺高，大声朗朗地说：“林雨泉可是个能文能武的好小伙子，如今担任社里的会计股长，又是联乡会计网的辅导员；不光是把铁算盘，生产上也是个拿旗的手。您路过金鸡塘河，不是见到荒沙上许多白杨树吗？那都是他带动青年们栽的，您换的谷种，也是他第一个挑头试验成功的。”

韩兴老头很高兴，又试探着问：“听说这个人品性不大好，上中学犯了错误才回村的。”

社主任笑了：“没影的事儿。那个人又老实又厚道，别看年纪轻，可是个有志气的人。那年我们才建社，找不到会计，人家宁愿不升高中，主动要求回到村里帮我们办社。现在党支部正培养他哩……”

他们正说着话，走进一位五十多岁的老头。这人圆脸高个儿，满腮黑森森的短胡子。他把怀里抱着的一大摞书籍放在桌子上，掸着身上的土，看看韩兴问：“这是哪儿来的客？”

社主任忙站起来介绍：“这位是东方红社的农业股长韩兴同志，到咱这商量换谷种的事。这位就是泉子的爸爸林振，我们社的副主任。”

林振也是个快活人，亲热地拉住韩兴的手说：“东方红社的，好极啦。我们社赶不上你们先进，我老早就想去讨教点好经验。您还没吃饭吧，走，咱们家去吃吧。”

韩兴老头推辞不去。林振说：“同志，咱们两社是一块儿奔社会主义的好朋友，难道吃一顿饭都不成？我这个人可不喜欢客气。走吧，我还有件重要事情跟您打听哪。”

社主任又帮忙劝说了一阵，韩兴才跟林振出来。他心里想：这个老头挺开通，吃着饭的当儿也好探探林雨泉的底儿。

他们穿过饲养场，忽见一个大个子中年人气呼呼地走过来，嘴里还不干不净地骂什么。他见到林振就停住脚步，从衣兜里掏出一沓发货票，用两个手指头捏着，晃了晃说：

“林主任，会计太厉害了，社主任都当不了他的家。您看，这条子泉子不给报账。要是这样，我这个队长可没法当啦。会计是您儿子，您去说说吧。”

林振看了看条子说：“不要着急，我去看看。”

韩兴随着他俩走进一座大院，只听见从屋里传出噼啪啪的算盘声。韩兴没有跟林振进屋，一个人留在窗外边等候。林振进去之后，屋里立刻传出争吵的声音：

"把这笔账下了吧，是咱们主任答应的。"这是林振老头的声音。

"谁答应的也不能报销！"一个年轻人的声音。

"哟，会计股长，你亲爹都当不了你的家了？"这是那个队长粗重的声音。

"我不管是谁，都得按原则制度办事儿。你看看，你们队给牲口买这么多红缨子干什么？戴上它出门漂亮是吧？谁图漂亮谁花钱。你再看看这几张发货票，你们在外边开会吃饭摆阔气，这不符合勤俭办社的精神，绝对不能报销！"

韩兴老头觉得年轻人说话的声音越听越耳熟，好不容易才想起来，这个会计正是他半路上碰见的那个小伙子。

许多路过的社员也凑到窗前听热闹。一个社员说："社里幸亏有泉子这么个大公无私的会计，不的话，有人就会拿社里钱当水泼。"另一个说："别看人家泉子才二十多岁，过大日子可满有算计。就拿春天盖牲口棚那件事儿说，大伙都说买瓦，人家泉子提出用草苫。怎么样，那回省下老大一笔钱。"

一会儿，那个队长气呼呼地冲出屋走了。林振也红着脸跟出来，向韩兴神秘地笑笑，摇摇头说："我们这个小子真不好对付，常常让我这当爹的下不来台。"

韩兴很认真地说："像这种人才能办大事哩！"

四

韩兴老头走进林家的院子。

林振把客人让到屋子里，吩咐老婆和女儿做饭，又找个瓶子跑出去打酒。

屋子里只剩下韩兴老头子一个人。他坐在椅子上抽烟，端详这间小屋子。屋子不大，可是拾掇得挺干净利落。靠北墙放着一条红油漆柜。墙上挂着一块长方镜框，镜框里边装着一张姑娘的相片：她扛着一把大镐，笑眯眯地站在树下边……咦！那不是女儿玉凤吗？她的相片怎么到这儿了？韩兴老头吃了一惊，眼睛又落在柜上边一个红色皱皮的笔记本上。他对这个本子更眼熟：明明是他前些天到县城里开会给玉凤买来的，昨天夜里还见她趴在灯下往本子上边写什么；难道它长了腿，一夜光景就跑这儿来了？老头子心里嘀嘀咕咕，不由得拿过本子打开一看，只见第一页上写着：

雨泉：这本子是爸爸为我买的，送给你使吧。希望你把学习政治理论和参加斗争生活的收获都记在本子上。

玉凤　二月二十日

……

摊鸡子、炒白菜，还有两大碗粉条、豆腐，整整摆满一桌子。林振兴致勃勃地替韩兴斟满了一杯酒。两个人同时举起来，一饮而尽。三杯水酒下了肚，林老头的话可就多起来了。他从幼小怎么给地主扛活，怎么下关东逃荒，谈到土地改革斗地主，分房子分地，孩子上中学，建立农业社，走上社会主义大道。接着，他又谈到未来的远景：怎么用金鸡塘的水力发电呀，什么时候使拖拉机呀……两位老人越谈越投脾气。

酒喝浓了，话说亲了，林振谈起自己的一宗心事："韩大哥，我看出你是个实在人，肚子里有话乐意跟你往外掏，有件事情想跟您了解了解。刚才您不是听见会计室里有个人跟我吵架吗？那就是我的大儿子。今年春起，他跟您社一个叫玉凤的女队长搞上了恋爱。我说，这件事咱们是一百个赞成，婚姻自主好处多嘛。两个年轻人是一心无二了。前几天，孩子征求我们老两口子的意见，问我们同意呀不同意。韩大哥，让您说，咱一点情况都不了解，有什么资格发言表态呀？我想跟您把那个女孩子家庭根底打听打听，咱好帮孩子选择选择对象。"

韩兴老头是个喝酒就上脸的人。现在他的脸不知是兴奋的，还是喝酒喝的，早就红成灯笼似的了。他捋着黄胡子，眯缝着眼，盯着林老头的脸说："先告诉我，你儿子到底叫什么名字？"

林振说："大伙都习惯叫他小名泉子，学名叫林雨泉。那个姑娘一提您也认识，就是相片上那个。"他说着下地要去取相片。

韩兴一把拉住他说："林大哥，不瞒您说，韩玉凤就是我闺女，有什么话，尽管问吧！”

林振听了先是一愣，紧接着，两位老人就双双拉住手哈哈地大笑起来。林振使劲拍着韩兴的肩膀说：“原来亲家跑到我这里私访来了！我这家让你相漏了吧？孩子他妈，快进来……”

屋外边也正在叽叽喳喳地笑哩。

刚才屋里正在热闹的时候，林雨泉回家吃饭。听妹妹一学说，他害臊地要往外跑，娘两个连拉带推地把他拉到屋里。林雨泉像个没过门的媳妇见了婆婆，低着头，红着脸。小妹妹在一旁不住地朝他挤眼吐舌头。

韩兴老头一把将林雨泉拉到跟前，端详又端详，然后说：“你是个好孩子，人也好，思想也好，家庭也好。我闺女的眼光不错，我跟你爸爸一样：一百个赞成你们。没别的，老丈人也不白相女婿。”他说着，一只手从衣兜里掏出一张崭新的五元票子，“拿去买一支钢笔使，当纪念。”

一屋子人哈哈大笑。

一九五六年八月写于保定

《喜鹊登枝》发表于《北京文艺》(《北京文学》前身)1956年第11期，是作家浩然的处女作，当时他年仅24岁。故事发生在农业合作社从初级到高级的阶段，围绕着韩兴考察女儿的恋爱对象林雨泉展开。在几次偶然又戏剧化的事件中，韩兴发现林雨泉是一个勤俭、能干又有原则的好青年，最后韩林两家人喜结连理，生活像“喜鹊登枝”一样幸福美满。《喜鹊登枝》以自由恋爱的精神贯穿始终，折射了社会主义“新农村的新面貌”，短小的篇幅内充盈着朴素的乐观与美好。

——胡诗杨

红　豆

宗　璞

天气阴沉沉的，雪花成团地飞舞着。本来是荒凉的冬天的世界，铺满了洁白柔软的雪，仿佛显得丰富了，温暖了。江玫手里提着一只小箱子，在×大学的校园中一条弯曲的小道上走着。路旁的假山，还在老地方。紫藤萝架也还是若隐若现地躲在假山背后。还有那被同学戏称为阿木林的枫树林子，这时每株树上都积满了白雪，真是“忽如一夜春风来，千树万树梨花开”了。雪花迎面扑来，江玫觉得又清爽又轻快。她想起六年以前，自己走着这条路，离开学校，走上革命的工作岗位时的情景，她那薄薄的嘴唇边，浮出一个微笑。脚下不觉愈走愈快，那以前住过四年的西楼，也愈走愈近了。

江玫走进了西楼的大门，放下了手中的箱子，把头上紫红色的围巾解下来，抖着上面的雪花。楼里一点声音也没有，静悄悄的。江玫知道这楼已做了单身女教职员宿舍，比从前是学生宿舍时，自然不同。只见那间门房，从前是工友老赵住的地方，门前挂着一个牌子，写着“传达室”三个字。

“有人么?”江玫环顾着这熟悉的建筑，还是那宽大的楼梯，还是那阴暗的甬道，吊着一盏大灯。只是墙边布告牌上贴着“今晚团员大会”的布告，还有工会基层选举的通知，用红纸写着，显得喜气洋洋的。

“谁呀？”一个苍老的声音从传达室里发出来。传达室门开了，一个穿着干部服的整洁的老头儿，站在门口。

“老赵！”江玫叫了一声，又高兴又惊奇，跑过去一把抱住了他，“你还在这儿！”

“是江玫！”老赵几乎不相信自己昏花的老眼，揉了揉眼睛，仔细看着江玫，“是江玫！打前儿个总务处就通知我，说党委会新来了个干部，叫给预备一间房，还说这干部还是咱们学校的学生呢，我可再也没想到是你！你离开学校六年啦，可一点没变样，真怪，现时的年轻人，怎么再也长不老哇！走！领你上你屋里去，可真凑巧，那就是你当学生时住的那间房！”

老赵絮絮叨叨领着江玫上楼。江玫抚着楼梯栏杆，好像又接触到了六年以前的大学生生活。

这间房间还是老样子，只是少了一张床，多了些别的家具。窗外可以看到阿木林，还有阿木林后面的小湖，在那里，夏天时，是要长满荷花的。江玫四面看着，眼光落到墙上嵌着的一个耶稣受难像上。那十字架的颜色，显然深了许多。

好像是有一个看不见的拳头，重重地打了江玫一下。江玫觉得一阵头昏，问老赵：“这个东西怎么还在这儿？”

“本来说要取下来，破除迷信，好些房间都取下来了。后来又说是艺术品让留着，有几间屋子就留下了。”

“为什么要留下？为什么要留下这一间的？”江玫怔怔地

看着那十字架，一歪身坐在还没有铺好的床上。

“那也是凑巧呗！”老赵把桌上的一块破抹布捡在手里。“这屋子我都给收拾好啦，你归置归置，休息休息。我给你张罗点开水去。”

老赵走了。江玫站起身来，伸手想去摸那十字架，却又像怕触到使人疼痛的伤口似的，伸出手又缩回手，怔了一会儿，后来才用力一揿耶稣的右手，那十字架好像一扇门一样打开了。墙上露出一个小洞。江玫踮起脚尖往里看，原来被冷风吹得绯红的脸色刷地一下变得惨白。她低声自语：“还在！”遂用两个手指，拈出了一个小小的有象牙托子的黑丝绒盒子。

江玫坐在床边，用发颤的手揭开了盒盖。盒中露出来血点儿似的两粒红豆，镶在一个银丝编成的指环上，没有耀眼的光芒，但是色泽十分匀净而且鲜亮。时间没有给它们留下一点痕迹——

江玫知道这里面有多少欢乐和悲哀。她拿起这两粒红豆，往事像一层烟雾从心上升起，泪水遮住了眼睛——

那已经是八年以前的事了。那时江玫刚二十岁，上大学二年级。那正是1948年，那动荡的翻天覆地的一年，那激动，兴奋，流了不少眼泪，决定了人生的道路的一年。

在这一年以前，江玫的生活像是山岩间平静的小溪流，一年到头潺潺地流着，很少波浪。她生长于小康之家，父亲做过大学教授，后来做了几年官。在江玫五岁时，有一天，他到办公室去，就再没有回来过。江玫只记得自己被送到舅母家去住了一个月，回家时，看见母亲如画的脸庞消瘦了，眼睛显得惊人的大，看去至少老了十年。据说父亲是患了急性肠炎去世了。以后，江玫上了小学上中学，上了中学上大学。在中学时，有一些密友常常整夜叽叽喳喳地谈着知心话。上大学后，因为大家都是上课来，下课走，不参加什么活动的人简直连同班同学也不认识，只认识自己的同屋。江玫白天上课弹琴，晚上坐图书馆看参考书，礼拜六就回家。母亲从摆着夹竹桃的台阶上走下来迎接她，生活就像那粉红色的夹竹桃一样与世隔绝。

1948年春天，新年刚过去，新的学期开始了。那也是这样一个下雪天，浓密的雪花安安静静地下着。江玫从练琴室里走出来，哼着刚弹过的调子。那雪花使她感到非常新鲜，她那年轻的心充满了欢乐。她走在两排粉妆玉琢的短松墙之间，简直想去弹动那雪白的树枝，让整个世界都跳起舞来。她伸出了右手，自己马上觉得不好意思，连忙缩了回来，捋了捋鬓发，按了按母亲从箱子底下找出来的一个旧式发夹，发夹是黑白两色发亮的小珠串成的，还托着两粒红豆，她的新同屋肖素说好看，硬给她戴在头上的。

在这寂静的道路上，一个青年人正急速地向练琴室走来。他身材修长，穿着灰绸长袍，罩着蓝布长衫，半低着头，眼睛看着自己前面三尺的地方，世界对于他，仿佛并不存在。也许是江玫身上活泼的气氛，脸上鲜亮的颜色搅乱了他，他抬起头来看了她一眼。江玫看见他有着一张清秀的象牙色的脸，轮廓分明，长长的眼睛，有一种迷惘的做梦的神气。江玫想，这人虽然抬起头来，但是一定并没有看见我。不知为什么，这个念头，使她觉得很遗憾。

晚上，江玫躺在床上，久久不能入睡。许多片断在她脑中闪过。她想着母亲，那和她相依为命的老母亲，这一生欢乐是多么少。好像有什么隐秘的悲哀在过早地染白她那一头丰盛的头发。她非常嫌恶那些做官的和有钱的人，江玫也从她那里承袭了一种清高的气息。那与世隔绝的清高，江玫想想，忽然好笑了起来。

江玫自己知道，觉得那种清高好笑是因为想到肖素的缘故。肖素是江玫这一学期的新同屋。同屋不久，可是两人已经成为很要好的朋友。肖素说江玫像是从另一个世界来的，清高这个词儿也是肖素说的，她还说："当然，这也有好处也有不好处。"这些，江玫并不完全了解。只不知为什么，乱七八糟的一些片断都在脑海中浮现出来。

这屋子多么空！肖素还不回来。江玫很想看见她那白中透红的胖胖的面孔，她总是给人安慰、知识和力量。学物理的人总是聪明的，而且她已经四年级了，江玫想。但是在肖素身上，好像还不只是学物理和上到大学四年级，她还有着更丰富的东西，江玫还想不出是什么。

正乱想着，肖素推门进来了。

"哦！小鸟儿！还没有睡！"小鸟儿是肖素给江玫起的绰号。

"睡不着。真希望你快点回来。"

“为什么睡不着?”肖素带回来一个大萝卜，切了一片给江玫。

“等着吃萝卜，——还等着你给讲点什么。”江玫望着肖素坦白率真的脸，又想起了母亲。上礼拜她带肖素回家去，母亲真喜欢肖素，要江玫多听肖姐姐的话。

“我会讲什么？你是幼儿园？要听故事？喏，给你本小书看看。”江玫接过那本小书，书面上写着《方生未死之间》。

俩人静静地读起书来了。这本书很快就把江玫带进了一个新的天地。它描写了中国人民受的苦难，在血和泪中，大家在为一种新的生活——真正的丰衣足食，真正的自由——奋斗，这种生活，是大家所需要的。

“大家？——”江玫把书抱在胸前，沉思起来。江玫的二十年的日子，可以说全是在那粉红色的夹竹桃后面度过的。但她和母亲一样，憎恶权势，憎恶金钱。母亲有时会流着泪说:“大家都该过好日子，谁也不该屈死。”母亲的“大家”在这本小书里具体化了。是的，要为了大家。

“肖素，”江玫靠在枕上说,“我这简单的人，有时也曾想过人活着是为了什么，但想不通。你和你的书使我明白了一些道理。”

“你还会明白得更多。”肖素热切地望着她,“你真善良——你让我忘记刚才的一场气了。刚刚我为我们班上的齐虹真发火了——。”

“齐虹？他是谁?”

“就是那个常去弹琴，老像在做梦似的那个齐虹，真是自私自利的人，什么都不能让他关心。”

肖素又拿起书来看了。

江玫也拿起书来，但她觉得那清秀的象牙色的脸，不时在她眼前晃动。

雪不再下了。坚硬的冰已经逐渐变软。江玫身上的黑皮大衣换成了灰呢子的，配上她习惯用的红色的围巾，洋溢着春天的气息。她跟着肖素，生活渐渐忙起来。她参加了“大家唱”歌咏团和“新诗社”。她多么喜欢那“你来我来他来她来大家一齐来唱歌”的热情的声音，她因为《黄河大合唱》刚开始时万马奔腾的鼓声兴奋得透不过气来。她读着艾青、田间的诗，自己也悄悄写着什么“飞翔，飞翔，飞向自由的地方”的句子。“小鸟”成了大家对她的爱称。她和肖素也更接近，每天早上一醒来，先要叫一声“素姐”。

她还是天天去弹琴，天天碰见齐虹，可是从没有说过话。本来总在那短松夹道的路上碰见他。后来常在楼梯上碰见他，后来江玫弹完了琴出来时，总看见他站在楼梯栏杆旁，仿佛站了很久了似的，脸上的神气总是那样漠然。

有一天天气暖洋洋的，微风吹来，丝毫不觉得冷，确实是春天来了。江玫在练琴室里练习贝多芬的《月光》曲，总弹也弹不会，老要出错，心里烦躁起来，没到时间就不弹了。她走出琴室，一眼就看见齐虹站在那里。他的神色非常柔和，劈头就问：

“怎么不弹了？”

“弹不会。”江玫多少带了几分诧异。

“你大概太注意手指的动作了。不要多想它，只记着调子，自然会弹出来。”

他在钢琴旁边坐下了，冰冷的琴键在他的弹奏下发出了那样柔软热情的声音。换上别的人，脸上一定会带上一种迷醉的表情，可是齐虹神采飞扬，目光清澈，仿佛现实这时才在他眼前打开似的。

“这是怎么样的人?”江玫问着自己，“学物理，弹一手好钢琴，那神色多么奇怪!”

齐虹停住了，站起来，看着倚在琴边的江玫，微微一笑。

“你没有听?”

“不，我听了。”江玫分辩道，“我在想——”想什么，她自己也不知道。

“我送你回去，好么?”

“你不练琴么?”

“不想练。你看天气多么好!”

就这样，他们开始了第一次的散步，就这样，他们散步，散步，看到迎春花染黄了柔软的嫩枝，看到亭亭的荷叶铺满了池塘。他们曾迷失在荷花清远的微香里，也曾迷失在桂花浓酽的甜香里，然后又是雪花飞舞的冬天。哦！那雪花，那阴暗的下雪天！——

齐虹送她回去，一路上谈着音乐，齐虹说：“我真喜欢贝多芬，他真伟大，丰富，又那样朴实。每一个音符上都充满了诗意。”江玫懂得他的“诗意”含有一种广义的意思。她的眼睛很快地表露了她这种懂得。

齐虹接着说："你也是喜欢贝多芬的，不是吗？据说肖邦最不喜欢贝多芬，简直不能容忍他的音乐。"

"可我也喜欢肖邦。"江玫说。

"我也喜欢。那甜蜜的忧愁——人和人之间是有很多相同的也有很多不相同的东西——"那漠然的表情又来到他的脸上，"物理和音乐能把我带到一个真正的世界去，科学的、美的世界，不像咱们活着的这个世界，这样空虚，这样紊乱，这样丑恶！"

他送她到西楼，冷淡地点了点头就离开了，根本没有问她的姓名。江玫又一次感到有些遗憾。

晚上，江玫从图书馆里出来，在月光中走回宿舍。身后有一个声音轻轻唤她："江玫！"

"哦！是齐虹。"她回头看见那修长的身影。

"你怎么知道我的名字？"齐虹问。月光照出他脸上热切的神气。

"你怎么知道我的名字？"江玫反问。她觉得自己好像认识齐虹很久了，齐虹的问题可以不必回答。

"我生来就知道。"齐虹轻轻地说。

俩人都不再说话。月光把他们的影子投在地上。

以后，江玫出来时，只要是一个人，就总会听到温柔的一声"江玫"。他们愈来愈熟。不知从什么时候起，从图书馆到西楼的路就无限度地延长了。走啊，走啊，总是走不到宿舍。江玫并不追究路为什么这样长，她甚至希望路更长一些，好让她和齐虹无止境地谈着贝多芬和肖邦，谈着苏东坡和李商隐，谈着济慈和勃朗宁。他们都很喜欢苏东坡的那首《江城子》:“十年生死两茫茫，不思量，自难忘，千里孤坟，无处话凄凉。”他们幻想着十年的时间会在他们身上留下怎样的痕迹。他们谈时间，空间，也谈论人生的道理——

齐虹说:“人活着就是为了自由。自由，这两个字实在好极了。自就是自己，自由就是什么都由自己，自己爱做什么就做什么。这解释好吗?”他的语气有些像开玩笑，其实他是认真的。

“可是我在书里看见，认识必然才是自由。”江玫那几天正在看《大众哲学》,“人也不能只为自己，一个人怎么活?”

“呀!”齐虹笑道,“我倒忘了，你的同屋就是肖素。”

“我们非常要好。”

因为看到路旁的榆叶梅，齐虹说用“热闹”两字形容这种花最好。江玫很赞赏这两个字。就把自由问题搁下了。

江玫隐约觉得，在某些方面，她和齐虹的看法永远也不会一致。可是她并没有去多想这个，她只欢喜和他在一起，遏制不住地愿意和他在一起。

一个礼拜天，江玫第一次没有回家。她和齐虹商量好去颐和园。春天的颐和园真是花团锦簇，充满了生命的气息。来往的人都脱去了臃肿的冬装，显得那样轻盈可爱。江玫和齐虹沿着昆明湖畔向南走去，那边简直没有什么人，只有和暖的春风和他们做伴。绿得发亮的垂柳直向他们摆手。他们一路赞叹着春天，赞叹着生命，走到玉带桥旁。

“这水多么清澈，多么丰满啊。”江玫满心欢喜地向桥洞下面跑去。她笑着想要摸一摸那湖水。齐虹几步就追上了她，正好在最低的一层石阶上把她抱住。

“你呀！你再走一步就掉到水里去了！”齐虹捋着她额前的短发，“我救了你的命，知道么？小姑娘，你是我的。”

“我是你的。”江玫觉得世界上什么都不存在了。她靠在齐虹胸前，觉得这样撼人的幸福渗透了他们。在她灵魂深处汹涌起伏着潮水似的柔情，把她和齐虹一起融化。

齐虹抬起了她的脸：“你哭了？”

“是的。我不知为什么，为什么这样感动——”

齐虹也感动地望着她，在清澈的丰满的春天的水面上，映出了一双倒影。

齐虹喃喃地说：“我第一次看见你，就是那个下雪天，你记得么？我看见了你，当时就下了决心，一定要永远和你在一起，就像你头上的那两粒红豆，永远在一起，就像你那长长的双眉和你那双会笑的眼睛，永远在一起。”

“我还以为你没有看见我——”

“谁能不看见你！你像太阳一样发着光，谁能不看见你！”齐虹的语气是这样热烈，他的脸上真的散发出温暖的光辉。

他们循着没有人迹的长堤走去，因为没有别人而感到自由和高兴。江玫抬起她那双会笑的眼睛，悄声说：“齐虹，咱们最好去住在一个没有人的岛上，四面是茫茫的大海，只有你是唯一的人——”

齐虹快乐地喊了一声，用手围住她的腰：“那我真愿意！

我恨人类！只除了你！”

对于江玫来说，正是由于深切的爱，才想到这样的念头，她不懂齐虹为什么要联想到恨，未免有些诧异地望着他。她在齐虹光亮的眼睛里读到了热情，但在热情后面却有一些冰冷的东西，使她发抖。

齐虹注意到她的神色，改了话题：

“冷吗？我的小姑娘。”

“我只是奇怪，你怎么能恨——”

“你甜蜜的爱，就是珍宝，我不屑把处境跟帝王对调。”齐虹顺口念着莎士比亚的两句诗，他确是真心的。可是江玫听来，觉得他对那两句诗的情感，更多于对她自己。她并没有多计较，只说是真有些冷，柔顺地在他手臂中，靠得更紧一些。

江玫的温柔的衰弱的母亲不大喜欢齐虹。江玫问她：“他怎么不好？他哪里不好？”母亲忧愁地微笑着，说他是聪明极了，也称得起漂亮，但作为一个人，他似乎少些什么，究竟少些什么，母亲也说不出。在江玫充满爱情的心灵里，本来有着一个奇怪的空隙，这是任何在恋爱中的女孩子所不会感到的。而在江玫，这空隙是那样尖锐，那样明显，使她在夜里痛苦得睡不着。她想马上看见他，听他不断地诉说他的爱情。但那空隙，是无论怎样的诉说也填不满的吧。母亲的话更增加了江玫心上的阴影。更何况还有肖素。

红五月里，真是热闹非凡。每天晚上都有晚会。五月五日，是诗歌朗诵会。最后一个朗诵节目是艾青的《火把》。江玫担任其中的唐尼。她本来是再也不肯去朗诵诗的，她正好是属于一听朗诵诗就浑身起鸡皮疙瘩的那种人。肖素只问了她两句话："喜欢这首诗不？""喜欢。""愿意多有一些人知道它不？""愿意。""那好了，你去念吧。"江玫拂不过她，最后还是站到台上来了。她听到自己清越的声音飘在黑压压的人群上，又落在他们心里。她觉得自己就是举着火把游行的唐尼，感觉到了一种完全新的东西、陌生的东西。而肖素正像是指导着唐尼的李茵。她愈念愈激动，脸上泛着红晕。她觉得自己在和上千的人共同呼吸，自己的情感和上千的人一同起落。"黑夜从这里逃遁了，哭泣在遥远的荒原。"那雄壮的齐诵好像是一种无穷的力量，推着她，江玫想要奔跑，奔跑——

回到房间里，她对肖素说："我今天忽然懂得了大伙儿在一起的意思，那就是大家有一样的认识，一样的希望，爱同样的东西，也恨同样的东西。"

肖素直看着她，问道："你和齐虹有一样的认识，一样的希望么？"

江玫很怪肖素这时提到齐虹，打断了她那些体会，她那双会笑的眼睛严肃起来："我真不知道怎样告诉你，我和齐虹，照我看，有很多地方，是永远也不会一致的。"

肖素也严肃地说："本来是不会一致。小鸟儿，你是一个好女孩子，虽然天地窄小，却纯洁善良。齐虹憎恨人，他认为无论什么人彼此都是互相利用。他有的是疯狂的占有的爱，事实上他爱的还是自己。我和他已经同学四年——"

"你怎么能这样说他！我爱他！我告诉你我爱他！"江玫早忘了她和齐虹之间的分歧，觉得有一团火在胸中烧，她斩钉截铁地说，砰的一声关上房门，到走廊里去了。

"回来！回来。"第一声是严厉的，第二声是温柔的。肖素打开房门，看见她站在走廊里，眼睛像星星般亮。"你这礼拜天回家吗？有点事要你做。"

江玫是从不拒绝肖素的任何要求的。她隐约觉得肖素正在为一个伟大的事业做着工作，肖素的生活是和千百万人联系在一起的，非常炽热，似乎连石头也能温暖。她望着肖素，慢慢走了回来。

"什么事？交给我办好了。"

"你不回家么？"

"原来想回去看看。听说面粉已经涨到三百万元一袋了。前几天《大公报》登了几首小诗，有一点稿费，想去送给母亲。"江玫一下子觉得疲倦得要命，坐在椅子上。

肖素本来想说"不食人间烟火的江玫也知道关心物价了"。又一想，就没有说。只说：

"这里有几篇壁报稿子，礼拜一要出，你来把它们修改一遍，文字上弄通顺些，抄写清楚。我明天进城，可以把钱送给伯母。"她把稿子递给江玫，关心地看着她，说："过两天，咱们还要好好谈一谈。"

礼拜天，江玫吃过早饭就坐在桌旁看那些稿子。为什么这些短短的文字并不怎么通顺的文章这样有说服力？要民主反饥饿，像钟声一样在江玫耳边敲着。参加新诗朗诵会的兴奋心情又升起来了。《火把》中的唐尼的形象仿佛正站在窗帘上。

有人敲门。

“江玫！”是齐虹的声音。

江玫转过头去，正是齐虹站在门口，一脸温柔的笑意，在看着江玫。

“哦！你来了！”

“昨天晚上到你家里去了，伯母说你没有回来。我连家也没有回，就回学校来了。”他走上来握住江玫的手。

一提起齐虹的家，江玫眼前就浮现出富丽堂皇的大厅，老银行家在数着银圆，叮叮当当响，这和江玫手上的那些文章很不调和。甚至齐虹，这温文尔雅的齐虹，也和它们很不调和，但江玫看见他，还是很高兴的。

“在干什么？要出壁报么？听说你还朗诵诗？你怎么也参加民主运动了？我的女诗人！”

江玫不太喜欢他那说话的语气，颔首要他坐下。

“我是来找你出去玩的。你看天气多么好！转眼就是夏天了。我来接你到‘绝域’去做春季大扫除。”

“绝域”是他们两个都喜欢的一个童话《彼得·潘》中的神仙领域。他们的爱情就建筑在这些并不存在的童话，终究要萎谢的花朵，要散的云，会缺的月上面。

“今天不行呀，齐虹。”江玫抱歉地说。抽回了自己的手，理了理放在桌上的稿子。“肖素要我——”

“肖素！又是肖素！你怎么这么听她的话！”齐虹不耐烦地说。

“她的话对么！”

“可是你知道我多么想和你在一起，去听那新生的小蝉的叫唤，去看那新长出来的小小的荷叶——我想要怎样，就要做到！”齐虹脸上温柔的笑意不见了，好像江玫是他的一本书，或者一件仪器。

江玫惊诧地望着他。

“也许，你还会去参加游行吧！你真傻透了！就知道一个肖素！”愤怒的阴云使他的脸变得很凶恶。但他马上又换上一副温和的腔调，“跟我去吧，我的小姑娘。”

江玫咬着自己的嘴唇，几乎咬出血来。

门外有人叫：“小鸟儿！江玫！快来看看这幅漫画，合适不合适。”

江玫想要出去。齐虹却站在桌前不放她走。江玫绕到桌子这边，齐虹也绕了过来，照旧拦住她。江玫又急又气，怎么推他也推不动，不一会儿，江玫的头发散乱，那红豆发夹落在地下。马上就被齐虹那穿着两色镶皮鞋的脚踩碎了，满地散着黑白两色的小珠。江玫觉得自己整个的灵魂正像那个发夹一样给压碎了。她再没有一点力气，屈辱地伏在桌上哭起来。

齐虹需要的正是这样的哭泣。他捡起那两粒红豆，极其体贴地抚着她的肩：“原谅我，原谅我！我太任性，我只是说不出的要和你在一起，我需要你——”

“别哭了，别哭了，我的小姑娘。”齐虹真的着急起来，“我再也不惹你生气了，再也不——再也不——”

江玫觉得这一切真没意思。她很快就抬起头来，擦干了眼泪。她看出来壁报是编不成了，但她也下定决心不跟他出去。只呆呆地坐着，望着窗外。

“好了，好了，不要生气。我来做个盒子把这两粒红豆装起来吧。做个纪念，以后决不会再惹你。咱们该把这两粒红豆藏在哪儿？”

以后，这两粒红豆就被装在一个精致的盒子里面，放在耶稣像后面的小洞里了。那小洞是齐虹偶然发现的。江玫睡在床上看见耶稣的像，总觉得他太累，因为他负荷着那么多人世间的痛苦。

这一次争吵以后，齐虹和江玫并不是再也不，而是把争吵哭泣，变成了他们爱情中的一部分。他们每次见面总有一阵风波，有时大有时小，但如有一天不见面，不看到听到对方的音容笑貌，在他们却又是受不了的事。他们的爱情正像鸦片烟一样，使人不幸，而又断绝不了。江玫一天天地消瘦了，苍白了，母亲望着她忍不住哭。齐虹脸上那种漠不关心神气消失了，换上的是提心吊胆的急躁和忧愁。因为他对人生不信任，他对爱情也不信任，他监视着爱情，监视着幸福，监视着江玫——

就在这个时候，江玫也一天天明白了许多事。她知道少数人剥削多数人的制度该被打倒。她那善良的少女的心，希望大家都过好的生活。而且物价的飞涨正影响着江玫那平静温暖的小天地。母亲存着一些积蓄的那家银行忽然关了门。江玫和母亲一下子变成舅舅的负担了。江玫是决不愿意成为别人的负担的。她渴望着新的生活，新的社会秩序。共产党在她心里，已经成为一盏导向幸福自由的灯，灯光虽还模糊，但毕竟是看得见的了。

也就在这时候，江玫的母亲原有的贫血症愈来愈严重，医生说必须加紧治疗，每天注射肝精针，再拖下去的话，后果不堪设想。但是这一笔医药费用筹办起来谈何容易！舅舅已经是自顾不暇了，难道还去麻烦他？本来和齐虹一提也可以，但是江玫决不愿求他。江玫只自己发愁，夜里直睡不着觉。

肖素很快就看出来江玫有心事。一盘问，江玫就一五一十告诉了她。

“那可不能拖下去。”肖素立刻说，她那白白的脸上的神色总是那样果断。“我输血给她！小鸟儿，你看，我这样胖！”她含笑弯起了手臂。

江玫感动地抱住了她：“不行，肖素。你和我的血型一样，和母亲不一样，不能输血。”

“那怎么办？我们总得想办法去筹一笔款子——”

第三天，晚上肖素兴高采烈地冲进房间。一进来就喊：“江玫！快看！”江玫吃惊地看她，她大笑着，扬起了一叠钞票。

“素！哪里来的？你怎么这样有本事！”江玫也笑了，笑得那样放心。这种笑，是齐虹极想要听而听不到的。

"你别管，明天快拿去给伯母治病吧。"肖素眨眨眼睛，故作神秘地说。

"非要知道不可！不然我不安心！"

"别说了。我要睡觉了。"肖素笑过了，一下子显得很是疲倦。她脱去了朴素的蓝外套，只穿着短袖竹布旗袍，坐在床边上。

江玫上下打量她，忽然看见她的臂弯里贴着一块橡皮膏。江玫过去拉起她的手，看看橡皮膏，又看看她的脸。

"有什么好打量的?"肖素微笑着抽回了手，盖上了被。

"你——抽了血?"

肖素满不在乎地说:"我卖了血。不只我一个人，还有几个伙伴。"

人常常会在一刹那间，也许只是因为一个眼神一个手势，伤透了心，破坏了友谊。人也常常会在一刹那间，也许就因为手臂上的一点针孔，建立了死生不渝的感情。江玫这时什么话也说不出来。她一下子跪在床边，用两只手遮住了脸。

礼拜六，江玫一定要肖素自己送钱去给母亲。肖素答应了和江玫一道回家，江玫也答应了肖素不告诉母亲钱的来源。两人欢欢喜喜回家去了。到了家，江玫才发现母亲已经病倒在床，这几天饭都是舅母那边送过来的。她站在衰老病弱的母亲床边，一阵心酸，眼泪夺眶而出。肖素也拿出了手绢。但她不只是看见这一位母亲躺在床上，她还看见千百万个母亲形销骨立心神破碎地被压倒在地下。

这一晚，俩人自己做了面，端在母亲床边一同吃了。母亲因为高兴，精神也好了起来。她吃过了面，笑着说：“我真是病得老了，今天你舅母来，问我有火没有，我听成有狗没有。直告诉她从前咱们养了一只狗，名叫斐斐。——”肖素和江玫听了笑得不得了。江玫正笑着，想起了齐虹。她想：这种生活和感情是齐虹永远不会懂的。她也没有一点告诉给他的欲望。

六月，反对美国扶植日本的运动达到了高潮。江玫比以前更关心当前的政治局势。她感到美国正在筹谋着什么坏主意。很明显，扶植压迫中国人民八年之久的日本，在每一个中国人心上都会引起抑制不住的愤怒。

有一天，肖素和江玫坐在窗前，读着当时美驻华大使司徒雷登在报上发表的声明，一面读一面生气。声明中说：“如使日人成为饥饿不安之人民，则日人亦将续为和平之威胁，此种情形适为共产主义所需。如吾人诚意为一般之利益计，必须消灭鼓励共产主义之因素。”这很可以看清楚美国的目的究竟何在了。读完报纸，江玫愤愤地说：

“要不要共产主义，是我们自己的事！”

肖素微笑道：“你知道共产主义是什么？”

江玫坦率地说：“我不知道。不过我想那种生活总不会比现在坏。那时的人，都像你一样——”

肖素又笑道：“现在哪里不够好？你吃着大米饭，穿的花布旗袍，还坏么？”

江玫倚在肖素身上，一面想，一面说：“这个人吃人的社会，不只在物质上，也在精神上。”她出了一会儿神，又说：“肖素，要知道，我是多么寂寞啊。”

肖素抚着她的肩，说：“人生的道路，本来不是平坦的。要和坏人斗争，也要和自己斗争——”以后江玫在最困难的时候，总会想起这几句话。

六月九日，北京学生举行反美扶日大游行，江玫也参加了。

那天早上，窗外还黑得像老鸦的翅膀，江玫就起来收拾医药包，她是救护队的。她看看肖素空了一夜的床，又看看救护包上的红十字，心想肖素这一夜不知忙得怎样了，也许今天就会用这包里的绷带纱布来救护她吧。不知为什么，江玫特别为肖素和几个社团里的同学担心，江玫摸摸碘酒和红药水的药瓶，心中又兴奋，又不安。

“小鸟儿快走呀！”同学在门外叫起来了。

她们跑到操场上，夏天的太阳刚在东柳村那边村庄的屋顶上射出一片红光。肖素正在人丛里，她分明是一夜没有睡，胖胖的面庞有些苍白，但精神还是那样好。她看见江玫和同学们跑来，脸上闪过一个嘉许的微笑：

“江玫！”

“肖素！”江玫悄悄地塞给她一个大苹果，那是齐虹昨天送来的。对于齐虹不断向西楼运来的各式各样的礼物，江玫只偶尔接受一点水果和糖食。

长长的队伍出发了，举着各种标语，沉默地走在郊外的大道上，愈走天愈亮，愈走路愈分明。一个男同学问江玫：

“药包重吗？我代你拿。”江玫微笑，说：“一个兵士的枪，能让人家代他背着吗？”那男同学也微笑，看着她穿着白衬衫蓝长裤红背心的雄赳赳的样子，问：“你永远都要做一个兵？”江玫严肃地睁大眼睛，略想了一想，她回答：“是的，永远。”

队伍七点钟就到了西直门，可是城门关了，进不去。人群中有的喊着：“不开城门，决不回校！”有的喊着：“大家冲啊，冲进去！”一时群情激昂，人声嘈杂，那些标语牌子忽高忽低地起伏着。肖素在队伍里跑来跑去叫着：“别嚷！别乱！已经去交涉了。”江玫忽然很希望自己是一个手执拂尘的仙女，用拂尘一指，城门马上便开——自己这样想想，又觉得好笑，还是等肖素他们交涉，肖素比仙女有用得多。

果然，到九点钟时，城门开了，队伍拥进城去，正遇到城里几个大学的同学拥在门前迎接他们。“同学们，你好！”“兄弟们，你好！”热情的呼声，此起彼落，江玫觉得泪水已冲到了眼睛里，她连忙低下头，看着自己的鞋尖。

游行开始了，大家一步步地走着，一声声地喊着。“反对美国扶植日本！”“要自由！”“要独立！”口号像炸弹一样在空中炸了开来，路旁的有些军警脸上带了惊慌的神色。江玫几乎来不及想喊了些什么，只觉得每一步路每一声喊都使大家更接近光明——

队伍走过了西四西单天安门，绕南池子到北京大学的民主广场。走过天安门的时候，江玫望着那宏伟的建筑，心里升起一种怜悯而又惭愧的心情。天安门在不肖的子孙手里，蒙受了多少耻辱。江玫觉得那剥落的红墙也在盼望着：新的社会快点来，让中华民族站起来，让天安门也站起来！

在民主广场举行了群众大会，有几个教授讲演。也许是累了，也许是别的原因，江玫觉得思想很不集中，那种兴奋和激动已经过去了。她惦记着那黄昏笼罩了的初夏的校园，惦记着自己住的西楼，说得更确切些，她是惦记着那在西楼窗下徘徊的那个年青人。天知道他会急成什么样子，会发多么大的脾气，会做出怎样的事来！她把肩上挎的药包紧了一紧，感觉到一阵头昏。

肖素走过来了，低声问：“你不舒服么？”

“没有，一点儿都没有！”江玫连忙振起了精神。自己暗暗责骂自己，在这样的场合，偏会想到他！

大队回到学校时，灯光已经缀满校园。江玫回到房间里，两腿再也抬不起来，像是绑上了两块大石头。这时有人敲门，江玫心中一紧，感到一场风暴就要发生了，她靠在床栏杆上，默默地啜着热水。门开了，进来的是老赵。他的眉头皱得打了结，手里拿着一个破碎的糖盒子，往桌上一放说：

“哎哟江小姐！可真不得了啦！我活了这么大年纪也没见过脾气这么火暴的人！你们这位齐先生别是用公鸡血喂大的吧？他要死了，准得下冰冻地狱把人镇凉了才行，要不然连阎王殿都给烧啦！”

“什么‘你们齐先生’？别这么说。他怎么了？你快说呀。”江玫放下了手中的杯子。

“今儿个下午他来找您，我说江小姐游行去了。他一听，就把他带来的这盒糖扔到大门外台阶上了，像是扔球似的！

盒子破了，糖都滚了出来，我看这盒糖呀，值一袋面的钱，心里怪舍不得，我说：‘齐先生，江小姐不在，你给东西留下得了，干吗发这么大的火呀？’他一听更急了，一张脸煞红煞白，抄起门房的一个茶杯就摔在玻璃窗上，哗啦！你瞧这满地的玻璃碴子！我看他是有点儿疯病！摔完了拔腿就走，还扔在台阶上三百万的票子，那是让我们修玻璃买茶杯？您说是不是？”

“别说了。”江玫无力地挥手，“就补块玻璃买个茶杯吧。”

“这糖，我看怪可惜了的，给您捡了来了。”

“你带回家去，那不是我的，我不要。”

这时肖素已经进来了，把这一段话都听了去。她一回来就洗脸洗脚，都收拾好了就伏在桌上写什么。而江玫还靠在床栏杆上，一动也不动。

肖素停下笔来：“你干什么？小鸟儿？你这样会毁了自己的。看出来了没有？齐虹的灵魂深处是自私残暴和野蛮，干吗要折磨自己？结束了吧，你那爱情！真的到我们中间来，我们都欢迎你，爱你——”肖素走过来，用两臂围着江玫的肩。

“可是，齐虹——”江玫没有完全明白肖素在说什么。

“什么齐虹！忘掉他！”肖素几乎是生气地喊了起来，“你是个好孩子，好心肠，又聪明能干，可是这爱情会毒死你！忘掉他！答应我！小鸟儿。”

江玫还从没有想到要忘掉齐虹。他不知怎么就闯入了她的生命，她也永不会知道该如何把他赶出去。她迟钝地说：

“忘掉他——忘掉他——我死了，就自然会忘掉。”

肖素真生她的气：“怎么这样说话！好好儿要说到死！我可想活呢，而且要活得有价值！”她说着，颜色有些凄然。

“怎么了？素姐！”细心而体贴的江玫一眼就看出有什么不平常的事。对肖素的关心一下子把她自己的痛苦冲了开去。

肖素望着窗外，想了一会儿，说：“危险得很。小鸟儿，我离开你以后，你还是要走我们的路，是不是？千万不要跟着齐虹走，他真会毁了你的。”

“离开我！”江玫一把抱住了肖素，“离开我！为什么！我要跟你在一起！”

“我要毕业了呀，家里要我回湖南去教书。”肖素似真似假地回答。她是湖南人，父亲是个中学教员。

“毕业？”

“是毕业呀。”

可是肖素并没有能毕业，当然也没有回湖南去教书。她去参加毕业考试的最后一项科目，就没有回来。

同学们跑来告诉江玫时，江玫正在为“英国小说选”这一门课写读书报告，读的书是英国女作家艾米莉·勃朗特的《呼啸山庄》。江玫和齐虹常常谈论这本书。齐虹对这本书有那么多精辟的见解，了解得那样透彻，他真该是最懂得人生最热爱人生的，但是竟不然——

肖素被捕的消息一下子就把江玫从《呼啸山庄》里拉出来了。江玫跳起来夺门而出，不顾那精心写作的读书报告撒得满地。好些同学跟她一起跑出了西楼，一直跑到学校门口，只看见一条笔直的马路，空荡荡的，望不到头。路边的洋槐发散着淡淡的香气。江玫手扶着一棵洋槐树，连声问："在哪儿？在哪儿？"一个同学痛心地说："早装上闷子车，这会子到了警察局了。"江玫觉得天旋地转，两腿再没有一点力气，一下子就坐在地上了。大家都拥上来看她，有的同学过来搀扶她。

"你怎么了？"

"打起精神来，江玫！"

大家嘁嘁喳喳在说着。是谁愤愤的声音特别响："流血，流泪，逮捕，更叫人睁开了眼睛！"

是呀！江玫心里说，"逮走一个肖素，会让更多的人都长成肖素。"

江玫弄不清楚人群怎样就散开了，而自己却靠在齐虹的手臂上，缓缓走着。

齐虹对她说："我们系里那些进步同学嚷嚷着江玫晕倒了，我就明白是为了那肖素的缘故，连忙赶来。"

"对了。你们不是一起考理论物理吗？听说她是在课堂上被抓走的。"江玫这时多么希望谈谈肖素。

"是在考试时被抓走的。你看，干那些民主活动，有什么好下场！你还要跟着她跑！我劝你多少次——"

"什么！你说什么！"江玫叫了起来，她那会笑的眼睛射出了火光，"你！你真是没有心肝！"她把齐虹扶着她的手臂用力一推，自己向宿舍跑去了。跑得那么快，好像后面有什么妖魔鬼怪在追着她。

她好容易跑到自己房间，一下子扑在床上，半天喘不过气来。这时齐虹的手又轻轻放在她肩上了。齐虹非常吃惊，他不懂江玫为什么会发这么大的脾气，他屈着一膝伏在床前说：

“我又惹了你吗？玫！我不过忌妒着肖素罢了，你太关心她了。你把我放在什么地方？我常常恨她，真的，我觉得就是她在分开咱们俩——”

“不是她分开我们，是我们自己的道路不一样。”江玫抽咽着说。

“什么？为什么不一样？我们有些看法不同，我们常常打架，我的脾气，确实不好。不过，那有什么关系，反正我只知道，没有你就不行。我还没有告诉你，玫，我家里因为近来局势紧张，预备搬到美国去，他们要我也到美国去留学。”

“你！到美国去？”江玫猛然坐了起来。

“是的。还有你，玫。我已经和父亲说到了你，虽然你从来都拒绝到我家里去，他们对你都很熟悉。我常给他们看你的相片。”齐虹得意地拿出他随身携带的小皮夹子，那里面装着江玫的一张照片，是齐虹从她家里偷去的。那是江玫十七岁时照的，一双弯弯的充满了笑意的眼睛，还有那深色的嘴唇微微翘起，像是在和谁赌气。“我对他们说，你是一首最美的诗，一支最美的乐曲——”若说起赞美江玫的话来，那是谁也比不上齐虹的。

“不要说了。”江玫辛酸地止住了他，“不管是什么，可不能把你留在你的祖国啊。”

“可是你是要和我一块儿去的，玫，你可以接着念大学，我们要永远在一起，没有任何东西能分开我们。”

“不要说了，不要说了。”这是江玫唯一能说的话。

心上的重压逼得江玫走投无路。她真怕看肖素留下的那张空床，那白被单刺得她眼睛发痛。没有到礼拜六，她就回家去了。那晚正停电，母亲坐在摇曳的烛光下面缝着什么，在阴影里，她显得那样苍老而且衰弱，江玫心里一阵发痛，无声地唤着“心爱的母亲，可怜的母亲”，眼泪不由自主地流了下来。

“玫儿!”母亲丢了手中的活计。

“妈妈！肖素被捉走了。”

“她被捉走了?”母亲对女儿的好朋友是熟悉的。她也深深爱着那坦率纯朴的姑娘，但她对这个消息竟有些漠然，她好像没有知觉似的沉默着，坐在阴影里。

“肖素被捉走了。”江玫又重复了一遍。她眼前仿佛看见一个殷红的圆圆的面孔。

“早想得到啊。”母亲喃喃地说。

江玫把手中的书包扔到桌上，跑过来抱住母亲的两腿。“您知道!”

“我不知道但我想得到。”母亲叹了一口气，用她枯瘦的手遮住自己的脸，停了一下，才说，“要知道你的父亲，十五年前，也是这样不明不白地就再没有回来。他从来也没有害过什么肠炎胃炎，只是那些人说他思想有毛病。他脾气倔，不会应酬人，还有些别的什么道理，我不懂，说不明白。他反正没有杀人放火，可我们就这样糊里糊涂地再也看不见他了——”母亲说着，失声痛哭起来。

原来父亲并不是死于什么肠炎！无怪母亲常常说不该有一个人屈死。屈死！父亲正是屈死的！江玫几乎要叫出来。她也放声哭了。母亲抚着她的头，眼泪浇湿了她的头发——

从父亲死后，江玫只看见母亲无言流泪，还从没有看见她这样激动过。衰弱的母亲，心底埋藏了多少悲痛和仇恨！江玫觉得母亲的眼泪滴落在她头上，这眼泪使得她逐渐平静下来了。是的，难道还该要这屈死人的社会么？彷徨挣扎的痛苦离开了她，仿佛有一种大力量支持着她走自己选择的路。她把母亲粗糙的手搁在自己被泪水浸湿的脸颊上，低声唤着：“父亲——我的父亲——”

门轻轻开了，烛光把齐虹的修长的影子投在墙上，母亲吃惊地转过头去。江玫知道是齐虹，仍埋着头不作声。齐虹应酬地唤了一声“伯母”，便对江玫说：

“你怎么今天回家来了？我到处找你找不着。”

江玫没有理他，抬头告诉母亲：“他要到美国去。”

“是要和江玫一块儿去，伯母。”齐虹抢着加了一句。

“孩子，你会去吗？”母亲用颤抖的手摸着女儿的头。

“您说呢？妈妈！”江玫抱住母亲的双膝，抬起了满是泪痕的脸。

“我放心你。”

“您同意她去了，伯母？”人总是照自己所期待的那样理解别人的话，齐虹惊喜万分地走过来。

“母亲放心我自己做决定，她知道我不会去。”江玫站起来，直望着齐虹那张清秀的象牙色的脸。齐虹浑身都滴着水，好像他是游过一条大河来到她家似的。

可是齐虹自己一点不觉得淋湿了，他只看见江玫满脸泪痕，连忙拿出手帕来给她擦，一面说：“咱们别再闹别扭了，玫，老打架，有什么意思？”

“是下雨了吗？”母亲包起她的活计，“你们商量吧，玫儿，记住你的父亲。”

“我不知道下雨了没有。”齐虹心不在焉地回答，他没有看见江玫的母亲已经走出房去，他的眼睛一刻都没有离开江玫。

江玫呆呆地瞪着他，让他拭去了脸上的泪，叹了一口气，说：“看来竟不能不分手了。我们的爱情还没有能让我们舍弃自己的一生。”

“我们一定会过得非常舒适而且快活——为什么提到舍弃，为什么提到分手？”齐虹狂热地吻着他最熟悉的那有着粉红色指甲的小手。

“那你留下来！”江玫还是呆呆地看着他。

“我留下来？我的小姑娘，要我跟着你满街贴标语，到处去游行么？我们是特殊的人，难道要我丢了我的物理音乐，我的生活方式，跟着什么群众瞎跑一气，扔开智慧，去找愚蠢！傻心眼的小姑娘，你还根本不懂生活，你再长大一点，就不会这样天真了。”

“傻心眼？人总还是傻点好！”

“你一定得跟我走！”

“跟你走，什么都扔了。扔开我的祖国，我的道路，扔开我的母亲，还扔开我的父亲！”江玫的声音细若游丝，她自己都听不见自己在说什么。说到“父亲”两字，她的声音猛然大起来，自己也吃了一惊。

“可是你有我。玫！”齐虹用责备的语气说。他看见江玫眼睛里闪耀一种亮得奇怪的火光，不觉放松了江玫的手。紧接着一阵遏制不住的渴望和激怒，使他抓住了江玫的肩膀。他压低了声音，一字一字地说：“我恨不得杀了你！把你装在棺材里带走！”

江玫回答说：“我宁愿听说你死了，不愿知道你活得不像个人。”

风呼啸着，雨滴急速地落着。疾风骤雨，一阵比一阵紧，忽然哗啦一声响，是什么东西摔碎了。齐虹把江玫搂在胸前，借着闪电的惨白的光辉，看见窗外阶上的夹竹桃被风刮到了阶下。江玫心里又是一阵疼痛，她觉得自己的爱情，正像那粉碎了的花盆一样，像那被吹落的花朵一样，永远不能再重新完整起来，永远不能再重新开在枝头。

这种爱情，就像碎玻璃一样割着人。齐虹和江玫，虽然都把话说得那样决绝，却还是形影相随。花池畔，树林中，不断地增添着他们新的足迹。他们也还是不断地争吵，流泪。——

十月里东北局势紧张，解放军排山倒海地压来，解放了好几个城市。当时蒋介石提出的方针是:“维持东北，确保华北，肃清华中。”虽然对华北是确保，但华北的“贵人”们还是纷纷南迁，齐虹的家在秋初就全部飞南京转沪赴美了，只有齐虹一个人留在北京。他告诉家里说论文还有点尾巴没写好，拿不到毕业文凭，而实际上，他还在等着江玫回心转意。他根本不相信江玫可能不跟他走。他，齐虹，这样的齐虹，又在发疯地爱着的齐虹！在那执拗的江玫面前，他不止一次想，若真能把她包扎起来带走该有多好！他脸上的神色愈来愈焦愁，紧张，眼神透露着一种凶恶。这些都常在黑夜里震荡着江玫的梦。

江玫的梦现在已不是那种透明的、颜色非常鲜亮的少女的梦了。局势的变化，肖素的被捕，齐虹的爱，以及她自己的复杂的感情，使她多懂了许多事。在抗议“七五”事件(国民党屠杀东北来的青年学生)的游行里，她已经不再当救护队，而打着“反剿民，要活命，要请愿”的大标语走在队伍的前列了。她领头喊着“为死者申冤，为生者请命”的口号，她奇怪自己的声音竟会这样响。她想到，在死者里面有她的父亲；在生者里面有母亲、肖素和她自己。她渴望着把青春贡献给为了整个人类解放的事业，她渴望着生活来一次翻天覆地的变动。

后来据肖素说(肖素在解放后出狱，在广播电台做播音员，向全世界广播北京的声音)，那时的地下组织原打算发展江玫参加地下民主青年联盟的，只是她和齐虹的感情，让人闹不清她究竟爱什么，憎恶什么，就搁下来了。江玫听说这话，只轻轻叹了口气。

1948年冬天，北京已经到了解放前夕。城里流传着这样的民谣：“家家挂红灯，迎接毛泽东。”最沉得住气的反动官员们大亨们都纷纷逃走了。齐虹家里几乎是一天一封电报催他走，并且代他订了飞机座位。那时江玫的中心工作是和同学们一起讨论怎样应“变”，宣传护校。她为即将到来的解放，感到兴奋，好像等待着一件期待已久的亲人的礼物，满怀着感情，幻想解放后的日子。而同时，她和齐虹那注定了的无可挽回的分别啮咬着她的心。她觉得自己的心一面在开着花，同时又在萎缩。

一天，齐虹进城去了，直到晚上还没有露面。江玫坐在图书馆里，一页书也没有看，进来一个人她就抬头，可是直到电灯开了，齐虹还是不见。她忽然想，很可能他已经走了。走了，永远再也见不到他了。可是江玫一定还要再看他一眼，最后一眼！“齐虹！齐虹！”江玫几乎要叫出来，叫得全图书馆都听见。她连忙紧咬着嘴唇，快步走出了图书馆。

那是那一年冬天的第一个下雪天。路上的雪还没有上冻，灯光照在雪花上，闪闪刺人的眼。江玫一直向北楼走去，她想看一看那正对着一棵白杨树梢的窗子，有没有灯光。那个房间她从没有去过，可是那窗口她却十分熟悉。齐虹常对她讲窗口的白杨树叶的沙沙声怎样伴着他度过多少不眠的夜。透过飞舞着的迷乱的雪花，她一下子就找到那棵白杨树，而那白杨树梢的窗口，漆黑一片，没有灯光。

江玫的心沉了下去。她两腿发软，站在北楼前，一动也不动。

也许他从城里回来太累，已经去睡了？也许他还没有回来？江玫快步走进了北楼，走到齐虹的房间，她敲门又推门，门是锁着的。

“难道再见不着他了！真见不着他了！”江玫走出北楼，心里在大声哭泣。她完全没有看见新诗社的一个同学从她身边走过，也没有听见人家在唤着“小鸟儿”。

好容易走到西楼，江玫真是一点力气都没有了。她想找个地方靠一靠再上楼，一眼看见自己房间里有灯光。那房间，自从肖素被抓去以后，是那样空，那样冷，晚上进去总是黑洞洞的。这时竟点着灯，这灯光温暖了江玫，她三步两步跑上去，在门外就叫着：“虹！”

果然是齐虹在房间里等她，满脸的焦急使他看上去苍老了许多。他一看见江玫，连忙迎上来握着她的手，疲倦地，也多少有些安心地说：“你到底回来了！我以为我再也见不着你了。”江玫没有回答。她怕自己会把刚才那一番焦急向他倾吐，会让他明白她多离不开他。而他却就要走了，永远地走了。

“明天一早的飞机，今晚就要去机场。”齐虹焦躁地说，“一切都已经定了，怎么样？咱们就得分别么？”

“分别？——永远不能再见你——”江玫看着那耶稣受难的像，她仿佛看见那像后的两粒红豆。

“完全可以不分别，永不分别！玫！只要你说一声同我一道走，我的小姑娘。”

“不行。”

“不行！你就不能为我牺牲一点！你说过只愿意跟我在一起！”

“你自己呢？”江玫的目光这样说。

“我么！我走的路是对的。我决不能忍受看见我爱的人去过那种什么‘人民’的生活！你该跟着我！你知道么！我从来没有这样求过人！玫！你听我说！”

“不行。”

“真的不行么？你就像看见一个临死的人而不肯去救他一样，可他一死去就再也不会活转来了。再也不会活了！走开的人永远也不会再回来。你会后悔的，玫！我的玫！”他摇着江玫的肩，摇得她骨头直响。

“我不后悔。”

齐虹看着她的眼睛，还是那亮得奇怪的火光。他叹了一口气，“好，那么，送我下楼吧。”

江玫温柔地代他系好围巾，拉好了大衣领子，一言不发，送他下楼。

纷飞的雪花在无边的夜里飘荡，夜，是那样静，那样静。他们一出楼门，马上开过来一辆小汽车，从车里跳出一个魁梧的司机。齐虹对司机摇摇手，把江玫领到路灯下，看着她，摇头，说：“我原来预备抢你走的。你知道么？你看，我预备了车。飞机票也买好了。不过，我看了出来，那样做，你会恨我一辈子。你会的，不是么？”他拿出一张飞机票，也许他还希望江玫会忽然同意跟他走，迟疑了一下，然后把它撕成几瓣。碎纸片混在飞舞的雪花中，不见了。“再见！我的玫。我的女诗人！我的女革命家！”他最后几句话，语气非常尖刻。江玫看见他的脸因为痛苦而变了形，他的眼睛红肿，嘴唇出血，脸上充满了烦躁和不安。江玫忽然想起，第一次看见他时，他脸上那种漠不关心，什么都没看见的神气。

江玫想说点什么，但说不出来，好像有千把刀子插在喉头。她心里想：“我要撑过这一分钟，无论如何要撑过这一分钟。”她觉得齐虹冰凉的嘴唇落在她的额上，然后汽车响了起来。周围只剩了一片白，天旋地转的白，淹没了一切的白——

她最后对齐虹说的一句话就是“我不后悔”。

江玫果然没有后悔。那时称她革命家是一种讽刺，这时她已经真的成长为一个好的党的工作者了。解放后又渐渐健康起来的母亲骄傲地对人说：“她父亲有这样一个女儿，死得也不算冤了。”

雪还在下着。江玫手里握着的红豆已经被泪水滴湿了。

“江玫！小鸟儿！”老赵在外面喊着，“有多少人来看你啦！史书记，老马，郑先生，王同志，还有小耗子——”

一阵笑语声打断了老赵不伦不类的通报。江玫刚流过泪的眼睛早已又充满了笑意。她把红豆和盒子放在一旁，从床边站了起来。

宗璞的《红豆》发表于《人民文学》1957年第7期。宗璞出生于北京，在抗战爆发后随父赴昆明读中学，先后就读于南开大学外文系与清华大学外文系。宗璞在大学时期就开始文学创作，在1956年“双百”方针提出以后，她以自己熟悉的校园生活和知识分子为题材创作了小说《红豆》。《红豆》采用倒叙的笔法，书写了1948年解放前夕一对大学生恋人江玫与齐虹之间的爱情悲剧，这是一段惊心动魄，又涉及个人选择与家国情怀的爱情故事。整篇小说充满抒情性，呈现出一种诗意的风格。

——胡诗杨

惠安馆

林海音

一

太阳从大玻璃窗透进来，照到大白纸糊的墙上，照到三屉桌上，照到我的小床上来了。我醒了，还躺在床上，看那道太阳光里飞舞着的许多小小的，小小的尘埃。宋妈过来掸窗台，掸桌子，随着鸡毛掸子的舞动，那道阳光里的尘埃加多了，飞舞得更热闹了，我赶忙拉起被来蒙住脸，是怕尘埃把我呛得咳嗽。

宋妈的鸡毛掸子轮到来掸我的小床了，小床上的棱棱角角她都掸到了，掸子把儿碰在床栏上，格格地响，我想骂她，但她倒先说话了：

“还没睡够哪！”说着，她把我的被大掀开来，我穿着绒褂裤的身体整个露在被外，立刻就打了两个喷嚏。她强迫我起来，给我穿衣服。印花斜纹布的棉袄棉裤，都是新做的，棉裤筒多可笑，可以直立放在那里，就知道那棉花够多厚了。

妈正坐在炉子边梳头，倾着身子，一大把头发从后脖子顺过来，她就用篦子篦呀篦呀的，炉上是一瓶玫瑰色的发油，天气冷，油凝住了，总要放在炉子上化一化才能擦。

窗外很明亮，干秃的树枝上落着几只不怕冷的小鸟，我在想，什么时候那树上才能长满叶子呢？这是我们在北京过的第一个冬天。

妈妈还说不好北京话，她正在告诉宋妈，今天买什么菜。妈不会说“买一斤猪肉，不要太肥”。她说：“买一斤租漏，不要太回。”

宋妈梳完了头，用她的油手抹在我的头发上，也给我梳了两条辫子。我看宋妈提着篮子要出去了，连忙喊住她：

“宋妈，我跟你去买菜。”

宋妈说：“你不怕惠难馆的疯子？”

宋妈是顺义县的人，她也说不好北京话，她说成“惠难馆”，妈说成“灰娃馆”，爸说成“飞安馆”，我随着胡同里的孩子说“惠安馆”，到底哪一个对，我不知道。

我为什么要怕惠安馆的疯子？她昨天还冲我笑呢！她那一笑真有意思，要不是妈紧紧拉着我的手，我就会走过去看她，跟她说话了。

惠安馆在我们这条胡同的最前一家，三层石台阶上去，就是两扇大黑门凹进去，门上横着一块匾，路过的时候爸爸教我念过：“飞安会馆”。爸说里面住的都是从“飞安”那个地方来的学生，像叔叔一样，在大学里念书。

“也在北京大学？”我问爸爸。

“北京的大学多着呢，还有清华大学呀！燕京大学呀！”

“可以不可以到飞安——不，惠安馆里找叔叔们玩一玩？”

“做唔得！做唔得！”我知道，我无论要求什么事，爸终归要拿这句客家话来拒绝我。我想总有一天我要迈上那三层台阶，走进那黑洞洞的大门里去的。

惠安馆的疯子我看见好几次了，每一次只要她站在门口，宋妈或者妈就赶快捏紧我的手，轻轻说：“疯子！”我们便擦着墙边走过去，我如果要回头再张望一下时，她们就用力拉我的胳臂制止我。其实那疯子还不就是一个梳着油松大辫子的大姑娘，像张家李家的大姑娘一样！她总是倚着门墙站着，看来来往往过路的人。

是昨天，我跟着妈妈到骡马市的佛照楼去买东西，妈是去买擦脸的鸭蛋粉，我呢，就是爱吃那里的八珍梅。我们从骡马市大街回来，穿过魏染胡同，西草厂，到了椿树胡同的井窝子，井窝子斜对面就是我们住的这条胡同。刚一进胡同，我就看见惠安馆的疯子了，她穿了一件绛紫色的棉袄，黑绒的毛窝，头上留着一排刘海儿，辫子上扎的是大红绒绳，她正把大辫子甩到前面来，两手玩弄着辫梢，愣愣地看着对面人家院子里的那棵老洋槐。干树枝子上有几只乌鸦，胡同里没什么人。

妈正低头嘴里念叨着，准是在算她今天共买了多少钱的东西，好跟无事不操心的爸爸报账，所以妈没留神已经走到了“灰娃馆”。我跟在妈的后面，一直看疯子，竟忘了走路。这时疯子的眼光从洋槐上落下来，正好看到我，她眼珠不动地盯着我，好像要在我的脸上找什么。她的脸白得发青，鼻子尖有点红，大概是冷风吹冻的，尖尖的下巴，两片薄嘴唇紧紧地闭着。忽然她的嘴唇动了，眼睛也眨了两下，带着笑，好像要说话，弄着辫梢的手也向我伸出来，招我过去呢。不知怎么，我浑身大大地打了一个寒战，跟着，我就随着她的招手和笑意要向她走去。——可是妈回过头来了，突然把我一拉：

"怎么啦，你？"

"嗯？"我有点迷糊。妈看了疯子一眼，说：

"为什么打哆嗦？是不是怕——是不是要溺尿？快回家！"我的手被妈使劲拖拉着。

回到家来，我心里还惦念着疯子的那副模样儿。她的笑不是很有意思吗？如果我跟她说话——我说："嘿！"她会怎么样呢？我愣愣地想着，懒得吃晚饭，实在也是八珍梅吃多了。但是晚饭后，妈对宋妈说：

"英子一定吓着了。"然后给我沏了碗白糖水，叫我喝下去，并且命令我钻被窝睡觉。……

这时，我的辫子梳好了，追了宋妈去买菜，她在前面走，我在后面跟着。她的那条恶心的大黑棉裤，那么厚，那么肥，裤脚缚着。别人告诉妈说，北京的老妈子很会偷东西，她们偷了米就一把一把顺着裤腰装进裤兜子，刚好落到缚着的裤脚管里，不会漏出来。我在想，宋妈的肥裤脚里，不知道有没有我家的白米？

经过惠安馆，我向里面看了一下，黑门大开着，门道里有一个煤球炉子，那疯子的妈妈和爸爸正在炉边煮什么。大家都管疯子的爸爸叫“长班老王”，长班就是给会馆看门的，他们住在最临街的一间屋子。宋妈虽然不许我看疯子，但是我知道她自己也很爱看疯子，打听疯子的事，只是不许我听我看就是了。宋妈这时也向惠安馆里看，正好疯子的妈妈抬起头来，她和宋妈两人同时说：“吃了吗？您！”爸爸说北京人一天到晚闲着没有事，不管什么时候见面都要问吃了没有。

出了胡同口往南走几步，就是井窝子，这里满地是水，有的地方结成薄薄的冰，独轮的水车来一辆去一辆，他们扭着屁股推车，车子吱吱扭扭的响，好刺耳，我要堵起耳朵啦！井窝子有两个人在向深井里打水，水打上来倒在一个好大的水槽里，推水的人就在大水槽里接了水再送到各家去。井窝子旁住着一个我的朋友——和我一般高的妞儿。我这时停在井窝子旁边不走了，对宋妈说：

“宋妈，你去买菜，我等妞儿。”

妞儿，我第一次是在油盐店里看见她的。那天她两只手端了两个碗，拿了一大枚，又买酱，又买醋，又买葱，伙计还逗着说：“妞儿，唱一段才许你走！”妞儿眼里含着泪，手摇晃着，醋都要洒了，我有说不出的气恼，一下窜到妞儿身旁，插着腰问他们：

“凭什么？”

就这样，我认识了妞儿。

妞儿只有一条辫子，又黄又短，像妈在土地庙给我买的小狗的尾巴。第二次看见妞儿，是我在井窝子旁边看打水。她过来了，一声不响地站在我身边，我们俩相对笑了笑，不知道说什么好。等一会儿，我就忍不住去摸她那条小黄辫子了，她又向我笑了笑，指着后面，低低的声音说：

“你就住在那条胡同里？”

“嗯。”我说。

“第几个门？”

我伸出手指头来算了算：

“一，二，三，四，第四个门。到我们家去玩。”

她摇摇头说：“你们胡同里有疯子，妈不叫我去。”

“怕什么，她又不吃人。”

她仍然是笑笑的摇摇头。

妞儿一笑，眼底下鼻子两边的肉就会有两个小漩涡，很好看，可是宋妈竟跟油盐店的掌柜说：

“这孩子长得俊倒是俊，就是有点薄，眼睛太透亮了，老像水汪着，你看，眼底下有两个泪坑儿。”

我心里可是有说不出的喜欢她，喜欢她那么温和，不像我一急宋妈就骂我的：“又跳？又跳？小暴雷。”那天她跟我在井窝子边站一会儿，就小声地说：“我要回去了，我爹等着我吊嗓子。赶明儿见！”

我在井窝子旁跟妞儿见过几次面了，只要看见红棉袄裤从那边闪过来，我就满心的高兴，可是今天，等了好久都不见她出来，很失望，我的绒褂子口袋里还藏着一小包八珍梅，要给妞儿吃的。我摸摸，发热了，包的纸都破烂了，黏乎乎的，宋妈洗衣服时，我还得挨她一顿骂。

我觉得很没意思，往回家走，我本来想今天见妞儿的话，就告诉她一个好主意，从横胡同穿过到我家，就用不着经过惠安馆，不用怕看见疯子了。

我低头这么想着，走到惠安馆门口了。

“嘿！”

吓了我一跳！正是疯子。咬着下嘴唇，笑着看我。她的眼睛真透亮，一笑，眼底下——就像宋妈说的，怎么也有两个泪坑儿呀！我想看清楚她，我是多么久以前就想看清楚她的。我不由得对着她的眼神走上了台阶。太阳照在她的脸上，常常是苍白的颜色，今天透着亮光了。她揣在短棉袄里的手伸出来拉住我的手，那么暖，那么软。我这时看看胡同里，没有一个人走过。真奇怪，我现在怕的不是疯子，倒是怕人家看见我跟疯子拉手了。

“几岁了？”她问我。

“嗯——六岁。”

“六岁！”她很惊奇地叫了一声，低下头来，忽然撩起我的辫子看我的脖子，在找什么。“不是。”她喃喃地自己说话，接着又问我：

“看见我们小桂子没有？”

“小桂子？”我不懂她在说什么。

这时大门里疯子的妈妈出来了，皱着眉头怪着急地说：“秀贞，可别把人家小姑娘吓着呀！”又转过脸来对我说：

“别听她的，胡说呢！回去吧！等回头你妈不放心，嗯——听见没有？”她说着，用手扬了扬，叫我回去。

我抬头看着疯子，知道她的名字叫秀贞了。她拉着我的手，轻摇着，并不放开我。她的笑，增加了我的勇气，我对老的说：

“不！”

“小南蛮子儿！”秀贞的妈妈也笑了，轻轻地指点着我的脑门儿，这准是一句骂我的话，就像爸爸常用看不起的口气对妈说“他们这些北仔鬼”是一样的吧！

“在这玩不要紧，你家来了人找，可别赖是我们姑娘招的你。”

“我不说的啦！”何必这么嘱咐我？什么该说，什么不该说，我都知道。妈妈打了一只金镯子，藏在她的小首饰箱里，我从来不会告诉爸爸。

“来！”秀贞拉着我往里走，我以为要到里面那一层一层很深的院子里去找上大学的叔叔们玩呢，原来她把我带进了他们住的门房。

屋里可不像我家里那么亮，玻璃窗小得很，临窗一个大炕，炕中间摆了一张矮桌，上面堆着活计和针线盒子。秀贞从矮桌上拿起了一件没做完的衣服，朝我身上左比右比，然后高兴地对走进来的她的妈妈说：

“妈，您瞧，我怎么说的，刚合适！那么就开领子吧。”说着，她又找了一根绳子绕着我的脖子量，我由她摆布，只管看墙上的那张画，那画的是一个白胖大娃娃，没有穿衣服，手里捧着大元宝，骑在一条大大的红鱼上。

秀贞转到我的面前来，看我仰着头，她也随着我的眼光看那张画，满是那么回事地说：

“要看炕上看去，看我们小桂子多胖，那阵儿才八个月，骑着大金鱼，满屋里转，玩得饭都不吃，就这么淘……”

“行啦行啦！不——害——臊！”秀贞正说得高兴，我也听得糊里糊涂，长班老王进来了，不耐烦地瞪了秀贞一眼说她。秀贞不理会她爸爸，推着我脱鞋上炕，凑近在画下面，还是只管说：

“饭不吃，衣服也不穿，就往外跑，老是急着找她爹去，我说了多少回都不听，我说等我给多做几件衣服穿上再去呀！今年的衬褂倒是先做好了，背心就差缝钮子了。这件棉袄开了领子马上就好。可急的是什么呀！真叫人纳闷儿，到底是怎么档子事儿……”她说着说着不说了，低着头在想那纳闷儿的事，一直发愣。我想，她是在和我玩“过家家儿”吧？她妈不是说她胡说吗？要是过家家儿，我倒是有一套玩意儿，小手表，小算盘，小铃铛，都可以拿来一起玩。所以我就说：

“没关系，我把手表送给小桂子，她有了表就有一定时候回家了。”可是，——这时我倒想起妈会派宋妈来找我，便又说：“我也要回家了。”

秀贞听我说要走，她也不发愣了，一面随着我下了炕，一面说：“那敢情好，先谢谢你啦！看见小桂子叫她回来，外面冷，就说我不骂她，不用怕。”

我点了点头，答应她，真像有那么一个小桂子，我认识的。

我一边走着一边想，跟秀贞这样玩，真有意思；假装有一个小桂子，还给小桂子做衣服。为什么人家都不许他们的小孩子跟秀贞玩呢？还管她叫疯子？我想着就回头去看，原来秀贞还倚着墙看我呢！我一高兴就连跑带跳地回家来。

宋妈正在跟一个老婆子换洋火，房檐底下堆着字纸篓、旧皮鞋、空瓶子。

我进了屋子就到小床前的柜里找出手表来。小小圆圆的金表，镶着几粒亮亮的钻石，上面的针已经不能走动了，妈妈说要修理，可一直放着，我很喜欢这手表，常常戴在手上玩，就归了我了。我正站在三屉桌前玩弄着，忽然听见窗外宋妈正和老婆子在说什么，我仔细听，宋妈说：

"后来呢？"

"后来呀，"换洋火的老婆子说，"那学生一去到如今就没回来！临走的时候许下的，回他老家卖田卖地，过一个月就回来明媒正娶她。好嘛！这一等就是六年啦！多傻的姑娘，我眼瞧着她疯的。……"

"说是怎么着？还生了个孩子？"

"是呀！那学生走的时候，姑娘她妈还不知道姑娘有了，等到现形了，这才赶着送回海淀义地去生的。"

"义地？"

"就是他们惠安义地，惠安人在北京死了就埋在他们惠安义地里。原来王家是给义地看坟的，打姑娘的爷爷就看起，后来又让姑娘她爹来这儿当长班，谁知道出了这么档子事儿。"

"他们这家子倒是跟惠难有缘，惠难离咱们这儿多远哪？

怎么就一去不回头了呢?”

“可远喽!”

“那么生下来的孩子呢?”

“孩子呀，一落地就裹包裹包，趁着天没亮，送到齐化门城根底下啦！反正不是让野狗吃了，就是让人捡去了呗!”

“姑娘打这儿就疯啦?”

“可不，打这儿就疯了！可怜她爹妈，这辈子就生下这么个姑娘。唉!”

两个人说到这儿都不言语了，我这时已经站到屋门口倾听。宋妈正数着几包红头洋火，老婆子把破烂纸往她的大筐里塞呀塞呀！鼻子里吸溜着清鼻涕。宋妈又说：

“下回给带点刨花来。那——你跟疯子她们是一地儿的人呀?”

“老亲喽！我大妈娘家二舅屋里的三姐算是疯子她二妈，现在还在看坟，他们说的还有错儿吗?”

宋妈一眼看见了我，说：

“又听事儿，你。”

“我知道你们说谁。”我说。

“说谁?”

“小桂子她妈。”

“小桂子她妈?”宋妈哈哈大笑，“你也疯啦？哪儿来的小桂子她妈呀?”

我也哈哈笑了，我知道谁是小桂子她妈呀!

二

天气暖和多了，棉袄早就脱下来，夹袄外面早晚凉就罩上一件薄薄的棉背心，又轻又软。我穿的新布鞋，前头打了一块黑皮子头，老王妈——秀贞她妈，看见我的新鞋说：

“这双鞋可结实哟——把我们家的门坎踢烂了，你这双鞋也破不了！”

惠安馆我已经来熟了，会馆的大门总是开着一扇，所以我随时可以溜进来。我说溜进来，因为我总是背着家里的人偷着来的，他们只知道我常常是随着宋妈买菜到井窝子找妞儿，一见宋妈进了油盐店，我就回头走，到惠安馆来。

我今天进了惠安馆，秀贞不在屋里。炕桌上摆着一个大玻璃缸，里面是几条小金鱼，游来游去。我问王妈：

“秀贞呢？”

“跨院里呢！”

“我去找她。”我说。

“别介，她就来，你这儿等着，看金鱼吧！”

我把鼻子顶着金鱼缸向里看，金鱼一边游一边嘴巴一张一张地在喝水，我的嘴也不由得一张一张地在学鱼喝水。有时候金鱼游到我的面前来，隔着一层玻璃，我和鱼鼻子顶牛儿啦！我就这么看着，两腿跪在炕沿上，都麻了，秀贞还不来。

我翻腿坐在炕沿上，又等了一会，还不见秀贞来，我急了，溜出了屋子，往跨院里去找她。那跨院，仿佛一直都是关着的，我从来也没见过谁去那里。我轻轻推开跨院门进去，小小的院子里有一棵不知什么树，已经长了小小的绿叶子了。院角地上是干枯的落叶，有的烂了。秀贞大概正在打扫，但是我进去时看见她一手拿着扫帚倚在树干上，一手掀起了衣襟在擦眼睛，我悄悄走到她跟前，抬头看着她。她也许看见我了，但是没理会我，忽然背转身子去，伏着树干哭起来了，她说：

“小桂子，小桂子，你怎么不要妈了呢？”

那声音多么委屈，多么可怜啊！她又哭着说：

“我不带你，你怎么认得道儿，远着呢！”

我想起妈妈说过，我们是从很远很远的家乡来的，那里是个岛，四面都是水，我们坐了大轮船，又坐大火车，才到这个北京来。我曾问妈妈什么时候回去，妈说早着呢，来一趟不容易，多住几年。那么秀贞所说的那个远地方，是像我们的岛那么远吗？小桂子怎么能一个人跑了去？我替秀贞难过，也想念我并不认识的小桂子，我的眼泪掉下来了。在模模糊糊的泪光里，我仿佛看见那骑着大金鱼的胖娃娃，是什么也没穿啊！

我含着眼泪，大大地倒抽了一口气，为的不让我自己哭出来，我揪揪秀贞裤腿叫她：

“秀贞！秀贞！”

她停止了哭声，满脸泪蹲下来，搂着我，把头埋在我的前胸擦来擦去，用我的夹袄和软软的背心，擦干了她的泪，然后她仰起头来看看我笑了，我伸出手去调顺她的揉乱的刘海儿，不由得说：

“我喜欢你，秀贞。”

秀贞没有说什么，吸溜着鼻涕站起来。天气暖和了，她也不穿缚腿棉裤了，现在穿的是一条肥肥的散腿裤。她的腿很瘦吗？怎么风一吹那裤子，显得那么晃荡。她浑身都瘦的，刚才蹲下来伏在我的胸前时，我看那块后脊背，平板儿似的。

秀贞拉着我的手说：

“屋里去，帮着拾掇拾掇。”

小跨院里只有这么两间小房，门一推吱吱扭扭的一串尖响，那声音不好听，好像有一根刺扎在人心上。从太阳地里走进这阴暗的屋里来，怪凉的。外屋里，整整齐齐地摆着书桌，椅子，书架，上面满是灰土，我心想，应该叫我们宋妈来给掸掸，准保扬起满屋子的灰。爸爸常常对妈说，为什么宋妈不用湿布擦，这样大掸一阵，等一会儿，灰尘不是又落回原来的地方了吗？但是妈妈总请爸爸不要多嘴，她说这是北京规矩。

走进里屋去，房间更小一点，只摆了一张床，一个茶儿。床上有一口皮箱，秀贞把箱子打开来，从里面拿出一件大棉袍，我爸爸也有，是男人的。秀贞把大棉袍抱在胸前，自言自语地说：

“该翻翻添点棉花了。”

她把大棉袍抱出院子去晒，我也跟了去。她进来，我也跟进来。她叫我和她把箱子抬到院子太阳底下晒，里面只有一双手套，一顶呢帽和几件旧内衣。她很仔细地把这几件零碎衣物摊开来，并且拿起一件条子花纹的褂子对我说：

“我瞧这件褂子只能给小桂子做夹袄里子了。”

“可不是，”我翻开了我的夹袄里给秀贞看，“这也是用我爸爸的旧衣服改的。”

“你也是用你爸爸的？你怎么知道这衣服就是小桂子她爹的？”秀贞微笑着瞪眼问我，她那样子很高兴，她高兴我就高兴，可是我怎么会知道这是小桂子她爹的？她问得我答不出，我斜着头笑了，她逗着我的下巴还是问：

“说呀！”

我们俩这时是蹲在箱子旁，我很清爽地看着她的脸，刘海儿被风吹倒在一边，她好像一个什么人，我却想不出。我回答她说：

“我猜的。那么——”我又低声地问她，“我管小桂子她爹叫什么呀？”

“叫叔叔呀！”

“我已经有叔叔了。”

“叔叔还嫌多？叫他思康叔叔好了，他排行第三，叫他三叔也行。”

“思康三叔，”我嘴里念着，“他几点钟回家？”

“他呀，”秀贞忽然站起来，紧皱着眉毛斜起头在想，想了好一会儿才说，“快了。走了有个把月了。”

说着她又走进屋，我再跟进去，弄这弄那，又跟出来，搬这搬那，这样跟出跟进忙得好高兴。秀贞的脸这时粉嘟嘟的了，鼻头两边也抹了灰土，鼻子尖和嘴唇上边渗着小小的汗珠，这样的脸看起来真好看。

秀贞用袖子抹着她鼻子上的汗，对我说："英子，给我打盆水来会不会？屋里要擦擦。"

我连忙说：

"会，会。"

跨院的房子原和门房是在一溜沿的，跨院多了一个门就是了，水缸和盆就放在门房的房檐下。我掀开水缸的盖子，一勺勺地往脸盆里舀水，听见屋里有人和秀贞的妈说话：

"姑娘这程子可好点了吗?"

"唉！别提了，这程子又闹了，年年开了春就得闹些日子，这两天就是哭一阵子笑一阵子的，可怎么好！真是……"

"这路毛病就是春天犯得凶。"

我端了一盆水，连晃连洒，泼了我自己一身水，到了跨院屋里，也就剩不多了。把盆放在椅子上，忽然不知哪儿飘来炒菜香，我闻着这味儿想起了一件事，便对秀贞说：

"我要回家了。"

秀贞没听见，只管在抽屉里翻东西。

我是想起回家吃完饭还要到横胡同去等妞儿，昨天约会好了的。

又凉又湿的裤子，贴在我的腿上，一进门妈妈就骂了：

"就在井窝子玩一上午？我还以为你掉到井里去了呢？看弄这么一身水!"妈一边给我换衣服，一边又说："打听打听北京哪个小学好，也该送进学堂了，听说厂甸那个师大附小还不错。”

妈这么说着，我才看见原来爸爸也已经回来了，我弄了一身水，怕爸爸要打骂我，他厉害得很，我缩头看着爸爸，准备挨打的姿势，还好他没注意，吸着烟卷在看报，漫应着说：

“还早呢，急什么。”

“不送进学堂，她满街跑，我看不住她。”

“不听话就打！”爸的口气好像很凶，但是随后却转过脸来向我笑笑，原来是吓我呢！他又说：“英子上学的事，等她叔叔来再对他说，由他去管吧！”

吃完饭我到横胡同去接了妞儿来，天气不冷了，我和妞儿到空闲着的西厢房里玩，那里堆着拆下来的炉子、烟筒，不用的桌椅和床铺。一只破藤箱子里，养了最近买的几只刚孵出来的小油鸡，那柔软的小黄绒毛太好玩了，我和妞儿蹲着玩弄箱里的几只小油鸡。看小鸡啄米吃，总是吃，总是吃，怎么不停啊！

小鸡吃不够，我们可是看够了，盖上藤箱，我们站起来玩别的。拿两个制钱穿在一根细绳子上，手提着，我们玩踢制钱，每一踢，两个制钱打在鞋帮上“嗒嗒”地响。妞儿踢时腰一扭一扭的，显得那么娇。

这一下午玩得好快乐，如果不是妞儿又到了她吊嗓子的时候，我们不知要玩到多么久。

爸爸今天买来了新的笔和墨，还有一叠红描字纸。晚上，在煤油灯底下，他教我描，先念那上面的字：“一去二三里，烟村四五家，亭台六七座，八九十枝花。”

爸爸说：

“你一天要描一张，暑假以后进小学，才考得上。”

早上我去惠安馆找秀贞，下午妞儿到西厢房里来找我，晚上描红字，我这些日子就这么过的。

小油鸡的黄毛上长出短短的翅膀来了，我和妞儿喂米喂水又喂菜，宋妈说不要把小鸡肚子撑坏了，也怕被野猫给叼了去，就用一块大石头压住藤箱盖子，不许我们随便掀开。

妞儿和我玩的时候，嘴里常常哼哼唧唧的，那天一高兴，她竟扭起来了，她扭呀扭呀比来比去，嘴里唱着：“……开哀开门嗯嗯儿，碰见张秀才哀哀……”

“你唱什么？这就是吊嗓子吗？”我问。

“我唱的是打花鼓。”妞儿说。

她的兴致很好，只管轻轻地唱下去，扭下去，我在一旁看傻了。她忽然对我说：“来！跟我学，我教你。”

“我也会唱一种歌。”不知怎么，我想我也应当现一现我的本事，一下子想起了爸爸有一回和客人谈天数唱的一支歌，后来爸曾教了我，妈还说爸爸教我这种歌真是没大没小呢！

“那你唱，那你唱。”妞儿推着我，我却又不好意思唱了，她一定要我唱，我只好结结巴巴地用客家话念唱起来：

“你听着——想来么事想心肝，紧想心肝紧不安！我想心肝心肝想，正是心肝想心肝……”

我还没数完呢，妞儿已经笑得挤出了眼泪，我也笑起来了，那几句词儿真拗嘴。

“谁教你的？什么心肝想心肝，心想心肝想的，哈哈哈！这是哪国的歌儿呀！”

我们俩搂在一堆笑，一边瞎说着心肝心肝的，也闹不清是什么意思。

我们真快乐，胡说，胡唱，胡玩，西厢房是我们的快乐窝，我连做梦都想着它。妞儿每次也是玩得够不够的才看看窗外，忽然叫道：“可得回去了！”说完她就跑，急得连“再见”都来不及说。

忽然一连几天，横胡同里接不到妞儿了，我是多么的失望，站在那里等了又等。我慢慢走向井窝子去，希望碰见她，可是没有用。下午的井窝子没那么热闹了，因为送水的车子都是上午来，这时只有附近人家自己推了装着铅桶的小车子来买水。

我看见长班老王也推了小车子来，他一趟一趟来好几趟了，见我一直站在那里，奇怪地问我：“小英子，你在这儿发什么傻？”

我没有说什么，我自己心里的事，自己知道。我说：

“秀贞呢？”我想如果等不到妞儿，就去找秀贞，跨院里收拾得好干净了。但是老王没理我，他装满了两桶水，就推走了。

我正在犹豫着怎么办的时候，忽然从西草厂口上，转过来一个熟悉的影子，那正是妞儿，我多高兴！我跑着迎上去，喊道：“妞儿！妞儿！”她竟不理我，就像不认识我，也像没听见有人叫她。我很奇怪，跟在她身边走，但她用手轻轻赶开我，皱着眉头眨眼，意思叫我走开。我不知道是怎么回事，但是她身后几步远有一个高大的男人，穿着蓝布大褂，手提着一个脏了的长布口袋，袋口上露出来我看见是胡琴。

我想这一定是妞儿的爸爸。妞儿常说“我怕我爹打”“我怕我爹骂”的话，我现在看那样子就知道我不能跟妞儿再说话了，便转身走回家，心里好难受。我口袋里有一块化石，可以在砖上写出白字来，我掏出来，就不由得顺着人家的墙上一直画下去，画到我家的墙上。心里想着如果没有妞儿一起玩，是多么没有意思呢！

我刚要叫门，忽然听见横胡同里咚咚咚有人跑步声，原来是妞儿气喘着跑来了，她匆匆忙忙神色不安地说：“我明儿再来找你。”没等我回答，她就又跑回横胡同了。

第二天早晨，妞儿来找我，我们在西厢房里，蹲下来看小油鸡。掀开藤箱盖子，我们俩都把手伸进去摸小鸡的羽毛，这样摸着摸着，谁也没说话。我本是要说话的，但是没有出声，只是心里在问她：“妞儿，为什么好多天没来找我？”“妞儿，是你爸爸很厉害不许你来吗？”“妞儿，昨天为什么不许我跟你说话？”“妞儿，你一定有什么难受的事吧？”真奇怪，这些话都是我心里想的，并没有说出口，可是她怎么知道的，竟用眼泪来回答我？她不说话，也不用袖子去抹眼，就让眼泪滴答滴答落在藤箱里，都被小油鸡和着小米吃下去了！

我不知怎么办好了，从侧面正看见她的耳朵，耳垂上扎了洞用一根红线穿过去，妞儿的耳朵没有洗干净，边沿上有一道黑泥。我再顺着她的肩膀向下看，手腕上有一条青色的伤痕，我伸手去撩起她的袖口看，她这才惊醒了，吓得一躲闪，随着就转过头来向我难过地笑笑。早晨的太阳，正照到西厢房里，照到她的不太干净的脸上，又湿又长的睫毛，一闪动，眼泪就流过泪坑淌到嘴边了。

忽然，她站起来，撩开袖口，撩起裤角，轻轻地说：

“看我爸爸打的！”

我是蹲着的，伸出手正好摸到她的腿上那一条条肿起的伤痕。我轻轻地摸，倒惹得她哭出声音来了。她因为不敢放声，嘤嘤地小声哭，真是可怜。我说：

“你爸爸干吗打你？”

她当时说不出话来，哭了好一会儿才说：

“他不许我出来玩。”

“是因为在我家待太久了？”

妞儿点点头。

因为在我家玩久了，害得她挨打，我又难过，又害怕，想到那个高大的男人，我不由得说：

“那么你快回去吧！”她站着不动，说：

“他一早出去还没回来。”

“那么你妈呢？”

“我妈也拧我，她倒不管我出来的事。爸爸也打她。打了她，她就拧我，说是我害的。”

妞儿哭了一阵子好些了，又跟我说这说那的，我说我从来没见过她的妈妈，妞儿说她的妈妈有点跛，一天到晚就是坐在炕头上给人缝补衣服赚钱。

我告诉妞儿，我们从前不住在北京，是从一个很远的岛上来的，她也说：

“我们从前也不住在这儿，我们住在齐化门那边。”

“齐化门？”我点点头说：“我知道那地方。”

“你怎么会也知道齐化门呢？”妞儿奇怪地问我。

我想不出我是怎么知道的，但我的确知道，好像有什么人大清早曾带我去过那里，而且我也像看见了那里的样子似的，不，不，不是，我所看见的很模糊，也许那是一个梦吧？因此我就回答妞儿说：

“我梦见过那个地方，有没有城墙？有一天，有一个女人抱着一个包袱，大清早上，偷偷地向城墙走去……”

“你是讲故事吧？”

“也许是故事，”我斜着头又深深地想了想，“反正我知道齐化门就是了。”

妞儿笑了笑，手伸过来搂着我的脖子，我的手也伸过去搂住她的。但当我捏住她的肩头，她轻轻喊了一声：“痛！痛！”

我的手连忙松开，她又皱着眉说：“连这儿都给我抽肿了！”

“什么抽的？”

“掸子。”停了一下她又说，“我爸，还有我妈，他们……”但她顿住不说了。

“他们怎么样？”

“不说了，下回再跟你说。”

“我知道，你爸爸教你唱戏，要你赚钱给他们花。”这是我听宋妈跟妈妈讲过的，所以一下子就给说出来了。“要你赚钱还打你，凭什么！”我说到后来气愤起来了。

“喝喝，你瞧你什么都知道，我不是要跟你说唱戏的事，你哪儿知道我要跟你说什么呀！”

“到底要说什么呢？说嘛！”

“你这么着急，我就不说了。你要是跟我好，我有好些话要跟你说，就是不许你跟别人说，也别告诉你妈。”

“我不会，我们小声地说。”

妞儿犹豫了一会儿，伏在我的耳旁小声而急快地说。

“我不是我妈生的，我爸爸也不是亲的。”

她说得那样快，好像一个闪电过去那么快，跟着就像一声雷打进了我的心，使我的心跳了一大跳。她说完后，把附在我耳旁的手挪开，睁着大眼睛看我，好像在等着看我听了她的话，会怎么个样子。我呢，也只是和她对瞪着眼，一句话也说不出。

我虽然答应妞儿不讲出她的秘密，可是妞儿走了以后，我心里一直在想着这件事，我越想越不放心，忽然跑到妈妈面前，愣愣地问：

“妈，我是不是你生的？”

“什么？”妈奇怪地看了我一眼，“怎么想起问这话？”

“你说是不是就好了。”

“是呀，怎么会不是呢？”停一下妈又说，“要不是亲生的，我能这么疼你吗？像你这样闹，早打扁了你了。”

我点点头，妈妈的话的确很对，想想妞儿吧！“那么你怎么生的我?”这件事，我早就想问的。

“怎么生的呀，嗯——”妈想了想笑了，胳膊抬起来，指着胳肢窝说：

“从这里掉出来的。”

说完，她就和宋妈大笑起来。

三

我手里拿着一个空瓶子和一根竹筷子，轻轻走进惠安馆，推开跨院的门，院里那棵槐树，果然又垂着许多绿虫子，秀贞说是吊死鬼，像秀贞的那几条蚕一样，嘴里吐着一条丝，从树上吊下来。我把吊死鬼一条条弄进我的空瓶里，回家去喂鸡吃，每天可以弄一瓶。那些吊死鬼装在小瓶里，咕囊咕囊地动，真是肉麻，我拿着装了吊死鬼的瓶子，胳膊常常觉得痒麻麻的，好像吊死鬼从瓶里爬到我的手上了，其实并没有。

我在把吊死鬼往瓶里装的时候，忽然想到了妞儿，心里很不安。她昨天又挨揍了，拿了两件衣服偷偷地找我，进门就说：

“我要找我亲爹亲妈去!”她的脸有一边被打得红肿了。

“他们在哪儿呢?”

“我不知道，到齐化门，再慢慢地找。”

“齐化门在哪儿呢?”

“你不是说你也知道那地方吗?”

"我是说我好像做梦梦见过那地方的。"

妞儿把两件衣服塞在西厢房的空箱子里，很有主意地抹干了眼泪，恨恨地说：

"我非找着我亲爹不可。"

"你知道他长得什么样子吗？"我真佩服她，但觉得这是一件太大太大的事。

"我一天一天地找，就会找到我亲爹跟我亲娘。他们的样子我心里知道。"

"那么——"我也不知道要说什么，因为我一点主意也没有。

妞儿临走的时候说，她不定哪天就要偷偷地走了，但一定会先来这里跟我说一声，并且带走存在这里的两件衣服。

我昨天一直在想妞儿的事，心里很不舒服，晚上就吃不下饭了，妈妈摸摸我的头说：

"好像有点热，不吃也好，早点去睡。"

我上了床，心里还是不舒服，又说不出，就哭起来了，妈妈很奇怪，她说：

"哭什么？哪儿不舒服？"我不知怎么一来竟哭着说：

"妞儿她爸爸啊……"

"妞儿她爸爸？怎么啦？她爸爸怎么着你啦？"宋妈也过来了，她说：

"那个不是东西的，准是骂了我们英子了，还是打了你啦？"

"不是！"我忽然觉出我说了什么糊涂话，便撒赖地哭喊：

"我要找我爸爸!"

"是要找你爸爸呀！唉！吓人!"宋妈和妈妈都笑了。妈妈说：

"你爸爸今天去看你叔叔，回来得晚点，你先睡吧!"她又对宋妈说,"英子一生下来，就给她爸爸惯的，一不舒服，爸爸抱着睡。"

"羞不羞?"宋妈用一个手指头划我的脸，我不理她，转过脸冲着墙闭上眼睛。

今天我早晨起来就好得多了，不像昨天那样不安心。但是现在又想起妞儿，手里不由得停止了捉虫子的工作，呆呆地想，不知道什么时候，妞儿就会离开我。

我把瓶子扔在树下，站起来走到窗下向里看。秀贞正在里屋床前的一把机凳上坐着，面向着床，我只看到她那小平板儿似的背影，辫子也没梳好。她比手画脚，又扬手轰苍蝇，其实哪里有苍蝇？我轻轻地走进屋里，在外屋桌旁靠着，傻看她在干什么，只听她说：

"我准知道你昨儿晚上没吃饭就睡觉了，是不是？那怎么行!"

咦！真奇怪，秀贞怎么知道我昨晚没吃饭就睡觉了呢？我倚在里屋的门框说：

"谁告诉你的?"

"啊?"她回过头来看见我愁眉不展的样子，很正经地对我说：

“还用人告诉我吗？这碗粥一动也没动呀！”说完指着床旁茶几上的一个碗和一双筷子。

我这才知道秀贞说的不是我。自从天气暖和了，打开一向深闭的跨院门以后，秀贞就一天到晚在这两间屋里出出进进，说着那我又懂、又不懂的话。最先我以为是秀贞跟我玩“过家家儿”，后来才又觉得并不是假装的事情，它太像真事了！

秀贞又向着那空床发呆看了一会儿，转过头来，轻手轻脚地拉着我走到屋外来，小声地说：

“睡着了，让他睡去吧！这一场病也真亏他，没亲没故的！”

外屋书桌上摆着那缸春天买的金鱼，已经死了几条，可是秀贞还是天天勤着换水，玻璃缸里还加了几根水草，红色的鱼在绿色的水草中钻来钻去，非常好玩。我怎么知道鱼是红的草是绿的呢？妈妈教过我，她说快考小学了，老师要问颜色，要问住在哪儿，要问家里有几个人。秀贞还养了一盒蚕，她对我说过：

“你要上学，我们小桂子也该上学了，我养点蚕，吐了丝，好给小桂子装墨盒用。”

有几条蚕已经在吐丝了，秀贞另外把它们放在一个蒙了纸的茶杯上，就让它们在那纸上吐丝。真有趣，那些蚕很乖，就不会爬到茶杯下面来。另外的许多蚕还在吃桑叶。

秀贞在打扫蚕屎，她把一粒粒的蚕屎装进一个铁罐里，她已经留了许多，预备装成一个小枕头，给思康三叔用。因为他每天看书眼睛得保养，蚕屎是明眼的。

我在旁边静静地看着鱼缸，看着吐丝。院子里的树，正靠在窗下，这屋里荫凉得很，我们俩都不敢大声说话，就像真的屋里躺着一个要休息的病人。

秀贞忽然问我：

"英子，我跟你说的事记住没有？"

我一时想不起是什么事，因为她对我说过的事，真真假假的太多了。她说过将来要我跟小桂子一块去上学，小桂子也要考厂甸小学。她又告诉我从厂甸小学回家，顺着琉璃厂直到厂西门，看见鹿犄角胡同雷万春的玻璃窗里那对大鹿犄角，一拐进椿树胡同就到家了。可是她又说过，她要带小桂子去找思康三叔，做了许多衣服和鞋子，行李都打点好了。

我最记得秀贞说过的话，还是她讲的生小桂子的那回事。有一天，我早早溜到这里找秀贞，她看见我连辫子都没梳，就端出梳头匣子来，从里面拿出牛角梳子、骨头针和大红头绳，然后把我的头发散开来，慢慢地梳。她是坐在椅子上的，我就坐在小板凳上，夹在她的两腿中间，我的两只胳膊正好架在她的两腿上，两只手摸着她的两膝盖，两块骨头都成了尖石头，她瘦极了。我背着她，她问我：

"英子，你几月生的？"

"我呀？青草长起来，绿叶发出来，妈妈说，我生在那个不冷不热的春天。小桂子呢？"秀贞总把我的事情和小桂子的事情连在一起，所以我也就一下子想起小桂子。

"小桂子呀，"秀贞说，"青草要黄了，绿叶快掉了，她是生在那不冷不热的秋天。那个时光，桂花倒是香的，闻见没有？就像我给你擦的这个桂花油这么香。”她说着，把手掌送到我的鼻前来晃一晃。

“小——桂——子。”我吸了吸鼻子，闻着那油味，不由得一字字地念出来，我好像懂得点那意思了。

秀贞很高兴地说：

“对了，小桂子，就是这么起的名儿。”

“我怎么没看见桂花树？这里哪棵树是桂花？”我问。

“又不是在这屋子里生的！”秀贞已经在编我的辫子了，辫得那么紧，拉着我的头发根怪痛的，我说：

“为什么用这么大的力气呀？”

“我当时要是有这么大力气倒好了，我生了小桂子，浑身都没劲儿，就昏昏沉沉地睡，睡醒了，小桂子不在我身边了。我睡觉时还听见她哭，怎么醒了就没了呢？我问，孩子呢？我妈要说什么，我婶儿接过去了，她瞥了我妈一眼，跟我和和气气地说：你的身子弱，孩子哭，在你身边吵，我抱到我屋去了。我说，噢。我又睡着了。”秀贞说到这儿停住了，我的辫子已经扎好，她又接着说：

“仿佛我听我妈对我婶说：不能让她知道。真让人纳闷儿，到底是怎么档子事儿？我怎么到这儿就接不下去了呢？是她们把孩子给——？还是扔——绝不能够！绝不能够！”

我已经站起来，脸冲着秀贞看，她皱着眉头，正呆呆地想。她说话常常都会忽然停住了，然后就低声地说“真让人纳闷儿，到底是怎么档子事儿？”的话。她收梳头匣子的时候，我看见我送小桂子的手表在匣子里，她拿起手表，放在掌心里，又说：

“小桂子她爹也有个大怀表死了当了，当了那个表，他才回的家，这份穷，就别提了！我当时就没告诉他我有了。反正他去个把月就回来，他跟我妈说，放心，他回家卖了山底下的白薯地，就到北京来娶我。千山万水，去一趟也不容易，我要是告诉他我有了，不也让他惦记着！你不知道他那情意多深！我也没告诉我妈我有了，说不出口，反正人归了他了，等嫁了再说也不迟……”

“有了什么了？”我不明白。

“有了小桂子呀！”

“你不是刚说什么没有了吗？”我更不明白。

“有了，没了，有了，没了，小英子，你怎么跟我乱扰？你听我给你算。”她把我给小桂子的表收起来，然后用手指捏着算给我听：

“他是春天走的。他走的那天，天儿多好，他提着那口箱子，都没敢多看我，他的同乡同学，有几个送他到门口儿的，所以他就没好再跟我说什么。好在头天晚上我给他收拾箱子的时候，我们俩也说得差不多了。他说，惠安的日子很苦，有办法的都到海外谋生去了，那儿的地不肥，不能种什么，白薯倒是种了不少。他们家，常年吃白薯，白薯饭，白薯粥，白薯干，白薯条，白薯片，能叫外头去的人吃出眼泪来。所以，他就舍不得让我这个北边人去吃那个苦头儿。我说可不是，我妈就生我独一个儿，跟了你去吃白薯，她怎么舍得我！他说，你是个孝女，我也是个孝子，万一我母亲扣住了我，不许我再到北京来了呢？我说，那我就追你去。

“送他到门口，看他上了洋车，抬头看看天，一块白云彩，像条船，慢慢地往天边儿上挪动，我仿佛上了船，心是飘的，就跟没了主儿似的。

“我送他出去，回到屋里来，恶心要吐，头也昏，有点儿后悔没告诉他这件事，想追出去，也来不及了。

“日子一天天地捱，他就始终没回来，我肚子大了，瞒不住我妈，她急得盘问我，让我说不出道不出的，可是我也顾不得害臊了，就都告诉了我妈。我说，他总有一天回来，他不回来，我去！我妈听了拿手堵住我的嘴，直说：姑娘，可别这么说了，这份丢人呀！他真要是不回来，咱们可不能嚷嚷出去，就这么，把我送回了海淀。

“小桂子生下来，真不容易，我一点劲儿都没有，就闻着窗户外头那棵桂花树吹进来的一阵阵香气，我心说，生个女的就叫小桂子。接生的老娘婆叫我咬住了辫子，使劲，使劲，总算落了地，呱呱哭声好大呀！”

秀贞说到这儿，喘了一大口气，她的脸色变青了，故事接不下去，就随便说了，她说：

“小英子，你不心疼你三婶吗？”

“谁是三婶？”

“我呀！你管思康叫三叔，我就是你三婶，你还算不过这账来。叫我一声。”

“嗯——”我笑了，有些难为情，但还是叫了她，“三婶。

秀贞。”

“你要是看见小桂子就带她回来。”

“我怎么知道小桂子什么样儿?”

“她呀,”秀贞闭上眼睛想着说,“粉嘟嘟的一个小肉团子,生下来我看见一眼了,我睡昏过去那阵儿,听我妈跟老娘婆说,瞧!这真是造孽,脖子后头正中间儿一块青记,不该来,非要来,让阎王爷一生气用指头给戳到世上来的!小英子,脖子后头中间有指头大一块青记,那就是我们小桂子,记住没有?”

“记住了。”我糊里糊涂地回答。

那么,她现在问我说的事记住没有,就是这件事吗?我回答她说:“记住了,不是小桂子那块青记的事吗?”

秀贞点点头。

秀贞把桌上的蚕盒收拾好,又对我说:

“趁着他睡觉,咱们染指甲吧。”她拉我到院子里。墙根底下有几盆花,秀贞指给我看,“这是薄荷叶,这是指甲草。”她摘下来了几朵指甲草上的红花,放在一个小瓷碟里,我们就到房门口儿台阶上坐下来。她用一块冰糖在轻轻地捣那红花。我问她:

“这是要吃的吗?还加冰糖?”

秀贞笑得咯咯的,说:

“傻丫头,你就知道吃。这是白矾,哪儿来的冰糖呀!你就看着吧。”

她把红花朵捣烂了,要我伸出手来,又从头上拿下一根卡子，挑起那烂玩意儿，堆在我的指甲上，一个个堆了后，叫我张着手不要碰掉，她说等它们干了，我的手指甲就变红了，像她的一样，她伸出手来给我看。

我的手，张开了一会儿，已经不耐烦了，我说：

“我要回家去了。”

“你回家非弄坏了不可，别走，听我给你讲故事儿。”她说。

“我要听三叔的故事。”

“小声点儿，”她向我摆手，轻轻地说，“让我先看看他醒过来没有，他要不要喝水。”她进去了一下，又出来了，坐下后，手支撑在大腿上托着下巴颏儿，忽然向着槐树发起呆来。

“说呀！你。”我说。

她惊了一下，“嗯？”好像没听见我的问话，但跟着眼泪掉下来了，“还说呢，人都没影儿了，都没影儿了！老的！小的！”

我一声不响，她自己抽抽噎噎地哭了一会儿，才又大喘了一口气，望我笑了，那泪坑！我就觉得在什么地儿看见过秀贞这个人，这个脸。

秀贞用手指抹抹泪，拉过我的手托在她的手上，这样，我就轻松点，不觉得张开染指甲的手很累了。她又侧起身子看着跨院门，好像在张望什么人。她自言自语地说：

“就是这时节他来的，一卷铺盖，一口皮箱，搬进了这小屋里。他身穿一件灰大褂，大襟上别着一支笔。我正在屋里没打扫完呢！爹领他进来的，对他说：‘会馆里正院房子都住满了，陈家二老爷让给您腾出这两间小屋来。’他说：‘好，好，这样就很好。’爹给他打开行李，把那床又薄又旧的棉被摊开，我心想，他怎么过这北京的大冬天？小英子，住在会馆念书的学生，有几个有钱的？有钱的就住公寓去了。我爹常说，想当年，陈家二老爷上京来考举，还带着个小碎催伺候笔墨呢！二老爷中了举，在北京做官，就把这间会馆大翻修了一回，到如今，穷学生上京来念书，都是找着二老爷说话。二老爷说，思康是他们乡里的苦学生，能念出书来，要我们把堆煤的这两间小屋收拾了给他住。

“我还在赶着擦玻璃呢，没正眼看他。我爹对他说，这床被呀！过不了冬。爹真爱管人家的事，他准是不好意思了，就乱嗯嗯啊啊的没说出什么来。爹又问他在哪家学堂，他说在北京大学，喝！我爹又说了，这道不近，沙滩儿去了！可是个好学堂呀！

“爹帮着他收拾那几件破行李，就出去了，临走看见我还在擦玻璃，他说，行啦，姑娘。我跟出来了，回头看了他一眼，谁知道他也正抬眼看我呢！我心里一跳，迈门坎儿差点摔出去！看他那模样儿，两只眼儿到底有多深！你还没看清楚他，他就把你看穿了。回到屋里来，我吃饭睡觉，眼前都摆着他的两只那么样看人的眼睛。这就是缘分，会馆一年到头，来来往往的大学生多了，怎么我就——我就，……咳！”

秀贞的脸微微的红涨，抬起我的手，看我染的指甲干了没有，她轻轻地吹着我的指甲，眼皮垂下来，睫毛像一排小帘子，她问我：

“小英子，你明白了吗？缘分？”她并不一定要我回答她，我也没打算回答她，只是心里想着，这样的长睫毛，有一个人也有的，我想到西厢房我那位爱哭的朋友了。秀贞又接着唠叨：

“我天天给他送开水去，这件事本该是我爹做的。早晚两趟，我们烧了大壶开水，送到各屋里给先生们洗脸，泡茶。爹走惯了正院，总是把跨院给忘了。有时候思康就自己到我们窗根底下来要。‘长班。’他就是这么轻轻地叫一声，‘有滚水吗？’爹这才想起来，赶紧给人家补送去。有时爹倒是没等叫就想起来了，可是他懒得再走，就支使我去。一来二去，这件差事——到跨院送开水，仿佛就该是我做的了。

“我送水，一句话也没跟他说过，我进了屋，他在书桌前坐着，就着灯看书呢，写字呢，我就绷着脸儿，打开那茶壶盖儿，刷——的，就听见开水灌进壶的声儿。他胆子小着呢，连眼都不敢斜过来，就那么搭着眼皮坐着。有一天，我也好新鲜，往前挪了一步，微探着身子看他写什么，谁知他也扭过头来了，说：‘认得字吗？’我摇了摇头。打这儿起，我们俩就说话了。”

“那时小桂子在哪儿呢？”我忽然想起这个跟秀贞有关系的人。

“她呀！”秀贞笑了，“还没影儿呢！对了，小桂子到底哪儿去了？你给找着没有？那是我们俩的命根子呀！我还没跟你说完呢，他有一天拉起我的手，就像我这么拉你的手，说：‘跟了我吧！’他喝了点儿酒，我也迷糊了，他喝酒是为的取暖，两间屋子，生一个小火，还时有时无的。那天风挺大，吹得门框直响，我爹跟我娘回海淀取地租去了，让舅妈来陪我，她睡了，我就溜到这跨院里来。他的脸滚烫，贴着我的脸，他说了好多话，酒气喷着我，我闻也闻醉了。

“他常爱喝点儿酒，驱驱寒意，我就偷偷地买了半空儿花生，送到他的屋里来，给他下酒喝。北风打着窗户纸，响得吹笛儿似的。我握着他的手，暖乎乎的，两个人就不冷了。

“他病了，我一趟一趟地跑，可瞒不住我妈了。那天我端着粥，要送给他吃，妈说：‘避点儿嫌疑，姑娘，懂得不懂得？’我一声也没言语。”

我从秀贞的眼里，仿佛看见了躺在里屋床上的思康三叔了；他蓬着头发，喝水也没力气，吃饭也没力气，就哼哼着。

“后来呢？好了没有？”我不由得问。

“不好怎么走的？我可直要倒下了！原来是小桂子来了！”

“在哪里？”我转回头去看跨院门，并没有人影儿。在我的幻想中，跨院门边，应当站着一个女孩子：红花的衫裤，一条像狗尾巴似的黄毛辫子，大大的眼睛，一排小帘子似的长睫毛，一闪一闪的，在向我招手呢！我头有点昏，好像要倒下来，闭了一下眼睛，再睁开，门那边，果然有个影子，越走越近了，那么大的一个东西，原来——原来是秀贞的妈正向我招手，她说：

“秀贞，怎么让小英子在老爷儿里晒着？”

“刚才这地方没太阳。”秀贞说。

“快挪开，这边儿不是有荫凉吗？”老王妈过来拉起我。

那幻影在我眼中消失了，我忽然又想起秀贞还没讲完的故事。我说：

“妞儿，不，小桂子在哪儿呢？你刚说的？”

秀贞扑哧笑了，指着她的肚子：

“在这儿呢，还没生呢！”

秀贞的妈是来这院里晾衣服。一根绳子从树枝上牵到墙那边，王妈正一件件地往上晾。

秀贞看了说：

“妈，裤子晾在靠墙边去吧，思康出来进去的不合适。”

王妈骂说：

“去你的！”

秀贞被她妈妈骂一句，并不生气，又对我说：

“我妈倒是也疼思康，她跟我爹说，咱们没儿子，你这老东西又没念过书，有个读书识字的人在咱们家也是好事儿。我爹这才答应了。我刚才说到哪儿啦！噢，他好了我不是病了吗？他就说都是他害的我，他不是说要娶我，教我念书吗？就在这时候，他家里来了电报，他妈病了，叫他赶快回去……”

“小英子，”王妈忽然截住秀贞的话，对我说，“你怎么那么爱听她那颠三倒四的废话？也真怪，小孩子都怕她，躲着她，就是你不。”

“妈，您别搅，我这儿还没说完呢！我还有事托小英子呢！”

老王妈不理她，只顾对我说：

“小英子，该回去了，刚才我听见宋妈在胡同里叫你，我不敢说你在这儿。”

老王妈说完拿着空盆走了。秀贞看见她妈妈走出了跨院门，才又说：“思康这一去，有……”她扳着手指头算：“有一个多月了，有六年多了，不，还有一个多月就回来，不，还有一个月我就生小桂子了。”

不管是六年，是一个多月，秀贞跟我一样地算不清楚。她这时把我的手拿起来看看，便把指甲上的干烂花剔开，哟，我的指甲都是红的了！我高兴极了，直笑直笑，摆弄着我的手。

“小英子，”她又低声说，“我有件事托你，看见小桂子就叫她来，一块儿找她爹去，我们要是找到她爹，我病就好了。”

“什么病？”我看着秀贞的脸。

“英子，人家都说我得了疯病，你说我是不是疯子？人家疯子都满地捡东西吃，乱打人，我怎么会是疯子，你看我疯不疯？”

“不，”我摇摇头，真的，我只觉得秀贞那么可爱，那么可怜，她只是要找她的思康跟妞儿——不，跟小桂子。

“他们怎么都走了不回来了呢？”我又问。

“思康准是让他妈给扣住了。小桂子呢，我也纳闷是怎么档子事儿，没在海淀，没在我婶儿屋里。我一问，妈急了，说：‘扔啦！留那么一个南蛮子种儿干吗？反正他也不回来了，坑人！’我一听，登时就昏倒了，醒了，他们就说我是疯子。小英子，我千托万托你，看见小桂子就带她来，我什么都预备好了，回去吧。”

我听得愣了，脑子里好像有一幅画，慢慢越张越大，我的头也有点不舒服似的，我一边答应：“好好，好好。”一边跑出跨院，跑出惠安馆，一路踢着小石块，看着我手上的红指甲，回到了家。

四

“看你脸晒得那么红！快来吃饭。”妈妈看见我满头大汗地回来，并没有太责备我。

但是我只想喝水，不想吃饭，我灌了几杯凉开水下去，坐到饭桌上，喘着气，拿起筷子，可是看我自己的指甲玩。

“谁给你染的？”妈问。

“小妖精，小孩子染指甲，做唔得！”爸爸也半生气地说。

“谁给你染的？”妈又问。

“嗯——”我想了一下，“思康三婶。”我不敢，也不肯说秀贞是疯子。

“跑到外面去认什么阿叔阿婶！”妈给我夹了一碟子菜，又对我说，“你叔叔说，还有一个月就要考小学了，你到底会数到什么数了？算算看，不会数就考不上的。”

“一，二，三，……十八，十九，二十，二十六，……”我的脑筋实在有些糊涂，只想扔下筷子去床上躺一会儿，但是我不肯这样做，因为他们会说我有病了，不许我出去。

“乱数!”妈妈瞪了我一眼,“听我给你算,二俗,二俗录一,二俗录二,二俗录三,二俗录素,二俗录五,……”

在旁边伺候盛饭的宋妈首先忍不住笑了,跟着我和爸爸都哈哈大笑起来,我乘此扔下筷子,说:

“妈,听你的北京话,我饭都吃不下了,二十,不是二俗;二十一,不是二俗录一;二十二,不是二俗录二……”

妈也笑了,说:

“好啦好啦,不要学我了。”

我没有吃饭,爸妈都没注意。大概刚才喝了凉开水,人好些了,我的头已经不晕了。爸妈去睡午觉,我走到院子里,在树下的小板凳上坐着,看那一群被放出来的小油鸡。小油鸡长得很大了,正满地啄米吃,树上蝉声“知了知了”地叫,四下很安静。我捡起一根树枝子在地上画,看见一只油鸡在啄虫吃,忽然想起在惠安馆捉的那瓶吊死鬼忘记带回来。

我虽这样想着,但是竟懒得站起身来,好像要困了,不由得闭上了眼睛,随着俯下身子来,两手抱住头,深深地埋在大腿上。

在这像睡不睡的梦中,我的眼前一片迷乱:在跨院的树下捉蚕,吊死鬼在玻璃瓶里蠕动着,一会儿又变成了秀贞屋里桌上的蚕,仰着头在吐丝,好像秀贞把蚕放在我的胳膊上爬,一发痒,猛睁开眼抬起头来看,原来是两只苍蝇在我的胳膊上飞绕。我扬扬手轰开苍蝇,又埋头睡下了。这回是一盆凉水,顺着我的脊背浇下来,凉飕飕的,我抱紧了头,不行,又是一盆凉水从脖子上灌下来,又凉又湿,我说冷啊!

旁边有人咯咯地笑，我挣扎着站起来，猛下子醒了，睁开眼，闹不清这是什么时候了！因为天好像一下子暗了，记得我坐这里的时候是有阳光的呀！站在我面前的是妞儿，她在笑，我还觉得背脊是湿的冷的，用手背向后面去摸，却又不是湿的。但身上还是有些凉意，不禁打了一个哆嗦，随着又打了两个喷嚏，妞儿笑容收敛了，说：

“你怎么啦？傻呵呵的睡觉直说梦话。”

我好像还没醒来，要站不住，便赶快又坐下来。这时雷声响了，从远处隆隆地响过来。对面的天色也像泼了墨一样地黑上来，浓云跟着大雷，就像一队黑色的恶鬼大踏步从天边压下来。起了微微的风，怪不得我身上觉得凉。我不由得问妞儿：

“你冷不冷？我怎么这么冷。”

妞儿摇摇头，惊疑地看着我，问：

“你现在的样子真特别，好像吓着了，还是挨打了？”

“没有，没有，”我说，“爸爸只打我手心，从来不会像你爸爸打你那么凶。”

“那你是怎么了呢？”她又指指我的脸，“好难看啊！”

“我一定是饿的，中午没吃饭。”

这时雷声更大了，好大的雨点滴落下来，宋妈到院子来收衣服，把小鸡赶到西厢房里。我和妞儿也跟着进来。宋妈把小鸡扣好在鸡笼里，就又跑出去，嘴里还说着：

“要下大雨了，妞儿回不去。”

宋妈出去了以后，可不是，雨立刻下大了。我和妞儿倚着屋门看下雨。雨声那样大，噼噼啪啪地打落在砖地上，地上的雨水越来越多了，院角虽然有一个沟眼，但是也挤不过那么多的雨水。院子的水涨高了，漫过了较低的台阶，水溅到屋门来，溅到我们的裤脚上了，我和妞儿看这凶狠的雨水看呆了，眼睛注视着地上，一句话也不讲。忽然妈妈在北屋里窗内向我说话又扬手，话我听不见，扬手的意思是叫我们不要站在门口被雨溅湿了。我和妞儿便依着妈妈的手势进屋来，关上了门，跑到窗前向玻璃外面看。

“不知道要下多久?”妞儿问。

“你可回不去了。”我说完，连着又打了两个喷嚏。

我望着屋里，想找个地方倒下来，最好有一床被让我卧在里面。屋里虽然有旧床铺，但床上堆了箱子和花盆，并且满是灰尘。我受不住了，不由得走向床那边去，靠在箱子上。忽然想起妞儿存在空箱里的两件衣服，便打开拿了出来。

妞儿也过来了，她问：

“你要干吗?”

“帮我穿上，我冷了。”我说。

妞儿笑笑说：

“你好娇啊！下一点雨，就又打喷嚏，又要穿衣服的。”

她帮我穿上一件，另一件我裹在腿上。我们坐在一块洗衣板上，挤在墙角，这样我好像舒服一些。但是妞儿却心疼被我裹在腿上的衣服，说：

“我就这两件衣服，别给我拉扯坏了呀！”

“小气鬼，你妈给你做了好多衣服呢！借我一件都舍不得！”也许我的头又发晕，不知怎么，嘴里说妞儿的妈，心里可想到秀贞屋里炕桌上一包小桂子的衣服。

妞儿瞪大了眼，指着她自己的鼻子说：

“我妈？给我做好多衣服？你睡醒了没有？”

“不是，不是，我说错了，”我仰起头，靠在墙上，闭上眼，想了一下才说：

“我是说秀贞。”

“秀贞？”

“我三婶。”

“你三婶，那还差不多，她给你做了好多衣服，多美呀！”

“不是给我做，是给小桂子做的。”我转过头，对着妞儿的脸看，她的一个脸，被我看成两个脸，两个脸又合成一个脸。是妞儿，还是小桂子，我分不清了，我心里想的，有时不是我嘴里说的，我的心好像管不住我的嘴了。

“干吗这么瞪我？”妞儿惊奇地把头略微闪躲了我一下。

“我在想一个人，对了，妞儿，讲讲你爸跟你妈的故事吧！”

“他们有什么可讲的！”妞儿撇了一下嘴，“我爸爸在前清家有皇上的时候，不用做事，一天到晚吃喝玩乐，后来前清家没有了，他就穷了，又不会做事，把钱全花光了，就靠拉胡琴赚钱，他教我唱戏，恨不得我一下子就唱得跟碧云霞那么好，那么赚钱。——嘿！小英子，我现在上天桥唱戏去了，围一圈子人听，唱完了我就捧着个小笸箩跟人要钱，一要钱人都溜了，回来我爸爸就揍我！他说，给钱的都是你爷爷，你得摆个笑脸儿，瞧你这份儿丧！说着他就拿棍子抡我。”

“你说的那个碧云霞也在天桥唱呀？”

“哪儿呀！人家在戏院子里唱，城南游艺园，离天桥也不远，听碧云霞的才都是大爷哪！可是我爸爸常说，在戏园子唱的，有好些是打天桥唱出来的。他就逼着我学，逼着我唱。”

“你不是也很爱唱吗？怎么说是他逼的。”

“我爱随我自己，愿意唱就唱，愿意给谁听就给谁听，那才有意思。就比如咱们俩在这屋里，我唱给你听。”

是的，我想起刚认识妞儿的那天，油盐店的伙计要她唱，她眼睛含着泪的那样子。

“可是你还得唱呀！你不唱赚不了钱怎么办！”

“我呀，哼！”妞儿狠狠地哼了一声，“我还是要找我亲爹亲妈去！”

“那么你怎么原来不跟你亲爹亲妈在一起呢？”这是我始终不明白的一件事。

“谁知道！”妞儿犹豫着，要说不说的样子。外面的雨还是那么大，天像要塌下来，又像天上有一个大海的水都倒到地上来。

“有一天，我睡觉了，听我爸跟我妈吵架。我爸说：‘这孩子也够拗的，嗓门儿其实挺好，可是她说不玩就不玩，可有什么办法呢！’我那瘸子妈说：‘你越揍她，越不管事儿。’我爸说：‘不揍她，我怎么能出这口气！捡来的时候还没冬瓜大，我捧着抱着带回家，而今长得比桌子高了，可是不由人管了。’我妈说：‘你当初把她捡回来就错了主意，跟亲生亲养的到底不一样，说老实话，你也没按亲生那么疼她，她也不能拿你当亲爹那么孝顺。’我爸叹了口气，又说：‘一晃儿五六年了！我那天也真邪行，走到齐化门，屎到屁门了。’我妈说：‘是呀，你说一大早儿捡点煤核来烧，省得让人看见怪寒碜的，每天你不都是起来先出恭才漱口洗脸吗？那天你忙得没上茅房，饶着煤没捡回来，倒捡了个不知谁家的私生的小崽子来。’我爸又说：‘我想着找城根底下蹲蹲吧，谁知道就看见个小包袱了呢！我先还以为我要发邪财了，打开一看，敢情是她，活玩意儿，小眼还骨碌骨碌直转哪！’我妈妈说：‘哼！你如今打算在她身上发财，赶明儿唱得跟碧云霞那么红，可不易。’……”

我又闭上眼睛，仰头靠着墙在听妞儿絮絮叨叨地说，我好像听过这故事，是谁讲的呢？还说大清早就把那孩子包裹包裹扔到齐化门城根去？也许我是做梦，我现在常常做梦，宋妈说我白天玩疯了晚饭又吃撑了，才又咬牙又撒呓挣的。是吗？我就闭着眼问妞儿：

“妞儿，你跟我说了好几遍这故事啦！”

“胡说，我跟谁也没说过。我今儿头一回跟你说。你有时候糊里糊涂的，还说要上学呢！我瞧你考不上。”

“可是，我真是知道的呀！你生的那时候，正是青草要黄了，绿叶快掉了，那不冷不热的秋天，可是窗户外头倒是飘进来一阵子桂花的香气……”

妞儿推推我，我睁开眼，她奇怪地问：

“你在说什么？是不是又睡着了撒呓挣？”

“我刚才说了什么？”我有些忘了，刚才也许是在梦中。

妞儿摸摸我的头，我的胳膊，她说：“你好烫啊！衣服穿多了吧！把我的衣服脱下来吧！”

“哪里热，我心里好冷啊！冷得我直想打哆嗦！”我说着，看自己的两条腿，果然抖起来。

妞儿看着窗外说：

“雨停了，我该回去了。”

她要站起来，我又拉住她，搂住她的脖子说：

“我要看你后脖子上的那块青记，小桂子，你妈说你后脖子有块青记，让我找找……”

妞儿略微地挣开我，说：“你怎么今天总说小桂子小桂子的？你现在这样儿，就像我爸爸喝醉了说胡话一样！”

“是呀！你爸爸就爱喝口酒，冬天为的驱驱寒意，那天风挺大，你妈给他打了点酒，又买了半空儿花生。……”

我糊里糊涂地说着，拉开妞儿那条狗尾巴小辫儿，可不是，可不是，恍恍惚惚地，我看见在那杂乱的黄头发根里面，中间是有一块指头大的青记。我浑身都抖起来了。

妞儿把她的脸贴在我的脸上，惊奇地说：

“你怎么啦？你的脸好热啊！都红了，是不是病了？”

“没有，我没病，”我这时精神起来了，但是妞儿把我搂在她的怀里，我正好看到妞儿尖尖的下巴。她低下头来，一对大眼睛里，忽然含满了泪。我也好像有什么委屈，实在我是觉得头发重，支持不住了。妞儿这么搂着我，抚摸着我，一种亲爱的感觉，使我流出泪来了。妞儿说：

“英子，好可怜，身上这么烫！”

我也说：

“你也好可怜，你的亲爹、亲妈——啊，妞儿，我带你找你的亲妈去，你们再一块儿去找你亲爹。”

“上哪儿找去？你睡觉吧，我怕你，你别瞎说了。”说着，她又搂紧我，拍哄我。但是我听了她的话，立刻从她怀里挣扎起来，喊着说：

“我不是瞎说！我是知道你亲妈在哪儿，就在不远，”我又搂着她的脖子附在她耳旁小声说：“我一定要带你去，你亲妈说的，教我看见你就带你去，就是，不错，脖子后面有块青记的嘛！”

她又奇怪地望着我，好一会儿才说：

“你的嘴好臭，一定是吃多了上火。可是，真有这回事吗？……你说我亲妈？”

我看着她那惊奇的眼睛，点点头。她的长睫毛是湿的，我一说，她微笑了，眼泪流到泪坑上！我觉得难过，又闭上眼，眼前冒着金星，再睁开眼，她变成秀贞的脸了，我抹去了眼泪再仔细看，还是妞儿的。我这时又管不住我的嘴了，我说：

“妞儿，晚上你吃完饭来找我，咱们在横胡同口见面，我就带你上秀贞那儿去，衣服你也不用带，她给你做了一大包袱，我还送了你一只手表，给你看时候。我也要送秀贞一点东西。”

这时我听见妈在叫我。原来雨停了，天还是阴的。妞儿说：

“你妈叫你呢！咱们先别说了，那就晚上见吧！”说着她就站起身，匆匆地推门出去了。

我很高兴，所以有一股力气站起来了，脱下妞儿的衣服，扔在鸡笼上。我推门出去，院子里一阵凉风吹着我，地上满是水，妈妈叫我顺着廊檐走，可是我已经蹚水过来了。妈妈拉起我的手，刚想骂我吧，忽然她又两手在我手上，身上，头上乱按，惊慌地说：

“怎么浑身这样烧，病了，看是不是？中午从太阳底下晒回来，脸通红，刚才又淋了雨，现在又蹚水。水，总是要玩水！去躺下吧！”

我也觉得浑身没有力气了，随着妈妈拖我到小床来。她给我脱了湿的鞋，换了干的衣服，把我安置在床上躺下来，裹在软绵绵的被里，我的确很舒服，不由得闭上眼睛就睡着了。

醒来的时候，觉得热了，踢开了被。这时屋里漆黑，隔着布帘子空隙，可以看见外屋已经点了灯。我忽然想起一件要紧的事，大声叫：

“妈，你们是不是在吃饭？”

“这样混，她居然要吃饭呢！”是爸爸的声音。跟着，妈妈进来了，端进来煤油灯放在桌上。我看见她的嘴还动着，嘴唇上有油，是吃了“回肉”吗？

妈妈到床前来，吓唬着我说：“爸爸要打你了，玩病了还要吃。”

我急了，说：

“我不是要吃饭，我今天根本一天没吃饭呀！就是问问你们吃饭了没有？我还有事呢！”

“鬼事！”妈妈把我又按着躺下，说，“身上还这样热，不知你烧到多少度了，吃完饭我去给你买药。”

“我不吃药，你给我药吃，我就跑走，你可别怪我！”

“瞎说！等一会儿宋妈吃完饭，叫她给你煮稀粥。”

妈不理会我的话，她说完就又回外屋去吃饭了。我躺在床上，心里着急，想着和妞儿约会好吃完饭在横胡同口见面，不知她来了没有？细听外面又有淅淅沥沥的雨声，虽然不像白天那样大，可是横胡同里并没有可躲雨的地方，因为整条胡同都是人家的后墙。我急得胸口发痛，揉搓着，咳嗽了，一咳嗽，胸口就像许多针扎着那么痛。

妈妈这时已经吃完饭，她和爸爸进来了。我的手按着嘴唇，是想用力压着别再咳嗽出来，但是手竟在嘴上发抖；我发抖，不是因为怕爸爸，我今天从下午起一直在抖；腿在抖，手也抖，心也抖，牙也抖。妈妈这时看见我发抖的样子，拿起我放在嘴唇上的手，说：

“烧得发抖了，我看还是你去请趟山本大夫吧！”

“不要！不要那个小日本儿！”

爸爸这时也说：

“明天早晨再说吧，先用冰毛巾给她冰冰头管事的。我现在还要给老家写信，赶着明早发出去呢！”

宋妈也进来看我了。她向妈妈出主意说：

“到菜市口西鹤年堂家买点小药，万应锭什么的，吃了睡个觉就好。”

妈妈很听话，她向来就听爸爸的话，也听宋妈的话，所以她说：

“那好嘛，宋妈，我们俩上街去买一趟。英子，乖乖地躺着，吃了药赶快好了好上学。等着，我还顺便到佛照楼给你带你爱吃的八珍梅回来。”

现在，八珍梅并不能打动我了，我听妈和宋妈撑了伞走了，爸爸也到书房去了，我满心想着和妞儿的约会。她等急了吗？她会失望地回去了吗？

我从被里爬出来，轻手轻脚地下了地，头很重，又咳嗽了，但是因为太紧张，这回并没有觉到胸口痛。我走到五屉橱的前面站住了，犹豫了一会儿，终于大胆地拉开了妈妈放衣服的那个抽屉，在最里面，最下面，是妈妈的首饰匣。妈妈开首饰匣只挑爸爸不在家的时候，她并不瞒我和宋妈的。

首饰匣果然在衣服底下压着，我拿了出来打开，妈妈新打的那只金镯在里面！我心有点儿跳，要拿的时候，不免向窗外看了一眼，玻璃窗外黑漆漆的，没有人张望，但我可以照到自己的影子，我看见我怎样拿出金镯子，又怎样把首饰匣放回衣服底下，推阖了抽屉，我的手是抖的。我要给秀贞她们做盘缠，妈妈说，二两金子值好多好多钱，可以到天津，到上海，到日本玩一趟，那么不是更可以够秀贞和妞儿到惠安去找思康三叔吗？这么一想，我觉得很有理，便很放心地把金镯子套在我的胳膊上面了。

我再转过头，忽然看玻璃窗上，我的影子清楚了，不！吓了我一跳，原来是妞儿！她在向我招手，我赶快跑了出去，妞儿头发湿了，手上也有水，她小声对我说：

“我怕你真在横胡同等我，我吃完饭就偷偷跑出来了。我等了你一会儿，想着你不来了，我刚要回去，听见你妈跟宋妈过去了，好像说给谁买药去，我不放心你，来看看，你们家的大门倒是没闩上，我就进来了。”

“那咱们就去吧！”

“上哪儿去？就是你白天说的什么秀贞呀？”

我笑着向她点了头。

“瞧你笑得怕人劲儿！你病糊涂了吧！”

“哪里！”我挺起胸脯来，立刻咳嗽了，赶快又弯下身子来才好些，我把手搭在她的肩上说，“你一去就知道了，她多惦记你啊！比着我的身子给你做了好些衣服。对了，妞儿，你心里想着你亲妈是什么样儿？”

“她呀，我心里常常想，她要思念我，也得像我这么瘦，脸是白白净净的，……”

“是的，是的，你说得一点儿都没错儿。”我俩一边说着，一边向门外去，门洞黑乎乎的，我摸着开了门，有一阵风夹着雨吹进来，吹开了我的短褂子，肚皮上又凉又湿，我仍是对她说：

“你妈妈，她薄薄的嘴唇，一笑，眼底下就有两个泪坑，一哭，那眼睛毛又湿又长，她说：‘小英子，我千托万托你，……’”

"嗯。"

"她说，小桂子可是我们俩的命根子呀！……"

"嗯。"

"她第一天见着我，就跟我说，见着小桂子，就叫她回来，饭不吃，衣服也不穿，就往外跑，急着找她爹去……"

"嗯。"

"她说，叫她回来，我们娘儿俩一块儿去，就说我不骂她……"

"嗯。"

我们已经走到惠安馆门口了，妞儿听我说，一边"嗯，嗯"地答着，一边她就抽搭着哭了，我搂着她，又说：

"她就是……"我想说疯子，停住了，因为我早就不肯称呼她是疯子了，我转了话口说，"人家都说她想你想疯啦！妞儿，你别哭，我们进去。"

妞儿这时好像什么都不顾了，都要我给她做主意，她只是一边走，一边靠在我的肩头哭，她并没有注意这是什么地方。

上了惠安馆的台阶，我轻轻地一推，那大门就开了。秀贞说，惠安馆的门，前半夜都不闩上，因为有的学生回来得很晚，一扇门用杠子顶住，那一半就虚关着。我轻声对妞儿说：

"别出声。"

我们轻轻地，轻轻地走进去，经过门房的窗下，碰到了房檐下的水缸盖子，有了响，里面是秀贞的妈，问：

"谁呀？"

“我，小英子！”

“这孩子！黑了还要找秀贞，在跨院里呢！可别玩太晚了，听见没有？”

“嗯。”我答应着，搂着妞儿向跨院走去。

我从没有黑天以后来这里，推开跨院的门，吱扭扭地一声响，像用一根针划过我的心，怎么那么不舒服！雨地里，我和妞儿迈步，我的脚碰着一个东西，我低头看是我早晨捉的那瓶吊死鬼，我拾起来，走到门边的时候，顺手把它放在窗台上。

里屋点着灯，但不亮。我开开门，和妞儿进去，就站在通里屋的门边。我拉着妞儿的手，她的手也直抖。

秀贞没理会我们进来，她又在床前整理那口箱子，背向着我们，她头也没回地说：

“妈，您不用催我，我就回屋睡去，我得先把思康的衣服收拾好呀！”

秀贞以为进来的是她的妈妈，我听了也没答话，我不知道怎么办好了，我想说话，但抽了口气，话竟说不出口，只愣愣地看着秀贞的后背，辫子甩到前面去了，她常常喜欢这样，说是思康三叔喜欢她这样打扮，喜欢她用手指绕着辫梢玩的样子，也喜欢她用嘴咬辫梢想心事的样子。

大概因为没有听见我的答话吧？秀贞猛地回转身来“哟！”地喊了一声，“是你，英子，这一身水！”她跑过来，妞儿一下子躲到我身后去了。

秀贞蹲下来，看见我身后的影子，她瞪大了眼睛，慢慢地，慢慢地，侧着头向我身后看，我的脖子后面吹过来一口一口的热气，是妞儿紧挨在我背后的缘故，她的热气一口比一口急，终于哇的一声哭出来，秀贞这时也哑着嗓子喊叫了一声：

“小桂子！是我苦命的小桂子！”

秀贞把妞儿从我身后拉过去，搂起她，一下就坐在地上，搂着，亲着，摸着妞儿。妞儿傻了，哭着回头看我，我退后两步倚着门框，想要倒下去。

秀贞好一会儿才松开妞儿，又急急地站起来，拉着妞儿到床前去，急急地说道：

“这一身湿，换衣服，咱们连夜地赶，准赶得上，听！”是静静的雨夜里传过来一声火车的汽笛声，尖得怕人。秀贞仰头听着想了一下又接着说：“八点五十有一趟车上天津，咱们再赶天津的大轮船，快快快！”

秀贞从床上拿出包袱，打开来，里面全是妞儿，不，小桂子，不，妞儿的衣服。秀贞一件一件一件给妞儿穿上了好多件。秀贞做事那样快，那样急，我还是第一回看见。她又忙忙叨叨地从梳头匣子里取出了我送给小桂子的手表，上了上弦给妞儿戴上。妞儿随秀贞摆弄，但眼直望着秀贞的脸，一声也不响，好像变呆了。我的身子朝后一靠，胳膊碰着墙，才想起那只金镯子。我撩起袖子，从胳膊上把金镯子取下来，走到床前递给秀贞说：

“给你做盘缠。”

秀贞毫不客气地接过去，立刻套在她的手腕上，也没说声谢谢，妈妈说人家给东西都要说谢谢的。

秀贞忙了好一阵子，乱七八糟的东西塞了一箱子，然后提起箱子，拉着妞儿的手，忽然又放下来，对妞儿说道："你还没叫我呢，叫我一声妈。"秀贞蹲下来，搂着妞儿，又扳过妞儿的头，撩开妞儿的小辫子看她的脖子后头，笑道："可不是我那小桂子，叫呀！叫妈呀！"

妞儿从进来还没说过一句话，她这时被秀贞搂着，问着，竟也伸出了两手，绕着秀贞的脖子，把脸贴在秀贞的脸上，轻轻而难为情地叫：

"妈！"

我看见她们两个人的脸，变成一个脸，又分成两个脸，觉得眼花，立刻闭住眼扶住床栏，才站住了。我的脑筋糊涂了一会儿，没听见她们俩又说了什么，睁开眼，秀贞已经提起箱子了，她拉起妞儿的手，说："走吧！"妞儿还有点认生，她总是看着我的行动，并伸出手来要我，我便和她也拉了手。

我们轻手轻脚地走出去，外面的雨小些了，我最后一个出来，顺手又把窗台上的那瓶吊死鬼拿在手里。

出了跨院门，顺着门房的廊檐下走，这么轻，脚底下也还是噗吱噗吱的有些声音。屋里秀贞的妈妈又说话了：

"是英子呀？还是回家去吧！赶明再来玩。"

"嗳。"我答应了。

走出惠安馆的大门，街上漆黑一片，秀贞虽提着箱子拉着妞儿，但是她们竟走得那样快，秀贞还直说：

"快走，快走，赶不上火车了。"

出了椿树胡同，我追不上她们了，手扶着墙，轻轻地喊：

“秀贞！秀贞！妞儿！妞儿！”

远远的有一辆洋车过来了，车旁暗黄的小灯照着秀贞和妞儿的影子，她俩不顾我还在往前跑。秀贞听我喊，回过头来说：“英子，回家吧，我们到了就给你来信，回家吧！回家吧……”

声音越细越小越远了，洋车过去，那一大一小的影儿又蒙在黑夜里。我扒着墙，支持着不让自己倒下去，雨水从人家房檐直落到我头上、脸上、身上，我还哑着嗓子喊：

“妞儿！妞儿！”

我又冷，又怕，又舍不得，我哭了。

这时洋车从我的身旁过去，我听车篷里有人在喊：

“英子，是咱们的英子，英子……”

啊！是妈妈的声音！我哭喊着：

“妈啊！妈啊！”

我一点力气没有了，我倒下去，倒下去，就什么都不知道了。

五

远远地，远远地，我听见一群家雀在叫，吱吱喳喳、吱吱喳喳。那声音越来越近了……不是家雀儿，是一个人，那声音就在我耳边。她说：

“……太太，您别着急了，自己的身子骨也要紧，大夫不是说了准保能醒过来吗？”

“可是她昏昏迷迷的有十天了！我怎么不着急！”

我听出来了，这是宋妈和妈妈在说话。我想叫妈妈，但是嘴张不开，眼睛也睁不开，我的手，我的脚，我的身子，在什么地方哪？我怎么一动也不能动，也看不见自己一点点？

“这在俺们乡下，就叫中了邪气了。我刚又去前门关帝庙给烧了股香，您瞧，这包香灰，我带回来了，回头给她灌下去，好了您再上关帝庙给烧香还个愿去。”

妈妈还在哭，宋妈又说：

“可也真怪事，她怎么一拐能拐了俩孩子走？咱们要是晚回来一步，咱们英子就追上去了，唉！越想越怕人，乖乖巧巧的妞儿！唉！那火车，俩人一块儿，唉！我就说妞儿长得俊倒是俊，就是有点薄相……”

“别说了，宋妈，我听一回，心惊一回。妞儿的衣服呢？”

“鸡笼子上扔的那两件吗？我给烧了。”

“在哪儿烧的？”

“我就在铁道旁边烧的。唉！挺俊的小姑娘！唉！”

“唉！”

两个人唉声叹气的，停了一会儿没说话。

等再听见茶匙搅着茶杯在响，宋妈又说话了：

“这就灌吧？”

“停一会儿，现在睡得挺好，等她翻身动弹时再说。——家里都收拾好了？”妈问。

“收拾好了，新房子真大，电灯今天也装好了，这回可方便喽！”

“搬了家比什么都强。”

“我说您都不听嘛！我说惠安馆房高墙高，咱们得在门口挂一个八卦镜照着它，你们都不信。”

“好了，不必谈了，反正现在已经离开那倒霉的地方就是了。等英子好了，什么也别跟她说，回到家，换了新地方，让她把过去的事儿全忘了才好，她要问什么，都装不知道，听见了没有？宋妈。”

“这您不用嘱咐，我也知道。”

她们说的是什么，我全不明白，我在想，这是怎么回事儿？有什么事情不对了吗？我想着想着觉得自己在渐渐地升高，升高，我是躺在这里，高、高、高，鼻子要碰到屋顶了，“呀！”我浑身跳了一下，又从上面掉下来，一惊疑就睁开了眼睛。只听宋妈说：

“好了，醒了！”

妈妈的眼睛又红又肿，宋妈也含着眼泪。但是我仍说不出话，不知怎么样才可以张开嘴。这时妈妈把我搂抱起来，捏住我的鼻子，我一张嘴，一匙水就一下给我灌了下去，我来不及反抗，就咽下了，然后我才喊：

“我不吃药！”

宋妈对妈说：

“我说灵不是？我说关帝老爷灵验不是？喝下去立刻就会说话。”

妈给我抹去嘴边的水，又把我弄躺下来。我这时才奇怪起来，看看白色的屋顶，白色的墙壁，白色的门窗和桌椅，这是什么地方？我记得我是在一个？……我问妈妈说：

“妈，外面在下雨吗？”

“哪儿来的雨，是个大太阳天呀！”妈说。

我还是愣愣地想，我要想出一件事情来。

这时宋妈挨到我身边来，她很小心地问我：

“认得我吗？英子！”

我点点头：“宋妈。”

宋妈对妈笑笑。妈又说：

“你发烧病了十天了，爸爸和妈妈给你送到医院来住，等你好了，我们就回到新的家去，新的家还装了电灯呢！”

“新的家？”我很奇怪地问。

“新的家，是呀！我们的新家在新帘子胡同，记着，老师考你的时候，问你家住在哪儿？你就说，新——帘——子胡同。”

“那么……”有些事情我实在想不起来了，所以要说什么，也不能接下去，我就闭上眼睛。妈说：

“再睡会儿也好，你刚好还觉得累，是不是？”妈妈说着就摩抚我的嘴巴，我的眼皮，我的头发，忽然一个东西一下碰了我的头，疼了一下，我睁开眼看，是妈妈手上套的那只——那只金镯子！我不由得惊喊了一声：“镯子！”妈没说什么，把金镯子又推到手腕上去。我的眼睛直望着妈妈的金镯子，心想着，这只金镯子不是——不就是我给一个人的那只吗？那个人叫什么来着？我糊涂了，但不敢问，因为我现在不能把那件事情记得很清楚。我怎么就生病，就住到这医院里来了呢？我是一点儿也不清楚。

妈妈拍拍我说：

“别发呆了，看你发烧睡大觉的时候，多少人给你送吃的、玩的东西来！”

妈妈从床头的小桌上拿起来一个很好看的匣子，放在枕边，一边打开来，一边说：

“匣子是刘婆婆给你买的，留着装东西用，里面，喏，你看，这珠链子是张家三姨送你的。喏，这只自动铅笔是叔叔给你的。你自己玩吧！”她便转头跟宋妈说话去了。

我随着妈妈的说明，一件件从匣里拿出来看，我再摸出来的是一只手表，上面镶了几颗钻，啊！这是我自己的东西！但是——我手举着表，一动也不动地看着，想着，它怎么会在这只匣子里？它不是，也被我送给人了吗？

“妈！”我不禁叫了一声，想问问。妈回过头看见，连忙接过表去，笑着说道：

“看，这只表我给你修理好了，你听！”

妈把表挨近我的耳朵，果然发出小小滴答滴答的声音。然而这时我想起了一些事情，我想起了一个人，又一个人。她们的影子，在我眼前晃。

“妈！”我再叫一声还想问问。

妈妈慌忙又从匣子里拿出别的玩意来哄我：

“喏，再看这个，是……”

我忽然想起好些事情来了，我跟一个人，还有一个人的事情，但是妈妈为什么那样慌慌忙忙地不许人问？现在我是多么地思念她们！我心里太难受，真想哭，我忽然翻身伏在枕头上，就忍不住大声地哭起来。嘴里喊："爸爸！爸爸！"

妈妈和宋妈赶着来哄我，妈妈说：

"英子想爸爸了，爸爸知道多高兴，他下班就会来看你！"

宋妈说：

"孩子委屈喽，孩子这回受大委屈喽！"

妈妈把我抱起来搂着我，宋妈拍着我，她们全不懂得我！我是在想那两个人啊！我做了什么不对的事吗？我很怕！爸爸，爸爸，你是男人，你应当帮助我啊！我是为了这个才叫爸爸的。

我哭了一阵子很累了，闭上眼睛偎在妈妈的怀里。妈妈轻轻摇着我，低声唱她的歌：

"天乌乌，要落雨，老公仔举锄头顺水路，顺着鲫仔鱼要娶某，龟举灯，鳖打鼓……"

她又唱：

"饲阉鸡，阉鸡饲大只，刣给英子吃，英子吃不够，去后尾门仔眯眯哭！"那轻轻的摇动使我舒服多了，听到这里，我不由得睁开眼笑了。妈妈很高兴地亲着我的脸说：

"笑了，笑了，英子笑了。宋妈已经把家里的油鸡杀了给你煮汤喝呢！"

宋妈从桌底下拿出一只小锅，打开来还冒着热气，她盛了一碗黄黄的汤还有几块肉，递到我面前，要我喝下去。我别过脸去不要看，不要吃。碗里是西厢房的小油鸡吗？我曾经摸着它们的黄黄软软的羽毛，曾经捉来绿色的吊死鬼喂它们，曾经有一个长长睫毛大眼睛里的泪滴落在它们的身上……我不说什么，把头钻进妈妈的胸怀里。妈妈说：

“她不想吃，再说吧，刚醒过来，是还没有胃口。”

我在医院住了十几天，刚可以起床伏在楼窗口向下面看望，爸爸就雇来一辆马车，把我接回家。

马车是敞篷的，一边是爸，一边是妈，我坐在中间，好神气。前面坐了两个赶马车的人，爸爸催他们快一点，皮鞭子抽在马身上，马蹄子得得得得，得得得得，一路跑下去。马车所经过的路，我全不认识。这条大街长又长，好像前面没尽没了。

我觉得很新鲜，转身脸向着车后，跪在座位上，向街上呆呆地看。两边的树一棵棵地落在车后面，是车在走呢？是树在走呢？

我仰起头来，望见了青蓝的天空，上面浮着一块白云彩，不，一条船。我记得她说：“那条船，慢慢儿地往天边上挪动，我仿佛上了船，心是飘的。”她现在在船上吗？往天边儿上去了吗？

一阵小风吹散开我的前刘海，经过一棵树，忽然闻见了一阵香气，我回头看妈妈，心里想问：“妈，这是桂花香吗？”我没说出口，但是妈妈竟也嗅了嗅鼻子对爸说：

“这叫作马缨花，清香清香的！”她看我在看她，便又对我说：“小英子，还是坐下来吧，你这样跪着腿会疼，脸向后风也大。”

我重新坐正，只好看赶马车的人狠心地抽打他的马。皮鞭子下去，那马身上会起一条条的青色的伤痕吗？像我在西厢房里，撩起一个人的袖子，看见她胳膊上的那样的伤痕吗？早晨的太阳，照到西厢房里，照到她那不太干净的脸上，那又湿又长的睫毛一闪动，眼泪就流过泪坑淌到嘴边了！我不要看那赶车人的皮鞭子！我闭上眼，用手蒙住了脸，只听那得得的马蹄声。

太阳照在我身上，热得很，我快要睡着了，爸爸忽然用手指逗逗我的下巴说：

“那么爱说话的英子，怎么现在变得一句话都没有了呢？告诉爸，你在想什么？”

这句话很伤了我的心吗？怎么一听爸说，我的眼皮就眨了两下，碰着我蒙在脸上的手掌，湿了，我更不敢放开我的手。

妈妈这时一定在对爸爸使眼色吧？因为她说：

“我们小英子在想她将来的事呢！……”

“什么是将来的事？”从上了马车到现在，我这才说第一句话。

“将来的事就如英子要有新的家呀，新的朋友呀，新的学校呀，……”

“从前的呢？”

“从前的事都过去了，没有意思了，英子都会慢慢忘记的。”

我没有再答话，不由得在想西厢房的小油鸡，井窝子边闪过来的小红袄，笑时的泪坑，廊檐下的缸盖，跨院里的小屋，炕桌上的金鱼缸，墙上的胖娃娃，雨水中的奔跑，……一切都算过去了吗？我将来会忘记吗？

“到了！到了！英子，新帘子胡同的新的家到了！快看！”

新的家？妈妈刚说这是“将来”的事，怎么这样快就到眼前了？

那么我就要放开蒙在脸上的手了。

《惠安馆》收录于林海音的经典自传体小说《城南旧事》，1960年由台湾尔雅出版社出版。林海音童年时期随父母迁居北京，这段生活经历成了她日后创作《城南旧事》的素材。小说《惠安馆》的故事发生在1923年，北京胡同里的惠安馆住着一个失去了孩子的女人秀贞，六岁的英子偶然和她成为朋友，英子意外地发现自己的玩伴妞儿正是秀贞失散多年的女儿小桂子。林海音以小女孩单纯清澈的视角，将她在北京城南的童年生活编织进了小说之中，留下了一段既天真又复杂的独特记忆。

——胡诗杨

“冰糖葫芦——”

张　洁

已经“六九”了，天还是那么冷。

呼，呼，呼，刮了两天的西北风，像把大铁扫帚，别说是破纸片儿、花生皮儿，就是小石头子儿，也被它扫得精光。

路上的行人，眼见得少了许多，就连那些胡同串子，也不在街上溜达了。万不得已非出门儿不可的人，也是用大毛围巾，把脑袋裹得严严实实，再戴上个大口罩，只留下两只眯缝的眼，天冷，连人的眼睛也缩水了。没错，物理书上说过，冷缩热胀。

能在这冷风地里站住脚，挺着腰板挣饭吃的，全是让生活锤打过的汉子。不信，就听听这卖瓜子儿、卖面包、卖口香糖……的吆喝吧，顺着冷风，能送出去老远。不经心的人，乍一听只觉得敞亮、热火，可是再仔细咂摸咂摸，准能从那声调的韵味里，咂摸出点滋味。什么滋味？一下也挺难说清，反正什么滋味都有。

“芝麻”怕咂摸，又禁不住咂摸，那滋味会一直钻进他的心坎，甚至钻进他的鼻、眼。他一听就能明白，那哥儿几个跟他一样，全是不得不吃闲饭、又不想吃闲饭、自找活路的待业青年。

这会儿，他又傻呆呆地站着，琢磨那吆喝声里的滋味呢。

马路旁售货亭的烟囱里，噼噼啪啪又飞出一串火星子，卖货大婶又往煤炉子里加煤球了。她拉开售货小窗，冲“芝麻”喊了一嗓子：“嗨！小子，进来暖和暖和吧！”

隔着玻璃小拉窗，她瞅了“芝麻”老半天了。他就那么杵在冷风里，也不吆喝，也不张罗。打从他站在这儿起，也没见他卖出去几串冰糖葫芦。干这个买卖，这小子准是头一回，还是个瘸子。拉垮着一条腿，还得站在冷风地里挣饭吃，唉，真是难为他了。那么大的个头儿，一拳头能砸塌一堵墙，这会儿却只能摩挲着两只大手，不知怎么对付眼前那一串串冰糖葫芦。

“不啦，谢谢您啦。”“芝麻”想冲大婶笑笑，可腮帮上的肌肉，冻得梆梆硬，只好使劲咧咧嘴，算是笑过了。

这大婶挺好，售货亭上挂的厚实棉门帘也挺好，货架上那些酒瓶、香烟、火柴盒，还有卖货大婶那胖乎乎的圆脸，全让“芝麻”打心眼儿里喜欢，全让他觉得了不起，全显出一副心满意足、扎扎实实的神气……

“芝麻”好羡慕啊！倒不是因为怕冷，年轻轻的，冷，算什么！他不像有些人，成天价不是埋怨这个，就是埋怨那个，除了眼下他非得吆喝“冰糖葫芦——”这件让他张不开嘴的事，几乎什么事都让他羡慕。就连挖下水道的清洁工，他也羡慕。好歹，那是吃公粮的、正儿八经的活儿。

他这算什么，谁知道那些买冰糖葫芦的人怎么看待他？

小财迷？下三滥？现在人们说起待业青年的口气，真叫人受不了。

谁愿意当待业青年！“芝麻”能等，能体谅国家的困难。可是买冰糖葫芦的人，是不是都能这么想？“芝麻”的鼻子里，又涌起一个酸溜溜的味儿，他赶紧咽了口唾沫。

又有好些下电车的人拥了过来，“芝麻”赶紧低下头，来回倒腾着那些已经码得整整齐齐的冰糖葫芦，心里像是敲着一面小鼓。“芝麻”倒是听过不少鼓声，从记事儿起，就赶上了“文化大革命”，整天地游行，喊口号，敲鼓。可留在他脑子里最清晰的鼓声只有一次：加入少先队那一天的鼓声。太阳，蓝天，队旗。白衬衣，红领巾。“咚，哒啦哒啦；咚，哒啦哒啦；咚，哒啦；咚，哒啦；咚，哒啦哒啦……”清脆、明快，甚至有点浮躁。而他心里的“鼓声”，完全不是那个板眼了……

虽然心里有个声音在催促他，你倒是吆喝呀！怕什么？谁认识谁呀？瞧瞧人家，不都吆喝得挺带劲儿？人家能行，你怎么就不行！

于是他憋足一口气，像第一次跳水那样，豁出条命，喊他一嗓子又怎么着……不成，还是张不开嘴。最后，他巴不得路上别再有行人，省得他老得为喊一嗓子“冰糖葫芦——”发怵。

一小队解放军过去了，个个像是比赛谁的嗓门大似的唱着列队歌曲，“芝麻”那木格棱棱的心，这才觉得活泛起来。

还是解放军行，就连唱歌也像接到攻占某高地的命令，豁出命来也得占领它。那些歌曲，虽不像河北梆子那样搅得人肝儿、肠儿、肚儿发酸发疼，也不像京韵大鼓那么让人慢条斯理地咂摸滋味，可是它雄壮，和着踩得挺响、挺整齐的脚步，让一边儿听着的人，跟着也来了精气神儿。

他们像是刚在澡堂子里洗过澡，有人手里还拎着装毛巾、肥皂盒的小塑料袋，一个个脸蛋红扑扑的亮，就像“芝麻”的嫂子刚用去污粉擦过的那个铜脸盆，明光锃亮。那个脸盆，据说还是他爷爷当年剃头挑子上的家当。

这两年人们变得好捯饬了，眼下顶时兴的喇叭裤固然好看，穿上以后，越发显得腿长，又有那么股子帅劲儿。可比起这身绿军装呢？喇叭裤可就掉份儿了。

在所有的服装里，“芝麻”最喜欢绿军装。这身衣服，能上能下，不论什么场合，穿着它都很体面。唉，可惜他这辈子没有穿军装的份儿了。

人在娘胎里的时候，谁也不敢保险生下来会不会遇上拧了脖子，或是多长了一个指头的事，可人人心里都有的那只爱飞的鹰，并不因为长了个歪脖，或多长一个手指头，就断了翅膀。

“芝麻”没什么大不了的奢望，说出来没准儿还会招人笑话：瞧瞧，这人多没理想。

忘乎所以的时候，“芝麻”常常想象自己在篮球场上如何驰骋风云，风头出尽……当然比不上穆铁柱，“芝麻”也没敢往那上面想。个头儿是足够的，可是光有个头儿顶什么用，全让那条瘸腿给拐带完喽。现在他唯一能安慰自己的，就是在床头上贴满报纸上剪下来的穆铁柱的照片了。多早晚想起来，他多早晚为老穆抱屈，街上有那么多卖电影明星照片的，为什么就没有卖老穆照片的？论功劳，论观众的多少，老穆比哪个明星差?!

还有呢，那就更提不上牙了。比方说，“芝麻”不知从哪里得来的信息，认准了男人英俊不英俊，和胡子的关系很大。谁不希望自己英俊？腿瘸，有一脸让人觉得威武的胡子也行，可是每照一次镜子，都让“芝麻”窝一回心。他的胡子，简直算不上胡子，而是耗子嘴上支棱着的几根有限的、屈指可数的须子。他那片镜子挺小，一次只能照半拉脸，或是半个下巴。不过小也有小的好处，可以光照自己愿意照的地方，比方眼睛、眉毛，也可以不照自己不愿意照的地方，比方那个很像有个九十度角的三角板鼻子。好在哥哥有把像原始森林那样茂密的络腮胡子，要是有个傻头傻脑的苍蝇或蚊子钻进去，这辈子也甭想再活着飞出来。

胡子也好，鼻子也好，腿也好，全是板上钉钉的事，怨天怨地也没用。“芝麻”会给自己解心烦，遇见什么不遂心的事，他总爱这么想：这件事情上亏了，兴许还能从别的事上找补回来，这辈子长着哪。要说人一辈子老顺心，天底下没那么便宜的事儿；要说人这一辈子净倒霉，老天爷还有眼没眼？就比方说，爹妈过世早，哥哥嫂子可全疼他。

那边，又来了一个卖冰糖葫芦的小子，看样子是个老手。摆开摊子，木头箱子一掀盖，嗬，箱子里儿糊的全是雪白的纸，几串通红透亮的冰糖葫芦，往箱子上的小眼儿里一插，那个鲜灵、耀眼，让人一看就想咬上一口。

他一来，“芝麻”觉得有了伴儿，也壮了胆。他很想跟那小子搭搭话，聊聊卖冰糖葫芦有多么不易……什么不易？操的心、费的力，倒也不去说，单说说心里那不明不白、酸溜溜的味儿吧。兴许那小子心里，也藏着和他差不离儿的窝心事。

可那小子，找碴儿似的或瞧他不顺眼，时不时地瞪他几眼。一撮不屈不挠的头发，鸡冠子一样竖在头顶上，两只手揣在裤兜里，缩着个肩膀，夹着两条腿，在马路牙子上不停地蹦上蹦下。一边儿蹦，一边儿挺着细长的脖子，不停地吆喝：“冰糖葫芦哎——冰糖葫芦！”活像一只斗架的公鸡，就连他的吆喝声，也像公鸡打鸣儿，拖得又响又长。

“芝麻”学着他的架势，狠心地把脸往下一拉，吆喝了一声：“冰糖葫芦——”不行，简直就不像自己的声音了。可不管怎么着，多亏有了那小子，他才能吆喝出这一嗓子。咳，到底有了个开头，往下就不显得那么难了。

这一来，那小子吆喝得更来劲了，好像和“芝麻”比赛，一声比一声响亮，一声比一声高昂。哪怕有一个人经过，不管人家打算或是不打算买，他总是觍着笑脸，拿着几串冰糖葫芦，凑到人家跟前：“同志，给您家小朋友买两串吧，冰糖葫芦，开胃消食。”

或是：“姑娘，又甜又酸的冰糖葫芦，来一串吧。”

没法儿，“芝麻”的生意，全让他抢走了。

“芝麻”有点来气，好像遭了谁的欺负。

那小子像是更得意了，就是没人经过，他也会伸着脖子穷喊：“冰糖葫芦——”得，让唾沫呛住了。

“芝麻”想：喊哪，你倒是接着喊哪。

他喊不出来了，不停地咳嗽，脸憋得通红，脑门上的青筋暴得挺高，眼睛也咳得冒水……

赶巧，又一趟公共汽车进了站，下车的人不少。这回，“芝麻”不再担心有人抢他的买卖了，正想不慌不忙地吆喝两声，这时那小子忍住咳嗽，强挣着喊了一声：“冰糖葫芦——”那声音不再敞亮，也不再高昂，难听得像是旧货回收站在撕裂、砸碎破铜烂铁。“芝麻”还看见，他脑门上的青筋暴得更高了，脸憋得更红了，眼睛里的水冒得更多了。

“芝麻”这才发现，他那暗红的、像风干肉似的耳朵上生着冻疮，他的头上，别说是棉帽子，就连一顶单帽子也没有。身上的小棉袄挺肥、挺薄，还挺短，刚刚盖过肚脐眼儿，指不定里面灌了多少冷风呢！脚上是一双单的“懒汉鞋”，塑料底儿磨得精薄，站在冻了一层薄冰的马路上，一定是透心的凉。

比起他，除了头上的棉帽子是旧的，“芝麻”的大棉袄、棉裤、骆驼鞍儿的老棉鞋，棉手闷子，全是嫂子一针针一线线给他新做的，或是重新拆洗过的。虽说没样儿，不好看，可它们多暖和啊。

“芝麻”立刻明白，那小子为什么老像只好斗的公鸡，不停地叫着、蹦着，他冷。那么蹦一蹦，跳一跳，叫一叫，会暖和一点吧？

“芝麻”也看清，那小子并非找碴儿、不怀好意、瞧他不顺眼地瞪他，而是因为他长了一双斗鸡眼。就算他像只公鸡，可也是个羽毛还没长满就让人家从妈妈翅膀底下揪出来，扔进了冰天雪地，冻得瑟瑟发抖，使劲把脑袋往翅膀底下掖的小公鸡。

“芝麻”心里咯噔了一下。之后，像个打了胜仗，凯旋的将军，乒乒乓乓收拾好自己的摊子，开路了。他要另找一个地段，把这块地盘让给那小子一个人。这地盘不错，是好几路电汽车的终点站，人来人往热闹得很。他巴望那小子赶快卖完，赶紧回家，暖一暖他的耳朵；暖一暖他的脚丫；暖一暖他那冰凉的肚子……

“芝麻”是在大杂院里长大的孩子，也不知道是顾不上，还是少有机缘，很少看电影，也很少看文学作品。“高尚”“美好”这一类字眼，根本和他不着边儿。但是这会儿，他觉得有股热乎乎、干干净净、新新鲜鲜的感觉直冲脑门，浑身的汗毛孔也好像张开了，头发根儿也竖起来了……他不再觉得卖冰糖葫芦是丢人现眼的事，总比那些倒卖录音机、麦克眼镜的人体面，他这是靠自己的劳动挣饭吃。

他不由得喊了一声：“冰糖葫芦——”声音里透着那么多的欢愉，闹得过路人都朝他转过头来。

这不，他这粒小芝麻，也能给别人一点温暖。他觉得，就连自己的眼睛也和从前不一样了，就像让什么神仙点化过，那些灰色的小房子啦，脏兮兮的公共汽车啦，歪歪斜斜的电线杆啦……全变了样。他的心口，也像被一道光照亮。那是什么光？他说不清，反正不是那种让人眼花缭乱、刺得睁不开眼睛的光。好像——好像小时候，有年正月十五，爹给他买的那盏大金鱼花灯。

好些快活的念头，一个接一个向“芝麻”的脑子里闪过来，他自己也闹不清楚了，这些念头，是一时泛起的，还是平时就有？也许平时就有，只不过他没有注意，现在，在那道光亮的映照下，变得清晰起来，还都罩着那道暖融融的光。

他想着，等他赚了钱，他要买一顶黑丝绒的帽子，送给孤寡的邢奶奶，她的帽子已经很旧了。六十多岁的人了，不是闹着玩儿的，风吹着她呢？雨淋着她呢？

还要给小侄子买挺“机关枪”。

给大杂院里那些爹妈舍不得给买“花炮”的孩子，买好些“花炮”，让他们尽着兴儿，拍着巴掌欢叫：“噢！放花喽——放花喽——”

想着想着，“芝麻”的眼前，仿佛有无数个红色的、绿色的、金色的、银色的、丁香紫的花炮，飞射开来，斑斓的色彩，在他的眼睛里，交织着一个又一个好看的图案。

张洁的《“冰糖葫芦——”》发表于《文汇月刊》1981年第3期，收录于1983年出版的小说集《方舟》。张洁的创作并非典型的京味书写，《“冰糖葫芦——”》是她为数不多的具有北京气质的小说，它主要写了一位瘸腿待业青年“芝麻”在寒风呼啸的大街上卖冰糖葫芦时的心理活动过程。“芝麻”是一位成长在大杂院里的人物，小说采用地道的“京片子”

来描写他脑海中闪过的一系列思绪，这让作品蕴含了浓郁的市井生活气息，可谓对北京街市风貌的一次富于心理深度的观察。

——易彦妮

头　像

林斤澜

画家老麦的气色红润，为人圆通，又走好运。有一年出了样舒筋活血的新药叫脉通，同行拿来开老麦的玩笑，谁知老麦就棍打腿，索性拿麦通当了笔名。这天傍晚他从城堡般的人民礼堂里出来，手提包鼓鼓的，装着刚得的奖品：一张奖状，一本精装的速写本子，一个人造革的夹子，一本画册，还有一个密封的信封，里边是奖金，他当然没有打开来看过。

这个奖是“十年浩劫”以后兴起来的，也才连续三年，老麦年年都得上了。他拎了个手提包来装这些东西，就是个行家。有人没有经验，手里捧着出来就显得不自在。

老麦走到礼堂对面的存车处，取车骑上时，门口的小车大车还拥挤着慢慢挪动，警察还在又比画又喊叫。老麦为避开这些四个轮子，把自己的两个轮子随手一拐，进了一条小马路。今年的奖有点意外，行情步步看涨。刚才就有不少的闪光灯，带响和不带响的镜头对准着他来。明天电视上出现的自己，只怕还是会透着些兴奋，年过五十的人了，应当不显山露水的好……怎么拐到胡同里了，这是什么胡同？马驹。呀，梅大厦！这个十分熟悉又经常想不到的名字，跳了出来。

再拐两个弯儿，不就到了梅大厦那儿了吗。这位姓梅的，是老麦学生时代的好哥们，学的是雕塑。大家住在一个城市里，搞的都是美术，却有三年没有见面了。老麦通是忙于三来：来信，来访，来约稿。梅大厦是到处不露面，连逢年过节串个门吃顿饭都不作兴了。他在干什么？三年来美术界不大听说他的名字……老麦通由马驹胡同拐进驹尾巴胡同，再一拐，进了尾巴后坑。下车推进一个没有门扇的门洞，里边的杂院不知大小。院子中间戳着自来水管，为了防冻，拿黄泥抹得土坟头似的。这边搭出来一间厨房，那边接出来一个棚子。北屋只见屋角，东屋能看见几扇窗户，西边是什么也看不见。梅大厦住的是南屋靠西的两间。老麦把车推到南屋门前，就叫道：

“梅大厦，在吗？”

一边背着身子锁车，一边听见背后屋里叫道：

“吃饭没有？正好，给你下挂面。”

三年不见，人没进屋，劈头是这么句话。老麦立刻想起来，这还是三十年前穷学生时候的口吻。

土坟头似的水龙头那里，一个老太太坐在小板凳上，一棵一棵地涮着菠菜。清清楚楚地嘟囔道：

“挂面，挂面，天天挂面。”

显得挺自己的。老麦通望望老太太笑笑，高声应道：

“你这儿能有别的吗？”

“给你打个鸡蛋。”

老麦通进屋，也只扫了梅大厦一眼。不用说握手，连一句寒暄都用不着，管自跨进里屋坐下，因为只有里屋才有凳子。外屋的窗下，有个煤气罐，一个两眼的煤气炉架子。里屋靠里角落里，有张木板单人床，白床单黄不搭拉的。只有这一床一炉，才表明还住着个人。以外全是架子：有真正的书架，有像商店里的货架，有砖头垫脚、自己拿木板木条钉起来的架子。所有的架子上，全是雕塑。有陶瓷的，有玉石的、石头的，还有黄杨木、楠木的，以及不知什么的树根树顶。梅大厦这个人呢，若在路上溜溜的靠边走着，就是一个老不顶用了的泥瓦匠。一身劳动布工作服，往哪一推，都少不了粉尘飞扬。花白的乱蓬蓬的头发，细眼睛挂红丝，小个子还驼点儿腰。只有当他伸出两只手来，那是皮肤紧绷，肌肉鼓胀，伸缩灵活的年轻的手啊。

这年轻的手现在专心一意地下挂面，打鸡蛋。趁这工夫，老麦通把架子上的作品浏览一番。书架上摆的全是陶瓷，多半三年前见过。有飞禽走兽，也有散花天女、扶锄老农、白衣战士。有的古色古香，有的土里土气。造型、使釉、神态，都着力继承民族传统。货架上摆的是石雕，有汉白玉的头像，大理石的热带鱼、北极熊，最多的是绿色、紫色、杂色斑驳的玉石，有的像牛，有的像鹰，有的连行家也一下子看不出来像什么。这些东西老麦多半没有见过，是这三年来的作品吧，显然追求现代派的表现方法。那临时随手钉起来的架子上，全是木雕人物，有的还是半成品，看来都是近作了。……老麦通那只有行家才有的，安安闲闲坐在那里挑剔的眼光，渐渐地不安起来了。这些木雕是些什么东西呀？那不是从庙堂、寺院、坟墓的雕塑里来的吗？不是从民间的泥娃娃，面人儿脱胎出来的吗？可是又多么不一样，哪儿哪儿都变化了，是吸收了外国现代方法的呀！这两样东西糅在一起了，不敢立刻肯定说糅得匀净不匀净，可是在这么个杂院的破南屋里，这个老泥瓦匠般的老同学，老光棍，有所探索，有所创造……

老麦通的确好运道，“十年浩劫”时候，也“全托”过，也下过水田叫蚂蟥咬过，但总没有伤着元气。现在这些都成了光荣历史，眼面前可是青云直上。前年画了张武斗场面，闯了“禁区”，反映强烈，热辣辣地得了奖。去年评奖的时候，说不能全是“伤痕”，要点叫人愉快开朗的。恰好他有一张五只小猫，像小孩子那样互相抓挠着。今年得奖的提名是《夜行军》，主要人物是一个十几岁的女兵，军帽下边戳着两根辫橛子，背上背的当然不是枪，得是一把二胡。起初大家觉着不新鲜。评选来到，又觉着革命传统教育现在太需要了，理当上选。最后一讨论，军事题材的就这一张，一下子名列前茅。

老麦通有一位好夫人，她把稿费奖金积攒起来，使用在刀刃上。家庭里提前实现了“四个现代化”——两用录音机、彩色电视机、玉兰牌洗衣机和花牌电冰箱。一儿一女都上着大学，都是要强的好孩子。儿子快毕业了，在动脑筋出国留学，女儿有志考研究生。

老麦通的眼睛还在架子上来回溜着，忽然看见书架顶板上，不像是摆，倒像是撂着一个女兵，辫橛子，身背二胡，军帽上肩膀上可落上不薄的尘土了……这个烧瓷女兵是三年前见过的，和自己的画稿有没有关系呢？倒也难说。不过平心而论，这个女兵是一般化的，自己画的有个性，有人物的心灵……

这时，挂面已得，鸡蛋已熟。梅大厦仿佛大功告成，双手捧了进来。老麦通进屋的时候，一见这一床一炉，脑子里那些闪光灯就都熄灭了，那些带响和不带响的镜头也离得远远的了。把手提包随便往桌子角落里一放，没有把奖品拿出来给老同学看看的兴趣了。这时老同学捧着碗站在面前，他嗖的没有经过大脑，手脚飞快地把手提包塞到桌子下边去了。

老麦通挑起一筷子面，叹道：

“你我都一把年纪了。”

“吃吧吃吧，放了味精的。”

老麦通吃了一口。

“怎么样？”

“不错。”老麦通随口应酬着。

梅大厦笑起来，忍不住揭穿秘密的样子：

“还放了虾籽。”

“嚯。”老麦竟喝声彩，其实他连大虾也不稀奇。

“我还有紫菜，你要不要？”他要倾囊而出。

“不要不要不要。”

老麦通反倒觉得凄凉，慢慢地往下咽。

梅大厦也不再让，大口大口，啜出声来，嚼出响来，是一种狼吞虎咽的吃法。味精和虾籽，在这种吃法里也是不起作用的。

老麦心想：我是不是要做第三次努力呢？原来为给梅大厦找对象，老麦夫妇费过两次心。按老麦的夫人说：“还真不惜血本。”第一次是二十多年前，大家都才三十来岁，美术展览会上有梅大厦的作品，一个青石的旗座，盘着两只活泼泼的老虎。老麦夫妇先请一位女诗人看展览，听她称赞了作品，才约下星期六晚上七点钟，在广东饭店见面。梅大厦准时来到，老麦点了菜等着。七点一刻，女诗人姗姗来到。她身材娇小，穿一身黑色连衣裙，胸前一朵银亮的菊花，笑吟吟地穿过餐座。等到一介绍，就不作声了。坐下来动了动筷子，大约一刻钟，就说有事站起来走了。

第二次是十多年前，“浩劫”前不久，老麦夫妇约下一位中学女教师，一个规规矩矩的寡妇在家里见面。炖了一只鸡，买了瓶张裕葡萄酒。那天刮风起黄土，梅大厦眯着眼睛钻上楼梯。老麦住在四楼一号，他跑到三楼，看见廊道地上扔着些石头块儿，有带紫的，有翠绿的。问在楼梯上甩牌的孩子，孩子们说是附近玉石厂往外扔的下脚料，捡来砌炉台的。梅大厦埋头跑到三楼一号去敲门，正好这一家人都上班了。他留下张条子，眯着眼戗着风沙，向玉石厂的废料堆钻去了。

忽然听说梅大厦结了婚。

梅大厦在特种工艺工厂工作。厂里有个白胖白胖的女工，她身上的脂肪够“塑”两个梅大厦的。她要跟梅大厦学手艺，要给师傅洗衣服，抓着衣服就掏兜，有回掏着了存折，说师傅你真逗，挣钱不花，老了白搭。梅大厦说：

“我没有时间。”

她说：“我来。”

梅大厦看来跟变戏法一样，大立柜，沙发，碗橱——这是梅大厦想也想不到的。双人床——这叫梅大厦纳闷。一样样往家里搬，有天她操持家具累大发了，头晕，往双人床上一歪，睡到半夜才醒来，梅大厦蜷卧在外间的沙发上。第二天这白胖女人在车间里和人骂架：

“管得着吗？扒下衣裳来，老娘哪一样输给她，明儿就登记，气死不长眼的醋坛子娘们儿。”

他们登了记，这个白胖女人有三多：一是吃得多，放下饭碗，转过身来就抓蜜饯往嘴里塞。上班兜里装着巧克力，下班回家一手托着熟肉，还一手嗑葵花子儿。二是亲戚多，三姑六姨，这个大脚片的刚住两天吧嗒吧嗒走了，那位小脚的已经盘着腿坐在沙发上。第三是觉多，一到晚上九点钟，就脱得刮了毛的猪一样，仰在床上叫道：

“厦厦，快来呀，明儿还上班不上。”

“浩劫”开始，梅大厦的“白专道路”是跑不了的，弄去“全托”了半年。回到家里，两间屋子搬得溜光，白胖女人也不知和谁“串联”去了……

老麦通吃了半碗面，放下筷子，考虑着说道：

“眼见人都老了，要安排生活了，要有个人照顾了。”

“不用，不用，不用。”梅大厦连说三声不用。

“我来帮帮第三次忙吧。”

“不用，不用，不用。”又一连三个不用，“我又不会交际，又老，又丑……”停顿一下，正色说道：“我没有时间。”

“这叫什么生活呀。”

“想搞艺术，就不要想好命运。”

“这又是当穷学生时候的话。”

“现在更有体会了，我有过好命运，有过家庭幸福。”

“幸福？”老麦通暗吃一惊，那一段经历，怎么也归不到幸福那儿去呀。可是只反问一声，就把话咽住，这是老麦的为人。

“怎么不幸福？现在的家庭，不是论腿儿吗？我有过几十条腿，只有两张嘴。吃饱了睡，睡起来吃。一般说的幸福，不就是这个？那你说的安排呀照顾呀又是什么呢？”

老麦通给堵住了，不得不说出那核心的话来，但措词还是婉转：

“那个女人不合适。”

“她后来又结了婚，闹不好，又离了婚。现在厂里谁也不理她了。”梅大厦眯细挂红丝的眼睛，轻轻加上一句，“也挺可怜的。”

这一句叫老麦心里一震，脱口叫道：

“她把你弄得精光。”

“管他那个做什么。”梅大厦的眼睛一亮，高声说道，“要命的是，我最幸福的时候，是艺术上最糟糕的时候。那几年做不出什么东西来，也做了几件，你看——”梅大厦往书架顶上一指，指的就是那个一身尘土，背着二胡的女兵，“现在看都懒得看一眼，这么不经看。”

老麦通心里“咕哧”往下沉了一沉，但是平和地说道：

“你那个女兵是一般化了些。”

“怎么不一般化呢。幸福的家庭都是一般化的，这沾着谁的名言了吧。”

梅大厦走到货架前面，指点着那一排排玉石，他皮肤紧绷、肌肉鼓胀的年轻的手，落在一块黑紫黑紫的玉石上，那是一只鹰，振翅飞翔前的一刹那，合着翅膀伏着身子的鹰：

“这是去年做的。多好看的颜色，多漂亮的材料，你看这一块淡紫，恰好用在后脖子上，你看这两根线条，多简单哪，写意画哪，多经看哪。”

梅大厦年轻的手，不住地抚摸着他的鹰。从无数舒展的毛孔里，发射着疼爱的电子，石头的鹰暖和了，生动了……年轻的手倏地转到一块淡绿的玉石上，这块玉石的外形有点像元宝，下边绿些，往上渐渐的淡了，上边是白的。这回连老麦通也断不定是个什么。

“漂亮吧？多漂亮！再也找不着这样的材料，我是从人家废料堆里捡的。就是再有这样的材料，我也做不出来第二个了。”那手灵活地迅速地摸摸侧面，摸摸正面，“这里，都是原材料原样。我只在这里打了打，这里钻了钻。”那手摸到纯白的元宝顶上，敏感的触须那样颤颤着：“这个材料硬极了，脆极了，这里，我可小心极了，耐心极了，慢慢地磨出来的。你看，春天来了，叫太阳晒化了，摊在淡绿的水面上，身底下的颜色，是水的反映……”

老麦通这才领悟，这是一只白天鹅。长长的脖子弯弯地贴在背上，是刷洗羽毛？是刚从睡梦中苏醒？是尽情享受着大地春回……可是，一般人是看不懂的。不觉叹道：

“可惜，这些东西眼前是无名无利。”

“管他那个做什么。”梅大厦两手一拍两腿，劳动布的工作服冒烟一般飞起粉尘。他也有要飞的意思：“现在是我一生最好的时候，工作最好的时候。因为最自由。思想上自由，生活上自由，艺术上我觉着看得见自由王国了。”

梅大厦的花白头发，有的倒立，有的披散在额角，那细小挂红丝的眼睛，闪着一种不那么正常的光芒。老麦通暗想：这样的光芒自己是没有的，又更正着，是自己欠缺的。可是老麦通很快落在实际问题上，说道：

“没有材料了吧？我可以跟玉石厂打打交道。”

“不用了，做不好了。我一连气儿做了大大小小四十七件，想凑个整数五十件，最后三个做一个扔一个。过了劲儿了，没有激动了，没有兴趣了，做不好了。”

“现在你做黄杨木雕？”

梅大厦把手往那临时钉起来的架子上，一排排黄杨木人物那里扫过去，扫过来。好像一个将军指点他的直属部队。老麦通的眼睛也顺着他的手扫过来，扫过去，却有一个不大的头像，留在视网膜上。老麦回头找那头像，那在角落里，不过海碗大。老麦走过去，脚步要收未收就站住了。梅大厦也不作声，反倒后退一步，好一眼看见他的头像，一眼看见他的老同学观察头像的神态。这是一块黄杨树顶，上尖下圆。留着原树皮，只上尖下圆地开出一张脸来。原树皮就像头发，也可以说是头巾从额上分两边披散下来。这脸是少妇型的长脸。老麦当然立刻看出来，那比例是不写实的。头发或者头巾下边露出来的尖尖脑门，占全脸的三分之一。弯弯的眉毛，从眉毛到下边的眼睛，竟有一个鼻子的长度。我的天，这么长这么长的眼皮呀。眼睛是半闭的。这以下是写实的端正的鼻子，写实的紧闭的嘴唇。这是一个沉思的面容。没有这样的脑门和这样长长的眼皮，仿佛思索盘旋不开。森林里常有苍老的大树，重重叠叠的枝叶挂下来，伞盖一般笼罩下来，老树笼罩在沉思之中。这个少妇头像，是沉思的老树的精灵。

老麦通回头再看看那些陶瓷，那些玉石，更加明白老同学在着力于民族传统之后，追求了现代表现之后，探索着一个新的境界。老麦通这样想着的时候，感觉到有一道目光，盯在他的脑后。那是那个头像的长长的眼皮下边，那半闭的眼睛里射出来的。但老麦的为人，不愿意随便肯定，也不作兴过于激动，只是感叹一声：

“三年不见，你的进展很快呀？”

梅大厦弯腰把发黄的白床单一撩：

“你看。”

床下堆着几十根粗细长短不一的木料。

“你天天做吗？”

“没有。”梅大厦低下头来，显出了老态，“从春节到现在，我动都没动。”

“怎么了？”

“白天上班，工厂里不断任务。不是寺庙里的菩萨全砸了吗？现在发展旅游事业，到处来定做佛像。晚上回家呢……”梅大厦压低声音，指指东墙，“隔壁老太太春节犯了心口疼。”

“就是我进来的时候，在水龙头洗菠菜的老太太？”

“是。这墙不是砖墙，高粱秆抹一层泥。我这里敲打一下，老太太那里心口震一下。”

“那你晚上干什么呢？”

“学习。和做学生时候一样，翻来覆去看资料，看图片。”

“那也是准备工作。”

梅大厦的细小挂红的眼睛里，射出了光亮。和头像的目光仿佛。

“都构思好了，有的稿子也打出来了。现在就是要做，做，赶紧做，一口气做他二十件。现在是我一生最好的时候，这样的好时候不知道会有几年。”梅大厦年轻的手，抓着花白衰老的头发，扯了两扯，“我怕拖呀拖过了劲儿，没有了激动，没有了兴趣，再做也做不好了。”

老麦通也着急起来，说：

“和老太太商量商量，你要不好说，我去。”

梅大厦连忙摇手，压低嗓子说：

“一商量她就忍着了。心口疼是心脏病，把人忍坏了呢？老太太对我挺好的，我不能这样做。”

老麦通立刻想到另外找一处房子，啊，房子，对当前需要房子工作的人，房子是月亮里的宫殿。又想是不是找找美协，临时借一间？也没有把握，不觉心烦，坐不住，从桌子底下摸出手提包，起身告辞。

“我给找找房子看，你也出来活动活动。”

“好，好。”梅大厦随口应着。

“星期天上我家来，说不定房子有信儿呢。”

对这样具体的约会，梅大厦略一犹豫，正色回道：

“我没有时间。有信儿打个电话吧。”

老麦通推上车子，走过没有门扇的门洞。老太太的房门，是开在门洞里的。老麦往里边一看，老太太按在桌子上揉着一团面呢。老麦随和地点了个头，不想老太太放下面，跟了出来。老麦估着有话要说，就在门口站下来。

这位老太太眼窝有点抠了，嘴有点瘪了，春寒早已过去，还穿着棉裤，扎着腿带。是杂院里常见的老人家，两只揉面的手，在围腰上搓着。嘴里流水一般说着代代相传的送客的话：

“您走了，不多坐会儿，忙什么呀，不喝碗水吗……”

“老太太，您心口疼好了吧?”

“好了。一打春，转过地气来，早好了。”

老麦通哈的一声，脚一踢，支上车。

“老太太，可误了多大的事了……”一想，是不是老太太听见了刚才的谈话，打算忍着，故意这么说的。就走到老太太身边认真说道：

“咱说实在的，隔壁做活，碍不碍您的心口?”

“碍不着，我又不是泥胎烧活儿。”

“那您怎么不告诉给他?”

“可别告诉他，可别让他做木头人儿了。给他找个真人儿过日子是正经。一个月也挣百十块钱，累了一天下来，打那个夜作干吗！屋里全满了，搁没处搁，摆没地方摆的……”

“老太太，晚上他不能待着。”

“我知道，坐那里一看相片儿，跟傻了眼似的。”

“什么相片？”

“女的呗，可寒碜了。”

老麦通想着只怕是现代派的图片，说：

“丑八怪似的？”

“不价，一个个仙女似的。”

“那怎么寒碜呢？”

“嗐，连双袜子都不带穿的。”

这是老太太的语言，偏挑袜子来代表一切。为人圆通的老麦，对这样的老太太，也能沉下脸来：

“我告给您，您记住了，让他一连气儿再做出二十件来。”

“他都过五十的人了，还家没个家，日子不像日子。我这个岁数，脱鞋上炕，不定明儿还穿不穿呢。我这眼睛能闭得上吗？”

这几句话，又把老麦通说愣了，明明透着老母亲的口气。

“打春节一闹心口疼，精神也差多了。那屋里冷呀热的，也惦记不周全了。跟您这么说吧，再让他敲敲打打的，非出大事不解。”

“什么大事？”

“有天后半夜快打鸣了，那屋里还亮着灯。我哪能躺得住，穿衣裳过去一看，他摸摸石头块儿，摸摸木头人儿，就这么摸来摸去。我说睡了吧，他说大妈，我只能跟您一人说，白天我还说不出来，只能深夜里说，不定几十年百年以后，会有人研究，中国有过这么个人，做了这么一些东西。我说人都不在了，这管什么呀……”

老麦通心里发紧，不知道老同学竟藏着这样的心思，只能深夜说给这么个老太太听，这样疼爱他又这样不理解他的老太太。老麦沉着脸说：

“人不在了国家在，民族在。”

“这也在理。可我瞅着他那眼神不对。”

“怎么不对?”

“一下子贼亮贼亮，仿佛打个电闪……”

这一声电闪，叫老麦猛然想起果戈里笔下的俄罗斯的“魏”。“魏”的手脚像是扎在地下的老树根，眼皮长长地拖到地上，铁皮一样沉重，跌跌扑扑地走过来，叫道：“抬起来!”精灵们过来抬起眼皮，好像打个电闪，真伪好丑立刻分明……老麦肯定了他的老同学，梅大厦创造了一个中国的“魏”。这中国的“魏”隐身在树皮里边，是一个沉静的少妇型，一个思索的亲切的“魏”。

老太太还在叨叨着，给找一个安生过日子的主。老麦心思活跃，看看胡同，说：

“汽车进不来，停在马路上，找个手推车给推进来。”

“嗐，哪怕黄花闺女，也起胡同口走进来。”

“我请一位八十多岁的……”

“哟!”

“……大老头……”

“哟！”

“……来看一看，给他组织一个像样的展览会。”

老麦通骑上车，因为自己的发现，和将要实现的计划兴奋起来，胡同里没有人也没有车，他把铃铛打得山响。扔下老太太在那里想道：这位瞅着怪体面的，怎么也有点儿毛病似的。摇着头走进没有门扇的门洞，还揉她那团面去了。

林斤澜的《头像》发表于《北京文学》1981年第7期，收录于1987年出版的小说集《满城飞花》。该篇小说获1981年全国优秀短篇小说奖。林斤澜追求京味风格，他认为京味只是作品的表象，文学应当追求“到达纯精神的高度”。因此，他在写作中关注现代化进程中古都的平民生活以及那些深具审美能力的敏锐心灵。《头像》写的是画家老麦去马驹胡同的大杂院里拜访一位默默无闻的雕塑家梅大厦的经历。小说着意勾勒了梅大厦家中摆放的陶瓷、玉石、黄杨木雕等充盈着灵魂的艺术作品的情状，也书写了一位艺术家的艺术品格与艺术创造力。

——易彦妮

辘轳把胡同9号

陈建功

“敢情!”——这又是北京的土话。说“敢”字的时候,您得拖长了声儿,拿出那么一股子散漫劲儿。“情”字呢,得发“轻”的音儿,轻轻地急促地一收,味儿就出来啦。别人说了点子什么事儿,您赶紧接着话茬儿来一句:“敢情!”这就等于说:“没错儿!”“那还用说吗?”甚至可以说有那么点儿“句句是真理”的意思。其实,此话在北京寻常得很,大街小巷,胡同里间,不绝于耳,本来不值得在此絮叨,可是,在辘轳把儿胡同9号,这话可就不同寻常啦。这里有一位姓冯的寡妇老太太,也和别的老太太一样,喜欢接在别人的话茬儿后面说:“敢情!”——您可别大意了。冯寡妇的“敢情”却不是随随便便说出来的。您要是不够那个“份儿”,不足以让她羡慕,崇拜,人家还是金口难开呢。您看她的大儿子大山,小四十的汉子了,新近还被选上了他们那个街道厂的厂长,几个月里扭亏为盈,论脑瓜子、嘴皮子、手膀子,哪点儿不够意思?在厂子里,那些一把子胡子,一脸子皱纹的老头儿老太太们,哪个不是“厂长”长、“厂长”短地围着转,说点子什么事,还少了人们接着话茬儿道“敢情”了,可回家来，少挨他妈骂了吗？“成天屁股不沾家，就知道回来吃饭、睡觉，家是你旅店呀？点灯熬油，当个七品芝麻官的破厂长。美？美个屁！……什么？你是共产党？你是什么‘共产党’哇，‘劳动党’！你看人家西院儿，刘家，三天两头奔家拉板子，运砖头，那才叫‘共产’！你是什么‘共产党’？‘劳动党’！成天价劳动、干活儿，卖死力气，不是‘劳动党’是什么?！……”当然了，冯寡妇骂儿子，三分骂，七分夸，是骂给街坊邻居听的。也难怪，三十几岁上守寡，拉扯大一儿一女，容易吗？可您就听她这话音儿，是省油的灯吗？是见庙就磕头的主儿？告诉您吧，冯寡妇的“敌情”接到了谁的话茬儿后面，差不多就能暗示出此人在小院里举足轻重的地位，要说说这辘轳把儿胡同9号的事，能不给您打这儿说起吗？

据我所知，北京有两条辘轳把儿胡同，一条在西城，一条在南城。我说的，是南城的。胡同不长，真的像过去井台儿上摇的辘轳把儿一样，中间有那么一个小弯儿。门牌儿数到“9”，正是要拐弯儿的地方。9号的门脸儿也不漂亮，甭说石狮子，连块上马石也没有，院儿呢，倒是咱们京华宝地的“自豪”——地道的四合院儿。四合院儿您见过吗？据一位建筑学家考证：天坛，是拟天的；悉尼歌剧院，是拟海的；科威特之塔，是拟月的；芝加哥西尔斯大楼，是拟山的。四合院儿呢？据说从布局上模拟了人们牵儿携女的家庭序列。嘿，这解释多有人情味儿，叫我们这些“四合院儿”的草民们顿觉欣欣然。不过，说是“牵儿携女”，不如说是“搂儿抱女”更合适，对吗？不信您留心一下看，现今，“四合”固然还有，“院儿”都在哪儿呢？哪个院里不挤满了自盖房、板棚子，几大家子人把个小院塞得满满当当。这不是“搂儿抱女”是什么？……唉，当然，也是无可奈何之事。我们中华儿女，愈衍愈众，牵儿携女是领不过来了。不密密层层地搂着，抱着，行吗？

9号院儿里有五户人家，正是这么个“搂儿抱女”的格局。我们所说的冯寡妇，和她的儿子、女儿住在西屋。

这位要问了：9号院儿里真的有一位连冯寡妇都佩服得五体投地的人物，值得老太太追着话茬子道“敢情”？有哇！岂止是冯寡妇，整个小院儿，除了住南屋“刀背儿”房的张老师和冯寡妇的儿子大山，谁不以东屋住的韩德来为荣？有了韩德来，整个9号院儿在辘轳把儿胡同就牛起来了，腰杆子硬起来了。院儿里的人和外院儿争论点子什么事儿，只消说：“老韩头儿说了，是这么回事儿！”肯定就可以得胜回朝了。

韩德来现在是退休了。早几年在造纸厂当锅炉工。人哪，这一辈子，是福是灾，谁敢说呢？民国三十二年春荒，韩德来拄着打狗棒儿，在京西老家的村口上、大路上转悠。那日子口，赤地千里，树皮都吃光了，哪儿讨去？哪儿要去？遍地的野狗，吃人吃得毛光眼红，眼瞅着人要倒，就甩打着尾巴跟在你后边啦。韩德来连轰狗的棍棍儿都举不起来了呀！眼瞅着要倒路上喂狗那当儿，遇上了同村的李三叔，给他一块红薯，领他一条活路——教他几段“莲花落”，大鼓书，带着他出了口外。到那些没闹灾的穷乡僻里，唱一段，讨口吃。凭这一招儿，走南闯北，硬是活过来了。俗话说，大难不死，必有后福。这话多灵验！1969年，烧锅炉的韩德来竟然到工宣队去了。再往后呢，居然成了什么“代表”啦。进了中南海，据说，还在里面睡了一宿，又吃过了宴会。那是没错儿的，报纸上清清楚楚地印着大名哪。了得吗？9号院儿里的人们，不，整个辘轳把儿胡同的人们顿时刮目相看了。韩德来和毛主席握手回来那次，愣一天一宿没洗手啊，及至进了院门儿，扯开嗓门儿就喊：“我跟毛主席握过手啦！”惹得院里院外，男男女女，老老少少跑出来和他握手——谁不巴望着沾点子仙气儿啊？就是打这一天开始，西屋的冯寡妇也跑过来，抓着韩德来的手一个劲儿抹擦，破了自己一贯的，以贞操为荣的唠叨：“人哪，容易吗？现今，那么大的姑娘，挎着老爷们儿胳膊，大街上逛，现眼不现眼！谁像咱这号的，一辈子守着死鬼，老爷们儿的毫毛儿都不碰一下呀！容易吗？”

小院里的人们对国宴、对中南海是陌生的。冯寡妇还和院儿里的年轻人争辩过，愣说在中南海里扫厕所的，都起码得是处长一级的干部。国宴呢，红烧肉肯定是可以可劲儿招呼的。为此，还专门去找老韩头儿公断。结论是什么，且不必管它，反正老韩头儿既然有这般经历，足见此人不是凡人，更不是等闲之辈。从这天起，只要韩德来端着茶缸子，往门前的小板凳上一坐，冯寡妇肯定拿着手里的活计凑过去听他开聊，又肯定瞅准了话茬儿，时不时来一句：“敢情！”

“您说，咱工人不到大学去整治整治，怎么了得！”老韩头儿又开始讲他的“进驻”了，“净是地主资本家的羔子！不学好，闹什么‘非多非’俱乐部！先头，咱还寻思着，俱乐部嘛，顶多是拱个‘猪’，敲敲‘三家儿’呗。哪儿啊，坏透了。识文断字的，净看搞破鞋的书！有一本，叫……《雷雨》，写什么打雷下雨天儿，一家子搞破鞋！当哥哥的，还把妹妹给糟蹋了。这叫什么事儿！我把他们训一个溜够：你们这儿啊，破鞋满天飞！嘿，还不服气哪。您说，咱工人不去管管，了得?!”

“敢情!”冯寡妇那瘪下去的嘴巴撇了两下，俨然对那些人的憎恶绝不亚于老韩头儿。

“他大妈，知道吗？苏修、美帝那儿，都闹上红卫兵啦!”韩德来的谈锋，又引向国际问题了，“家伙！您看看咱的‘文化大革命’，这招儿多英明！等着吧，甭长了，赫鲁晓夫（他就知道赫鲁晓夫），尼克松，也都得挂牌儿上台，撅着去了！……”

冯寡妇竟也跟着他，呵呵笑起来：“敢情!”

……

当然了，也有冯寡妇一下子噎在那儿，没法儿接茬儿附和的时候。

那是有那么一次，韩德来又去参加什么宴会回来。这次可能也喝多了点儿，一进院门儿，连屋都不入，叫老伴儿沏水来，坐在当院就开聊。

“他叔，这回又见了啥首长啦？有什么新鲜事儿吧?”冯寡妇攥着炒勺就过来了。

“那还用说吗?”韩德来瞟了她一眼，得意地晃着脑袋。“我，我看见咱林副统帅的……家里的了。”

“真的！您没跟她握个手，说个话?”

“还用说吗?”

“那长个啥样儿，您肯定看得清清儿的啦!”

“穿着军装哪。”韩德来呷了一口茶，抿起嘴儿，喝了口酒似的咂巴着。他瞥了冯寡妇一眼，悄不声儿地说:“等到后来，您猜怎么着? 嘿，脱了军装了，穿着小白褂儿啦。家伙！那小胸脯子，挺儿挺儿的，嘻嘻……”

再往下，其言更不雅驯啦。为了不给诸位添恶心，此处不便复述了。

得，这一回，冯寡妇没接着惯例，来一句“敢情!”她瘪瘪嘴，眼皮耷拉着，扑扇了两下，蔫蔫儿的，一扭身儿，回屋去了。临到屋门，又想起了什么，回过身儿，到晾衣服的竹竿底下，把那上面晾晒的闺女的乳罩，裤衩卷巴卷巴，一股脑儿，收回去了。

尽管韩德来这酒后微醺时的闪失，使冯寡妇大大地倒了一回胃口，冯寡妇还是不会放弃自己给老韩头儿道“敢情”的权利的。这不，没多久，她好像早把这事忘了。林彪一完蛋，韩德来说:“我早看着他们不是好东西！男的，害人精！女的，狐狸精！好得了?!”冯寡妇呢? ——“敢情!”她还是瘪瘪嘴，好像和老韩头儿一样，自己也早有先见的慧眼。

……

就这么着，老韩头儿说，冯寡妇和，每天傍晚，茶余饭后，在小院儿仅剩的立锥之地，海聊一气，几乎成了他们两个，不，是全院老少必不可少的“第四顿饭”。冯寡妇就不必说了，只要能接茬儿说一句“敢情”，顿时觉得浑身舒坦。哼，别人？别人还不够这个“份儿”呢。她自然是不会不来的。北屋住的旗人赫老太和她的丈夫赫老头儿，敢不来吗？老头儿伪满那阵儿干过“伪事儿”，抄家那会儿，嗬，金银细软，办过展览呀。这就得啦，赫家就是这院儿混得最不济的人家儿了。隔三岔五，老两口儿还得去向“向阳院”的“院长”韩德来汇报一次思想，挨一顿训呢，有这么个“受教育”的机会，敢错过了？您瞧吧，哪天浑身嘟噜肉的赫老太和干柴棒儿似的赫老头儿不坐在旁边，乖乖儿地听着?!当然了，他们是绝没有冯寡妇那种接茬儿说“敢情”的资格和胆量的，只有不停地点头称是，老韩头儿骂娘骂祖宗，也得听着。南屋住的王双清夫妇，都是只有小学文化程度的工人，四十三四岁，上有老，下有小。老的，是瘫在床上的老公公，小的，是上学的女儿。两夫妇都是一锥子扎不出血的性子，病病歪歪的身板儿，是掉片树叶儿怕砸脑瓜子的主儿，当然也是一定要恭候其侧的。甭管怎么说，挨着这么一位老韩头，长见识，是一回事儿，这风云变幻的，多少也能让心里早有个底呀。七灾八难的，能躲过多少！譬如清明节，天安门出事那次，还不多亏了老韩头儿的警告。“告诉你们，关好街门，甭瞎溜达去！天安门上兴许都架起机枪了！别瞎掺和，找死呀！”果不其然不是？胡同口宋家的老三，逮进去了不是？ 9号院儿呢，稳稳当当儿的，没老韩头儿，行？……

王双清夫妇当然也是只要一瞅见韩德来往屋门口一坐，赶快凑过去，从头到尾，只字不漏。

要说在院儿里，恐怕也只有张春元对老韩头儿最不敬了。

张春元三十多岁，动乱中父母双亡，插队回来当了中学教师。现在呢，“宝眷”在外地，他只身一人住在王双清的隔壁——南边一间后盖的“刀背儿”房里，每逢韩德来坐在那儿聊天，张春元就架着胳膊，站边儿上看。有时候，那嘴角儿一挑，鼻子眼儿里都像是透着冷笑。这不故意扫人的兴吗？最使老韩头儿觉得丢脸的，是那次乘凉的时候，他向四周的人感叹“党的政策真是伟大”——这本是没错儿的，可您知道，老韩头儿的感叹由何而发呢？他说：“家伙！连吴法宪那号人都解放了呀，党还不够宽大吗？不够英明吗？为这事儿，我可一宿没睡着呀！……”韩德来的气儿也运足了，冯寡妇的“敌情”也说出来了，王双清夫妇连发“啧啧”的赞叹声，连赫老太和赫老头儿都受了感召，颇为激动地连声说：“是啊是啊……”没想到半路蹦出个程咬金——张春元又在旁边架着胳膊说话啦：“韩师傅，听谁说的？我怎么不知道？”韩德来说：“你不知道？你不知道的事儿多了。”张春元说：“您总得有个凭据吧！”韩德来火了：“凭据？人家都出来接见外宾了，还要什么凭据！看报纸去！屋里哪！”拿来报纸一看，大家伙儿忍不住全乐了：那是几年前——1969年的报纸！……

张春元这一下子，当然不会动摇人们对韩德来的崇拜，反倒使韩德来恨上他啦。甭管什么时候，只要看见张春元架着胳膊往人群边上一站，韩德来就开讲“进驻”，把“臭老九”连损带挖苦，骂得狗血喷头。这不明着骂张春元呢吗？一次两次，不知是给骂怕了，还是没闲心听老头儿扯淡了，反正张春元是不往这儿凑了。

“熊了？量你也不敢呲毛奓刺儿了！”韩德来越发得意了。他时而向全院儿大讲闻所未闻的新鲜事儿，这时候，往往探着身子，轻轻地，好像故意压低了声儿，来一句：“家伙！”然后，抿口茶，连述带评，眉飞色舞。他时而又向全院儿发出有关政治气候变化的警告，这时候，他总是绷起脸，冲着赫家老两口儿说：“告诉你们啊，可来‘文儿’了。”然后，添枝加叶，把“文儿”上怎么说的，要搞什么运动了，风风雨雨描述一番，说得赫家老夫妇战战兢兢，如惊弓之鸟。韩德来在敬畏的目光中，在“敢情”的附和下越发自豪得要喘！眼看着四围听得愣神儿傻眼儿，要么说得赫老太、王双清慌里慌张地来汇报思想，探问虚实，这个，哆里哆嗦地走了，那个，像吃了一剂安神补心丸而去，他都觉得舒坦，得意，其乐无穷，这才真有点“工人阶级当家做主”的味儿啦！得闲儿了，往屋门口一坐，没有仨俩人儿凑在身边听着，他就憋气！一天不给小院儿的人“上一课”，他就喉咙眼儿痒痒！这不，前不久，他还给院儿里吃了一颗“定心丸”哪。那是不知哪位从什么地方听了个风儿，愣说国家经济有“赤字”了。当然了，谁也不知道“赤字”是什么，反正觉着不是什么吉利玩意儿，影影绰绰感到会和涨价儿有点儿什么关系，这就慌神儿啦。韩德来看着老太太们在那儿嘀咕，心里就有气，“哼”了一声，说：“瞧你们这沉不住气的劲儿！什么赤字白字的，怵什么？告诉你们，咱中国，心里有底！要不，干吗老说形势大好？那是瞎说的？咱就光说那水吧，咱中国的水都卖钱！没听说吗，山东那地界，崂山，那水，值老鼻子钱啦！弄个瓶子咕咚咕咚一灌，往大鼻子那儿一搁：掏钱呗您哪！家伙！水呀，有个流完的时候吗？光这就够赚的啦。这不，有首长说啦，赶明儿，各家的玻璃瓶儿可留神着，别再糟践了。现今，水有的是，就是玻璃瓶儿赶不上趟儿啊。瓶儿再多点儿，那赚头儿，海了！四化？八化也化了……”这话说得冯寡妇连连说“敢情！”乐得拢不住嘴。四围的人自然也喜气盈盈，好像觉得心里踏实了好多，韩德来呢，说完了，在人们轻松的笑声中，耷拉着眼皮，细细地品茶——表面上不动声色，心里越发自得其乐了。

唉，话又得说回来了。好汉不提当年勇，这些，都已经是“陈年老账”了。这次关于中国的水如何“值老鼻子钱”的神聊，兴许是韩德来最最值得回味的一次“壮举”了，因为，自打这次以后，虽然也没断了人围着他，听他海阔天空，可他渐渐感到，人，是越来越少了，听他聊的人，也不那么起劲儿了。门庭冷落车马稀。想到这儿，真有点“飞鸟尽，良弓藏”的心酸劲儿！

就说北屋的赫老太一家吧，“破四旧”那阵儿抄走的金银细软全折了钱，领回来了。今儿买一台洗衣机，明儿买一台电视机，大摇大摆，抬进小院儿，这干吗哪？韩德来看着就有气：“显呗，示威呗！”

最使韩德来看不过的，是有那么一天，赫老太高声大嗓地向全院儿宣布。打闹红卫兵那阵儿起，十几年没吃着的“麻豆腐”，居然被她买着了！

您知道，旗人老太太们，是最讲究面子的，有点子什么新鲜吃的，愿意街坊邻居尝一口，是个心意，也是个礼数。要说这麻豆腐，尤其难怪。赫老太和许许多多在旗的老太太一样，就稀罕这玩意儿，炒麻豆腐，讲究用羊尾巴油，要放进地道的青豆，还要搁上两段炸得焦焦儿的干辣椒。尝尝那味儿，嘿，既麻，又酸，还辣，用旗人老祖宗发祥地的说法儿，叫“真赶劲!”其实，这玩意儿不值俩钱，在旧社会，是标准的“穷人美”。没想到，“革命”把这也“革”了，十几年没见着麻豆腐的影儿。这次还多亏了赫家的姑爷，听见老太太成天念叨，东跑西颠弄来了一小锅，孝敬丈母娘。居然还全全乎乎买齐了羊尾巴油、青豆、干辣椒，赫老太能不喜出望外吗？这可好，站在当院儿就冲冯寡妇喊开啦:“他大妈，我先寻思着，入棺材也吃不上一口麻豆腐啦，谁承想，又有了！有了麻豆腐，还愁没您爱吃的豆汁儿吗？还有天源家地道的酱菜，便宜坊的酱鸭儿，看来都有盼儿了!”这一吆喝不要紧，街坊四邻居然惊动，又接受了邀请。特别是那些老北京们，甚至外院儿的，七老八十都来啦。三舅妈，二姥姥，喊声不断。一戳一溜坑的小脚也挪进来了。“来了您哪!”“慢走，当心门坎儿，您哪!”“得，您来了，吃多吃少，尝一口算是您给咱捧场!”……你一筷子我一勺，尝麻豆腐是一事儿，鉴赏品评赫老太的新添置，也是一项内容。其盛况绝不亚于老韩头儿吃国宴回来那场面。

其实，这有什么看不过的呢！赫家落实了政策，胆儿大了，钱也有了，何况咱们北京人的讲究：夏天，吃烧羊肉；冬天，吃涮羊肉；正月初二，吃春饼；腊月二十三，吃糖瓜儿……甭管怎样，决不能亏了口。人家赫老太干吗不能吃口好的，享享晚福呀！

可韩德来看着北屋赫家人来人往，就憋气，等到看到赫老太的儿子二臭，气儿更大啦！

就连二臭，一时节都成了辘轳把儿胡同的人物啦。买了一辆“铃木80”摩托车，招了全院儿人围着看。改天又玩了新花样，不知打哪儿买了一条说像劳动布又不像劳动布的裤子，还有个洋名儿，愣说这叫“利瓦伊式501双X型牛仔裤”，刚下了水，流着汤儿就穿上了，还说就得这么穿着缩水，才能缩出线条儿……说完了，蹬响了摩托车，唱着“塞扣塞扣精工牌”，一溜烟儿冲出了胡同，让周围那些小年轻儿的看花了眼！

“哼，还得整治整治你们！收拾，早晚！”韩德来几乎要骂出来啦。

……

老韩头儿生气也不管用，他那两下子确实是不招人啦。连邻院儿的老头儿老太太们都吸引不了——人家一进院儿，就奔赫老太家，说说又有什么“老字号”重新开张了呀，看看那部“留下自己声儿的话匣子”呀。至于年轻人，有围着二臭唱“塞扣塞扣精工牌”的，也有到冯寡妇家，听那当厂长的大山讲“商品信息反馈”的，还有的，就出这9号院儿啦，去待业知青售货点儿，琢磨“薄利多销”呀，上补习班玩命，准备高考啊……人嘛，思想各有高下，可甭管怎么说，老韩头儿那一套不灵了，冷清了。他自己也明白，有什么法子？赫老太太这号的，腰杆儿硬了，自己呢，还镇唬得住谁？啥“代表”也不是了，退休居家，大场面，也见不着了，陈谷子烂芝麻，总抖搂也没劲啊。“文儿”呢，也见不着了。就算能见着，又会有什么新鲜的？那会儿，今儿“清队”，明儿“抓‘5·16’”。“咔嚓”，一下子铐走十几个，铐子亮锃锃，晃得见人影儿呀！能说得院儿里围听的老少爷们都白了脸儿。现今，还能说点什么？……唉，就连全院儿最窝囊的王双清夫妇，也抽冷子爆出件新鲜事儿，让整个辘轳把儿胡同激动了好一阵子呢，可老韩头儿呢，无人问津，酒冷茶凉！

这位要问了：那王双清也有什么邪的？

邪的没有，可有福啊。前不久，王双清的老父亲病故了，发送老人拉下点儿亏空，拿着旮旯里扔的一件瓷器去卖，心想，这会儿，这也不算“四旧”了，扔家里，不定哪天给摔了，不如看看能不能卖俩钱儿。往古董店那么一送，可了不得了，把收货的看傻啦，连问家里是不是还有一个。王双清想了想，说：“是啊，还有一个啊！”收货的问：“干吗不一块儿拿来？”王双清支支吾吾，没好意思开口——您猜怎么着？在家当便盆哪。回家赶紧给人刷出来了。这是什么？宫里的玩意儿。道光年间景德镇专烧给皇上的贡品。清室的宝物册上写得明明白白哪，啃，价值连城……这下可好，王双清家热闹啦，整个胡同的老太太都来串门儿，不嫌絮烦地打听那宝物到底值多少钱。出来呢，要么，赶着回家把那些盛米的瓷缸、插花的瓷瓶儿全倒腾出来，拿包袱皮儿裹上，往天桥送；要么，一边走一边就骂上啦："败家兔崽子们，把我那对掸瓶儿也给我砸了。留到这会儿，够吃三辈子啦……"

……

人哪，要是本来有许多人成天围着他转，忽然那些人都没了，剩他光杆儿一个，清锅冷灶，他不定多烦、多闷哪。韩德来就烦了，闷了，冷清了，没事儿干了。吃了晚饭，沏上茶，坐在屋门口。街坊邻居过来了，有事儿没事儿地闲扯两句。他也知道，自己再多说，也都是没味儿的屁，人家呢，也不指望从你这儿听点儿什么，今非昔比呀，就连那个冯寡妇，也今儿上赫家，明儿上王家，这儿"敢情"一句，那儿附和一声儿，却很少来接韩德来的话茬儿说"敢情"了。韩德来闷闷地坐了一会儿，竟打着节拍，一个人唱起《四郎探母》那"西皮慢板"来：

杨延辉，坐宫院，自思自叹。

他晃起了脑袋，似乎和杨延辉的心气儿走一块儿去了：

想起了，当年事，好不惨然。

我好比，笼中鸟，有翅难展。……

您听听，倒是打过莲花落，唱过大鼓书的，唱京戏也有那么点儿字正腔圆的味儿。

这天傍晚，韩德来又在这儿“坐宫院，自思自叹”的时候，张春元从边上走过。

“韩师傅，挺闲在啊。”

韩德来看见张春元，火儿就不打一处来。现如今，张春元也人五人六，充起大来啦。院里院外，那些有儿女要考学的人家，左一个“张老师”，右一个“张老师”，踩低了那间“刀背儿”房的门坎儿。这还不说，更使韩德来憋气的是，他隔三岔五就看见张春元接到邮局送来的大信封，上面印着这家编辑部，那家出版社的大红字。问他是什么，还爱搭不理，顶多支吾两句，扭脸儿就走，后来才听说，这小子还能写小说哪，怪不得，越发蹬鼻子上脸了……听见张春元的话，韩德来认定这是往自己的脸上抹玻璃碴子哪。他瞟了张春元一眼，拉长了声儿，答了句“闲在”，又说：“怎么，不闲在那阵儿，你看着有气。闲在了，也有气？”

张春元眼皮子一翻，舌尖儿把腮帮子拱起一个包儿，又忍不住笑了：“您闲在了，我能不高兴？可您别老在这儿闷着呀。泡泡红茶菌，练练气功，延年益寿不好？要不，跟人家赫老头儿学学，遛遛鸟儿……”

“得啦，”韩德来打断了张春元的话，气鼓鼓地说，“延年益寿干吗，依我看，按古法儿，六十岁不死，活埋！”他又“哼”了一声，往北屋那边瞥了一眼：“跟他学？遛鸟儿？咱干不了那个，咱是工人！成天价一手一个鸟笼儿，往前抡，往后甩，挨斗扫街时也没卖过这膀子力气呀。侍候着，一天喂它三毛钱肉，对他妈也没这么孝顺过……”

“行，行！甭听我的。您就待着，坐着，闷着，唱您的‘西皮’。”张春元气儿了，“看您这坐着挺没意思，有心劝您散散心吧，您倒吃了枪药了！还把别人家给捎上了！您在这儿坐您的，也不碍我的事儿，不挡我的道儿。您唱吧，接着唱，唱您的‘笼中鸟’……”

韩德来眼瞅着张春元回了屋，心里不是滋味儿。噢，你们还拿我怎么样了当个事儿，你们好开心哪！我怎么了？不愁吃，不愁穿，还轮不到你们乐呵哪！想着想着，他爽性站起来啦，冲着里屋的妻儿老小，扯开嗓门儿喊；“我看电影去了啊！”然后，拖趿着鞋子，一晃一晃就出了院门。

其实，说是看电影，不过是一句气话。天都擦黑儿了，哪儿找电影票去？可是，韩德来出了辘轳把儿胡同，上了珠市口大街，一眼看见珠市口电影院的霓虹灯在灰蒙蒙的前方闪着呢。走近前，售票窗口前排了一长溜儿的人。在卖第二天早上美国电影《雨中曲》的票。“排！”韩德来和谁赌气似的，排上啦。

轮到韩德来买票时，他犹豫了：买几张呢？买一张，排这老半天的队，总有点不那么甘心。摸摸口袋，正好有一块二的零钱。“买它四张！”

唉，您说，这是一种什么心思呢？恐怕，排过长队的人，甭管买什么，都难免干这种莫名其妙的事。其实，他们也许根本不需要买这么多，那也愣买。要不，总觉着亏啦。韩德来就是这样：第二天，来看电影的只有他一个。孩子们要上班儿，老伴儿呢，一听说不是《三笑》《碧玉簪》，死活不来。现在，老韩头儿的口袋里揣着四张电影票，富余三张，他还得把它们退了。

离电影院还有半站地，三三两两的小青年们就捏着毛票儿，眼巴巴地站在路口问上啦："同志，有富余票吗?""师傅，有票匀一张欸!"……韩德来从他们眼前走过，心里忽然间升起一种什么感觉呢。他知道自己有四张票，而他们，没有，一张也没有。自己富余的票放在兜儿里，他几乎舍不得轻易撒手了。他觉得，揣着富余票，听听那渴待的央求的声调，简直是一种享受！他板起脸儿，向好几个递过钱来的小伙子摇头："没有。""没有没有。"他把脖儿扬起来了，胸脯子挺得高高的，却又漫不经心地回答着询问。其中有一个小伙子，戴着蛤蟆镜，留着大鬓角，那扮相儿和赫家二臭一个模样儿，也想来老韩头儿这儿撞运气。老韩头儿理都没理他，心想："轮谁也轮不到你哇!"

终于，他走到电影院门口了，站上两层台阶儿，看着等退票的大军向东，向西，散兵线一样延伸。他掏出一棵烟，抽着，眯起眼睛，看着那些小伙子们围着退票的人抢啊，揪啊，往胡同里追啊，他乐了。把手伸进口袋里，捻了两下，偷偷摸出一张票来，捏在手心儿，走到一个捏着三毛钱，可怜巴巴地看着别人拼抢的年轻姑娘面前，悄没声儿地递过去。

"哎呀！——谢谢！太谢谢了!"姑娘因这意外的收获高兴得跳起来。

韩德来摆摆手，一副无所谓的神情。

“同志，还有吗？再退一张！”“师傅，匀一张呗！”……“呼啦”一声，眼热的人们趺趺撞撞地冲过来，围住了老韩头儿，手里捏着毛票儿，一个劲儿往老韩头儿手里塞。叫同志的，叫师傅的，叫老大爷的，把他围个密不透风。

“干什么干什么！”老韩头儿板起脸了。他分开人群，往外挤着，拨拉开一只只递钱的手，“没有了，就一张！就这一张！没了！”

有的人扫兴地走开了，有的人还在央求通融。老韩头儿摇着脑袋，美不滋儿地微笑着。

……

就这样，他一张一张地把票退出去。每次，退完了，在人们的包围中，板起面孔说：“没了没了。”心里呢，却享受着一种不可言状的快乐。嘿，简直有一种腾云驾雾之感。

等到他退完了第三张票，等退票的人已经一致认为他身上还有不少存货了。于是穷追不舍起来。嗬，瞧吧，从电影院，追到胡同口，从胡同口，跟进公共厕所。拉着他的胳膊，拽着他的衣服。有的说自己如何结伴而来，就缺这一张票；有的说自己如何难得看上电影……各色人等，眼花缭乱。韩德来已经乐不可支啦。最后，他终于把留给自己的那张票也贡献出来，就是从身上再也掏不出票来了，他也仍然享受了很久被人们包围不散的快乐！

我实在没法儿跟您讲明白，这位老韩头儿此时此刻的快乐到底是什么呢？那个舒坦，那个美气，那个得意，全有啦。

说他像酷暑伏天里吃了冰激凌、大雪糕一样痛快？这种比喻实在太拙劣了。在韩德来的生活里，恐怕只有过去在辘轳把儿胡同9号院儿里神聊，看着赫家老两口恐惧的目光，听着冯寡妇“敢情”的应和，只有在那个时候才享受过这种舒坦劲儿。他自己当然是不会产生如此的对比，联想的。他只觉得那么多人围着他，追他，求他，哄着他，尊崇他，他的骨头架子美得要酥，他的日子还是过得蛮自得，蛮快活，又不是坐在院儿里独饮独唱的那个韩德来啦！

于是，——这可不是我编派着来寒碜老头子——老头子养成个毛病啦，三天两头，在院儿里待闷了，一颠一晃就上了街，路过珠市口影院，只要见人在那儿排队，也忍不住凑过去，买票，退票，其乐也陶陶。有时留一张，自己进去看一场（举着票，在许多人羡慕的目光中走进影院，也是一种乐趣咧），高兴了，干脆一张也不留，全方便了别人。而后，分开人群，回家。甚至还有几个傻小子一直追进辘轳把儿胡同里面，直到9号院儿的门口。连小院儿里的人都闹不清老韩头儿这是怎么了？没事儿就到外边逛一趟，回院儿，一关街门，转过脸儿来，嘿，十回有五回，容光焕发，又有当年吃完了国宴，微醉着回来那么股子劲头儿啦！……

说句难听的——抽口白面儿似的，舒坦一时呗！真回到院儿里，各家儿虽说礼数还挺周全，招呼，“请安”样样不少，可还能像珠市口影院等退票的一样，围着你转？求爷爷，告奶奶，三孙子似的？过去，院儿里倒是有这么个劲儿，现今，谁管谁？谁怵谁？那天早上，韩德来又从电影院回来，在胡同口碰见了赫老头儿——俩鸟笼子，一手一个，上面蒙着蓝色的笼子罩儿，正奔天坛那边走。韩德来迎过去了。刚才在电影院门口那股子劲头大概还没下来，连敲打赫老头儿的词儿都想好了——“老赫头儿，您挺舒坦啊，社会主义也允许您提笼架鸟啦，倒是也不比‘满洲国’次吧？”您猜怎么着，他连话茬儿还没找着哪，就叫赫老头儿险些噎一溜毛跟斗！韩德来一见老赫头儿，就说：“嗬，老赫头儿，遛鸟去？啥鸟儿，看看！”说着，伸手就要掀鸟笼的布罩儿。这就是找话茬儿哪。“别介。”没想到老赫头儿瘦得藤萝似的手一伸，把他给拦了：“要看，等咱回来，家儿看去！这地界，甭看。车喧马叫的，学脏了鸟儿的口……”说着，赫老头儿身子躬了躬，晃着鸟笼，走啦。韩德来气得伏天喝冰水似的，心里直发噎呀。甭说想好的几句话没地儿泄了，连刚才的一点儿高兴劲儿也给糟蹋了。他想，你他妈什么玩意儿！过去还不是天天到我屋里去，早请罪，晚认罪，熊得连放个屁都得躲进自家的被窝儿！如今也臭狂起来了?！……他由赫老头儿又想到那个小院儿，又勾起“流水落花春去也”的悲酸。天还早，回去干吗？看着他们生气？他一拐弯儿，进了街边的小酒铺。

得，又添了个毛病：没事儿就往这个又小又黑的门脸儿里一钻，要上两毛钱开花蚕豆，二两“老白干”，喝。其实，家里的床底下，没少摞着儿子，闺女孝敬的好酒。开始儿子给买的是“二锅头”，还让他一把拎起来扔当院儿了。“我连他妈‘茅台’都喝过了，还用这玩意儿来糊弄我?”打这儿，床底下放的起码是“大曲”“二曲”啦。您说，回家去，酒也好，菜也香，喝得也清静，多好。他不。一回那个院儿，看见那几号人，他就堵得慌。还在那儿喝酒？再让他们看见，觉得你是在喝闷酒、喝冷酒，不得叫他们乐得汗毛眼儿都咧嘴儿了？……他不乐意。宁可就开花豆，喝“老白干”。

我们北京的这种小酒店，大概您没见过。三两张小八仙桌，十来把凳子。除了卖酒，兼售糖果烟茶。有的，是夫妻店；有的，由几个老头儿合营。店门口经常停着几辆平板三轮儿，车把上还搭着包袱皮儿呀，大棕绳儿呀，一眼便可知这是咱这号市井小民——扛大件的，糊顶棚的，“引车卖浆者流”光顾的地方。杯酒下肚，就想找人拉个话儿，从咂巴酒的滋味儿开始，继而到海内奇闻，家长里短。第二杯酒就能交上个“对着吹”的朋友。甲说了点子什么，乙说：“敢情！”乙说了点子什么，甲也说：“敢情！”渐渐说得甲、乙、丙、丁，个个脑门儿发亮，踌躇满志。韩德来自然也品到了其中滋味儿，能不流连忘返吗？况且，他如果不是每每来此，怎么能那么快就知道“又要开始批判”的消息呢！真的，这是跟他一块儿喝酒的一个老头儿说的，手里还拿着那张报纸。他只是知道批判的是那些“编小说的”。是谁，他没记住。批判什么，他也没打听。不过，他特别认真地要过了报纸，用手指头按着报上印的出报日期，年，月，日，一个数码一个数码地读过了。没错儿，是新近的报纸。真的，又要热闹啦！……他急急端起桌上的酒杯，三口两口打发了，起身就走。

大概那两口酒喝得太猛了，奔胡同里走，道儿上好像铺着一层棉花，脚板子总踩不到实处。开始，他只是盼着这事儿由自己第一个向全院儿宣布。哼，不吓他们一跳才怪！后来，他想到了张春元。不是听说他也在那儿编小说吗？不是大信封、小信封往家寄吗？不是牛气得连问个话儿也不搭理人吗？这回好啦，让你牛气吧，不定其中也捎上了你，挨批！……再后来，这几年积攒的委屈，像打翻了“五味罐”，一起在心里翻腾起来啦。哼，整治整治，早该了！不是说了，早晚！光是“编小说的”吗？你看看电影，男男女女抱着就啃，这叫什么事！光是电影吗？农民也不待地里打粮食了，进城，跑小买卖，打家具，分田到户啦，这不胡闹吗？……还听说上海那地界，随便穿！大姑娘穿的那裙子，露裤衩子！像什么话！广州那地界呢，随便看！香港电视，拧开就瞅……行啦，别急，这回不定就得一块儿收拾了！……他又想到了赫家。干过的“伪事儿”就全抹了？没事儿了？整天臭显、示威，尾巴都撅起来了。连他儿子也不是好东西，弄点子西洋货，东洋货，带坏了全院儿的年轻人！这回可好，不定哪会儿就得来“文儿”，一块儿收拾！还有冯寡妇，也是个马屁精，好不了！王双清嘛，总算不赖，听说那件宝物捐给国家啦，奖给俩钱儿，有限。不过，也得教育教育。净领着闺女往张春元那儿凑，一门儿心思让孩子奔大学，至少也是糊涂蛋……

回到院儿里，冯寡妇正从赫老太屋里出来，看见韩德来，打了个招呼，到水管子前面洗她的菜。韩德来走到自己屋门前，扯过小凳儿坐下，咦咦呀呀地唱起一段喜洋洋的戏文儿。

“他大爷，今儿怎么这么高兴?”

“有热闹看了，还不高兴?”

“热闹?”冯寡妇瞟了他一眼，“啥热闹呀?”

韩德来努着嘴唇，剔牙的火柴棍儿在他的鼻子底下一耸一耸。终于，他把火柴棍儿吐出来，说：“没听说嘛，又批判啦！又来事儿啦！能不热闹?”

“批判？批判谁呀?”冯寡妇赶忙迎过来。

“编小说的，挨批判啦！报上登的！没跑儿!”

“真的？您说的是张春元不是？他不是老趴在那儿写?”

“张春元?”韩德来板起了脸儿，眼睛里透着几分严重，几分威严，“有事儿没事儿的，得看他写的什么呗。哼，瞧他那个劲儿，好得了?!”

正说着，赫老太已经闻声凑过来了。韩德来看见了她，故意抬高了嗓门儿，说：“光是那些‘编小说的’有事儿？我看，‘四人帮’那一套是臭狗屎，那就甭说了。现今有的人干的，也好不了！共产党能让他们这么胡来？资本主义那一套，资产阶级那一套，反攻倒算啦，崇洋媚外啦，甭急，一块堆儿收拾!”

这些日子，韩德来虽然几乎让人忘了，可要说起这种事儿来，余威还是有的。冯寡妇一听来头不善，忙扮出笑脸儿，说：“敢情!”

冯寡妇不说“敢情”也罢，一说“敢情”，把韩德来的火儿勾起来啦。嗬，你转得倒快！刚才还屁颠儿屁颠儿地给人家舔呢，现今一抹脸儿，又回来了。没这么舒坦!

“敢情!”韩德来反问了一句，冷笑着，“这二年，该收拾的地界儿多啦。就说您那大山在厂子里，也悬。闹什么选厂长，选主任，共产党还当政不当政啦，容你们这么折腾?!什么‘企业自主’?搂钱儿自主！闹不好，也得一锅烩！……”

这回，冯寡妇的笑脸儿是扮不出来了，“敢情”也说不出来了。

把话甩完了，韩德来将两位老太太撂一边，摆出不屑再与人言的神情，一扭身儿，回屋去了。

赫老太和冯寡妇被甩在韩德来的屋门前，两个人心里都挺不是滋味儿。

她们谁也没怀疑韩德来的话。听他那嗓门儿，看他那气派，又要来事儿是无疑的了，再听那话音儿，张春元挨批，也没跑儿。说实话，张春元倒霉，赫老太和冯寡妇一点儿也不心疼。乍一听，甚至还有点幸灾乐祸的劲儿。大杂院儿里的别扭真是多得很。你想啊，张春元成天价点灯熬油，趴桌上一写就是半宿，冯寡妇能不恨他吗?瞧瞧同院的人，哪个不是天擦黑儿就躺下了?他可好，拿着电不当钱。全院儿共着一个电表，电钱大家伙儿按灯头分摊。净给你张春元背拉着电钱，谁受得了?!新近呢，赫家安了分电表了，韩家、王家也都安了，全院儿就剩冯家和张家了。冯寡妇算计着，合着张春元的电钱，全匀到她身上啦。她不更火儿了?这位说了，冯寡妇也安个分电表不结了?按说是这么回事儿，可她惦记着让张春元先安。张春元安了，她就不用安啦，二十多块钱不就省啦。……这回行了，甭管你张春元安不安电表也不吃紧了，挨批了，你还写个屁！早早儿的，黑灯睡觉吧！……

赫老太跟张春元更不对路啦。张春元进进出出的，一门儿心思想事儿，连个招呼也不会打。讲究礼数的赫老太认定他傲气得不懂尊卑长幼，这还是次要的。张春元住着那间“刀背儿”房，房门儿还可可儿的和赫老太住的北房房门儿相对。这是最让赫老太心里不舒坦的了。哪有住“刀背儿”房的？倚着墙，房檐一面坡，连个房脊也没有。凡懂事儿的北京人，谁住这不吉利的房子？张春元之前，有个叫李老师的住这间房，那会儿赫老太就劝过他：“快把房子改改吧，这房不吉利。”李老师不听。结果怎么样？“文化大革命”，斗死啦。不吉利，你不怕，也罢了，可你这“刀背儿”房和人家门对门儿呀。这下好，红卫兵抄了你李老师家，接着就抄到这边来了不是？……所以，这间南房成了赫老太的一块心病。李老师死了，张春元搬来了，老太太又去劝，谁想到他和李老师一样，不信！唉，要说赫老太最近的日子过得够甜甜美美的了，唯独这“刀背儿”房使她心里总在犯嘀咕。现在行了，你看看，灵验不灵验，你张春元悬了不是？还是“刀背儿”房的过！在劫难逃！活该！谁让你张春元不听老人言，吃亏这不就眼瞅着了吗？

其实，这些都不过是赫老太和冯寡妇一时斗气的想法。她们并没有高兴起来。渐渐的，心里就有点不踏实了。

特别是赫老太。那间“刀背儿”房的房门，毕竟还是和自己的房门儿正对着哪。张春元倒了霉，敢保不和当年一样，让祸害窜到北房来？及至见了韩德来，听他没点儿好声气儿的话语，赫老太心里更发毛了。资产阶级？反攻倒算？说谁？是说我们赫家吗？崇洋媚外？肯定是指二臭无疑了。想到这些，她恨张春元招灾惹祸，殃及邻里，更恨韩德来太恶，瞅别人过舒坦日子，就不想让人安生。

冯寡妇呢，早已蔫蔫地回了屋，一下午没言声儿。待到晚上，儿子回来了，她劈头盖脸就是一顿臭骂："你回来干什么？还不到厂子里挺尸去！拉扯你这么大，过过一天省心的日子吗？夏做单褂儿冬做袄，图什么？图什么！图你四十岁上了还给我惹事，让我不得闭眼啊！……"

儿子愣了："您这是怎么了？"

"怎么了？放着好好儿的工人不当，你争着当什么厂长！选举，选举，这回好了，又快撅着了……"

儿子笑着说："哪能呢，上面说啦，不搞政治运动了。"

冯寡妇哪信这一套，还在那儿数落个没完，大山正为厂子里的什么事儿着急呢，听老太太一边净啰嗦点子没影儿的事，烦了："别净唠叨我！搞运动，你也跑不了！……成天价'共产党''劳动党'的骂，街坊四邻没长耳朵？我犯傻，你就不犯傻？……"

这真管用，冯寡妇不说话了。隔了好一会儿，她才起身收拾晚饭的碗筷，心里说："真这么着，还不跟'四人帮'那会儿一个样儿了？起五更，睡半夜，卖力气的倒霉，奸懒馋滑的倒没错儿了？……连我这七老八十的老寡妇，说话也得战兢着，闹不好打个'反革命'不成？……"想着想着，对韩德来说的那一套，倒有些愤愤然了。对张春元呢，反添了几分同情。至于为他背拉着电线的事儿，竟也一时忘到了脑后。

您说，该怎么说咱们这位赫老太和冯老太好呢？说冯寡妇自私？拖儿带女多少年，这会儿日子也不算宽裕，算计个电钱也算个过错吗？说赫老太迷信？谁让可巧儿住“刀背儿”房的李老师和张老师挨个儿倒霉，谁让赫老太也跟着“陪绑”过呢，人家能不寒心吗？……不过，两位老太太到底还是大大的好人——虽然开初对张春元的倒霉不免有过些微的好奇和幸灾乐祸的快感，可她们很快就明白，这可不是闹着玩的，真来个“文化大革命”那样的“运动”，整个9号院儿，不，整个辘轳把儿胡同，全城，全中国，鸡飞狗跳的日子又开始啦，那谁也甭美，谁也甭跑，连着自己，自己一家，挨着个儿倒霉！于是，这天夜里，躺在床上，她们在替自己家想了许多消灾免祸的主意的同时，甚至也替张老师谋划了一阵儿——虽说最后还是不得不认定，连自己，连张老师，真来事儿了，还是一点辙儿也没有。

得，就因为这么个心思，两位老太太可就惹出一件让人哭不得，笑不得的事儿来啦。

那是第二天的上午，院儿里人都上班去了。老韩头儿呢，也出去了——大概又到那个小酒馆儿想听点子什么去了。院儿里只剩下两位老太太。

十点多钟那会儿来了一个四十岁出头儿的陌生男人。这人说是来找张春元的，一问，是什么杂志编辑部的。这下可好，两位老太太可找着替张春元说说好话的人啦，又是让茶，又是敬烟。来人见张春元不在，又拗不过二位老人的盛情，就在当院儿的小板凳儿上坐下来，跟老太太们聊几句。

谁想到，这位客人的问话，更让老太太们心里打起鼓来啦。他从张春元的住房，问到他的家眷，又从他的年龄，问到他的政治面目。得，没跑儿！张春元是出事儿啦！两位老太太一边磕磕绊绊地回答着问话，一边偷偷使着眼色。终于，冯寡妇忍不住了，说："要说这张春元，可是满世界打着灯笼也难找的好人呀。可舞文弄墨的，谁还断了没个闪失呢，您的报社要是批判，甭点上名儿成不？给他留条活路……"

赫老太也赶紧接着话茬儿，说："他老婆孩子都在外地，千里迢迢呢，见报上点着名儿批判，不得以为又成'三家村'了？那不得吓得背过气去？……"

"怎么？他挨批了？在哪儿？"来人被老太太们的话弄疑惑了。

"在报纸上呀。说是他编的小说，出了事儿啦。您怎么能不知道？"

"是哪篇小说？哪家报纸？"

"唉呀，这您可算问着人了！这是东屋老韩头儿说的，那是没错儿啦。说是亲眼见的呢。"

"哦？"

"怎么，您不知道这事儿？那您……找他干啥？"

"我？哦，没事儿，没什么事儿……"

那人不再说什么了。冯寡妇和赫老太围着他，又说了一大堆好话，好像他能掌着张春元的身家性命一样。可那人好像也没听进去，没多一会儿，就起身告辞了。让他等会儿，说张春元一会儿就回来，也不等了，让他留点什么话，也不留了。这更让老太太们纳闷儿啦——这人是干什么来的呢?

中午，张春元回来了，两位老太太躲在赫家屋里，悄悄嘀咕了好一会儿，没敢过去把来人的事儿告诉他。直到晚上，掌灯了，从窗户里看见张春元又坐在桌前写上啦，老太太们忍不住了，一前一后，进了那间“刀背儿”房。

两位老太太突然来访，使张春元好不奇怪。她们坐在桌前，你言我语地相劝：“张老师呀，您说何苦?每天一折腾就是半宿，闹这么个下场，还不长长记性儿，还写个什么劲儿!”“自己豁出去了，也得想想家小吧。您家剩您一根苗儿，还不好生过日子呀!”……这更让张春元摸不着头脑了。及至闹清楚了老太太们的来意，他忍不住哈哈笑起来。

唉，说来也是一件伤心事儿，不过，和老太太们猜的是满拧！他张春元倒是在“编小说”哪，可算算也花了七八年工夫了，一篇也没写成，没发表过呀，他挨的是哪门子批呀?！那些让韩德来看着有气，老太太们看着挺神秘的“大信封”“小信封”，都是编辑部退回来的稿子啊……

等到老太太们把今儿来人的事一说，张春元不笑了，有点儿急赤白脸地问：“真的?说了什么没有?是哪个编辑部的?那人姓什么?”

老太太们哪儿知道这些啊，只是把那人问了什么，自己说了什么，如此这般复述一遍，说得张春元要哭的心都有：“我的大妈大婶们，真谢谢您啦。您二位这一好心办好事可好，倒把我盼了多少年的好事儿给搅啦！……”

“真的?”老太太们愣了。

张春元说：“您不知道，我写的稿子每次退回来，人家连封信也不给咱写呀。这回可好，登门拜访了，兴许有篇稿子能发表啦。您二老一说我挨批了不要紧，不定又把人家吓回去了……”

这下子，赫老太太和冯寡妇倒傻眼啦。

……

再往后怎么样了，不说，您也能估摸出个大概了。辘轳把儿胡同9号院儿里，让老韩头儿搅起的这么一场虚惊，总算过去了。到后来，听说连真的在报纸上被点着名儿批评了作品的那个“编小说”的，也没多大事儿，还是照样写他的小说，照样登出来。至于韩德来说的“早晚”要发生的“收拾”，好像也没有发生。人们心里那根绷得紧紧的弓弦，更是渐渐地松下来了——赫老太仍然是那么排场。仍然时时注视着各色各样的“老字号”重新开张，今儿派儿子去前门，买“王致和”的臭豆腐，明儿派闺女上八面槽，买“浦五房”的叉烧。不过，她对张春元住的那间“刀背儿”房，也仍然耿耿于怀：“就是不吉利，那还有错儿吗?写了七八年，连个字毛儿也没印出来呀，总算有那么一回，有点子希望了，还让我们好心好意地给插了一杠子，结果呢，倒砸了！不是‘刀背儿’房的过是什么?！……拐带着我们家二小子考学也那么不顺当!”……冯寡妇呢，还是今儿赫家，明儿王家，说“敢情!”“共产党”“劳动党”之类的话也不避讳了。同时，也仍然还恨着张春元“点灯熬油”，三天两头用话撺掇人家赶紧去买分电表。至于王双清夫妇，听见风声时，已经暗自庆幸“宝物”交公了，马上，有四天没让女儿过去跟张春元补课，现今呢，又把女儿送过去了。他们的女儿原名叫“王文革”，也确实在“文革”中得益不少：女儿落生时，正赶上打派仗，不用上班，两口子在家待了七八年。没花雇保姆的钱，也没花上托儿所的钱。拿着国家工资，自己在家把孩子调理大了。这会儿，又赶上好时辰啦，孩子改名为“文阁”，盼着能上个重点中学，再上上大学，找个“铁饭碗”。您一定以为最丧气的是韩德来了。您错了，人家韩德来还是那句话:“哼，收拾，早晚!”再说，韩德来也不是没有值得得意之处啊：赫家二臭那辆“铃木80”，不是推到甘石桥“摩托车自由市场”卖了吗？那条什么“利瓦伊”牛仔裤，不是也不敢穿着臭显啦？哼，不镇唬一下，行？有钱，他还敢买汽车开呢！不定还敢光着腚眼子上街呢！……当然了，韩德来是不知道，二臭卖摩托车，是因为公家卡得紧了，汽油不好偷啦。最近又听说要缴什么“养路费”“保险金”，一个月得贴十来块钱养着这辆摩托车，谁受得了？得，趁摩托车还没臭街，打发了吧。牛仔裤呢，那是因为常常潮着就穿上了身儿，这会儿，水缩够了，身上的线条儿倒也绷出来了，遗憾的是，把二臭身上的“荨麻疹”也勾起来啦。没法子，收起来，先治皮肤病，治好了再穿吧。

真正让老韩头儿感到丧气的，是在半个月以后。那次他还是和以往一样，在院儿里待得无聊，又上街逛去啦，路过珠市口影院，又看见卖电影票的。片名是《真是烦死人》。听名儿，有意思，广告上也写着“喜剧片”，逗乐子的，照老法子，买五张！家里人不去，还愁退不掉？不稀罕得人疯抢才怪！谁想到，第二天，临开演，往影院门口一站，竟不见等退票的人影儿！他明白啦。上当！白赔了块把钱不说，央求人家买票，憋气呀，可不“真是烦死人”啦。最可气的是，身后有几个小“痞子”也在那儿退票，听他们喊什么？“《卡桑德拉大桥》啊，倍儿黄！谁买……”还真有人买他们的，韩德来凑过去一看，怒了：好啊，在这儿倒卖高价哪，一张一块钱！他拽住一个小伙儿的胳膊便骂：“你这是干什么哪！啊？干什么哪？卖高价儿，投机倒把，走，派出所去！”小伙子把胳膊挣开，骂道：“哥们儿，别急眼啊，哦，我抢了你的买卖了，是吧？甭给我来这套！你卖你的，我卖我的，有本事就卖，没本事就滚，还拿他妈派出所镇唬谁呀！”韩德来更怒啦。原来小伙儿把他也看成卖高价儿的啦。他说：“别把我也搅和上。我有富余票，这卖原价儿。”小伙子说：“老头儿，别装正经啦。当我没看见你？你隔三岔五就来！老来卖富余票？卖原价？你吃饱了撑的，疯魔呀！别给我来这套！派出所？行，要去，一块儿去，你逃得了？”就这么着，两个人在电影院门口拉拉扯扯，招来一大群看客。来了个警察，把他们一块儿带走了。

您想，到了派出所，韩德来能说得明白嘛！

“你是也经常到那儿退票吗？”

“是。”

“卖多少钱一张？”

“按票上的原价儿啊。”

“你老这么买票、退票，图什么呢？”

“……”

没法儿说！

最后，派出所结不了案，派了个年轻轻儿的警察，到9号院儿里来了解韩德来其人来啦。

谁能那么缺德，往人家老韩头儿脑袋上泼粪呀？大家伙儿一致认定，老头儿是闷了，闲了，没事儿干，找点儿消遣去啦。二臭更“各”，还翻着眼皮，把这和“学雷锋，办好事”挂上了。连张春元都说了老韩头儿的好话，这才把这事告个了结。那位年轻的警察把老韩头儿送回来了，临走，对他说：“闲着不闲着的，甭去那儿干这种事儿了。想看电影，自己买张票，进去看，甭找麻烦。您说您这么大岁数了，我们也相信您。可您要是让那些小流氓揍一拳，来一脚，这辈子不交待了？”

得，这警察这么一叮嘱不要紧，韩德来连那个乐呵的去处也没啦。

这两天，他又和以前一样，没出院儿，沏上茶，闷闷地坐在屋门前。冷不丁儿又唱起来了：

杨延辉，坐宫院，自思自叹。

想起了，当年事，好不惨然。

我好比，笼中鸟，有翅难展。……

您只要躲在边儿上听过一次，就不能不佩服他，确实唱得好，字正腔圆。

一九八一年八月二十五日于二龙路

陈建功《辘轳把胡同9号》最初发表于《北京文学》1981年第10期。陈建功是20世纪80年代“京味文学”的代表作家。小说围绕辘轳把儿胡同9号院儿的“新闻中心”韩德来这一人物展开，见过大世面的他常常能在讲话时得到冯寡妇一声声“敢情”的应和声。“敢情”是北京方言的代表词汇，小说《辘轳把胡同9号》介绍了“敢情”一词的发音细节与文化内涵，这个词既是人物的口头禅，也包含了时代的变迁与小人物的心理落差。陈建功用地道的北京话和民间说书人的腔调，谱写了一幅北京老胡同的风俗画卷。

——胡诗杨

寻访“画儿韩”

邓友梅

掐指一算，这一带足有三十年没来过。第一监狱门前那“无风三尺土，有雨一街泥”的“自新之路”已铺了柏油，“梨园先贤祠”所在地“松柏庵”盖起了大楼，杨小楼的墓地附近办起了学校。往南走有“鹦鹉冢”和“香冢”。年轻时甘子千常在那附近写生，至今背得出墓碑上开头几句话：“茫茫愁，浩浩劫；短歌终，明月缺……”现在，他望着这历尽沧桑后的陶然亭湖水，当真有点“茫茫愁”。上哪儿去找“画儿韩”呢？画儿韩是搞四化用得着的人，被挤出文物业几十年了。自己已蜡头不高，生前不把他找回来，死后闭不上眼。

甘子千跟画儿韩的过节儿，是从三十多年前一场恶作剧开的头。甘子千年轻时画工笔人物，有时也临摹一两张古画。有一次看到名画家张大师作的古画仿制品，他一时兴起，用自己存的一张宋纸半块古墨，竟仿了一张张择端的画，题作《寒食图》。原是画来好玩的，被一位小报记者看见了。此人名叫那五，是八旗子弟中最不长进的那一类人。他把画拿去找善作假画儿的冯裱褙仿古裱了出来，加上“乾隆御览”之类的印鉴，作了旧，又拿给甘子千看，并说：“这两下子，你赶上张大师了。至少也不在画儿韩之下!”

画儿韩是做书画买卖的跑合儿，善于识别品鉴，也善于造假。在古玩字画同业中颇有声誉，近来被“公茂当”聘去当了副经理。

甘子千看着自己的作品打扮得如此斑驳古气，很得意，微笑着说:“您别瞎捧，我哪有那么高?”

“要拿我的话当奉承，您那是骂我。”那五忿忿地说，“不信咱做做试验。”

“怎么试验?”

那五就说，把画儿拿到“公茂当”去当。画儿韩识破了，无非一场笑话。要把画儿韩都蒙过去了，说明甘子千火候已到家。那没说的，当价分我一半，另外专候我一顿“便宜坊”。说完，那五用个蓝包袱皮把那画儿包走了。

要说那五从一上手就想诈骗，委屈了他。上手他也是凑趣赌胜。等他真准备夹着画儿去当铺了，这才动起骗一笔钱财的心。既要唬人，就得装龙像龙，装狗像狗。听说当行的人先看衣装后看货，那五现换了套行头:春绸长衫、琵琶襟坎肩、尖口黑缎鞋、白丝袜子。手中捏着根二寸多长虬角烟嘴。装上三炮台，点燃之后，举在那里。向柜台递上包袱去，说了声:“当个满价[①]儿!”就扭头转向墙角站着。一眼看去，活脱是位八旗世家子弟，偷了家中宝物来当(这些人从来是只肯当不肯卖。而当了又不赎。当初内务府替溥仪弄银子也

① 即当价最高限额，当时约一千元。

是这个办法，很发了几家当行的财东）。

到底是那五的扮相做派障眼？是开口要满价吓住了画儿韩？是画儿韩一时粗心看打了眼？已经无从查考。总之几经讨价还价，包袱送上取下，最后画儿韩学着山西口音唱了起来："写！破画一张，虫吃鼠咬，走色霉变，当价大洋六百……"[1]那时候兵船牌洋面两块四一袋，六百大洋是个数目。那五回来把经过一说，甘子千先是高兴得哈哈大笑，笑过去仔细一想，又害怕起来。此事一旦传开，自己的人品扫地，也得罪了画儿韩。他和画儿韩虽无深交，可也算朋友。他俩人都爱听京戏；京戏中专听老生；老生里最捧盛世元。盛世元长占三庆，他俩几乎天天在三庆碰头。两人又都爱高声喊好，喊出来的风格又各异，久而久之，连唱戏的都养成了条件反射，要是一场戏下来没听见有这两人喊好，下边的戏都铆不上劲！有一晚盛世元唱《失空斩》，画儿韩有事没到。孔明坐帐一段，使过腔后没有听见两声叫好，只听见一声。盛世元越唱越懈，后来竟连髯口都挂错了，招来了倒好。画儿韩听说此事，专门请客为盛世元洗羞，两人拜了把兄弟。

那五见甘子千脸色暗了下来，就劝他说："你还有什么过意不去的吗？画儿韩自己就靠造假画起家，这叫现世报。你要嫌名声不好，以后不干就是了。这一次，咱们不说谁知道？而且这一次也是为了试试你的手艺，并不就为了捞钱。不过钱送到手，也决没有扭脸不要的傻瓜，难道你还搭上利

① 这是当铺习惯，好东西也说是破的。

钱把这张擦屁股纸赎出来?”

“我没钱去赎它!”

“想赎也办不到,当票归我了!”

甘子千除去接受那五的观点,没二条路。他守约给了那五三百元。但请他吃鸭子时,那五却没让甘子千破财。那五说:“这张当票我拿到东单骑河楼,往日本人开的小押店一押,还能蒙小日本三百二百的。鸭子钱我候了。”

甘子千说:“你可真有心计!”

那五说:“你不赞成吗?坑日本人的钱也是爱国!”

这之后不久,甘子千去店里卖画收款,就听到议论,说画儿韩玩了一辈子鹰,叫鹰鸽了眼。又过了几天,他就收到一张请帖。八月十六画儿韩做寿,请甘子千赴宴。

画儿韩租了恭王府靠后海的一个废园,在临水的“听荷轩”安排寿堂。房前一片瓦楞铁凉棚,正好铺开十来桌席面。甘子千以为碰上这件事,画儿韩面色要带点委顿,谁知几天没见,他竟更加精神爽朗了。酒过三巡,画儿韩借酒盖脸,作了个罗圈揖说:

“今天若单为兄弟的寿日,是不敢惊动各位的。请大家来,我要表白点心事,兄弟我跌了跟头了!”

众人忙问:“出了什么闪失?”

“我不说大伙也有耳闻,我收了幅假画。我落魄的时候自己也作过假,如今还跌在假字上。一还一报,本没什么可抱怨,可我想同人中终究本分人多。为了不让大家再吃我这个亏,我把画带来了,请大家过过目。记住我这个教训,以后别再跌这样的跟头。来呀，把画儿挂上！”

一声吆喝，两个学徒一人捧着画，一人拿着头上有铁爪儿的竹竿，把画儿挑起来，挂在铁梁下准备悬灯笼用的铜钩上。众人齐集画下，发出一片啧啧声，说：“造假能这样乱真，也算开眼了。”画儿韩说：“大家别叫它吓住，还是先挑毛病，好从这里学点道眼。”他一眼扫到甘子千身上，笑道：“子千眼力是不凡的，你先挑挑破绽，让大家都开开窍！”

甘子千脸早已红了，幸亏有酒盖着，并没使人注意。他走到自己这幅画前，先看看左下角，找到一个淡淡的拇指指纹印，确认了是自己的作品。又认真把全画看了一遍，连自己都佩服起自己来了。当真画得好哇，老实讲，自己还真说不准破绽在哪儿；若知道在哪儿，当初他就补上了。他承认笔力终究还不如真品，就说：“还是腕子软、有些俗气；纸是宋纸，墨是宋墨，难怪连韩先生也蒙过去了！”画儿韩爽朗地笑了两声说：“我这回做大头，可不是因为他手段高，实在是自己太自信，太冒失。今天我要劝诸位的就是人万不可艺高胆大，忘了谨慎二字。这画看来惟妙惟肖，其实只要细心审视，破绽还是挺明显的。比如说，画名《寒食图》，画的自然是清明时节。张择端久住汴梁，中州的清明该是穿夹袄的气候了，可你看这个小孩居然还戴捂耳风帽！张择端能出这个笑话吗！你再细看，这个小孩像是在哪儿见过。在哪儿？《瑞雪图》上！《瑞雪图》画的年关景象，自然要戴风帽。所以单看小孩，是张择端画的。单看背景，也是张择端画的。这俩放在一块，可就不是张择端画的了！再看这个女人：清明上坟，年轻寡妇自然是哭丈夫！夫字在中州韵里是闭口音，这女人却张着嘴！这个口形只能发出啊音来！宋朝女人能像三国的张飞似的哇呀哇的叫吗？大家都知道《审头刺汤》吧！连汤勤都知道张择端不会犯这种过失，可见这不是张择端所画……”

大家听了一片惊叹。甘子千心中也暗自佩服，他向画儿韩敬了一杯酒，向他讨教：“《审头刺汤》我也听了多少遍了。雷喜福的、马连良的、麒麟童的都听了，怎么不知道汤勤论画的典故？”画儿韩说：“明后天你上当铺来，我细讲给你听，今天不是时候，盛世元来给我祝寿，马上就开戏了。”

说罢，画儿韩往那画儿上泼了一杯酒，划了根火，当场把画点着。那画顿时忽忽响着，烧成一条火柱。画儿韩哈哈笑道：“把它烧了罢，省得留在世上害人！大家再干一杯，听戏去！”

画儿烧了，甘子千心定了，坐下来消消停停地听戏，盛世元是尽朋友义气来出堂会，格外地卖力气。画儿韩表示知音，大声喊好。甘子千忍不住也喊起好来。一出戏唱完，画儿韩到后台道辛苦，盛世元说：“总陪你一上一下喊好的这位，也有些天没上馆子去了。是哪一位爷，请来见见不行吗？”画儿韩自收了假画，心中腻味，有些天没去三庆，不知道甘子千也没去。盛世元一提，他心中咯噔一声。他知道造假画来坑他的人准在同业同行之内，所以今天才撒帖打网，可没往甘子千身上想。一听这话，赶紧上前台找甘子千，学徒说甘先生才刚被人找走了。

这时，甘子千正被那五拉着走出花园的侧门，甘子千略有不满地说："五爷，你怎上这儿显灵来了。"那五说："有点急事跟你商论。我拿那张当票去押，日本人要照当[1]，你说这个险冒不冒？若蒙过日本人挣他一笔，自然痛快；若叫他认出假来，日本鬼子可比不得画儿韩，免不了把咱送到红帽衙门，灌凉水……"

甘子千有点厌恶地说："别得陇望蜀了！告诉你，画儿韩已经把咱那杰作火化升天了。"接着把刚才的情形详细说了一遍。那五听了先是一愣，接着就拍起大腿来。

"这回可是该着画儿韩败家了！难怪我找连阔如看相，他说我要交鼻运！"

甘子千说："你又想造什么孽？弄了人家几百就行了，别赶尽杀绝，何况打头碰脸，跟我全是朋友。"

"朋友？生意场上无父子！见财不发是孱头。你甭管，等着吧，我请你正阳楼吃河螃蟹！"

那五走后，甘子千越想越不安，他觉着按人品说，画儿韩比那五高得多。别说这事与自己有关，就是无关也不忍看着叫那五再坑他。他决定明天一早去当铺访画儿韩，找机会和画儿韩说破，别让那五把事闹大。

这天甘子千来到了"公茂当"。画儿韩听说他来了，远接高迎，一直把他让到账房后边自己的屋里。学徒敬上茶后，画儿韩端起水烟袋，呼噜呼噜吸了一袋，这才提起话头："前

① 指取出当品看一看，要付一个月利息。

几天我去三庆，怎么总没见你？”甘子千还没说话，账房先生小碎步跑进来，满脸的慌张，语不成声地说：“经理，前边出事了。”

画儿韩不紧不慢地问：“什么事，大惊小怪的？”

“有人赎当来了。”

“当铺么，没人赎当？”

“不是赎别的，是赎……”账房先生看了甘子千一眼，凑近画儿韩跟前，放低了声音。画儿韩大声说：“有话尽管讲，甘先生不是外人。”账房先生这才恢复大声说：“有人赎画来了。”

“哪幅画？”

“就是昨天烧的那幅《寒食图》！”

甘子千觉得有人在自己头顶上撞了声钟，浑身震得麻酥酥的。万没想到那五穷急生疯，想出这一招来。

画儿韩说：“你告诉他，那幅画是假的，他骗走几百大洋就够了。还不知足，跟他上官面去说理。”

“经理，您圣明，买卖人能这么回人家话吗？人家拿着当票儿，哪怕当的是张草纸，要赎也得给人家！拿不出这张草纸来得照当价加倍赔偿，就这样人家还许不认可。怎么咱倒说上官面儿说话去？”

几句话问得画儿韩无言可对。这时外边吵嚷的声音大了。只听那五爷细细的嗓子像唱青衣的叫板似的喊：“怎么着，想赖我的传家之宝啊！还说我的画儿是假的？好，就是假的，我这假的是陈老莲仿的，比真的还贵，没东西就赔银子吧！”

画儿韩站起来说："不像话，我去看看，子千，我请假了。"

甘子千听到那五爷喊，先是生气，继而尴尬。那五这一着，将得他手足无措。他顾不上规矩礼节，硬跟着画儿韩到了前柜。

当铺的柜台，照例高出顾客头顶一尺多。迎面墙上挂着黑红棍（这是清朝官商的遗俗，表示一半是买卖一半是衙门）。这时连账房带伙计四五人都围在画儿韩身后朝柜台下看。只听见那五细声细气地说："有画儿拿画儿，没画儿呢，咱们找个地方说说……"

甘子千走到画儿韩身后，越过柜台往下一望，只见那五身后还站着一个矮黑胖子，灰布裤褂，袖口盖住手，十三太保的纽襻全敞着，露出黑边的白洋布汗褟儿、红兜肚。一眼就认出了是外五区侦缉队的黑梁。看这阵势，那五已打定主意要勒画儿韩的大脖子了。甘子千向那五使个眼色，知其不可为而为地说道："我当是谁呢。五爷呀！嗨，都是自己人，您何苦……"

"甘爷，我们谈公事，您可别瞎掺和。我把祖上传下来的一个挑山当了。今儿来赎，他们一会儿说我那画是假的，一会儿叫我展期，您说这能不叫我急吗？"

甘子千正想找句合适的话劝那五罢手，画儿韩往前一挤，把头伸出柜台，冲下说道："您急呀？我比您还急呢！我算计着一开门您就该来的，怎么到这钟点才来呀。不是要赎当吗！钱呢？"

“敢情你怕我没钱?”那五从底下扔上一个白手帕包的小包来，里边满是五颜六色的联银券。画儿韩叫伙计过数，伙计数了，连同利息正好八百多元。画儿韩把利息数出来放在一旁，把六百元入了柜，伸手从柜台下掏出个蓝布包袱，往下一递：

“不是赎画吗？拿走!”

不要说甘子千，连当铺的同人眼睛都直了，一时间鸦雀无声。那五先是呆在那里把嘴张开合不上，随后伸手去接包袱，两手哆哆嗦嗦怎么也接不住。侦缉队的帮他把包袱接过来塞在他怀里说：“你看看，是原件不是?”

那五打开包袱一看，汗珠儿叭叭地落在地下。朝柜台上的甘子千咧了咧嘴，既不像笑又不像哭，明是自问，实际是说给甘子千听：“画儿昨天不是烧了吗?”

画儿韩接茬说：“昨天不烧你今天能来赎吗?”

那五自语说：“这么说世上有两幅《寒食图》?”

画儿韩说：“你想要，今晚上我破工夫再给你作一幅!”

甘子千不敢相信眼前的奇迹。对那五说：“什么画儿说得这么热闹？叫我也开开眼。”

那五把画递了上来，甘子千不看则已，一看脸臊得像才从澡堂子出来！他首先把视线投在左下角，无意之中留下的那个拇指印，很轻很淡，端端印在那里，跟昨天烧的那画一模一样。他怀疑如把两幅画同时摆在一起，他是否能认出哪一幅出自自己之手。听说能手能把一张画儿揭成两幅，画儿韩莫非有此绝技?

下边侦缉队黑梁不耐烦了，问那五：

"看样儿没我的事了吧？您拿钱吧，我该走了。"

那五掏钱打发了黑梁，缓过了神来，玩世不恭地一笑，向上拱拱手说："韩爷，我开眼了。二百多块利息换了点见识，不算白花！"

"利息拿回去！"画儿韩把放在一旁的利息往下一送，哈哈笑道，"画儿是你拿来的，如今你又拿了回去，来回跑挺费鞋的，这几个钱你拿去买双鞋穿，告诉你那位坐帐的！"说到这儿，画儿韩扫了一眼目瞪口呆、满脸窘相的甘子千："就这点本事也上我这儿来找苍蝇吃吗！骗得过画主本人，这才叫作假呢，叫他再学两年吧！"

甘子千无地自容，低着头走出"公茂当"，从此处处躲着画儿韩，再没和他照过面。画儿韩尽管由此名声大噪，可是财东不敢再拿钱冒险，来年正月就把这位副经理辞退了。画儿韩跑了两年合儿，北平临解放时百业萧条，他败落到打小鼓换洋取灯儿的份上了。甘子千造假画的名声传了出去，尽管丢尽了人格，可换来了书面店饭碗，当了专门补画的工匠。因为揭裱字画，难免破损，得有人会造假修破。

北平解放后，甘子千凭他出身清白贫苦，政治学习积极，思想进步，靠近组织，公私合营时已当上了书画业领导小组成员，同业工会的副主席。

公私合营后，文物书画业要整顿班子，有人提出来调画儿韩。政府人员不知道这人是谁，向甘子千了解，甘子千支吾说："我跟他也不熟，等我去了解一下。"回到家来，他就犯了思忖。当初自己本没有坑骗他之意，却弄得无法解释。

事已过去多年，他不来呢，谁也不会再想起谈起，于他于己都无妨碍。他如果来了，这人可也是长着嘴的，他要是把这件事说出来，说成我甘子千有意所为，我不得脱层皮吗？自己还正在争取入党，多一事不如少一事好吧！但也不能对组织说假话，见到政府代表时，他就说："画儿韩的事了解了。这人做假画出身，当过当铺的副经理，解放前有一阵生活挺富裕，他做寿名演员盛世元都来唱堂会……"政府代表听了，又问他："有人说他挺有本事，你看咱们用他好不用他好？"甘子千说："还是领导上决定，我水平低，看问题没把握。"画儿韩终于没被调用。

按文物行某种惯例，从这行被清理出去的人，改行干什么都可以，但绝不许再染指文物生意。自己买卖，替人鉴别都属违例。画儿韩自此就从同行人中消失了。

多少年来，甘子千从没为画儿韩的事感到理亏心虚。慢慢地，连画儿韩这人都不大想到了。

十年动乱中，甘子千受了不少委屈。他认为最委屈、最不合理的是为了"改造他"偏不让他干自己稔熟的行业，而叫他去学修脚！打倒"四人帮"后，恢复名誉也好，退还存款也好，都没有比让他回到文物商店，干他爱干又能干的工作使他感动。他拿出全部精力来工作。可是岁月不饶人，当他当选为人民代表时，大夫会诊的诊断书也送到了他手里。他被宣布得了必须休息、没有希望治好的那种病！

尽管他对人说："我快七十了，马上去八宝山也不算少亡！三中全会以来的这段晚福也享到了！"可心里实在有点懊丧。他想到，自己这一生从人民那里取得的很多，报答人民的太少。他无声地给自己算账，算算这一辈子对人民对国家做过哪些亏心事。算来算去，算到了画儿韩头上。

文物业的老手死的死，病的病。“十年浩劫”没出人才，人手荒成了要害症。如今国际市场文物涨价，无论识别古画还是做仿制品，画儿韩都身怀绝技，怎么能不让他发挥才干呢？当初只要自己一句话，说：“这个人有用。”画儿韩就留下了。可是自己没说，就为这个把他挤出去几十年。

共产党几十年的教育，老年人的忏悔心情，对个人得失的淡漠，一同起作用，他找到党委汇报，检查了错误。党委书记表扬了他的忠诚，责成他把画儿韩请回文物界来。

这一动手找，才发现北京城之大，人口之多，分离的时间之长！先听说画儿韩在天桥“犁铧头”茶馆烧过锅炉，到那儿一看，茶馆早黄了。又听说画儿韩和另一个老光棍合租一间房子，在金鱼池附近养金鱼，去那儿一问，房子全拆了。找了半个月，走了八处地方，唯一的收获就是听说画儿韩确实健在，有时还到陶然亭附近去练子午功。甘子千平日想起整过自己的那些人，心里总是忿忿不平。这时才悟到，原来自己也是整过人的，其后果并不比人家整自己轻微，手段也不比别人高尚。

他决心要把自己欠的债还上。不顾大夫警告，一清早就拄着棍来到了陶然亭。这时天还没大亮，雾蒙蒙的湖园里有跑步的、喊嗓的、遛弯儿的、钓鱼的。三三两两，影影绰绰，在他前后左右往来出没，向谁打听好呢？

正在犯愁，迎面走来一位留着五绺长髯，身穿中式裤褂，也拄着根手杖的人。这人目不斜视，一边走路一边低声哼着京戏，走近了，听出唱的是《空城计》:“众老军因何故纷纷议论？……”

这唱腔使甘子千停住了脚,“纷纷议论”四个字吐字行腔不同一般。“纷纷”二字回肠九转，跌宕有致;“议论”二字坦坦荡荡，一泻千里。甘子千似乎出于条件反射，连考虑都没考虑，张嘴就喊了一声:“好!”

老头儿也停住脚步，半扬着脸，像是捕捉这一声叫好的余音。他望着还没亮透的湖边树林说:“这份叫好声我可有三十多年没听见了，不是听错了吧?”

甘子千应道:“这‘纷纷议论’四个字的甩腔，我也有三十多年没听见了。您敢情就是盛老先生?”

“哎哟，这话怎么说的!”老头儿步抢了过来，并不握手，而是抓住甘子千的手腕子上下摇晃,“您就是，您就是那位跟画儿韩一块常听我的戏的……”

“我叫甘子千。”

“听说过，那年在恭王府园子出堂会，我让画儿韩请您来会一会，可惜您走了。从那一别就是三十多年。您一向可好？在哪儿工作呢?”

甘子千说在文物商店当顾问，盛世元说:“我也是顾问!唉，什么顾问？就是政府对咱们这些人器重，哪怕还有一点本事，也让你使出来。社会主义么，就是不埋没人才。干我们这一行的，不养老不养小，我从日本降伏那年就塌中，放在旧社会得要饭。一解放就请我上戏校当教习了。就是‘四人帮’时候受点罪，可受罪的又不是咱一个，连国家主席、将军元帅都受了罪，咱还有什么说的？昨天我碰见世海，他还能登台呢……”

甘子千想等盛老先生话说到一个站口，问问画儿韩的消息。可这位老先生越说越精神，只好硬挤个话缝插进去说：“盛先生，刚才你提到画儿韩，您知道他现在落在哪儿了吗？”

“落在哪儿？他一直在我家呀！”

甘子千啊了一声，半天盯住盛世元没错眼神。天下哪会有这么便宜的事，一下就歪打正着（他忘了他先已扑空了八次）？又追问一句：“您说的是真格的？”

“嗨，你问问陶然亭这些拳友，谁不知道画儿韩跟我做伴？‘文化大革命’中茶馆黄了，画儿韩没地方混饭吃，急得在这湖边转磨，跟我说：‘四哥，这些年我一步一步地退，古玩行不让干了，我拉三轮；三轮不许拉了，我摆摊卖大碗茶；大碗茶不让卖了，我给茶馆烧锅炉；现在连茶馆都砸了，我还往哪儿退呢？从解放我就是临时工，七十多岁了，谁要我啊？’我劝他说：‘天下哪有过不去的河呢？你搬我家住去。从我老伴去世，儿子调到外地，我就剩下一个人。白天我在戏校挨批判，心里老怕家里叫人撬门抄家，你就给我看家得了。只要我这工资不取消，就有你的饭吃。’从打那时，他在我家一住就是十年。”

甘子千急不可耐地说：“既这么着，我跟您去看看他行不行？我有点事找他。”

“不行。”

“怎么？”

“脑血栓，前天进医院了。”

“唉……”甘子千两手摊开，连连叹气。

“您甭着急，眼下没有生命危险，就是不许探视。”

甘子千这才舒了口气，问道：“怎么突然得了脑血栓？”

“累的。去年他检查出脑血管硬化，医生叫他多休息，他反而忙起来了。他说他家祖传几代倒腾字画，对于识别古画很有点诀窍，他想趁着还能活动把它写下来，免得自他这儿失传。”

甘子千说：“早动手就好了。”

盛世元说：“前些年他张嘴就骂，说文物行的领导全是棒槌，不认他这块金镶玉。他宁可带到棺材去也不把本事交给他们。这两年啊，政府一步一步给我落实政策。收入多点了，我们俩的生活也改善点。他觉着党中央政策好，虽是冲我下的雨，也湿了他的田。目前搞四化，他这点本事对国家是有用处的，不该再藏着掖着了。这是为国为民的好事，我能拦着吗？我就给他买纸，买墨，好茶叶，大叶烟，可就忘了叫他注意身体。”

甘子千含着泪说：“您可真够意思。交朋友交到这个分上，可以拍胸脯了。”

“也还是党中央的新政策好，要是我被人家当成四旧扫进垃圾箱，还能顾他吗？”

甘子千心情沉重，默默无言地和盛世元并肩走了一段路，忽然问道："他还能说话不能呢？"

"能是能，舌头有点发硬，拐弯费劲儿。"

"那就有救！"甘子千喜出望外。他想应当建议派人带录音机来录音；应当在人代会上提一个抢救老人们身上保存的绝技的提案；应当……

盛世元向甘子千告辞，说："哪天医生一解禁，我就领您去。"

"是是。您看还有什么困难吗？"

"困难是有，怕您帮不上手。画儿韩当了半辈子临时工，没混上公费医疗，我落实政策补了点钱，这回他一住院全垫进去了。可这救急不救穷。这病不是三两天能好的，我的工资两人吃饭有富余，供一个人住院可差远了。能不能找个地方给他出药钱呢？"

"行！"甘子千斩钉截铁地说，"包在我身上了！"

甘子千回去的路上，比来的时候精神爽快了，心情舒展了。他计划把自己的存款移到画儿韩的名下。他几乎怀着感谢的心情想到盛世元最后这个要求。他觉着生活总算给了他一个机会，让他在向这个世界告别时，可以于心无愧了。

一九八一年三月一日于青年湖

邓友梅《寻访"画儿韩"》发表于《人民日报》1981年10月24日，收录于1984年出版的同名小说集《寻访"画儿韩"》。邓友梅自觉传承了老舍的京味写作风格，他的写作聚焦老北京文化和以旗人后裔、民间艺人为主的市井人物,《寻访“画儿韩”》正是他“探讨‘民俗风味的小说’的一点试验”。小说围绕着画儿韩在“寿宴烧画”的事件展开，书写了“画儿韩”、画师甘子千、京剧老生盛世元和旗人后裔那五等人的命运轨迹。透过对北京这座古都民俗风情、文物工艺和掌故逸闻的书写，小说显示着邓友梅对“一种《清明上河图》式的小说作品”的向往。

——易彦妮

小荷才露尖尖角

刘绍棠

一

天上下小刀子，俞文芊头顶铁锅也得回家。七月天的鞭杆子雨，只不过是鞭打快牛，他那辆永久牌装甲自行车，风雨中更像一道闪电。从座落在朝阳门外通惠河畔的大学分院，到北运河东岸的花街，走京津公路七十二里，这个土头土脑的大学生，天天跑一个来回。

念了三年大学，他还是三年前花街上那个憨气十足的小伙子。红男绿女丛中，他那头顶着高粱花的一身土气，就像羊群里跳出个骆驼，比大鬓角、蛤蟆镜、紧身衫和喇叭裤更引人多看几眼。

仲夏时节，黎明时分，俞文芊就紧蹬自行车，在北京到通州的公路上疾驰。小伙子头戴一顶尖头斗笠，破制服褂子上沾满露水和草叶，打补丁的裤子挽到膝头，光着一双泥脚；后车架上，驮着一个二百斤重的大青草捆。

他一路飞奔，一路口中念念有词。三十六里英文，三十六里日语，俞文芊选修了两门外语课。

一本英汉字典和一本日汉字典，俞文芊都吃进了肚子里。可就是乡下人口羞，不敢挂在嘴边上，发音过不了关。下笔答卷，能拿一百分。但是只要一开口，英文便带着北运河的水音儿，日语便充满花街的旱甜瓜味儿，惹得哄堂大笑，他急忙咬住舌头。

俞文芊的自行车飞下八里桥，直奔奶牛场，交上青草过了秤，然后，跑到人家的男浴室，刷牙、洗脸、拧开自来水管子的莲蓬头冲身子。从车把上摘下一只百宝囊的大书包，掏出他的礼服：深灰的确良汗衫，铁青中长纤维裤子，泡沫塑料厚底黑凉鞋。早霞晨光中穿戴齐整，配上小伙子那浓眉大眼，圆头方脸，扇子面胸脯，一条脊檩似的个头儿，乡下人眼光看来，也算得俊扮小生。

他每天到校打扫了教室以后，家住市内的同学才姗姗而来。

这个大学分院，只有孤楼一座，矗立在花树葱茏中。没有宿舍，夏天无处午睡，男女同学都趴在教室书桌上，迷迷糊糊打个盹儿。俞文芊却走出校门，到通惠河畔高坡上，找一棵绿荫如伞的河柳下，铺上塑料布，放倒大睡。

这块塑料布披在后背，又是他的雨衣，尖顶斗笠的拴带儿勒紧了脖子，在鞭杆子雨的抽打中弯着腰，像被狂风吹得倒伏的芦苇，两只胳臂趴在车把上，便可风雨无阻了。

每天下午放学，俞文芊片刻也不停留，蹬上自行车，驿马流星似的飞回家。

当年花街上那蒲柳人家的风光，已成过去，只有俞文芊家还依稀可见旧日的残迹。仍然是他爷爷和老爹留下的鸽子笼泥棚小屋，巴掌大的柳篱小院，就连三年一换柴门，也不改古风旧例。

一进家门，俞文芊把书包从窗口扔到炕上，便肩背柳筐，手提镰刀，到村外的河边沟畔打草去。

俞文芊自己手编的红皮水柳大筐，人称花街一号。有一年插秧下起小雨，两个快手姑娘花碧莲和杜秋葵插到地头，没有一棵树遮身子，就把俞文芊的大筐倒扣在头上。她俩盘膝大坐在筐下，还能脸对脸儿玩拍花巴掌。俞文芊磨出的镰刀，虽不能削铁如泥，鸡蛋粗细的柳棵子却能迎刃而倒；三年工夫，就把一条五寸厚的青石磨得像一只马鞍子。

河边沟畔，草色青青，甜而又嫩，奶牛爱吃；俞文芊割多少，奶牛场买多少。他一口气割到月亮挂上柳梢，一团一团的长脚大花蚊子叮得他伸不出手，才算罢休。一筐一筐背回家，散放在柳篱内外。鸡叫起床，打捆装车，上学路上，顺便卖草。

二百斤青草三块钱，从六月到八月，三个月汗珠子一大缸，能换来二百七八十元。再加上每月拿二十元的助学金，俞文芊的这两项收入，超过他上大学之前的全年分红。

孤儿寡母，他家里只有一个老娘。俞大娘一双小脚，又是一条风中烛瓦上霜的病身子，三日阴五日晴，一年挣不了多少工分。所以，俞文芊上大学的同时，还得奔出娘儿俩的嚼谷。

白茫茫的大雨，天连地，地连天，公路上早已路断行人车马稀，俞文芊的自行车也就像天马行空，正得一意孤行。鞭杆子雨又劈头盖脸抽打起来。俞文芊抬不起头，睁不开眼，喘不过气。过桥到运河东岸，从桥头奔花街，三里黄泥道上一锅粥，自行车寸步难行。

前六十九里人骑自行车，这后三里只得自行车骑人。俞文芊把他的永久牌装甲自行车扛在肩上，一步一陷行走。

黄泥道上的两条车辙，像两道小溪，路边柳棵子挂满野花藤萝，雨打落花流水。忽然，几步开外，密密麻麻的雨帘中，恍惚一簇荷花开放。俞文芊停住脚步，从脸上抹下一大把雨水，看了又看，才看出是一件藕荷色的雨衣横躺在路上。雨衣下鼓鼓囊囊，难道是鞭杆子雨打昏了过路人？他扔下自行车，踉踉跄跄扑奔过去，揭开雨衣一角，原来是一辆嘉陵牌摩托车抛了锚。

“喂！”他向四下呼喊，“谁的……车呀？”

雨声哗哗，他的喊声只有自己听得见，却被一大瓢雨水泼进嘴里，呛得直咳嗽。

俞文芊东瞧西看，东边是一片青纱帐，西边是一片瓜田。瓜田柳下，有一座风雨飘摇的瓜棚。

不见摩托车的主人，丢下摩托车不管，于心不忍。送佛送到西天，俞文芊搬起这几十公斤重的摩托车，打算收藏到瓜棚里去。

他拔腿刚要走，突然从青纱帐的豆棵下钻出一个姑娘，跑过来喊叫着。“放下我的车！”两手扯住他的塑料布雨衣不放。

俞文芊回头一看，吓了一跳，花碧莲像是刚从水中捞上来。

二

花街东八里，一条乡村公路和一条小河汊子之间，十几亩柳棵子地上，公社和北京的服装公司合营了一个京花联合衬衫厂。公社出地皮，出劳力，建厂房，掌管人事和保卫，公社书记被选为联合衬衫厂的董事长；服装公司出资金，出机器，出技术和管理人员，掌管供、产、销，服装公司的一个副经理当厂长，盈利双方各得一半。

公社从三十六个大队招考青年女工四百名，男工一百人。这个联合厂出产的男女衬衫，不但畅销全国各地，而且三分之一向国外出口。两年来，公社净赚二百五十万元。

花碧莲眼下就是京花联合衬衫厂裁剪车间的女工。

她爹花四季，是个掌作的瓦匠头儿，一把瓦刀吃八方。她娘小名叫巧儿，更是神通广大，从十六岁就爱保个媒，一张巧嘴能把死人哨得翻个身，三十年喝过的喜酒，足够开一个烧锅。

爹的手巧，娘的嘴巧，花碧莲占全了这两巧；爹的心眼子多，娘的脸子俊俏，花碧莲又各占爹娘一面。

花碧莲虽然身姿娇小，可是一巧破千斤。拔苗、插秧、割麦……人高马大的女人紧追慢赶，跌打滚爬，也只能拾她的脚印。她不慌不忙，有板有眼，遥遥领先，身后留下一缕淡淡的紫丁香气息。她长得好看，阳春三月从桃李树下路过，彩蝶纷飞，一拥而上，追她一程又一程；拐了弯，出了村，过了河，折下柳枝子扑打，打也打不散。

如花似玉的一个姑娘，亲娘又是个说媒拉纤的老手，花碧莲却一直没有找到对象。

这也并不奇怪。

花碧莲心高，她娘多疑，花四季老谋深算，三口人三杆秤，三把尺；过了筛子又过箩，哪个小伙子能过这三关？

人品出众，文化又高，精明强干，又有口才，而且还得出身好。五项原则，缺一不可，花碧莲才看得上眼。

但是，她娘还不放心。

她娘巧儿，四十六岁了，早已被年轻人尊称花婶子。花婶子保了大半辈子的媒，弄虚作假，无中生有，天花乱坠，插圈拴套，全靠人嘴两扇皮，红口白牙跑舌头。所以，不管哪一位媒人登门，她都只当是夜猫子进宅。保媒的哪怕是她的一奶同胞，她也只当是黄鼠狼给鸡拜年。即便女儿中了意，不揭开皮看瓤儿，她也不点头。

花四季久走江湖，见过世面，花活鬼点子，瞒不过他的眼睛，三思而后行，不见兔子不撒鹰。他辛苦大半生，只有这个女儿，不想一盆水泼出去。他不声不响，却是一家之主；女儿中意，老伴点头，也还得听他一锤定音。他想招个倒插门的女婿，可又不想收个情愿更名改姓的无能小子。

三口人，三双眼睛，就像六盏探照灯，瞄来扫去，照远不照近；手擎着灯台灯下黑，他们谁也没想到俞文芊身上。

俞家是花街的孤姓，落户又晚，比大姓老户低一头，矮两辈儿。漏船偏遇顶头风，俞文芊的爹又死得早，撇下孤儿寡母吃不上，穿不上，更不被人看重。俞文芊小名叫榆钱儿，五六年出生。三岁到五岁那几年，正赶上吃食堂，一天喝三顿红薯叶子稀粥，饿得面黄肌瘦。枯藤似的细脖儿，葫芦斗的脑壳，小肚子像一面鼓；敲起来砰砰响，一根根肋条皮包骨，像洗衣裳的搓板子，他娘都不敢指望他熬过来。那时候，花婶子在食堂当炊事员，自个儿吃得饱，花四季和花碧莲也饿不着，比起俞家母子，花家三口真是人上人。七岁那年花碧莲上小学，泥头巴脑的榆钱儿，光着皴皮脚丫子，也跟在她后边。她回头啐了几口，榆钱儿站住了脚，等她一迈步，榆钱儿又像影子跟着她。气得她转身追打，榆钱儿才一溜烟跑了。可是，等她来到学校，榆钱儿已经坐在教室里，还跟她是同桌。有个好心眼儿的老师，给榆钱儿买了一双鞋和一身新衣裳。榆钱儿也真给这位好心眼儿的老师争气，年年考第一。他们念了三年小学，榆钱儿那身衣裳已经窄小而又破旧。天下大乱起来，老师被剃了阴阳头，关在牛棚里，小学生们就像霸王的兵，暗散了。只有榆钱儿，天天上学去。他从校墙外的老虎眼枣树爬进荒凉阴森的校园，扒着牛棚后窗，看望被折磨得蓬头垢面，满身伤痕的老师，一串一串掉眼泪儿。乱了三年，花碧莲和榆钱儿都接到通知，叫他们上中学。散了架的课桌，瘸了腿的椅子，又没有教科书，却还要改革学制，初中只念二年，直升高中。高中开学，并不上课，只叫学生头上长角，身上长刺；砸玻璃有人叫好，交白卷上光荣榜。这一来，冬天的教室冷如冰窖，除了榆钱儿一人，谁也不来受这个罪。昏天黑地混过了两年时光，天天迟到，月月早退，年年旷课，也照领一张毕业证书。黄瓜茄子一锅煮，都回村土里刨食。村里正收回自留地，杀光鸡、鸭、猪、羊，砍光花草树木，四面八方堵死了路。年轻人晚上收工，闲得手痒，闷得心慌，男男女女便一团一伙打扑克。一打就是一个通宵，白天下地就像拉了秧的黄瓜上了架的烟，蔫头耷脑。钻进青纱帐满天星，躲在豆棵下睡大觉，跟队长转影壁，捉迷藏。花四季和花婶子眼看着女儿一天天艳如桃李，好一副花容月貌，只怕眨眼之间没盯紧，一失足成千古恨。于是，天一黑就插门。队里不许花四季耍手艺，瓦刀生了锈，可是队长想娶媳妇却得找花婶子。花婶子说媒拉纤的鞋底钱，有如雪片般飞来。鞋底钱买来一台缝纫机，花碧莲被拴在了缝纫机上。花街的男女青年中，还有一个人夜晚大门不出，二门不迈，此人就是榆钱儿。榆钱儿中了书迷，家里揭不开锅，看书看得能忘了饿。但是，有时饭桌子上看书入了神，一边看一边吃，八个大菜团子入肚也不知道饱。他家冒穷气，他又犯呆气，花婶子打赌，双失目的姑娘缺心眼儿，也相不中这个又穷又呆的憨小子。然而，人不可貌相，海水不可斗量。天时一变，不知哪块云彩有雨。七七年大学招生，花街上的姑娘小伙子人人怯阵，偏是榆钱儿单枪匹马报了名。可惜，出师不利，通知下来，没考上。距离录取线虽不是相差十万八千里，可也像隔着一座山，横拦一道水。俞家的坟地光长蒿子，哪能生出灵芝草？花婶子被女儿捂住了嘴，才没笑掉了大牙。舌头尖子能压死人，榆钱儿的耳朵从小就磨出了茧子。他虽然没能一拳头砸出一眼井，却偏要铁杵磨成针。果然，天下无难事，有志者事竟成。七八年榆钱儿又报考大学，头榜没录取，二榜却中了，考上了朝阳门外通惠河畔的那座大学分院。从此，没人再叫他的小名，都称呼他的大号文芊了。一花引来万花春，花街上又有几个姑娘小伙子扔下扑克牌，拿起书本子，七九年和八〇年各有两个人考上了中专。花碧莲也受到了震动，缝纫机上摆放了当年的课本。她到京花联合衬衫厂当女工，不是走的后门，而是堂堂正正考上的。三年来，俞文芊作为一名走读生上大学，天天早出晚归；两年来花碧莲在衬衫厂，倒换着上早、中、晚班。各有各的钟点，各走各的路，他俩很难相遇，多日不见。

有缘千里来相会，无缘对面不相逢；想不到鞭杆子雨把他们聚会一起。白娘子要不是游湖遇雨，怎能碰见许仙？看来，天作之合，雨是红线。

俞文芊放下嘉陵牌摩托车，玩笑着问道："碧莲，你哪一天买了这匹电驴子？"

"刚买三天。"花碧莲面带骄色，"花了我六个月的工资，半年的奖金。"

"这匹电驴子奴欺主，半路撂挑子。"俞文芊挤了挤眼睛，"看来，你还得买一条懒驴愁皮鞭子。"

花碧莲扑哧一笑，说："今天下中班，天上刚飘雨花，本想骑上摩托车，八里地一眨眼到家，谁想前不着村后不挨店抛了锚。我蹲在豆棵下躲雨，只盼有个过路人救驾，想不到你这位文曲星下界，也算我洪福齐天。”

“你早该把车搬到那边瓜棚去。”

“那是杜秋葵承包的瓜田，我怕杜小铁子替他姐姐看瓜，把他的狼狗拴在瓜棚里。”

“只好我当搬运工了。”

“多谢了，榆钱儿！”

雨中一串笑声，花碧莲奔向瓜棚。

三

北京人在伏天爱吃西瓜，市面上年年闹瓜荒。花街的西瓜自古就有名，早年间在朝阳门外东大桥，东便门通惠河码头，前门箭楼子下面，三大瓜市摆状元摊。斗大的西瓜还带着一节青藤，两片绿叶，青藤上拴着三寸红头绳儿；有个名目，叫状元红，吃完西瓜还取个吉利。买到就吃，黑子红瓤儿，脆甜爽口；搬回家去，七天之内，色、味、香不变，走了成色保换。

可是，这些年只许单打一，不管高矮、胖瘦、大小、宽窄，全都一刀切。花街的西瓜刨了祖坟，十几岁的孩子，只在画上见过瓜模样儿。直到七九年才松了绑，放了足；北京的水果店查档案，一窝蜂齐奔花街，家家走访，户户作揖，恨不能将花街这个弹丸小村的八百亩地，吊在半空中，上下、左右、前后，六面都种西瓜。然而，当年的瓜把式，死的死，老的老，活着的手艺也撂生了。矮子里拔将军，旧日默默无闻的杜大胆儿，竟成了今天的高手。

杜大胆儿本人并不出奇，全靠祖传秘方，一块地早瓜，一块地晚瓜，两头卖大价钱。

他这个大胆儿的外号，却是因胆小而得来。杜大胆儿自幼生得瘦小枯干，灾枝病叶不离身，许愿出家，到庙里当过三年小和尚，被木雕泥塑的牛头马面吓破了胆。还俗以后，天一黑就心惊肉跳，跟他老爹种瓜，却不敢在瓜棚里守夜。老爹死了，他和媳妇二朵过日子，一家人全靠三亩瓜田吃饭，他不得不看瓜，就拉着媳妇做伴。半夜三更，偷瓜的人，捣乱的人，在瓜棚四外，鬼哭夜猫子叫，吓得他扔下媳妇逃回家去，再也不肯夜宿瓜棚。媳妇二朵膀阔腰圆，比他力气大，也比他有胆量，恨他胆小如鼠，就赌气一个人镇守瓜田。二朵身上绊住绳子，系三条腰带，手持一把磨得雪亮的渔叉，坐在瓜棚里，夜夜睁眼到天明。有一回，黑夜下大雨，两个坏小子闯进瓜棚要占她的便宜。她寡不敌众，大喊救命。跟杜家一墙之隔的花四季被吵醒了，喊叫杜大胆儿：“兄弟，你家瓜田有歹人，快去搭救弟妹！”他却关窗闭户，不敢出门，上牙打下牙，哆哆嗦嗦地哭道：“大哥，你……替兄弟辛苦一趟吧！”花四季只得抄起一条桑木扁担，赶奔瓜田而去。两个坏小子已经把二朵反剪了双手，扒光了衣裤。幸亏花四季赶到，打跑了两个歹徒，自己也挨了一刀，倒卧在血泊中，直到天光大亮，杜大胆儿才赶来。花四季受伤很重，一个多月下不了炕，当时又是光棍一人，二朵感念救命之恩，每日端汤送饭，一来二去就有了情。后来，二朵仍然黑夜看瓜，花四季便去陪她。五五年土地入了社，杜家不种瓜了，二朵也不看瓜了，花四季才娶了巧儿。

这两年，杜大胆儿又承包了十亩瓜田，但是已经不用二朵大婶坐镇；他们的儿子杜小铁子，带着一条狼狗，看瓜万无一失。

杜大胆儿和二朵大婶的女儿秋葵，三年前嫁出去几个月，男人是个造反团头子，打、砸、抢分子，又查出他在武斗中杀过人，被判处十年徒刑，秋葵就搬回了娘家，自立门户。她也承包了二亩瓜田，看瓜也是杜小铁子代劳。

杜秋葵的这座瓜棚，狭窄而又低小，连个鸽子笼也算不上，倒像一只站鸡笼子。乡下人一进腊月，就将不下蛋的母鸡，用处不大的公鸡，装进一只特制的鸡笼里喂肥，过年杀了吃。站鸡笼子也像旧时代衙门口折磨犯人的站笼，鸡入了笼卧不下，吃饱了只能一动不动地站立，最能长肉。杜秋葵承包这二亩瓜田，联产计酬，超额得奖，她想多栽几棵秧，不愿瓜棚占地过多，搭起个站鸡笼子遮风蔽雨，只为立足，不为栖身。

花碧莲跑到距离站鸡笼子还有两三步，猛然想起杜小铁子的狼狗，失声尖叫，掉头又往回跑，藏到俞文芊身后，牵着俞文芊的衣襟儿，蹑手蹑脚。

风雨飘摇的小小瓜棚，没有狗，也没有人，一场虚惊。

花碧莲放了心，一步跳进这个站鸡笼子。俞文芊把摩托车搬进去，又返回黄泥道上扛他的自行车。

杜秋葵真会精打细算，小瓜棚不足一席之地，有坐的地方，没站的地方，要想躺一躺，只能虾米大弯腰。花碧莲坐在下面铺着厚厚稻草的破席头上，摩托车挤在她的身旁，就连立锥之地也不剩了。

俞文芊扛着自行车来到，探头一看，在门口收住了脚。

“碧莲，你在这儿避雨，我先回家了。”

“别走！”花碧莲叫起来，“我害怕。”

“这个站鸡笼子装不下两个人。”

“咱俩并排儿站着。”

俞文芊一脚踏进门里，忽然倒吸了一口凉气。大雨滂沱，他刚才顾不上瞟一下花碧莲的打扮，无意之中进门这一眼，却看得真切。花碧莲烫了头，长发披肩，短袖紧身高领的特利灵浅花汗衫，被雨水打得粘在了身上，显露出窄窄的一围乳罩。糯米色的筒裤，也被雨水裹在腿上。一双白高跟凉鞋，沾满了泥水。这哪里是三年前的花碧莲，分明是某一部爱情影片的女主角，大雨天走下银幕来。

俞文芊还真猜着了。花碧莲正是看过哪一部爱情影片以后，按着葫芦画瓢，模仿那位女电影明星打扮的。京花联合衬衫厂的姐妹们打赌，花碧莲的眉眼儿，脸蛋儿，身条儿，都比那位女电影明星水灵、俏丽、秀气。那位女电影明星的双眼皮儿，看得出动过手术的痕迹，而花碧莲却是天生丽质。

“站着累得慌，你还是坐下吧！我在门外给你站岗。”俞文芊背靠瓜棚的前脸，半个身子在雨里。

“风吹雨打，小心感冒。”

“伏雨不伤人，只当是淋浴。”

“那你穿上我的雨衣吧!”

藕荷色雨衣小巧玲珑，俞文芊个子高大，只能顶在头上。

大雨越下越紧，没完没了，喧嚣的雨声令人感到寂寞而又心乱。

“文芊……”花碧莲轻声叫唤，“听说你……在大学……交上女朋友啦?”

“没有的事儿。”

“哼，还瞒着我！女方的爸爸，是个高干。”

“你一定是看爱情影片看多了，也学会了瞎编故事。”

“难道没有人看上你?”

“我看没有。”

“你难道也没有看上谁?”

“没想过。”

“男大当婚，你不小了，还要等到驴年马月呀?”

“功课很多，我还要打草卖钱，抽不出身子谈情说爱。”

“还有多少日子毕业?”

“一年。”

“毕了业打算干什么?”

“我想赶快工作，可是我们系主任想叫我报考硕士学位研究生。”

“那真是芝麻开花节节高呀!”花碧莲的声音有点酸溜溜的，“你步步高升，就更看不起我们这些土命人了。”

“我到死都不会‘水性杨花’。”俞文芊把雨衣挂在瓜棚的椽子上，向不远处的一片柳棵子地走去。

雨渐渐小了，花碧莲走到门口望去，只见俞文芊怀抱一团野花藤萝回来。

“文芊，你这是干什么呀?”花碧莲奇怪地问道。

“给这座站鸡笼子披红挂绿。”俞文芊笑吟吟地说，“美化一下环境。”

花碧莲的脸上掠过一抹阴影，问道：“你还忘不了秋葵?”

“……”俞文芊垂下眼睛，“咱们这些从小一块长大的伙伴里，她……最苦了。”

“我给你打下手!”花碧莲穿上雨衣，走出来帮忙。

她整理出一条条野花藤萝，递给俞文芊；俞文芊在瓜棚的两山和后墙下，两手扒坑，把野花藤萝的根茎埋下去，然后将藤藤蔓蔓扯上棚顶。

转眼之间，这座囚笼似的瓜棚，像一乘花轿了。

四

杜秋葵是杜大胆儿和二朵大婶的亲生女儿，只因她是属羊的，生辰八字也犯忌，又是个丫头片子，爹娘都不喜爱她。

运河滩老辈子有个陋俗，长得花枝似的姑娘，只要属羊和属虎，不但是赔钱货，而且是处理品，很难嫁出去，更难嫁好主儿。属羊的穷命，属虎的主凶，谁愿意将穷羊恶虎娶进门?属羊的命相又分三等。出生在春三月，羊有草芽吃，算是穷中有盼，是中等；出生在夏秋两季，草盛羊肥，叫穷中有福，是上等；出生在隆冬时节，天寒地冻，百草枯败，这可是穷到了底儿，当然算下等。如此胡说八道，至今竟还有人迷信。

属羊的杜秋葵，偏巧生在立冬那一天，那一年的那一天又是黑煞日。而且，她呱呱坠地，正逢未时；子鼠、丑牛、寅虎、卯兔、辰龙、巳蛇、午马、未羊……羊又占个未字，杜秋葵就更“羊”了。这已经够晦气，恰巧那一天又是未时交节；未时之前，还算秋日，未时之后，便立了冬。不早不晚，偏赶上此时此刻，杜大胆儿和二朵大婶恶心死了。自欺欺人，二朵大婶给她取名秋葵，不认未时立冬这个账。然而，心中有鬼，想起来便六神不安，头上罩住了丧气。

假如二朵大婶从此不再生育，杜秋葵也就是一棵苗，独根草，到底是自个儿身上掉下来的肉，二朵大婶多少也得疼爱女儿一点儿。谁想只不过一年，二朵大婶又看瓜得子，贵子得自情人，真是无价之宝。噩运都交在了杜秋葵的身上，她的命相跟这位宝贝儿弟弟相克，二朵大婶便给儿子取名铁锁，也就越发恼恨女儿。

铁锁像一颗金蛋，顶在爹娘的头上；秋葵不但遭受爹娘的白眼，更要受弟弟的欺凌。姐弟俩从小吃穿分贵贱，全家的香油、白面、鸡蛋、瓜果，只供铁锁一张嘴，秋葵半口也吃不上。真像京郊农村那首古老的民歌《小白菜地里黄》所唱：“……弟弟吃面，我喝汤呀，端起碗来，泪汪汪呀……”但是，民歌唱的是后娘虐待前妻的女儿，而秋葵和铁锁却是一奶同胞。吃食堂的那两三年，打回稀粥，铁锁拿一把笊篱，捞稠的吃，秋葵只能喝红薯叶子。饿得她跟榆钱儿搭伴，树窠里打鸟儿，河边上捞鱼虾，草丛里找地梨，沙冈上摘酸枣儿，填满肚子。她是弟弟的使唤丫头，三四岁就得哄铁锁玩，铁锁一不顺心，又踢又咬，她也不敢还手。二朵大婶听见铁锁哭一声，她就得挨一顿扫帚疙瘩。铁锁背着小书包上学去了，她却穿着铁锁剩下的破衣烂衫，挎着柳篮背着筐，河边野地挖猪菜，打羊草。她没有上过学，是个文盲。花街的姑娘，多多少少都有一点文化，只有她扁担躺在地上，也不认得是个一字，更觉得低人一头。十一岁，她就被二朵大婶打发到队里挣工分，收工回来还要拾一捆柴禾。早上一缸水，晚上浇小园。她肩挑两只大木筲，一担水歇三站，起早贪黑十几趟。

风吹日晒，吃苦耐劳，杜秋葵却长得更茁壮，十五六岁就赶上她娘的个子，力气很大，挣上了整劳力的工分。她泥里滚草里爬，从不挑肥拣瘦，也不嘴尖舌巧，婶子大娘都喜爱她。家里像冰窖，野外像火盆，她喜欢起五更爬半夜打加班，免得回家看爹娘和弟弟的脸色。打加班多挣分，二朵大婶只顾贪爱工分能换米和柴，也就乐得放鸟出笼，却忘了大姑娘就怕高粱地和月黑天。

有个小伙子叫安天宝，贫农出身。他爹年轻时被国民党抓过兵，没有三个月就被解放军俘虏，到十八兵团当战士。十八兵团打太原时，他登云梯，爬城墙，炸断一条胳臂，立了一等功。复员回家，算是二等残废军人，每月能从县民政科领取生活费。此人侠肝义胆，为朋友甘愿两肋插刀；又是二踢脚的爆竹脾气，一路见不平，挥拳相助，打起架来就像打太原。六六年天下大乱，他从北京来的红卫兵小将嘴里，听说一位当年十八兵团的老首长被打成黑帮，天天挨打示众，心疼得开口大骂这些折磨他的老首长的天之骄子，是马下出来的骡儿。小将们听说后，解下腰间的铜环皮带，呼哨而上。他竟赤手空拳搏斗起来，但是，单臂武松，寡不敌众，被打得血肉模糊，气绝身亡。他死了，却给家人留下了无穷的祸患。儿子安天宝成了狗崽子，脖子上挂黑牌，清队以后改叫“可教育好的子女”。这一来，虽然小伙子有一副五官端正的相貌，两膀子九牛二虎的力气，可是脸上刺着字，身上背黑锅，连地富子女也不肯嫁给他了。

然而，人非草木，谁能无情？安天宝悄悄爱上了杜秋葵。

杜秋葵从小在屈辱中长大，不懂得看不起人，更不会欺侮人。安天宝比她大八岁，农活是能手，脾气又十分和顺，她只当安天宝是个老大哥，并无杂念，更不存戒心。

挖河，打堤，拔麦子，脱坯，是四大累，又是四大巧。杜秋葵的力气顶得住，只是手忙脚乱不出快，安天宝手把手教会了她这四门手艺。她却没有留心，当她蹲下身子，弯下腰时，安天宝常从她那解开纽扣的脖领子里，偷偷瞟一眼她那丰满的胸脯。她穿的是一件洗得褪色，打着补丁的男军装，这也是她弟弟穿剩下的。破旧的军装里也没再穿一件背心。

一个月黑夜，河边浇稻田，只有几个男青年打夜班，姑娘中就来了杜秋葵一个人。安天宝是被教育对象，有夜班就得阵阵出马，场场必到。

那几个小伙子，不是来混分的，就是来泡分的，没有一个是来挣分的。他们只管看毛渠，开畦口。兵分两路，一路留守阵地，一路溜到村边菜园，摘黄瓜，偷西红柿，满载而归。低低打一声口哨，大家钻进一片茂密的柳棵子地，饱餐一顿，扔胳臂蹬腿，横七竖八大睡。安天宝又要看水泵，又要蹓干渠，忙得脚丫子朝天，杜秋葵便给他打下手。

难熬的三更天，人困马乏，一个跟头绊倒，能睡死过去。远处，那一片茂密的柳棵子地里，鼾声如雷。杜秋葵也支撑不住，连连打哈欠。安天宝心疼她，就叫她找个地方打个盹儿。杜秋葵笑了一声："天宝哥，你真是菩萨心肠儿，唐僧的心眼儿!"她把铁锹插到渠边，挟着一块随身带的塑料布，沿着河边的鸡肠子小路，在河湾的柳丛中，找到一条子白沙地。

一天湿三遍，干三遍，全身上下发了馊，她又没有替换衣裳。月黑天伸手不见五指，她下河洗了洗身子，顺便涮了涮衣裤。上岸来，她把衣裤搭在红皮水柳枝上吹风。正是盛夏，半夜三更也并不寒气袭人。虽是月黑天，不像要下雨，河风里不带湿气，不到天亮就能把衣裤吹干了。她又到高粱地里，擗来一大抱叶子，铺在柳丛白沙上，塑料布掩住大半个身腰，躺下来就静静地睡着了。

安天宝坐在河边，看守水泵，心里十五个吊桶打水，七上八下。往日打夜班，姑娘媳妇儿一台戏，他不敢亲近杜秋葵。今天只有杜秋葵单身一人，正得倾诉衷肠。但是，他又怕捅了马蜂窝，起来坐下好几回，还是拿不定主意。

一阵风来，扫得沿河柳弯草低。过了一会儿，一个黑乎乎的东西顺水漂来，到他脚下，他探出胳臂抓到手里，原来是杜秋葵的破军装褂子。他的心猛跳起来，这可找到了话茬儿。过这个村，没这个店，他挺身而起，拎着破军装褂子寻找杜秋葵。

找来找去，他找到了河湾柳丛中那一条白沙子地。走进去一看，眼前白花花的一个身影。杜秋葵身上的那一块塑料布，是剪开的进口化肥袋子，像一片流云水雾，洁白而又透明。安天宝的心跳到了嗓子眼儿，只觉得口干舌燥，呆呆站立，看了半晌，才颤着声叫："秋葵，你的褂子掉到河里了……"

秋葵没有动静。

他呆呆站立，拧着破军褂子上的河水，打算晾起来再走，"哗"的一声抖开衣裳，正要搭在柳枝上，杜秋葵惊醒了，她昏头涨脑，模模糊糊看见一个巨大的黑影。她个子大，像她娘，胆子小，像她爹，迷迷怔怔大叫起来："有坏人啦！救命呀！……"

安天宝扔下衣裳撒腿就跑，一个跟头三个滚儿，无影无踪了。

杜秋葵的喊叫，并没有引起回响，远处柳棵子地里那几个小伙子，睡得死沉，抬起来下汤锅也醒不了，谁能前来搭救杜秋葵？

吓得三魂出窍的杜秋葵，慢慢镇定下来，揉揉眼睛，只当刚才做了个噩梦。她穿上湿衣干裤，原路而回。心里直纳闷：裤子干了，怎么衣服还是湿的！

"天宝哥，我梦见一只老虎要吃我……"杜秋葵说着，向水泵走来。

但是，安天宝失踪了。

小伙子害怕杜秋葵告状，他要挨打、游斗、戴上坏分子帽子，也就没脸活在世上了。他想起老辈子的人，饥寒交迫，惹下大祸，都下关东。于是，他逃回家，拿了几斤粮票几块钱，又带上他爹的荣誉军人证和户口本上的他那一页，连夜逃奔关东而去。

过了几天，杜秋葵才醒过梦来，她梦见的只怕不是一只老虎，而是菩萨心肠儿的安天宝吧？她后悔自己冒冒失失那一叫，害得安天宝不知流落何方，生死不明，暗暗难过了好些日子。

榆钱儿高中毕业，回村劳动，接了安天宝的班。

他虽不是“可教育好的子女”，可是为人憨直，占不着便宜，只有吃亏的份儿。他的力气不小，但是初出茅庐，也是手忙脚乱不出快。杜秋葵早已出师，轮着她手把手教榆钱儿了。她比榆钱儿大两岁，只当榆钱儿是个小弟弟，也并无杂念，不存戒心。榆钱儿是个书迷，不想媳妇儿，也不偷看杜秋葵的脖领子。

娇滴滴的花碧莲，生性好抓尖儿，姐妹中闹得很孤立。杜秋葵从不争风抢上，跟哪一位姐妹都亲亲热热，孤家寡人的花碧莲，便跟她接近起来，送她两套穿旧的花布汗衫和制服裤子，还搭上一条半新的丁香紫头巾。杜秋葵比花碧莲粗壮，穿上花碧莲的衣裳，窄小得绷紧在身上。她从穿衣镜上照见自己的影子，羞得双手蒙脸，怯生生地说：“哎呀！就像光着身子，我怎么敢出去见人！”

“秋葵，想不到你像‘一枝红杏出墙来’！”花碧莲在杜秋葵面前，卖弄学问，“也不知哪个小伙子有口福，把你这颗红杏摘到手。”

“谁肯要我这个睁眼瞎呀？”杜秋葵脸上一阵阴暗，“我娘还想叫我多挣几年工分……”

花碧莲瞪着眼珠儿，想了又想，忽然咯咯一笑，说：“榆钱儿跟你正是天生的一对，地造的一双。”

杜秋葵的心颤动了一下，脸一红，发了怔。半晌，却又摇摇头，嘴角一丝苦笑，说：“榆钱儿娶不起我，光是奶水钱，我娘至少要八百块。”

花碧莲只不过是一句戏言，风一吹就忘了。然而，一缕情丝，却缠绕在杜秋葵心上。从这天起，杜秋葵处处心疼榆钱儿，月黑天河边浇稻田，她强忍着困乏，却打发榆钱儿到河湾柳丛中的白沙地上睡觉。一转眼就到了七七年，榆钱儿还像一只浸了水的木鱼，敲不响。

这时，花婶子登门给杜秋葵说媒。

花婶子嫁给花四季不久，就耳闻二朵大婶跟花四季相过好，两人做了二十多年的冤家对头。二朵大婶心中有愧，不敢不退避三舍。因此，花婶子进她家的门，是赏她的脸，她怎能不笑脸相迎，满口答应？

说媒拉纤，讨价还价。二朵大婶的娇儿铁锁已经长大，眼下人称杜小铁子，正走桃花运。二朵大婶卖了闺女娶儿媳，开口就要奶水钱一千元，还得奉送一万八千块青砖，三千五百块红瓦。这真是漫天要价，不料花婶子嘎嘣响脆，满应满许，三言两语拍板成交了。

杜秋葵慌了神儿，打夜班溜出稻田，半夜三更跑到榆钱儿家，敲打榆钱儿那间小屋的后窗。

榆钱儿正悬梁刺股，复习功课准备考大学，半天才抬起头，隔窗问道：“谁？”

“我……”杜秋葵低低啜泣，“我妈要拿我换一千块钱，一万八千块砖，三千五百块瓦……你救救我吧！”

榆钱儿走出去，响当当地说：“我带你到公社去请求保护。”

“我怕我妈活剥我的皮……”

“那我就无计可施了。”

“你……你是我的心上人呀！”杜秋葵投到榆钱儿的怀里，“难道你忍心看我跳火坑？”

“我翻箱倒柜也拿不出十块钱，扒了房也没有几块砖、一片瓦……”榆钱儿发了狠，咬破嘴唇，“你拖延一些日子，等我考上大学，你妈就不跟我要钱了。”

“天保佑你！”杜秋葵哭湿了他的胸襟。

但是，榆钱儿没考上，那个小子却把奶水钱和青砖红瓦送上门来，他眼睁睁看着杜秋葵像一只绵羊，被人家买走了。

杜秋葵嫁出去几个月，那个小子就犯了案。法院不但判处他十年徒刑，而且判决破产退赔。杜秋葵怀着三个月的身孕，重回花街，跟那个小子离了婚，到公社医院做了人工流产手术。

娘家，一万八千块青砖和三千五百块红瓦，盖起五间大北房，那一千块奶水钱却被杜小铁子花了个精光。杜小铁子像个散财童子，把卖姐姐换来的一张张十元大钞，抛撒在走马灯似的一个个对象身上，可也没有捞着一个媳妇。

榆钱儿考上大学分院，手拿着录取通知书，去找杜秋葵。半路上，意想不到，却遇见了哭丧着脸的安天宝，从杜家碰壁而归。

安天宝逃到东北，在一家国营农场当了几年临时工，跟一位老农艺师学会了不少手艺，积攒下一千几百块钱，也算衣锦荣归。他回村刚放下行李，听说杜秋葵的不幸遭遇，当下就到杜家求婚。二朵大婶将杜秋葵减价一半，只跟安天宝要五百块的孝心钱，但是杜秋葵吃下秤砣铁了心，死活也不肯再嫁人，二朵大婶一怒之下将她扫地出门。

花四季正想跑马占圈盖一座新宅院，就把杜秋葵收留下来，替他看管老房子。

这二年，秋葵承包瓜田，就像栽种了一棵摇钱树，年年得利，日子富足。但是，她仍然胆子不大，不敢黑夜看瓜，又脸皮儿薄，不敢抛头露面，上市卖瓜。于是，杜小铁子乘虚而入，大包大揽，看瓜交给一条狗，卖瓜沾手三分肥。

雨刚见小，杜秋葵便在家中坐不住，迎着微风细雨跑出村来。她怕西瓜泡了水，太阳一晒放了炮。

这两年腰里硬，自己当家做主，杜秋葵要把失去的春色找回来。她穿的是一件柳绿雨衣，斜大襟花红衫子，半高靿雨靴；满面春风，挺着胸脯走路。她远远地看见瓜田上，一男一女给她的站鸡笼子扯满了野花藤萝。手搭凉棚望去，看出是俞文芊和花碧莲。她慌忙闪进青纱帐，情不自禁，心里一酸，眼泪扑簌簌淌下来。

俞文芊搬着摩托车，花碧莲扛着自行车，说说笑笑从青纱帐外走过去。他们没有发现青纱帐里的杜秋葵，青纱帐里杜秋葵的泪光中，却久久映照着他们的影子。

五

还有一箭之地，就到花街村口了。

花街是个小村，几十户人家却分布在三道沙冈上；这三道沙冈过去叫龙头、熊腰、凤尾，各自相隔一条窄窄的河汊子，一幅小桥流水人家的风景。这两年新房如雨后春笋，龙头、熊腰、凤尾连成一片，改叫前街、中街、后街。河汊子两岸砍光了水柳、蓬蒿、酸枣棵子，栽种下桃、李、杏、梨、海棠、苹果。村庄四外，杨、柳、桑、枣、榆、槐，绿树浓荫，白天不见人影，夜晚不见灯光。

俞文芊家住龙头前街，花碧莲家住凤尾后街。两家虽是一村人，多年不来往。

“文芊，你把摩托车搬回家去……”花碧莲存住脚步，转了个念头，“咱俩交换了。”

俞文芊不知花碧莲是何用意，笑了笑说：“有钱才能支使摩托车的轮子转，我使唤不起。”

“你搭救了这辆车，我不要你找价。”

“那不成了路劫明火吗?”

“我真心实意换给你。”花碧莲的目光，含情脉脉，“你每天上学，来回一百四十四里，骑着摩托车，节省两小时，一寸光阴一寸金，我上下班，往返不过十六里，坐上老牛破车，也比你早去早回。”

“我还不够这个级别。”俞文芊扮了个苦脸儿，“再说，我也没处偷油。”

“这个你放心!”花碧莲笑吟吟地打保票，“杜小铁子跟南来北往的十几个司机，都有八拜之交，他能开个加油站。”

“汽油混合贼腥味儿，环境污染更要命了。”俞文芊半玩笑半正经，“碧莲，我劝你也别再骑摩托车，车轮子带着不正之风。”

“牵着不走，打着倒退!”花碧莲变了脸，眼角眉梢都是骄娇二气，“你换也得换，不换也得换！我开的是一言堂，做的是霸王生意。”

说罢，她跨上自行车，直奔村口，扔下俞文芊给她当苦力。

穿龙头，过小桥，绕熊腰，又过二道河汊子，回到凤尾，她家门口下了车。

花家是花街的首富，三口人三条生财之道。花碧莲在京花联合衬衫厂，每月工资三十七元，副食补贴五元，车贴二元，洗理费四元二角，夜班费三元，全勤奖五元，超额奖二十元上下，总计七十六元挂零儿。花四季是公社基建队的大掌作，拿七级工的工资，再加上各项补助和奖金，每月收入百元以上，花婶子在家饲养鸡、鱼、貂，一年收入已经不少，另外又身兼私立婚姻介绍所所长，每月都有两笔外快。这两年农民富起来，彩礼水涨船高，媒人的鞋底钱也就大调价，花婶子的这项收入十分可观。财大气粗，盖起这座青堂瓦舍的大宅院，四面砖墙，十间游龙起脊大瓦房，爬满了崭青碧绿的爬山虎藤萝，铜钱花眼的高门楼，两扇红门铜扣环，仿的是老北京大宅门儿的格局。城里人住惯了人均二点八平方米，一见这座宅院吓一跳，只当是一幅海市蜃楼的幻景。

且慢少见多怪，走进门去，更要目瞪口呆。迎面一座大影壁，重金礼聘县文化馆的画手，画了一幅大地回春百花齐放图，大红大绿的杨柳青年画风格。也羼合了不少西洋油画的佐料儿。这幅画花费了一百块钱的润笔，三天四盘八碗的酒饭。影壁后面，还有一座石翠苔青的假山，假山上的雨搭下，十八间小巧玲珑的貂房。养够了尺寸，公貂一只一百二十元，母貂一只九十六元，好大一捆十元钞票。顶叫人惊叹不已，忍不住扯开喉咙喝彩的风景，是满院一池碧水，荷叶盘盘，弥漫清香。这口一亩大的鱼塘，清一色的鲫鱼，大的二三斤，小的五六两，逢年过节大篓上市。东西两面墙下，各有一溜鸡埘，母鸡二百只，日产鲜蛋百多个，好似繁星落地，十只红冠子大芦花公鸡，拍打翅膀啼鸣起来，就像一支合唱团。

要问这座宅院造价多少，主人微微一笑，无可奉告。花四季是一位大掌作瓦匠，门下弟子上百人，一声令下，都来帮工，分文不取。砖场、石窑、木匠作，花四季路路通，处处大开方便之门。这座十间大房的宅院，眨眼之间，平地而起。

早有人吹风，别看花四季眼前过五关，早晚有一天走麦城。花四季却脸不变色心不跳，沉住了气。他已经五十大几，年近花甲，晚年交上好运，摆几天排场，享几天福，也不算罪过。即便再来个大折腾，也死而无怨了。

花四季这几天正在家里休假，大雨封门，他盘膝坐在炕上，面前一副扑克牌，跟老伴花婶子玩钓鱼解闷儿。看看窗外雨住了，他把手中的牌一扔，下炕穿鞋，走出屋门外舒展一下筋骨。

他是个长胳膊，鹭鸶腿，五尺五的大高个子，剃着锃亮的光头，一张鹞眼鹰鼻的长脸，上唇一抹黑胡髭。身为花街首富，穿着打扮就得不失身份。上身是杭纺的对襟褂子，不喜欢钻头套脑的背心，贴身还是白洋布汗褟儿，下身黑绸肥裤，扎着裤腿，脚下双梁洒鞋，一副艺高架子大的老手艺人神气。

花婶子比丈夫小十岁，年轻时候一朵花，如今四十多岁了，仍然是弯弯的眉，水汪汪的眼，红润润的薄嘴片儿，没有一茎白发的青丝梳着香蕉头，风韵犹存不见老。花婶子心目中，老伴是一棵擎天的树，她是一条绕树的藤。花四季走出屋，她也跟出来，老两口子站在鱼塘岸边，观看荷叶下鱼儿戏水。

“爸，妈!”花碧莲拐过影壁，娇声嫩气地喊叫。“哎哟，你怎么顶着大雨回家来!”花婶子一见女儿头上脚下湿漉漉，心疼得叫起来，“不怕淋坏了身子，淋坏了‘嘉陵’？”

“我想您二位老人家呀！”花碧莲嘻笑着把自行车推进来。

“‘嘉陵’呢？”花婶子不见摩托车，忙问道。

“我跟人家换了。”花碧莲又将自行车搬进仓库，门上加锁。

“跟谁换的，他倒找多少钱？”花婶子追问道。

花碧莲抛给母亲一个诡秘的微笑，说：“一对一，换给了俞文芊。”

“什么，什么？……”花婶子两眼眨个不停，“跟那个……榆钱儿？”

“人家上了三年大学，您尊称人家一声文芊吧！”花碧莲一扭身子，走进自己的闺房。

这间闺房里，整整齐齐地摆着大立柜，梳妆台，双人床，落地灯，土造沙发。花碧莲脱下身上的湿衣裳，打开立柜的一扇门，摘下一条墨绿百褶裙，一件白绸衫，都是京花联合衬衫厂的降价处理品。又扒下沾满泥水的高跟凉鞋，换上一双天蓝色的塑料拖鞋。

“你为什么便宜榆钱儿？”花婶子站在闺房门外，喊嚷着。

“人家叫文芊！”花碧莲吃吃笑，“我们俩……在杜秋葵的瓜棚里避雨……”

“他……他跟你动了手脚！”花婶子大惊失色，破门而入。

“我愿意……跟他……”花碧莲坐在床沿上，羞羞答答。

“你怎么迷了心窍，看上他？”花婶子急赤白脸，“三间鸽子笼，巴掌大小院，憋闷死你。”

“您老两口子不会分给我们五大间吗?”花碧莲瞟了母亲一眼。

“啧，啧!”花婶子打着响舌儿，“他黑不溜秋，一天到晚直眉瞪眼，哪一点儿可人疼?”

“人家直眉瞪眼是一心扑在了学问上。”花碧莲甜甜一笑，“上了三年大学，我看他眉眼口齿，山明水秀跟过去大不同了。”

“上了大学，一年土，二年洋，三年不认爹和娘，早晚是个陈世美!”

“盐卤点豆腐，我可不是秦香莲。”

“大学毕业，一个月挣多少钱?”

“头一年四十六块，转过年来五十六块，加上补贴，六十块出头。”

“哎哟哟，比你还少十几块呀!”

“我一不缺吃，二不缺穿，三不缺钱，缺少的是……”花碧莲抬起头，“一个给我脸上增光的人。”

花婶子从鼻孔里哼了一声，说:“我当不了家，你也做不了主，咱家的灶王爷是你爹，他说了算。”说罢，花婶子沉着脸走出女儿的闺房。

外屋，花四季正坐在土造沙发上，打开了电风扇，拧开了十二吋电视机，听播音员李娟报告节目。花婶子伸手把声音调低，在老伴耳边嘁嘁喳喳，愁眉苦脸儿。

“正合我的心意!”花四季一拍大腿，“我订购了电冰箱跟洗衣机，可是还觉得有个大欠缺，原来是少一位大学生门婿。”

老伴点了头，花婶子就像接了圣旨，马上眉开眼笑，说：“等吃完饭，我就到俞家去。”

“妈！”花碧莲跑出屋来，“您不能亲自出马，得另外找个媒人。”

花婶子冷笑道：“花街上你挨门挨户数一数，哪一个说媒比得上你妈？”

“一把钥匙开一把锁。”花碧莲想了想，“安天宝跟文芊是好朋友，您去找他。”

正在这时，门外有人叫：“花婶子！”

鬼使神差，正是安天宝，搬着摩托车走进门。

花婶子迎出去，笑问道：“天宝，我们家的摩托车，怎么到了你手里？”

“我正到您家来，路上遇见文芊，他叫我把摩托车转交碧莲，再把他的自行车推回去。”安天宝伶牙俐齿，忽然吭吭哧哧，“婶子，我有一桩心腹事，想求您……”

“快进屋里坐！”花婶子喜眉笑眼，“一道篱笆两根桩，远亲不如近邻，谁都求得着谁。”

六

安天宝至今还是独身一人。

他从东北带回来一千多块钱，盖起三间砖房，他爹平了反，县里追补八百元抚恤金，他又接上两间，打上围墙。老娘在他逃走三年后，哭丈夫屈死，想儿子断肠，伤痛而亡。空落落的大院子，缺少女主人。

众星捧月，安天宝当上稻麦专业队队长。他带领另外十几个劳力，承包三百亩大田，稻麦两茬，亩产一千八百斤；还承包了两道河汊子，每年出上万斤鱼。农闲时节，打稻草绳，织稻草帘儿，编草帽子，卖给土产杂品商店。他们这个队的每个人，分红得奖，一点也不比骑摩托车的花碧莲收入少。

不是没有人给他说媒，花婶子就进出他家十来趟，然而他只是一声不吭，连连摇头，谁也猜不透他这个谜。

安天宝心如明镜，明镜上却有一块黑瘢。想起八年前的那个月黑天，河湾柳丛中，惊吓杜秋葵的往事，他就感觉自己欠理。而且，好像杜秋葵婚姻上的不幸，也是他的罪过。因而，一定要娶杜秋葵，叫这个苦人儿抱上蜜罐子。

但是，杜秋葵冷若冰霜，拒人于千里之外。于是，安天宝只有等下去，等来春到杜秋葵心头那一天。

专业队里别的小伙子，包产有了钱，抢的是手表、自行车、电视机、电风扇；安天宝却买的是七百多块钱的电冰箱，二百多块钱的洗衣机。有了电冰箱，做一回饭吃十天；有了洗衣机，洗洗涮涮很方便。然而，电冰箱和洗衣机到底代替不了女主人；布谷鸟还是落在他家院外的杜梨树上，日夜向他叫：“光棍儿好苦，光棍儿好苦！”

弹丸小村，方圆左右八百亩，土里刨食，磕头撞脑，杜秋葵和安天宝天天见面。

她只见种瓜利大，便承包了一块瓜田，却没有想到种瓜要有好手艺。平畦、施肥、撒子、浇水，她都是偷眼看人家，依样儿画葫芦。但是，芽棵儿一破土，下一步该当如何，就看不出门道，更一窍不通了。她去问老爹，老爹指点一番，却无暇替她摆弄。

一天，杜秋葵坐在瓜田地头发愁，安天宝问明了情由，一笑说：

“你算是河边巧遇姜子牙，不必三顾茅庐请诸葛了。”安天宝笑眯眯挽起袖口，“摆弄西瓜，我是个半开眼儿的行家。”

“咱村西瓜绝种那一年，你也不过八九岁呀！”杜秋葵不相信。

“我在东北国营农场，跟农艺师学过这门手艺。”安天宝笑呵呵地说，“那个老头儿是神农转世，可惜我只学到了刚入门的小几招儿。”

“你会种瓜，为什么不承包瓜田？”女人心细，杜秋葵仍然表示怀疑。

“水饱养不活人！”安天宝哈哈大笑，“我更喜爱稻麦两茬，出产大米白面。”

有病乱投医，杜秋葵只得请安天宝动手。安天宝把杜秋葵带进瓜垄，一边拾掇，一边解说，两人头并头，身挨身。杜秋葵已经是一颗熟透的果子，胸脯比八年前更丰满，安天宝却目不斜视，不再偷看。

一年下来，杜秋葵的西瓜，比她爹的西瓜个大、皮薄、蜜甜、结得多。杜秋葵买了两瓶红粮大曲，一盒什锦糕点，等安天宝来到瓜田，双手捧给他，说:“天宝哥，理当跟你对半提成，我知道你是个红脸汉子，不肯舀走我的半锅粥。瓜子不饱是人心，你收下这点谢礼吧!”

安天宝只当是瓜熟蒂落，不接谢礼，却满头冒汗，吞吞吐吐地说:“秋葵，咱俩……”

“你走开!”杜秋葵那温和的脸上又下了霜，一声断喝。

安天宝讨了个没趣儿，垂头丧气而去。

今年，杜秋葵又承包瓜田，自以为七诀八窍学到了手，不再招引安天宝前来相助。哪料到麦收过后，比往年雨水勤，瓜秧子疯长，生瓜就放炮。杜秋葵只得硬着头皮厚着脸儿，又向安天宝求救，安天宝不计前嫌，招之即来。

这天大雨一住，安天宝蹓完了他们专业队的稻田，牵挂杜秋葵的西瓜泡水，又来到这块瓜田看一看。却只见杜秋葵坐在一乘花轿似的站鸡笼子瓜棚里，哭得两眼像五月鲜的红桃。边哭边诉道:

“人家一个是从小虽受苦，金榜题名熬出了头……一个是自幼爹疼娘爱，步步莲花走红运。只有我……属羊的穷命，又掉进冰窟窿，死后也是……黄连树下的孤魂野鬼，坟头上长苦菜。”杜秋葵双手蒙着脸，哭得悲悲切切。

安天宝这才看见，黄泥道上俞文芊和花碧莲的双双身影，恍然大悟。他鼓起勇气，壮起胆子，一脚踏进门里说:“秋葵，你别哭了，咱俩齐心合力，就能苦尽甜来。你往前走一步，快进我的门吧!”

杜秋葵闻声抬起头来，先是一愣，然后沉重地摇摇头，说：“你在花街上，也是个顶天立地的男子汉大丈夫，看上我这个丢人背兴的剩货，只怕是鬼迷了心窍。”

“我早就看中了你……”安天宝结结巴巴，满头挂露水珠子，“八年前，月黑天，河湾子的柳丛里，我……就想把这句话……告诉你。”

杜秋葵哇的一声，哭得更伤情。安天宝看出她并无反感，便有了信心，连忙回村找媒人。走到龙头街口，遇上俞文芊，这才搬着摩托车，来到花家。

花婶子把他迎进屋，他刚开口，花婶子就给他道喜：“这真是一桩美满良缘，包在你婶子我身上了！”

“您还是别找钉子碰吧！”花碧莲瞪了她妈一眼，“当初您打鸭子上架，秋葵才嫁给那个打、砸、抢的杀人犯，害人不浅，人家心中能不恼恨您？”

“花婶子不出马，谁配当大媒？”安天宝急得搓手。

花碧莲轻轻点了一下自己的鼻子，笑道：“打着我爹的旗号，我来跑腿儿。”

“多谢了！”安天宝笑逐颜开。

“好，好，好！”花婶子脸上一阵红，一阵白，“我也算有了接班人。”

花碧莲心里也架着一团火，匆匆扒了几口饭，便急急忙忙到她家的老宅院，去找杜秋葵。

杜秋葵天一黑就插门睡觉，不与外人走动。花碧莲赶到门口，杜秋葵刚从瓜田回来，正叫鸡上窝，点过数目儿，就要插门了。

花碧莲帮她赶鸡进院，又替她关门。院里打扫得像镜子面，原来的一架葡萄和几棵果树，也都枝叶繁茂，果实累累。正房上锁，西厢房关窗闭户，点燃了艾蒿绳熏蚊子。冷灶上没有烧火做饭，杜秋葵吃块凉饽饽，就算一餐。

墙那边就是杜家，只听杜大胆儿和二朵大婶又哭又闹，又喊又叫，砸锅摔碗，乱成了一团。

“这老两口子闹黄狼吧?”花碧莲低声问杜秋葵道。

“小铁子还赌账，我妈把家里的存折交给他了。”杜秋葵坐在冷灶锅台上，叹了口气，“棒打出孝子，娇惯养逆儿；我妈偏心眼儿，真是现世报。”

花碧莲一只胳膊拢住杜秋葵的肩膀，悄悄耳语：“我爹打发我来问价儿，他想给你说个媒。”

“四季大伯晚了一步。”杜秋葵冷起脸子，“我自己找主儿了。”

“谁?”花碧莲大吃一惊。

“你猜。”杜秋葵的眼里，闪烁着捉弄人的光芒。

“猜不着……”花碧莲心慌意乱。

“咱村数一数二……”杜秋葵话到嘴边留半句。

“谁? ……谁!”花碧莲脸色苍白如纸。

杜秋葵轻轻揭开谜底：“安天宝。”

“呵!”花碧莲的心噗通一声，一块石头落了地，“我爸正是想给你俩撮合。”

“你们爷儿俩也称心如意吧?”杜秋葵嘴角挂着冷诮的微笑。

“恭喜你！”花碧莲高兴地说。

杜秋葵却又一板脸，说：“到头来还是竹篮打水一场空。”

“怎么？”花碧莲又神色紧张起来。

杜秋葵凄然地苦笑道：“小铁子把家里的存款输个精光，我妈一定跟安天宝要双份孝心钱，我可不想再被卖一回。”

“你反抗呀，斗争呀！”花碧莲慷慨激昂，“我妈也想包办我的婚姻，都被我挫败了。”

“我可不敢……”杜秋葵又窝囊起来。

“不怕！”花碧莲脱口而出，“我爸能降伏你妈……”忽然发觉说溜了嘴，慌忙弯回了舌尖。

她和杜秋葵，耳朵里都听到过不少风言风语，有点知道花四季和二朵大婶早年的瓜葛。

杜秋葵却没有恼她，咬着嘴唇，沉吟半晌，才点了点头，说：“碧莲，你替我给四季大伯捎句话，求他老人家给我妈一个下马威，成全了我吧！”

七

花四季大摇大摆走进杜家门楼，响亮地咳嗽一声，就像正月初一大清早，开门扔响一个二踢脚爆竹。

杜家院落的风光，跟花家那座十间青堂瓦舍的新宅院一比，可就不值一瞧了。半大不小的院子，一劈两半，夹缝里一条窄窄的通道，两边都是夹着秫秸篱笆的小园，黄瓜、茄子、青椒、扁豆……杜大胆儿和二朵大婶只会小打小闹，大路儿菜上赚个汗水钱。

老两口子刚打完架，满院一团漆黑，一片死寂。

花四季的咳嗽声刚一落音，一个人高马大的身影，从天井的葡萄架下奔过来。那是二朵大婶，慌手忙脚迎贵客。

二朵大婶五十出头了，脸上起了皱纹，身板儿却仍然十分饱满强壮，扛得动二百斤的麻袋。她年轻黑夜看瓜，趴露天地成了习惯，大热天不愿闷在屋里，喜欢院子里睡。大雨打湿了葡萄架下门板搭成的凉床，垫上一块塑料布，塑料布上铺着蒲席。刚打过架，五脏六腑燥热，浓密的头发绾了个松松垮垮的盘髻，光着膀子，身上只穿一条肥大短裤，摇着大芭蕉叶扇子。

“哟！雨刚住，你就出来了？”二朵大婶一见花四季，又喜又怨，俏骂了一句。

乡俗，弟妹和大伯子之间，十分拘礼。能在小叔子腿上坐，不从大伯子眼前过。开口说话，互相称您，不能你呀我的。二朵大婶是弟妹身份，不但在大伯子花四季的面前光膀子，而且出口放肆，打牙逗嘴儿。大雨过后，树林子里出蘑菇，也出狗尿苔。

“无事不登三宝殿。”花四季的声音不高不低，“贪了点闲事儿，不得不到你这座娘娘庙进香。”

“说吧！”二朵大婶双手叉腰，“可我的心，我没个不点头；扎我的耳朵，一个窝心脚踢出去。”

“大胆儿呢？”花四季问道。

“炕上挺尸，死睡。”二朵大婶怨声恶气，“上辈子我扒绝户坟，踹寡妇门，缺了大德，这辈子天报应，才嫁给这个棉花胎子。”

“铁锁妈，我是来给安天宝和秋葵做媒的。”花四季十分庄重地说，“你得赏我的脸。”

“三年前我就点了头呀！”二朵大婶笑道，“只怪秋葵那丫头是个死轴子，不按我划的道儿走，才叫人家安天宝睡了三年凉炕。”

“亏你说得出口！”花四季火了，威严起来，“头一回出阁，你要奶水钱，二一回改嫁，你又要孝心钱；你是个人贩子，不是秋葵的亲娘。”

“她吃我的奶长大，就得交奶水钱！”

“难道你是一头奶牛，喝牛奶得月月交钱！”

“我不能白送一个大劳力！一手交钱，一手交人。”

“你的身价多少？我想买你。”

“买到你家供在佛龛上，叫你那巧儿天天给我晨昏三叩首，早晚一炉香！”二朵大婶笑骂道，“我等着瞧，碧莲那丫头出门子，你跟男方要多少？”

花四季一拍胸脯，说：“不光一个钱不要，还想搭上千八百的。”

“那是你攀上了高枝儿。”

“我只想门当户对。”

“谁叫我生下个孽障儿子呢，你反正不操这个心……”二朵大婶那悲凉的声调里，带着酸枣刺儿，“应名儿是三口人承包十亩瓜田，小铁子可没掉过一粒汗珠子，看瓜全靠他那条狗，卖瓜全装进他的腰包。讲究戴、吃、喝、抽，我都不心疼，偏又迷上了推牌九，押大宝，一输就是二三百。花街十几家买上电视机、电风扇、洗衣机，安天宝还买上了电冰箱，难道我瞧着不眼馋？可是他欠下一屁股两肋账，拿走两千块钱的存折也还不清，眼下我腰里不剩一个钱呀！”

花四季哼道：“都怪你宠坏了这个小畜生！”

“难道是我一个人的儿子吗？”二朵大婶哭了，“我恨他那个吃凉不管酸的爹，缩起了脖子不出头，只会站在树梢上说风凉话儿。”

二朵大婶明骂杜大胆儿，暗骂花四季。

“低声！”花四季喝道，“你把小畜生交给我，三年零一节，我把他调理出个人模狗样儿。”

“你……你……当真？”

花四季一声长叹：“碧莲是个丫头，又进了衬衫厂，葱白似的十指不沾一个泥点儿。我这一身手艺，不传授铁锁，难道便宜了外人？”

“多谢大哥恩典！”上房灯亮了，杜大胆儿搭了腔。他并没有睡觉，耳朵一直紧贴着窗户。

“兄弟，你见外了！这个儿子算咱俩的。”花四季又叮咛二朵大婶道，“只是不许再要孝心钱，惹恼了我就把手艺带进棺材去。”

二朵大婶乐昏了头，不顾隔窗有耳，隔墙有眼，推搡着花四季说：“亲不过父子，你赶快到油炸鬼家，管教那个孽种去吧！”

二朵大婶的贵子娇哥儿，大鬓角，菊花顶，小胡子，男不男，女不女，介于人妖之间。哪里还有一点农家子弟的成色？他身穿的大花格衬衫和肥腿喇叭裤儿，都是从自由市场上买来的贼赃，油渍渍，皱巴巴，还自以为打扮得像个美男子。

“畜生！”花四季来到油炸鬼家，一把抓住他那狮子狗似的头发，照他脸上狠狠地啐了一口。

“老梆子，你……管得着我吗？”杜小铁子死命挣扎，挥拳想打。

“有你妈的话！”花四季吼叫着，老虎钳子似的大手抓住他一条胳臂，“你胆敢不服我的管教，拍脑瓜儿送你进法院，办你个忤逆之罪。”

说着，将杜小铁子的胳臂轻轻捋了一下，杜小铁子哎哟一声痛叫，这条胳臂软绵绵地耷拉下来。大掌作花四季，还是半个接骨匠，杜小铁子的胳臂被他摘了环儿。

牵回家，热水快刀子，花四季先给杜小铁子改头换面。明天带他到基建队，三年零一节坐科，脱胎换骨。

八

安天宝奔走于龙头凤尾之间。

花碧莲陪他跟杜秋葵见了面，又到隔壁杜家，见过了杜大胆儿和二朵大婶，大功告成，返回花家。

花四季和花婶子正坐在鱼塘岸边乘凉，身边还有剃了个光头净脸的杜小铁子。面前的饭桌上，摆放着一个斗大的西瓜，一把雪亮的瓜刀，只等他们得胜还朝，吃个瓜宴。

“四季大叔，花婶子！”安天宝进门拐过影壁，一步一鞠躬，“您二位老人家的大恩大德，侄儿一辈子不敢忘。”

“咱两家是父一辈子一辈的交情，谢字儿挂在嘴边上，那就生分了。”花婶子这几句话，四喜丸子味儿，“你碧莲妹子的终身大事，还得有劳你鞍前马后跑几趟。”

杜小铁子比花碧莲大一岁，摇头晃脑，油嘴滑舌地嘻笑道：“碧莲妹子是个喝过墨汁的高中生，又在出口厂子见世面，俞家也没有蹲门狗，何不自个儿找上门去？当面锣，对面鼓，跟文芊自由谈恋爱，那够多么有滋味儿。”

“呸！”花碧莲红着脸儿啐道，“谁像你，脸皮上三寸茧子，一锥子扎不出血，两刀砍不出一道白印。”

花婶子拉长了脸，说：“咱们是乡下人，不能自由得出了圈儿，过河得从桥上走，上房先得搬梯子。”

安天宝抓挠脑瓜皮，说：“说媒拉纤儿，我可是大姑娘坐轿子头一回，到俞家该怎么开口，您这位老把式得传授我几招儿。”

花婶子一边切西瓜，一边顺口溜：“也跟自由市场上做生意差不多，先讨个价，再还个价儿，多少得有个赚头。”

“妈！”花碧莲连连跺脚，“爱情不能买卖，只要情投意合，讲条件就是低级趣味儿。”

“不！”花四季沉着脸，“万事一个理儿，丑话说在头里，免得日后闹一脖子狗蝇，翻脸无情不香甜。”

安天宝连忙说:“您先开金口吧!”

花四季抹了抹胡髭,嗬嗬笑道:“我伸出一根小指头儿,比俞家的腰还粗。中了我意的是文芊那孩子有出息,不是他家那不值两壶醋钱的家业。”

“您老人家呢!”安天宝又问花婶子。

“我……我……”花婶子忙看老伴的眼色,“老头子夸下海口,我也不是小肚鸡肠。只要文芊跟碧莲有情有义,懂得孝顺我们老两口子,我就心满意足了。”

安天宝转过脸儿,笑问花碧莲道:“大妹子,你也得有个来言去语呀!”

花碧莲低下头,捻弄着衣角儿,半晌才说:“学问不嫌大,我要他听系主任的吩咐,报考硕士学位研究生,将来在北京城里工作,也有个人的名儿,树的影儿。”

“还有没有?”

“……还要他多少也得讲究一点穿戴。城里的学生穿什么,他也别差样儿,人人平等嘛!凭什么我们乡下人就得甘拜下风。”

“再想想。”

“……我跟他说过了,从明天起,骑我的摩托车上学。……也别再打草卖钱,耽搁学业,又伤身子。”

安天宝抓起一块西瓜,说:“我这个人急性子,说媒也像争秋夺麦,回见!”他一边吃着一边向外走。

出了花家门儿,有一条抄近的小路到龙头,他却偏又绕个远,从花家老宅院的墙外转个圈儿,停住脚,听了又听,也没有听见杜秋葵的声息。院里静悄悄，只有风吹桃叶沙沙响，他才恋恋不舍地离去。

过两道小桥，来到龙头。俞家坐落龙口，门前就是小河汊子。柳篱泥棚小院，破旧、窄巴、寒酸，怎能跟花家的宅院相比？但是，穷破之中，却有一大风水，那就是门前一棵百年大柳树，浓荫如伞遮住半个院子。大柳树枯死过几回，又返青过几回，这两年叶茂枝荣，郁郁蓊蓊。好像上应天数，颇有点神奇，花街人人敬畏。俞文芊三岁丧父，算命先生断定他五年之后，还要克死亲娘，只有认个干娘替死，才能保住母子平安。这真是强人所难，哪里去找一位视死如归的干娘？算命先生却难不住，他抬手一指百年大柳树，干娘就站在大门口。于是，三支高香一盅酒，二尺红布挂枝头，俞文芊三跪九叩，拜了大柳树做干娘。这位干娘慈悲心肠，夏日遮荫，寒冬供柴，知冷知热。俞家母子多少回揭不开锅，情愿挨饿也不忍卖这棵树。

安天宝来到大柳树下，只见西屋亮着灯，那是俞文芊在做功课。窗下，俞大娘借光打袼褙，大热天就打算着给儿子做棉鞋。

一人一口的安天宝，日子冷清寂寞。他在东北国营农场跟那位老农艺师相处几年，喜欢和有文化的人交往，所以常到俞家串门。他也并不打扰俞文芊，只跟俞大娘家长里短，说说笑笑。

“大娘，文芊！”安天宝走进院去，大嚷大叫，“我给你们娘儿俩恭喜，你们娘儿俩给我道喜。”

“惊惊乍乍，哪儿来的喜呀?”俞大娘给他搬过一个蒲团，问道。

“我跟秋葵订了亲!”安天宝喜气洋洋，满面得意神色，“又来给文芊当红媒。”

他坐不住，扒着窗户，看屋里的俞文芊。

小屋，一条窄炕，一只春凳，一张方桌，四壁空空。俞文芊热汗淋漓，正在灯光下演算习题。迎面墙上，粘贴着一幅彩印的油画，那是青年油画家罗中立的作品《父亲》。俞文芊丧父时只有三岁，父亲又没有留下照片，在俞文芊的记忆中，一点也没有保存下父亲的影子。今年清明时节，他从一本杂志上，看到罗中立的这幅佳作，望着那位含辛茹苦而又饱经忧患的老贫农的肖像，他的热泪夺眶而出。这正是他梦见千百回，醒来又消逝的父亲！于是，他剪下画页，贴在墙上，面对自己。有时想要偷懒，抬头瞥见父亲那刻着深深皱纹的面貌，便深感羞愧，不敢懈怠，不敢忘本。

“谁家的姑娘呀?”俞大娘急着打破闷葫芦。

安天宝却还要卖关子:“低头不见抬头见，本乡本土的一位千金小姐。”

“大娘直肠子，不会拐弯儿。”俞大娘被安天宝逗得六神无主，“快说出姑娘的名和姓，别跟大娘打哑谜。”

安天宝冲窗里努了努嘴:“您儿子心中有数儿。”

“文芊，是谁?”俞大娘拍打窗户。

“花碧莲!”俞文芊把手中的圆珠笔一扔，“我不想沾他们花家。”

“哎哟！上了大学，眼眶子挪了位，长到眉毛上啦！”安天宝感恩必报，忠心保主，“像花碧莲的模样儿、巧手儿、心计、嫁妆……你打着灯笼到哪儿去找？”

“她那个爹，贪得无厌；她那个娘，贩卖人口！”俞文芊瓮声瓮气，一脑门子官司。

安天宝的唇舌磨下三层皮，俞大娘敲边鼓帮腔，俞文芊还是一口咬定，花家沾不得。安天宝要完了程咬金的三斧子半，看来难以取胜，只得哭丧着脸，回花家交差。

但是，一见花碧莲在门外打转，眼巴巴盼望佳音，他怎忍心兜头泼她一瓢凉水？便赶忙强作欢颜，换上一副笑脸儿。

“文芊，他……”花碧莲心神不安地问道。

“馒头上了屉，眼看八成熟。”安天宝闪烁其词，匆匆进门去。

花四季和花婶子站在亮如白昼的院灯下，观看杜小铁子修理摩托车。这个家伙跟汽车司机拜把子，替摩托车偷油，也学会了鼓捣摩托车的半瓶醋手艺，今晚上要在花四季和花婶子面前露一手儿。

“天宝回来啦！”花婶子迫不及待地问道，“俞家娘儿俩乐得闭不上嘴吧？”

“文芊一片孝心，叫我向您二位老人家表一表……”安天宝谎报军情，“人家是大学生，中央政策比咱们知道得多；损公肥私，不正之风，往后可要罪加一等，说媒拉纤冒犯新婚姻法，打个贩卖人口的罪名，可不是闹着玩的，您二位老人家还是见风转舵，别小河沟子里翻了船。”

“不必他提醒儿，我不比他傻几斗！”花四季哈哈大笑，“盖起了这座宅院，我也就不想再指镖借银。贪得无厌，早晚咬手，落得个灰头扯脸，坏了半世的名声。”

“四季大叔，您圣明！”安天宝喊好，“文芊没意见了。”

花婶子指点着一亩大的鱼塘，西墙下的鸡埘，假山上的貂房，说：“这一摊子家庭副业，千手佛也忙不过来，贩卖人口还不如我贩卖活鱼、鲜蛋、貂皮哩！从今以后，小卧车接我去说媒，我也不起驾。”

“婶子，您比四季大叔还看得透！”安天宝打着哈哈。

“文芊给我捎来哪些话？”花碧莲追进来问道。

“哎呀，我丢在半路上了！”安天宝掉头就跑。

他去而复返，花碧莲已经迎候在凤尾街外的小桥上。

“文芊是怎么回答的？”花碧莲拦路问道。

“这个人，今晚上专门唱反调，对着干。”安天宝气得呼哧呼哧像拉风箱，“你要他报考研究生，他偏要毕了业就申请到京花联合衬衫厂工作，为发展农村工业出力。”

“鼠目寸光，没有远大理想！”花碧莲恨得咬牙，“农村工业也要现代化，光念几年大学不够用。”

“你要他讲究一点穿戴，他说买不起。”

“我替他买！厂子里有的是降价处理品。”

“他死活不骑摩托车。”

“杜小铁子改邪归正，谁给我去偷油？我也不骑了。”

“助学金不够用，他还得打草卖钱。”

“我再拨给他一份助学金！给他们娘儿俩四十块，我还剩下三十六块挂零儿。”

安天宝一个急转身，原路而回，一边跑一边嘟哝着：“你……你再不答应，我跟你……割袍断义，划地绝交！”

看安天宝颠颠倒倒，花碧莲心上起了疑云，想了想，尾随而去。

她刚到俞文芊的干娘大柳树下，就听见安天宝跟俞文芊吵得像二虎相争。

“……人心都是肉长的！”安天宝的吼声中带着哭音儿。

“我也不是不喜欢她……”俞文芊又急又恼，“她光知道打扮得像一只花蝴蝶儿，就不知道挤出时间学习，报考电视大学！”

“我考得上吗？”花碧莲忍无可忍，一阵风闯进柳篱小院，“你天天放学回来给我补习功课，八年之后我就报考。”

“为什么要八年？”俞文芊满头火星子跑出屋来，又跟花碧莲大吵，“为什么要八年？”

“你明知故问！我就正正经经念过三年书呀……”花碧莲伤心地哭起来。

一九八一年十月

刘绍棠《小荷才露尖尖角》发表于《人民文学》1982年第2期，后收录于1984年出版的同名小说集《小荷才露尖尖角》。刘绍棠是以书写京郊田园生活的民俗风情画著称的作家，他的写作扎根于家乡通州，书写京东运河两岸的风物人情之美。这篇小说以走读大学生俞文芊、衬衫厂女工花碧莲两人争取婚姻自主的故事为线索，串联起北运河东岸的花街两代人互相交织的命运轨迹。在改革开放的时代背景下，小说萦绕着华北乡间的清新气息和人与人交往的真淳之气。

——易彦妮

七奶奶

李　陀

先是一股子很冲的，掺和着葱姜味儿的韭菜香，那准是北屋老常家要包韭菜猪肉馅的饺子。后来又是一股子白面饼烙焦了的煳味儿，那多半是西屋刘家四丫头小四儿净顾着看书，忘了给饼翻个儿。再后来又是一股子炖鱼的香味儿，可七奶奶猜不出这是谁家了。不过她顾不上分心去弄清这个。她一门的心思都在自己家的小厨房上。小厨房就在七奶奶屋子的对面儿。儿媳妇玉华刚下班回来，正在那里头忙活。七奶奶费劲儿地往上欠欠身子，瞪着眼睛使劲儿往那边瞧。可一来窗台外边搁了两盆儿仙人掌，正好挡眼，再者这两年她的青光眼越来越厉害，所以窗户外边什么都是影影绰绰的。这么着，玉华到底在小厨房里忙活什么，她怎么也看不清。只有那么一会儿，她模模糊糊地觉着玉华在那儿捅炉子。可小厨房是用碎砖头砌成的，又小又矮，有门没窗户，里头一年到头黑乎乎的，她隔着窗户能看清什么？她只不过觉着玉华在那儿捅炉子罢了。她要是耳朵不像现在这么半聋就好了。那她凭着小厨房里的响动，也能听出儿媳妇在厨房里的所作所为，还准八九不离十。可现在，玉华到底捅没捅炉子，她怎么也弄不清。这让她心里急得厉害。她越不清楚，就越想弄清楚。她用两只胳膊撑着床，想把下半截身子往床边儿挪挪。挪到床边儿，她就能躲开那两盆碍眼的仙人掌。可盘在一块儿的两条腿，就像在床上生了根，一点动不了窝儿。她把上半身使劲儿往前探，再把两只胳膊往前伸，左右手都抓住床沿，使足了力又试了一回。谁想不成。往日这法子挺灵，可今天一点儿用没有，重得如磨盘一般的下半身，怎么也动不了一丝一毫。她不死心，咬着牙，忍着心跳气喘，两手死抓住床沿继续使劲儿。可一阵突如其来的咳嗽，到底让她松手了。这阵咳嗽叫她翻肠倒肚，没一会儿工夫，豆粒大的汗珠子就流满了脸、脖子、脊梁背。她觉着嗓子眼儿里堵了一团棉花，憋得眼珠子都往外胀。她只能在一串咳嗽刚停，下一串咳嗽还没涌上来之前那么个小空儿里，赶忙捯上一口气。她真怕这一口气捯不上来，就这么死过去。不过，就这样，她的心思还是全在小厨房上。玉华到底是不是正鼓捣煤球炉子？她到底在干什么？眼眶里全糊满了眼泪、汗珠子。她眼前一片白蒙蒙的，连影影绰绰那些东西也看不着了。耳朵也不行，更聋了，听她自己的咳嗽声，都像是从隔壁那边传过来的。刚才她觉着是炉子没封住，火灭了，玉华在捅炉子重生火。要是那样儿，这会儿应该能闻着烟味儿了。劈柴没烧旺之前，总得冒一阵子白烟。可眼下一点烟味儿闻不着。倒是老常家韭菜猪肉馅饺子出锅那股淡淡的香味飘过来了，刚出锅的饺子就是香。

她小时候，鼻子就灵得出名。那时候她爸爸喝酒，也喝不多，每天拉车回来，进门儿就一两酒，喝完了闷头就睡。那酒都是她提着小锡壶去打的。每回她都趿拉着她妈那双掉了后跟的布鞋，连下雪天都是，那时候冬天可真冷。一下雪就半尺厚，少说也得没脚脖子。有一年大年初一——到底是哪一年记不清了——一夜大雪，早晨起来家家户户开不开门。你咳嗽一声，从树杈上就掉雪面儿。那时候可不像现在。如今不知怎么了，冬不冬，夏不夏，那时候可不像现在。就说喝水，那时候喝的什么水？见天早晨挨家挨户送。小毛驴儿拉着水车，吱扭吱扭的，到谁家门口儿自己就站住。水车上长的那层绿苔毛，水淋淋的，又鲜灵又好看。那水可都是井水，没漂白粉。那时候做买卖跟如今也不一样。夜里卖馄饨，小车推到家门口儿，馄饨都开着锅。不过她可没吃过，吃不起。她吃过芸豆饼。那也是夜里卖。都是半夜，街上冷清了，卖芸豆饼的才背着木桶出来吆喝。“芸豆——！”那一声吆喝还带脑后音儿，像黑头，几条胡同儿都听得见。这会儿一个“送货上门”就当成事了，那时候全是“送货上门”。砸个盆儿摔个碗儿，锔锅匠坐门口儿就锔上了。就是卖酒的不上门儿。她得见天提着那把瘪肚子的锡壶去打酒，每回就一两。趿拉着她妈那双掉了后跟的大鞋。甭管刮风下雨，多冷多热，这酒她一定得打，不然就挨揍。那时候她鼻子可真好，酒里搀水，搀多搀少，她一闻就知道。每回她都得跑几家铺子，找兑水最少的酒买。有一回她走了好几个铺子，酒里都水太多，一直走到四牌楼才打上酒。回家挨了顿揍，笤帚疙瘩都打折了。那时候她鼻子真灵。

她心里越来越急。大概正因为这么一急，这阵让人要死要活的咳嗽，倒突如其来地过去了。她赶忙用袄袖子把眼里的泪水擦干，又使劲往窗外看。那两盆仙人掌还是碍眼。她早就说过好几回了，让他们把这两盆东西挪开。儿子倒是答应了，可始终没真动手。这会儿她猛地想起，多半儿是儿媳妇在这里头捣鬼。准的，准是她不让儿子搬。她成心。她恨不能用块黑布把窗户整个儿给糊上，让她什么也看不见。那她才痛快。这女人可歹毒了，她什么干不出来？好几回了，她骗她，假装说是用煤球炉子做饭，可都让她给觉出来了。她不能不防着她。这会儿她就很犯疑。可她怎么也看不清小厨房里的情形。透过那几片仙人掌，她模模糊糊地看见小厨房的门倒是开着的（这是她跟儿子定下的，只要玉华在厨房做饭，厨房的门就不能关），也看得见玉华的影子晃来晃去。可她到底在干什么呀？要是她点劈柴生炉子，那股烟气早该飘过来了。这烟味她闻了几十年了，她是太熟了。别看从窗户飘进来的各种气味这么热闹，这里头要是有一丝的烟气，她也闻得出来。可这会儿她使劲用鼻子吸了半天了，除了各家的饭菜香，还是什么也闻不着。准是玉华又在骗她。一想这个，她觉着自己的头发根都竖起来了。本来刚咳嗽完，心还跳，气还喘，这会儿心跳得更快了，气也更短了。嗓子眼儿也又堵上了。她想喊，可是喘气喘得喊不出来。等几口气喘过去，她又想喊，可一阵咳嗽震得她全身乱颤，就好像有人抓住她肩膀，不管死活地使劲摇晃她。就这样，她还是想喊，在心里喊，可就是出不来声。

那是常六伯说的。常六儿这人从来不说不着斤不着两的话。有一家人的煤气罐不知道怎么漏了气。这家人还都上班了，家里一个人都没有。那是个单元楼，也不知道多少层，反正挺老高。漏出来的煤气跑满了一屋子，然后顺着阳台漏出去，又跑到楼下阳台，又顺着这家阳台跑进屋里。神不知鬼不觉。这煤气也跟贼似的。可巧这家里有人。大概是这家的男的，想抽棵烟，拿打火机打了下火。谁想满屋子都着了火。那火在半空儿悬着。那火还从那男的鼻子往肺里钻，那男的肺里都是煤气，就这么活活烧死了。常六儿还说，那还是便宜的，要是煤气罐爆炸，一幢楼就得满天飞。是谁发明的这种缺了八辈子阴德的东西？想想就让人心惊肉跳。拿炸弹放家里，还用它做饭，缺德哟！

自打那天她晕过去之后，她就一直再没见过那煤气罐。他们把它放在小厨房的北墙根了。那是小厨房里最背的一个地方。这样，就是小厨房的小门大敞着，她也一点儿瞧不见。她先前还以为是儿子怕再惹她生气，取了这么个眼不见为净的法子。后来，她好几回觉出玉华背着她用煤气罐做饭，她这才悟出自己上了当。这又是儿媳妇的坏！明着她是用煤球炉子做饭，可她根本不打开火。那火还封着，就在上边坐个锅骗人。有不少顿饭，玉华就是这么蒙着她用煤气做出来的。闹得她每天一到要做饭的时候，就突突地心跳。手、腿、眼睛皮也跟着一阵一阵地哆嗦。等饭端到眼跟前，她还是怕，疑神疑鬼。连用煤球炉做出来的饭，她也觉着有股子煤气味儿。今天儿媳妇下班回来得晚，没准儿又想变着法子蒙她。

她得留神。她应该把常六伯喊来，让常六伯看看玉华的动静。得让他看着她。这会儿他的饺子也准吃得差不多了。可是这咳嗽怎么也停不住，别说喊人，连容她喘一口大气的工夫都不给。今天这咳嗽是找上她了。她急，急得两只手使劲掐自己那没什么知觉的大腿。可怎么掐也没用，别说疼，连点儿知觉都没有，好像那不是她自己身上的肉。后来她干脆打起自己嘴巴子，左手打左脸，右手打右脸，噼噼啪啪，打了足有十多下。不过这也不怎么疼，一来是咳嗽就像风摇树那般一个劲摇晃着她，容不得她使劲，二来脸上汗爬水流，手打上去老是打出溜。她只好住了手。她又往小厨房瞧了一眼，还是什么也瞧不清，只觉得玉华的影子晃了几晃。可这几晃让她心里一阵怕，浑身都哆嗦起来。准是，玉华准是偷偷用上了煤气！她又想喊，可还是喊不出来。她猛地有了个主意，离她四五尺远的床上，扔着把剪子，她得把这剪子扔到窗户上去。玻璃一碎，常六伯几个街坊听见动静，准都跑过来，那就好办了。可她使劲弯下腰，手还是够不着那剪子。她又不能弯腰时间太长。弯着腰咳嗽，她觉着马上就得憋死。她只好等一阵咳嗽最厉害那工夫过去，再弯下腰，用手使劲够。有两回她手指头都碰上剪子了，可就是抓不住。她急得又掐了几下自己的大腿。那煤气罐老在她眼前转。她好像听见轰隆一声，立时一片血肉横飞。她本来就一身汗，没想这层热汗底下又出了一层冷汗，不过她也没白着急，她到底把那把剪子抓到了手。可是她要把剪子扔出手的时候，心里又犹豫了。把玻璃砸碎太可惜了。这屋子她住了近五十年了，还从来没毁过什么东西。就有一回，她打了个养金鱼的玻璃缸。那缸足有一尺见圆。她把手里的剪子扬了扬，可总扔不出去。就在这工夫，一股淡淡的烟味飘了过来。她立时把剪子扔下，使劲用鼻子吸气。没错，这味儿她太熟了。她亏得没把剪子扔出去。这么把玻璃打了，她得后悔死。她趁着咳嗽也轻了点儿，又费劲地往上欠欠身子，往厨房那边瞧。一股子白烟翻翻腾腾地从厨房的小门里冒了出来，然后顺着那棵枣树往天上散去。不过这都是她自己这么觉着。她觉着自己影影绰绰看见了这白烟。话又说回来，她看得见看不见现在已经不打紧。她闻着了烟味。她放心了。不知道谁家孩子又哭又闹。她仔细一听，原来声音是从后窗户过来的。后窗户外边是一个窄胡同。不知道是谁正在这后窗户根下边打孩子。她仿佛听见那孩子在喊："我要吃驴打滚儿！我要吃驴打滚儿！"

驴打滚儿可不怎么好吃，那东西粘牙，还噎人。可她小时候也爱吃着呢！她头一次吃，是她爸爸带她逛隆福寺的时候。那也是她头一次逛隆福寺。隆福寺后来她不知道逛过多少回，可哪次也没这头一次好玩。如今隆福寺改人民市场了，头几年她还去过一回。那怎么比隆福寺庙会那热闹劲儿哟。还叫什么市场，其实就是个不带楼的百货商店，有什么新鲜！对着隆福寺正门那趟短街，有个地方卖鸟，她最爱在那儿瞧热闹。什么八哥、鹦鹉、珍珠鸟、相思鸟，什么孔雀、野鸡、乌骨鸡（人说这路鸡的骨头是黑的，还好吃），什么鸟儿都有。听说有时候那儿还卖老虎，可她没见过。吃驴打滚儿可不在那儿。那得进隆福寺。进了隆福寺有三趟街。中间那趟街最热闹。那儿撂摊子卖艺的最多。宝三儿的摔跤和中幡，狗男女的全家乐，云里飞滑稽二黄，还有说书的、拉洋片的、变戏法的。那儿也卖豆汁儿、馄饨、炸灌肠、面茶、梅花糕、棉花糖、压饸饹。顺着这些小摊过去，是看相的，算卦的，卖洋烟画的。再往前走就是后门。她在那儿看过一个要饭花子坐在地下要钱，手里拿着一块灰砖头咣咣一个劲儿砸自己的胸脯。那花子头发、胡子都发了白，可身上脏得漆黑。那花子身边老蹲着一条大黑狗。人说那狗是花子头儿派的。有哪一个花子得了钱要想装自己腰包，那狗上去咬，专咬男人最娇气那地方。也不知道是真是假。隆福寺西边那趟街，也卖吃的。打庙西门一进去，就是一个卖粘糕的大摊子。那粘糕花样儿可多了。冬天有蒸笼蒸出来的烫嘴的豆铲糕，夏天有冰镇去火的凉糕，秋天有栗子糕，春天有鲜玫瑰花糖卤浇的小枣粘糕。那些糕都比驴打滚儿好吃。那时候她家就住隆福寺旁边。每月逢九逢十她没有不去逛隆福寺的。为了不挨打，她每回都带着弟弟。她给他买猴拉稀吃，有时候也买布布登儿、玻璃球。猴拉稀现在也没有了，那东西哄孩子最好了，又便宜又实惠。这都过去多少年了？她不怕死，就是死之前能再逛一回隆福寺庙会就好了。上个礼拜她一连做了三天梦，天天梦见自己带着弟弟逛隆福寺，买鸡毛掸子，买小金鱼儿，买笼屉。如今使上高压锅了。听说那东西也能爆炸，能把人脑袋崩开了花。干吗现在用的这些家什都能顶炸弹使，这到底是图的什么呀？

她大概是迷糊了一会儿。可她又猛地一下醒了过来。她老是这样，白天黑夜睡不踏实。这种似睡非睡的难受劲儿，真叫人累得慌。她欠欠身子，又透着窗户往小厨房那边瞧，还是什么也瞧不清。那两盆仙人掌太碍眼了。再说刘家那只黑白花的大狸猫不知道什么工夫跳到窗台上了。这猫正好卧在两个花盆中间。这一来她连厨房的门都瞧不着了。这时候正是西晒，太阳光先落在大狸猫和仙人掌上，又带着猫和仙人掌的影子落到床上。七奶奶的手、脚、膝盖也都晒得暖和和的。她又要迷糊，可激灵一下又醒了过来。她吸了两下鼻子，不由得犯疑：这烟味怎么这么快就过去了？这么会儿劈柴就能烧完了？她猛然想，没准儿儿媳妇还是在变着法子糊弄人。那烟没准儿是她弄的假招子。这人是个地道的狐狸精，专会迷惑人。没有她，儿子也不会死乞白赖非买这个煤气罐不可。都是她煽的，都是她出的坏！没有这女人，准天下太平，要没有她，她何至于落个下半身瘫痪，何至于坐在这床上成了个说死不死、说活不活的废人?！她不知不觉就咬起了牙，咬得咯吱咯吱一个劲儿响。

那天她正和常六伯坐在葡萄架底下，一边喝茶一边聊天。常六伯正跟她夸她的儿子。常六伯说：“您那儿子，嘿，这个！”说着他把右手那么一伸，右手上的大拇指那么一挑。儿子就是那时候进的院门。他推着车，车后座上捆着那个圆不圆、长不长的铁家伙。她一见那玩意儿，登时觉着头发都立了起来。她小时候见过一次鬼。那次正好在天擦黑的时候她路过一块坟地。那坟地周围都是柏树。萤火虫就在柏树枝和荒草堆里飘过来飘过去。那鬼就在一块石碑后头立着，一身白，脸上没五官，像麻将牌的白板。那可真把她吓坏了，那头发根也都一根一根立了起来。她一溜烟儿跑回家，一连病了三天。可家里搁个煤气罐那比家里养个鬼还吓人，让你头发根天天立着。那天可把全胡同的人都惊动了。她要不是猛孤丁两眼一黑倒在地上，她能在厨房门口堵上三天三夜。那时候她也是又咳嗽又喘，什么话也说不上来。她真想把拐棍抡圆了给那小娘儿们几下子，可力不从心。她这辈子忘不了她那双眼睛，那真凶。她本想当着那么多街坊给儿子下跪。你妈给你跪下！让大伙儿瞧瞧当妈的怎么给儿子下跪！可她一瞧见儿媳妇那双眼睛，不知怎么就晕了过去。人死如灯灭。其实那时候死过去就好了。

虽说她没听见葱花下锅时候的爆响儿，可凭着这股葱花在热油里煎出来的香气，她知道这葱花是刚下锅，这会儿还正在油里翻腾。这一定是玉华开始炒菜了。这味儿离她太近了，只能是从她家的小厨房里散出来的。一闻到这葱花味儿，她立时心宽了好多，这下行了，这一天总算熬过来了。不光是她，全院十来户人家，再加上挨着这院的左邻右舍，总共也得五六十户人吧，也都跟着她熬过来了。就窗台上的大狸猫不知好歹，趴在那儿一个劲儿睡。不过这猫到底也睡够了。它先是站起来在花盆的边上蹭痒痒，然后又弓着背，仰着头，使足劲打了个大哈欠，这才跳下窗台跑了。这下两个花盆之间的空处腾出来了。她赶紧又欠起身子，使劲儿往厨房那边瞧。谁想太阳正照着她的脸。她越瞪大了眼往窗户外头瞧，太阳光就越晃眼，晃得她一个劲流眼泪。她用手背使劲在眼上擦，可只要她一抬头，一往窗户外头瞧，眼泪就又流出来。她就这么流了又擦，擦了又流，受好大功夫的罪。其实她知道，就是太阳不晃眼，她也未必看得清厨房那边的情形。可她非看不可。后来过了好大一会儿，她又把眼睛使劲眯成一条缝儿，这才好受了点儿。她手搭个凉棚又往厨房那边瞧。不知道怎么的，她心里怦怦怦直跳，总觉着要出点事儿。可到底能出什么事儿？她也说不上。反正她心跳越来越厉害。她心里直跟自己说：稳住了劲儿，稳住了劲儿。这还挺管事，她到底看清点东西了。她觉得出儿媳妇的身子影儿在厨房里来回晃，可她到底在干什么，还是看不清。可越这么看不清，她心里就越慌越没底，那要出事的感觉也越来越厉害。她又在心里跟自己说：稳住了劲儿，稳住了劲儿。这一来可到底让她瞧出点毛病来。厨房里的情形就是有点不对头。玉华要是使煤球炉做饭，那她应该在厨房里脸朝南站着，可这会儿她的身子影儿干吗老往北边晃？七奶奶心里猛地一紧，就好像有人用手攥着她的心死不撒手。她忙着用鼻子使劲吸了几口气，可什么特别的味道也没闻出来。她早听说煤气有股子特殊的味儿，可她闻不出来。还是人老了，鼻子不如年轻时候灵了。不成，她不能这么干坐着。她得想法子把厨房里的情形再看清楚点儿，不行就赶快叫人。她还得往床边挪挪身子。刚才虽说没挪动，她还得再试试。她吸足了一口气，又把上半身使劲儿探出去，再伸出两只胳膊扒住床沿，死命把下半身往床边挪。这回她觉得有门。她憋着一口气。她觉着这口气无论如何不能松，就得趁这口气挪到床边去。没想她刚觉得两条腿有点动了，一阵咳嗽又翻肠倒肚地逼了上来。可这回她没松手。她的两只手还死命地扒着床沿。她就一个心思——死了也得把厨房那边的情形看个明白。

李陀的短篇小说《七奶奶》发表于《北京文学》1982年第8期。相较于京味文学对老北京生活的描摹，李陀小说的现代主义叙事艺术具有强烈的实验性质，某种程度上开启了新时期以来关于新的北京形象的想象路径。《七奶奶》以意识流笔法书写了半身瘫痪的七奶奶在屋里躺着听小厨房动静的思绪流动状态。围绕着七奶奶担心儿媳妇使用煤气罐所产生的一系列精神焦虑，小说写出了胡同日常生活日渐现代化以后给给居民们带来的身心变化。

——易彦妮

叉路口

肖复兴

这是个交叉路口，中间隔着几道铁轨，南来北往，进京、离京的火车都要经过这里。以这条铁路为界，以北是城区，以南是郊区。火车一要来，叉路口前黑白相间的横杆一撂下，这里前前后后总要堵着满路口的人和车，黑压压的，说得文雅，像涨潮一样，实际上跟下饺子差不多。可气的是有时候那火车慢悠悠，来回错车、换轨，像蜗牛在爬，爬得人心起急、冒火，恨不得上去替他们开走。可是，开车的老师傅、司炉小伙子照样不紧不忙，趴在车窗口，冲你得意地笑笑，做个鬼脸，像故意逗你玩呢。

说是城郊相界，其实这里离城里只有举步之遥。过了铁道，离天安门也不过四五里地。可是，和坦坦荡荡的长安街一比，这里拥挤、憋屈得像乡下的集市。也许，这里是偌大首都一个被有些人遗忘的角落。

“嘿！怎么又让我赶上撂杆了？”

下午五点多一点儿，横杆刚刚撂下来，常常会有一辆红黄两色的343路公共汽车在杆前面戛然而止。马上，车门“吱呀”一开，一个姑娘跳下来，冲着撂杆的小伙子高声叫上这么一句。无论刮风、下雪，还是下雨，一列上行火车准时无误要从这里路过。然后，是一列货车在这里错车换轨。没有半个小时，人们甭想从这叉路口过去。

小伙子歪戴着一顶铁路大檐帽，敞着怀，露出印着一只老鹰展翅振飞图案的紧身衫。他嘴里叼着根烟卷，喷吐几圈烟雾。抬头望望姑娘，烟头往地上一吐，嘿嘿一笑，算作回答。

姑娘二十挂零，披肩发，条儿、盘儿，都够意思。当一个汽车售票员，真亏了她。听说现在导演尽绕世界选电影演员，要是选上她，准不会比刘晓庆，张瑜差！小伙子常这样想。对这样漂亮的姑娘，自然，他不会像有些坏小子，把嘎杂子琉璃球的脏话和那聚光灯般搜身式的目光一同扫过去，那是一种亵渎。他只能这样笑笑。

不多一会儿，叉路口已经里三层，外三层堆满了人和车。埋怨，骂声，开始像冰雹一样甩过来。

“天天堵！上班时堵，下班时堵，没个完了！”

“你小子积点儿德，抬抬杆，火车还没来呢！”

……

也是，正赶下班车流、人流高峰时，谁不着急呀！排队买菜、取奶，去幼儿园接孩子，点火做饭……一档子一档子的事多啦！天天为这个叉路口晚到家半个来小时，全家人陪着一起赌气。这个叉路口呀！

售票员姑娘也不客气地骂着小伙子：“你说你们缺德不缺德？早不撂杆，晚不撂杆，偏偏赶上我们下班前这最后一趟车撂杆，成心和我们过不去怎么着?”

小伙子不说话。这肆无忌惮的骂声，已经是家常便饭，他听得耳朵都起茧子了。他慢条斯理地伸出两个手指，从工衣口袋里夹出一支香山牌烟卷，从裤口袋掏出打火机，“啪”，打着一朵蓝色的火焰，燃着烟卷，滋滋吸两口，斜眼瞟了一眼怒气冲天的人群，然后，把眼光又落在姑娘的身上。

在这嘈杂的叫骂声中，小伙子和姑娘相识已经一年多了。经常是这个时候，他刚刚撂下杆，姑娘的汽车不早不晚就到了。

头一次见到这姑娘，是春天，姑娘穿得挺漂亮，挺扎眼。一件天蓝色青果领毛衣外套，一条鲜红色带金丝的纱巾，飘飘悠悠，像朵彩云从车上飘到横杆前。不管认识不认识，她冲他就出口不逊地骂道:“真倒霉！头一天要下班回家，好容易熬到点儿了，偏偏赶上你们这个丧气杆!”

小伙子挺生气。有什么办法，又不是我不让你下班回家，火车！懂吗?谁让发明了火车呢，要都是早先北京小毛驴车，赶骆驼，兴许就犯不着动这份肝气了。有意见，找铁道部提去!

不过，他没有说什么。面对一个这么漂亮的姑娘，他不愿意斗气。犯不上，不忍心。涌到嗓子眼儿的话，又咽进肚里。火车驰过，横杆上升，姑娘骂一句挺难听的话，拧着脖子一转身，扬着头跳上汽车，“哧——”地关上车门。汽车响着喇叭开过叉路口，姑娘都没有正眼看一眼小伙子。那高傲劲儿，像位公主呢！小伙子生气了。有什么了不起的?不就是漂亮点儿吗？这样的漂亮姐儿，北京城有的是！他骂自己没出息，没见识，见了女的太软骨头，将来一准是“气管炎”！哼，真该当面锣，对面鼓，跟她干一仗，杀杀她的威风！冲着开走的公共汽车，呸，他吐了口唾沫。

第二次，又见到姑娘时，这种男子汉的英雄气概，不知跑到哪国去了。他给自己找了个辙：人家上车走了，为什么非要看你一眼呢？你长得又不漂亮，和你又不认识，横杆虽然是你抬起的，并不是对她独特的恩赐或照顾，犯哪门子肝火？

以后，姑娘经常被堵在这里，跳下公共汽车冲他不客气地骂，小伙子也无所谓了，见多不怪！奇怪的倒是，要是赶上姑娘公休或病事假没跟这趟车路过这里，或是汽车提前或错后开过叉路口，小伙子倒感到缺了点儿什么。什么呢？骂？人真是有点贱骨头。他骂起自己来了。

他毕竟是个二十来岁的年轻小伙子呀！这种年龄的小伙子的心里像老奶奶缠的麻线团，乱得择不清线头。要是路上没有这么多推着自行车的人和从汽车里探出头的人，光是姑娘一个人，兴许他能抬起横杆，破例放行。可是，开一个口子，还不像发洪水一样，呼啦啦，涌过整个叉路口呀！

他穿上铁路制服这两年，倒是破例放行过两次。

一次，也是一位穿得挺漂亮、长得也挺漂亮的姑娘，提着个手提包，跑到横杆前，脸上淌着汗珠，央求他：“师傅，我要赶火车，快晚了，能不能让我……”说着，她掏出火车票让他看。

他放行了。他的心太软。再说，谁让她长得这么漂亮呢?

这一下，惹怒了等火车的一群人。

“嗬！还是女的行呀!”

“这小子保证还没对上象吧?”

“看人家漂亮呗……”

谢师傅是这个叉路口的老工人了，也责怪他。他不服气，冲那帮人叫道:“你们谁有能耐变成一个女的，我也放!”

这一来更热闹了。唇枪舌剑，你来我往，叉路口开了锅。

还有一次，横杆放下半小时了，火车还没有来。涌到这里的人挤成了团，车排成了队，溜溜有二里来长。人群中，有骂的，也有央求的。小伙子不怕骂，他浑身长满了盾牌，却怕央求。他的心又软了。火车大概是晚点了。于是，他抬杆了。那帮骑着锃光瓦亮大链套自行车的小伙子，平常为这叉路口，为这横杆，也为他，气儿大发啦！这回，非要治治他不可。停在路中央的铁轨上，这帮人不走了。不管小伙子和谢师傅怎么说，就是不动窝。一直到火车响着汽笛飞奔而来，这帮人还是不动窝。小伙子没办法，只好迎着火车飞跑着，拼命摇着红旗。火车司机老远见这里黑压压一片人，提早刹住了车。为这事，小伙子挨了个处分。

自然，现在，小伙子决不会为这个漂亮的售票员姑娘放行的。虽然，他很想让姑娘早点儿过去，早点儿下班，早点儿忙她的事去。当然，他不知道姑娘着急收车下班，经常为的是赴约会。她急急忙忙地跑到横杆前骂一通，回家干干净净换一身衣服，香喷喷洒一身香水，兴冲冲挽着男朋友去公园，去电影院。冬天，冰场；夏天，冷饮店……

而正当她和男朋友情意缠绵，玩到兴致阑珊的时候，叉路口，小伙子呢，正打开饭盒，吃着自己带来的馒头或米饭，和谢师傅喝二两二锅头，上前面夜宵店买上几毛钱猪头肉或火腿肠，就着风、星光、月色，一吃一喝。夜里十二点下班，晕乎乎蹬上自行车，迎着晚风往家奔呢……

他们俩谁了解谁呢？可是，就这样，经常在这拥挤的叉路口见面，他们渐渐地熟了。称不上密切的朋友，也算是老相识了。

“冲你们这叉路口，我也得换换工作！高中毕业，待业两年，好不容易分了个工作，一天卖票累得贼死，好容易熬到要下班了，常常撞你们这个倒霉的火车。”

一天，姑娘跳下公共汽车，一甩一甩挎在肩上售票用的包包，冲小伙子怨气冲天地说道。

小伙子知道姑娘保证没插过队。要是像自己在郊区插过三年半队，尝过那辛酸苦辣的滋味，回城能熬上个工作，她就不会这么像踩了鸡脖子一样嗷嗷叫了。他能分到这里，挺高兴。一身蓝制服、大檐帽，红旗、绿旗、信号灯，有没有《红灯记》里李玉和的劲头？当年演样板戏《红灯记》时，他还在中学宣传队里。不过，他没演成李玉和，只是扮演跳车人。这回，神气啦，横杆一撂，坐在杆旁，一边是笔直笔直的铁轨，一边是黑压压的人群、车群。什么劲头？火车，什么地方来的没有？南方，北方，国外……别看那些地方他没去过，可是，那些地方的人要想进北京，都得从他这儿经过。没有他撂杆，火车想过去？再说眼前在这里等火车的，什么人没有？这么看来，他不仅仅是一个“手提红灯四下看”的李玉和，还大大像一个统帅千军的将军哩！

他从上衣口袋中夹出一支香山牌香烟，叼在嘴里，冲姑娘嘿嘿一笑：“别这么说，兴许以后你还得坐我们的火车路过这里，我也得给你放横杆，摇绿旗呢！”

“我？死也不坐火车！”

“兴许蜜月旅行，你就坐上火车啦！”

“那时，我坐飞机！”

“干吗对火车这么大的仇恨？”

“恨？大发啦！天天堵在这儿，还嚷嚷现代化呢！”

小伙子没话了。是呀，这样的叉路口，每天不知多少次，要堵多少人、多少车，是不大像现代化。可是，他又实在不愿意在这场交谈中就这样灰溜溜地败下阵来。他在想词，琢磨半天，他说了句：“别着急嘛！”

姑娘“哼”了一声，一扭头，跑回汽车上了。这句话太打不起分量来了。小伙子真后悔，怎么只讲出这么一句话来？他悄悄骂自己，骂自己的话茬子太不跟劲；也骂这个叉路口，的确太落后，难怪人家姑娘这样怨声载道，这样迁怒于他。

他莫名其妙地跟自己生了一阵子气。铃声响了，火车来了，轰隆隆，打雷一样驰走了。绿灯亮了，抬杆了，放行了。公共汽车颠簸着，越过铁道开走了。一切，又暂时恢复了平静，像暴风雨过后的水面……

这以后，他们俩照样经常见面，照样经常互相搭讪，骂骂，发一通牢骚，生一肚子莫名其妙的气！又互相笑笑，一个摇着绿旗，一个跳上汽车，分手了。

这中间，他们两个人都发生了一段微妙的故事。

姑娘因为在这个叉路口耽搁，迟到过许多次约会。有几次，跑到约会地点，干脆扑空。她那个漂亮的朋友，被人称为“奶油小生”的曾经为此生过好几次气。

“你生气，帮我调出来嘛！”

“调？我还想调呢！”

“奶油小生”在汽车公司修配厂工作，天天碰到的可不是“奶油”，而是机油、黄油、汽油。

结果，谁也没有调成。“奶油小生”用另一个姑娘同她调换了位置。吹了！原因当然并不在她因为这个倒霉的叉路口总是迟到。“奶油小生”嘛，对象搞了快一打了，搞一个扔一个，像换时髦的衣服。伙伴们当初就说这“奶油小生”活泛、靠不住。现在，吹了，像一阵风，吹跑了。她不怨别的，就怨这个叉路口！她用扑克牌算过命，也让伙伴们看过手相，今年，她走背字。她信！她悄悄地抹过眼泪。

叉路口的那位专管撂杆的小伙子呢？这中间，谢师傅、同学、亲戚，给他介绍过好几个对象。有那么两个姑娘对他还真有那么点儿意思。他却别别扭扭，说死说活，不愿意。

“为什么？为什么？你倒是说出一条原因来！”他老娘实在不明白儿子的心，因此气呼呼地责问他。

为什么？他也说不清。

莫非，他对她真有那么点儿意思？

莫非，她现在已经成了光杆一人，命运真的在这叉路口等待着他们，促成他们的美满姻缘？

谁也不知道，谁也没有想到。小伙子只是觉得心里像长了草，眼前朦朦胧胧，脑子里常常一闪一闪，闪过这叉路口前一幕幕情景。

姑娘和“奶油小生”吹灯拔蜡的那几天，反正用不着赶时间去赴约了，每天截在这里就截在这里，不着急了，和小伙子也显得亲热起来。她聊起电影和足球。她也喜欢足球哩！小伙子受宠若惊。隔着横杆，和她聊起中国队换教练啦，容志行小时候的事啦……那几天，小伙子真恨不得列车晚来会儿，货车多错会儿车，人们多停会儿。每天上班，他就盼望着下午五点多这个时候。

这可惹翻了等车的人们，纷纷骂着：“别聊了，嘿！”“回家聊去呗！”“这是叉路口，不是公园！”……就连谢师傅有时也走过来，拍拍他的肩膀，示意他注意点儿。公共汽车的司机也不住地揿喇叭……

他不管那一套，照样和姑娘聊。姑娘也显得大方得很，一甩秀气的长发，把挎包换换肩，照样聊。一直等火车驰过，横杆放起，她挥挥手跳上汽车。汽车开过叉路口，隔着车窗玻璃，她向小伙子挥挥手。就凭这两次挥手，够让小伙子心荡神驰的。

有一次，姑娘问他：“我说，你不能向你们的头儿反映反映，把这横杆拆了，在这里建个立交桥？”

“怎么不反映？头儿也不是没到这里来过，还不知道天天堵，一天堵好多次，弄得人呀车呀都过不来？”

“那怎么还不拆？”

“别着急，等着吧！”

“等到猴年马月呀？”

“头儿说：快了！”

“快了？退休了也见不着吧？”

“我不这么悲观。”

“悲观？眼前的现实嘛！”

“我不相信现实总这德性！”

“得了！得了！别跟我来这一套。快发展你入党了吧？再说，要是拆了横杆，修了立交桥，你干吗去呀？”

“卖票去！到你们汽车上卖票去呀！”

他真这么想过。他总觉得生活决不会让他老在一个地方，像钉子一样钉住了，总会像这叉路口似的，有几条路供他选择。以前，不是这样吗？插队，插了那么多年，以为动不了窝，不又跑到这里撂杆来了吗？生活总是在往前走。甭管走得多么慢，也是一步步在往前走。

姑娘这样想过吗？不知道。他很想和她聊聊。他甚至想找她约会呢。有什么不可以？不缺乏别的，就缺乏勇气。他鼓足了勇气，要来一次禁区凌空果断一脚射门。撕了好几页纸，打了好几次草稿，终于写了一封短信。他准备好了，姑娘再来，升杆放行的时候，人们都忙着过叉路口，他趁着没人注意，把信交给她。

姑娘来了。他的勇气却像撒了气的球，一下子又瘪了。

第二天没等到姑娘，信在衣兜里又白白揣了一天。第三天下午，正要撂杆，一辆往城里送菜的大马车为了快点儿过这叉路口，马蹄在铁轨上一打滑，两只前蹄夹在铁轨里，一下子马卧了下来，车上的茄子、黄瓜、洋白菜滚了一地。这份添乱，眼瞅着火车就要来了呀！

小伙子急了，冲车老板直嚷：“你这车是怎么赶的？跑我这儿练马戏来了？”

车老板比他更急，扬着鞭子，吆喝着牲口。那马干喘粗气，打着响鼻儿，就是起不来。

这时候，公共汽车到了。姑娘跳下车，一甩肩上的皮包包，跑到横杆前；“真倒霉！怎么又赶上了你们这个丧气的杆！”她又说起了这句话——好些日子没说这句话了，好像她第一次被火车截到这里似的。

小伙子从铁路中央走到横杆前，想招呼几个人帮帮忙，听见姑娘这句话，有些不高兴：“别光看热闹呀，火车这就来，过来帮帮忙！”

姑娘耸耸秀气的鼻子，悠悠肩上的包包，像没听见，“嘚嘚嘚”，踩着高跟鞋，跑到一边的树荫底下去了。

倒是几个见义勇为的小伙子支上自行车，钻过横杆。小伙子见过他们，他们没少骂他、刁难过他。现在，他们一起动手，先帮车老板把马蹄从铁轨里掰出来，把马扶起来，再把滚在铁轨四周的茄子、黄瓜、洋白菜……一个个捡回来，扔上马车。车老板汗水淋淋地赶着车过去了。火车响着汽笛风驰电掣地开过来了。

好险呀！小伙子喘了一口大气，汗已经溻透了紧身衫。他瞥了一眼树荫底下的姑娘，正看着表呢。见横杆升起来了，她也走过来了，脑门子上也渗出了一层细细的汗珠。她也着急呢。都着急，着急的内涵不一样。

行人、自行车先走，呼啦啦，像涌过的潮水。汽车还得往后靠靠。小伙子忽然想起了衣兜里的信。刚才对姑娘那不愉快的瞬间很快便过去了。他凑上来和她搭讪。她爱搭不理呢。小伙子想和她再谈谈足球，却没有一个球能飞进她的球门。怎么啦？莫非刚才得罪了她？刚才那究竟是谁的不是呀？……

忽然，他看见她在不时地看手腕子上那只金黄的小巧玲珑的电子表。他明白了！决不是自己多心敏感，猜也能猜出个八九不离十。她一定有了对象，在着急赴约会呢！那电子表原先没有，是新戴上的。没错！要不，她不会对自己这样冷若冰霜。

小伙子的心凉了，刚出的一身热汗一下子凉了。揣了一夜的信，他悄悄地揉皱了，团成一团，扔在一边。

火车开走了。公共汽车路过叉路口。小伙子没见姑娘再向他挥手，只看见姑娘一个瘦削的后背。

“看来我是得换个工作，省得经常看见她！”小伙子伤心了，有一种被愚弄的感觉。不过，他又实在不甘心。第二天，趁着找公共汽车司机借火点烟的机会，他装作漫不经心地问了一句：“她，新搞对象了吧？”

“可不是！你怎么知道的？”司机挺奇怪，经常在这里见他俩这一出戏，实在闹不清他们是什么关系。现在的年轻人，猜不透！

“果然！她没瞧得起我。”小伙子的烟没点着，转身走回横杆里。火车隆隆开来，他故意挺直腰板，高昂着头，冲火车守车员摇着绿旗……

这一天半夜下班时，突然下起暴雨。谢师傅让他穿上雨衣，他说了句“淋着痛快”，骑上车就回家了。第二天，发起高烧来，一连几天病倒起不来床。病稍好些，他趴在床头上写了个请调报告，说什么也不愿意在这叉路口干了。没劲！这个倒霉、落后的叉路口，没人瞧得起。瞧不起它，也瞧不起我。

病好了，他上班去了。谢师傅见到他说：“头儿来过这里了，听说你病得挺厉害，特意看你来了！”

“看我？没说别的？”

“让咱们守道员提提对这叉路口的意见！”

“意见？提了多少次，管屁用！”他发起牢骚来。

谢师傅又说：“前两天你没在时，从广州运来四十万斤荔枝。那火车跑的，溜溜一列一列的，没完没了！列车段奖励咱们守道员一人五斤荔枝，你的放在屋里了。”

他走进道班房。红红的荔枝，一颗颗，那么水灵。啊，全放在冰上面呢！怪不得还是这么鲜。他心里涌起一阵热浪。

铃声响了。红灯亮了。火车又要来了。横杆又撂下了。不一会儿，横杆前又聚满黑压压的一群人。几天没见，这些平常骂他的人们，却纷纷问候起他来了：

“怎么样？听说病啦？好利落了吗？”

“风吹日晒的，得留心，在意点儿！”

“干这一行也不易，什么时候修个立交桥就好了！”

…………

他一下子感动起来。这里挺好，离不开我！大家理解我！我干吗走？叉路口要走人，要走车，要走向四面八方。叉路口本身就要有人留守。我就留在这儿看着立交桥建起来。我就不相信建不起来！新旧交接的叉路口，我是继往开来的关键人物哩！一霎间，他觉得底气足了，腰板硬了，手中的绿旗，面前的横杆，也神气起来了！

他没有从衣兜里掏出那份请调报告，又神气十足地撂杆，放杆，摇旗，挥手……指挥着这一列列火车，这来回如潮如流的车水马龙……

这一天，下午五点多一点儿，横杆刚刚撂下，真准时！红黄两色的343路公共汽车又停在杆前面。这时，他想到那个漂亮的售票员姑娘了。哼！这回，不理你！你有什么了不起的！

从汽车里跳下来一个姑娘。啊，不是原来的那个姑娘，而是另一个人！那个姑娘终于通过她新交的男朋友的关系和门道儿，调走了，再不用见她称之为倒霉的叉路口的横杆了。可是，也许她也再见不到这里以后修立交桥了。落后也好，困难也好，责骂也好，有人躲了，逃了，跑了，有人却一直在这里尽于职守，在这里等着立交桥从他的手底下、眼皮底下修起来！小伙子这样想。

新跳下车的姑娘比原来的还要漂亮。哼！漂亮的姑娘有的是，缺了穿红的还有挂绿的呢！小伙子想到这里，心里有几分快慰。毕竟还有姑娘要到这里来，一天一天，要从这里经过。

姑娘肩挎着售票用的包包，小鹿一样一蹦三跳地跑到横杆前，冲他调皮地眨眨眼睛，仿佛老相识一样，说了句：

“嘿！真倒霉，怎么我头一天上班，下班下班这最后一趟车了，就赶上你们这个丧气的杆！”

她也像那个姑娘一样，说着这样的话。

肖复兴《叉路口》发表于《人民文学》1984年第1期，收录于1985年出版的小说集《她和他们》。《叉路口》的写作缘起于肖复兴搬家后在四路通路口堵车的真实经历。小说讲的是在京郊叉（岔）路口的漫长等待时间里，一位穿着铁路制服、负责抬横杆的小伙子与343路公交汽车售票员姑娘之间发生的故事。这是“偌大首都一个被有些人遗忘的角落”，以这一叉（岔）路口为取景器，肖复兴写下北京市民生活里真切而富有烟火气的一角。

——易彦妮

公共汽车咏叹调

刘心武

气恼。凡是公共汽车的乘客都难免气恼。

死等，死不来车。终于来车，轰隆隆从站前一掠而过。动不动竖起“区间”“快车”的小牌子。好容易跑拢车门，偏“哐啷”猛然关上。总算挤了上去，售票员从后面推你搡你，就仿佛对付一袋土豆。来劲儿时，查票近于刁难，没劲头时，你要买票他还懒得卖给你……

终点站上，停着好多辆车。为什么一辆也不发？

淤成一团的乘客个个心急火燎。

站上有间小屋，是车队的调度室。一位乘客闯进去，质问道：“怎么还不发车？”

没有人理他。

调度员拉长着脸，在一张表格上填写着什么。几个也不知是司机还是售票员的年轻人坐在长椅上，管自互相聊天。

那乘客提高嗓门，再问一次。

几个声音同时响起：“你等着去呗！”“现在没车！”

终于有一辆车开拢站前。人们争先恐后地往上挤。

忽听售票员宣布："西单不停！去西单的甭上！"

西单是大站，为什么不停？

乱哄哄。有人想退下去，再等一趟西单停的，但游移之中，车已启动。

车驶出站后，乘客们开始纷纷呼吁："西单干吗不停？""我们都去西单！""快车也得快得有道理，西单不停算怎么回事？"

前面那位烫发描眉的售票员撇着嘴说："甭跟我嚷，你们跟司机说去！"

真有几个人去跟司机说。或恳求的口吻，或激动的语气。

原来快车省停有一定的随机性。调度员的安排并非圣旨。

司机嚷了一声："一站西单啦！"

售票员便也呼应了一声："头站西单！"

车有十七米长，分前后两截，塞得满满的，有人没听见，有人没听清，有人没听。

调度员对乘客闯入调度室大声质问早已习惯。

她懒得回答。甚至懒得抬眼望一下质问者的模样。

小小的调度室，是乘客们所不了解的另一世界。

调度室的一面墙上，是木制的大幅人事调配表。车队的每个成员都有一个木牌，名字写在木牌上。木牌按出勤安排，挂到大表上。总有若干木牌被另挂在一侧，那是病假和缺勤栏。

是的，难怪乘客们眼睛出火——站里明明有车，为什么不发?

非高峰时间，只出一半的车。停驶车的司机下班回家了，车没人开，自然不能发出去。高峰期也可能有车停在那儿开不了，因为司机出勤不足。

出勤不足，这是调度员管不了的事。

调度员打着哈欠，填写着表格。表格上有一栏是“正点率”。她净在那一格里打叉叉。

车行不能正点，怪路，有的马路至今还是清朝走轿子的宽度。怪车多，如今北京机动车已达三十万辆，自行车已过五百万辆。怪红灯。怪事故。怪预料不到的种种情况。

谁了解一个调度员的工作?她连续工作二十四个小时，然后再连续休息二十四个小时，这叫“隔日勤”。车队除了调度室，还有几间活动房，其中有一间是收了末班车后，给调度员睡觉的，行话叫“住站”。

因为路上受阻，那一头终点站的车开不过来。半天不来，一来一串。她能让那一串车再像糖葫芦般地开出去吗?她得让那些车甩开距离，所以得发“快车”，得发“区间”。她自有她的道理，所以她对质问者拉长着脸。她让那辆车西单不停，为的是让它快些开往东单，好缓和东单站的淤积形势。她将另调一辆车空驶西单，装走西单站上所有焦躁的乘客。

乘客天天不理解。她天天这么干。

“也不知那些调度是怎么搞的?!”乘客们常常怨恨地说。

至少这个调度员蒙受着一定的冤屈。她不是故意要让乘客们难受。她已经结婚。她同婆婆有矛盾。她的孩子有点佝偻症。她爱人在工厂里跟车间主任关系搞不好。她还没买上洗衣机。她身上穿的那件格子呢的外套不慎掉上了一个大油点。听说有一种“洗油净”特灵。她还没有买到，她还很想买一双白颜色的坡跟皮鞋。头发刺痒，该洗头了。她很想买一套“华姿系列化妆品”。可是谁愿意知道她这一切呢？

“你们是怎么搞的？怎么还不发车？”

她眼皮也不抬。她填着那张表。

那辆车在西单停靠了。

许多乘客如释重负地拥下车去。许多乘客如获至宝地拥上车来。

可车没开。

有两个小伙子，是从车上下来的。他们气冲冲绕过车头，闯到驾驶室边，一个拽开门就骂：“你他妈的工会大楼干吗不停?!”一个竟伸出手去要拽司机：“有你这么开车的吗?！你下来!”

工会大楼是前一站。发车时本是说工会大楼停西单不停的。

司机韩冬生原以为自己是做好事，没想到遭到这样的突然袭击。

韩冬生个子不高，但精壮茁实。他眉眼粗，汗毛重，一望也不是个好惹的。

他顿时火冒三丈。大家伙一个劲儿嚷：“西单停!”“西单停!”他才前一站不停停西单的。他心想你们非工会大楼下车干吗刚才不嚷嚷？真是谁心善谁吃亏。他觉着自己真是亏透了。前一阵大北窑那儿修路，车堵得厉害，车一停能停半拉钟头。常有忍耐不住的乘客跑过来求他："师傅，开门让我们下吧！"不在站上不能开门，这是制度。他本可以置之不理。可他心软，好几次都把门开了，让想下去的下去。这回他又心软，"我们都到西单下！"一片嚷声，他本是将就大家伙，没想到倒惹出了麻烦来。瞧这二位那个横劲，怎么着？找碴儿打架吗？他满脸溅朱地指着他们叫嚷起来："你们想怎么着？嘿，你们要敢拽我你就直拽，这车我今儿个还真不开了，车撂这儿开不了你们负责！"

底下两个小伙子倒没真拽，但跳着脚骂个没完。

韩冬生气得浑身哆嗦。他转过身来，朝着车厢呼喊："嘿，你们说说，是不是刚才车上都嚷着要我西单停车?！你们给证明证明！"

只有前面的售票员夏小丽呼应他："可不是吗！都嚷着要西单停，真西单停了又来捣乱！"

车上的乘客竟没有一个应声做证的。

韩冬生大受刺激。他又转身冲着车下的二位对吵起来。他甚至想跳下去同他们扭打一番。

西单站那里形成了淤塞。后面来车了，因为这车堵着，开不动。很快淤上了一长串。十字路口的交通民警一时顾不上这里，一边指挥着车辆一边干着急。一些过往的行人驻足围观。一些骑自行车的人停车围观。

这里是西长安街。前面就是电报大楼。街上挂着一串串小彩旗。街心车如流水。

事情还在恶性发展。

车上的乘客没有应声做证。

这并不奇怪。

嚷嚷着要西单下车的，早已都下去了。

听见了“西单下!”“停西单!”嚷声，尚未下车的乘客，一时还没有反应过来。这类事，实在并非罕见。能不介入就不要介入。

车上主要是些才从西单站拥上的乘客。他们感到不快，可对事情的来龙去脉实在摸不着头脑。只好皱眉忍耐着。

交通警走过来了。还有治安联防的人员。

车下两个寻衅的小伙子走开了。

韩冬生还是不开车。他豁出去了。他冲车厢里嚷：“这车不开了！下车！都下去!”

交通警走拢车前。问韩冬生怎么回事儿。

韩冬生气咻咻地望着两个挑衅者消失的地方，赌气地说：“你们逮不着流氓你们就罚我吧！今儿个我还真不干了!”他掏出印着红1、黄2、蓝3、绿4的一沓“北京市机动车驾驶员违章记录证”来，一下子递到交通警手里。

那本是他胸兜中最宝贵的东西，最怕被交通警缴去的。

交通警很冷静，把四张卡片都还给了韩冬生，对他说：“你先把车开走吧!”

韩冬生把胳膊抱在胸前，两眼直愣愣地望着电报大楼的大钟，梗着脖子宣布：“我这车出毛病了，开不了了!”

交通警见一时解决不了他的问题，便先去疏导淤在这车后面的其他车辆。治安联防的人员劝散了围观的人们。原先被韩冬生这辆车挡住的车陆续绕过它开了出去。

韩冬生再次转身对着车厢里嚷："这车坏了，不走了！下车！都下去！"

有十多个人下去了，多数人不动。特别是坐在座位上的人。挤车而能得到座位，难。哪怕这座位即将作废，他们也舍不得放弃。再说他们等待惯了。许多原来不能实现的事通过耐心等待都能等到。还有一些人从开着的门朝上登。夏小丽对他们尖声嚷着："不走了不走了，下去下去！"可仍有人坚持登车。他们觉得无论如何先登上去总是好的，下一辆什么时候才能来呢？眼前哪怕是可能落空的机会也该抓住，它总比一个圆满但还没有影儿的机会实在。

有一个人拿钱找夏小丽买票，夏小丽不耐烦地说："不卖了不卖了，你买哪门子的票？"

"我起点站上的。"那人解释着。

"甭买了甭买了。"夏小丽依旧摇头撇嘴。

连续几辆出租汽车从街心驶过。

韩冬生望着出租汽车顶上安装的有TAXI字样的顶灯，心里更不是滋味。

他把那顶灯叫成"坟头"。"那些顶着坟头的家伙"，他这么称呼出租汽车司机。

他从羡慕他们，到嫉妒他们。

韩冬生今年三十一岁。他父亲是一家饭馆的“白案”。那不是有名的饭馆，是一条胡同口上的一家最不起眼的小饭馆。他母亲是家庭妇女。两个妹妹也在饭馆，一个是给“红案”切菜备料的，一个是端盘儿的。他弟弟是全家的骄傲，因为在西郊一所大学里工作，尽管是在大学修建队当瓦工。大学里曾给每位教师配置一部《辞海》缩印本，本来行政部门的干部以及工人不一定需要那么厚的一大块纸砖，但福利均等的不成文规则使他弟弟也领到了一部。他弟弟立即转手倒卖，便得了四十块钱。韩冬生在弟弟面前原来并不觉得寒碜。这类事多了，心里便堵上了冰坨——我们公司怎么一年才发两双手套?

韩冬生赶上了最后一茬“上山下乡”。他哪知道后来中学毕业生用不着“上山下乡”了。在村里种地的时候，他常常一边抹着汗水一边幻想：什么时候能当个工人就好了！后来真有了这么个机会，房山的一个小煤矿招工，他欢天喜地地去了。去了才知道当矿工比种地还苦。于是他幻想哪一天能调回城里就好了！ 1979年还真遇上了难得的机会，父亲的一个“把兄弟”在公共汽车公司的一个车队上当队长，靠这个“后门”，他转到城里公共汽车公司来了，临调走的时候，矿上让他在一张纸上按手印，那上头写着他自愿从四级工降为二级工。他没犹豫，蘸着大红的油墨按了。他在公共汽车公司是二级工从头干起。先卖了两年票，后来才学了开车，当了司机。头两年他还算安心。可这一年多来他心上长毛了。

关键是出租汽车的勃兴。

原来北京市的出租汽车不过一千多辆，也没怎么听说过出租汽车司机发财的事儿；如今北京市的出租汽车过一万辆了，到处流传着出租汽车司机挣大把钞票的故事。

整个公共汽车和电车公司，才一万名司机。如今出租汽车司机的数目，已经赶过他们了。

出租汽车事业还在迅速发展。最大的一家首都汽车公司，车辆数目已过三千。就是同属一个北京市公共交通总公司管的北京出租汽车公司，车辆数目也已达到一千八百辆。其他各种名目的出租汽车公司已经超过一百家，什么翔远、安乐、渔阳、远东、京深、友谊、广达……还有叫香格里拉的，瞧人家那抖劲儿！

解放初，是蹬三轮的仰头望着公共汽车司机，羡慕个贼死，如今，是公共汽车司机低头望着出租汽车的司机，嫉妒得牙痒。

韩冬生其实还不算牙痒得最厉害的。

每天天还没亮，韩冬生就从床上爬起来。

他住在北京一条古老的胡同里的一个小杂院里。

他住的那间小南房只有十多平方米。家具很简单。自己打制的酒柜上有一个闹钟，结婚时候买的，近二年已经不能闹了，他也没去修，因为不用钟闹，他一到三点半过后准能猛地醒来。

他和爱人、孩子睡同一张床。那是一张目前已经不时兴的木板双人床。孩子已经四岁。他们是回民。回民托儿所比重点大学还难进，他们没门路，孩子托不进去。这样的苦恼他有一大堆。比如他和爱人都仍在精力最旺盛的阶段，性生活的要求都很强。可是在一个已经会说话的孩子身边做爱，孩子的一阵梦呓，一阵磨牙，都使他们既败兴又自卑。但这类的苦恼再深再重，也还比较容易恢复心理平衡。同院不少家的住房情况也差不多。最让他梗在心里化不开的，还是这样一个问题：同是握方向盘，为什么人家就能握出租汽车的，而我却只能握公共汽车的？

从洗脸、刷牙开始，两种方向盘所带来的差距便萦回在他的心头。不到四点，他已经出了胡同，他乘上203路夜班环行车，来到景山前门。

每天凌晨三点半至四点之间，许多辆公共汽车公司的接班车汇聚在景山前门那里，众多的司、售员纷纷在那里转换去往自己车队的接班车，情景蔚为壮观。可惜几乎百分之九十九的乘客都无缘目睹这一景象。

在接班车上，韩冬生同熟识的司机最经常的话题，就是谁谁谁走了什么什么路子，调到出租汽车上去了，这类的信息常像火红的煤球般烫伤着他的心灵。他觉得不公正。被调去开出租车的多半是场里头头们的儿女或其他亲友。他一一记住了他们的名字和准确的亲属关系，达到睡梦中摇醒过来也能脱口而出的程度。

到了场里或总站，做准备工作的时候，他往往心里更加别扭。他想到如今的出租车越换越漂亮，越舒适。有空调，冬不冷夏不热。有录音机，随时能听个《血疑》主题歌什么的。后头放个香座，还有摇头狗什么的，前头挂串塑料葡萄，或者粽子香袋什么的。车里永远不会臭烘烘。不爱拉的还能推掉。虽说规定了一定比例，让上缴外币兑换券，自己终究能捞到一些。跑完了车子能开家门口停着，省多少事儿，还能用它拉拉关系，好处多了去！

逢到冬天，在场里给公共汽车灌热水，尤其是热水溅到手上烫得钻心的时候，他就更生动更具体地想象着出租小轿车里种种令人艳羡的景象。

在街上开着车，他脑子里流动着种种杂念，那最难压抑下去的，也还是“我怎么就不能调去开那出租汽车呢”。

像韩冬生这样的司机，工资待遇的确低。公共电、汽车公司的一万名司机的平均工资仅仅五十元。开中间带转盘和折棚的大车有一天六毛钱的“斗儿费”，加上公里费、节油费以及奖金，一月不缺勤不出岔儿能有七十元左右，这样一个月总共能有一百二十元左右。

韩冬生家里的温饱成问题吗？

现在全北京每一个市民的温饱大概都不成问题了。

问题是谁也想过上更宽裕更舒适的日子。

以往北京市民们见了面，总是问：“吃了吗？”

吃饭曾经是头等重要的大问题。

如今北京市民们见了面，倘是一段时间没遇上过，常问的是：“家里买彩电了吗？”

黑白电视早已不稀奇。不问那个。

“买彩电了吗？”

还要接着问：“多少英寸的？”还要接着问：“什么牌

儿的?”

说是牡丹、昆仑、金星、孔雀……什么的，对方会忍不住地摇头:“您不买个日本的?”

说是福日,“啊，打日本进的流水线攒的，还行。”说是东芝、松下、三洋、索尼、夏普,“嗬，真棒。原装的吗?什么路子买下的?”

这就是时下北京市民的典型心理状态。

韩冬生一家也未能免俗。

他家的那本经还有特别难念之处。

他岳父年纪不算太大，但已偏瘫了十多年。

他爱人秦淑惠，在跟他搞对象的时候跟他一五一十交代清楚了。

岳父不仅偏瘫，行动不便，脾气还很古怪。

岳父现在住在他们隔壁一间更小的不怎么见光的屋子里。岳父床边有个大箱子，旧得看不出漆色，据说是樟木的，可韩冬生从未闻见过樟木的味儿。那箱子谁也不让动，就连小外孙京京摸摸，他也要嘴角一抽一抽地制止。

院里的老住户们之间流传着这位老头的许多奇闻逸事。他现在是个退休的七级工。偏瘫了，人已经不成形状。但据说退回三十多年，他是个风流倜傥的京剧票友。唱起《白门楼》来，风姿不让叶盛兰。他有过红火的时候。他有他的个人秘密。他的履历可以查清，他的心路历程别人永远不能知晓。如今他那逝去的甜蜜和神秘的隐私都浓缩在了那口樟木箱子里。据传那里头有三四十年代北京戏园子的所有戏单和说明书，还有无数当年的京剧小报，以及若干他自己和别人的照片。盛传那些照片里有梅兰芳、筱翠花、荀慧生、言慧珠、梁小鸾……从一流到三流的名伶亲笔签名的戏装和便装照。“文革”“破四旧”时他已成为最普通的工人，没有“红卫兵”抄他的家。他的樟木箱里所塞满的东西如今更具有文物价值。中国戏曲研究院的人倘若知道，一定会兴奋不已，并采取相应行动，可是有关的传言并不能流出他们那条窄窄的胡同。韩冬生听到这一切时只是一笑。他甚至有些失望。他原期望那樟木箱里有点元宝金条之类的东西，最不济也该有些金银首饰。

韩冬生不懂京剧，并且不喜欢一切戏曲。

他也不爱看书。在他家屋里甚至找不到一本印刷物。

他模模糊糊知道有个梅兰芳。不过他更熟悉和崇拜山口百惠与程琳。

他没有挑剔秦淑惠的家庭。秦淑惠母亲早故，剩下个父亲又是这种情况。他还是同意和秦淑惠结婚。回民找回民不好找。差不多也就行了。

秦淑惠家住房比韩冬生家总算宽敞一点。他就入赘了。他们过得也还不错。

自从生了京京以后，秦淑惠一直没去上班。她是一家羊毛衫厂的工人。现在算是“吃劳保”。一月只有三十多块钱。这真够恼人的。可她有什么法子呢？孩子入不上托儿所，父亲又是那么个情况。原先父亲还能凑合着自己下点方便面吃，如今端碗都端不稳了。特别糟心的是老头最近常有大小便失禁的情况。她一个人得洗一老一小两个人的裤子。真够呛！也曾考虑过雇个保姆，但算来算去，还是不如自己“吃劳保”待在家里合算。“我雇我自个儿吧！”想通了，她倒也快快活活。

韩冬生有回开车开到日坛路，猛刹车，跳下车去揪住一个乱骑自行车的人吼了一通。表面上是因为那人违反交通规则妨碍了他行车，实际上是韩冬生头天下午窝了一肚子火，憋了十多个小时，总得借个碴儿撒放出去。头天下午淑惠领着京京出去买菜的工夫，岳父突然大便失禁了，呼哧带喘臭作一团。韩冬生能不管吗？管是管了，心里头别扭。他想，我上午在马路上伺候乘客，下午回到家还得伺候病人，可我家连台彩电都没混上，我怎么这么倒霉？

韩冬生心里偶尔会升起这样的念头：“他怎么还不……呢？”但他总能自觉地立即把它压抑下去。

岳父有时候精神稍好，能含着漱口水似的说话。这种时候他可能会叫过韩冬生去：

“给我买两包烟来！”

岳父哆哆嗦嗦地递给韩冬生一块钱。韩冬生默默地去了。岳父有一笔不算太少的退休金，但他并不把那钱交给他们打伙用。每月领到钱后，他只交上十五块伙食费，此外，就全留在自己身边。他嗜好抽烟、喝茶，没香烟没茶叶了，便掏钱让小两口去给他买。碰上身体状况处于最佳状态，他兴许会蹭到街上去站站，然后给京京带回一点零食来。他们就是这么个经济关系。

韩冬生买回了一包四毛四分钱的“翡翠”和一包四毛七分钱的“红梅”，老头只认这两个牌子，剩下的九分钢镚儿，韩冬生全数随烟交了上去，而岳父也就颤颤巍巍地收下。

望着岳父不住痉挛的颜面，韩冬生又可怜起老爷子来。他心里升起这样的念头：“谁也难免有这么一天哪……”

将心比心是人类的一种良好素质。

人心隔肚皮。理解别人的心思很不容易。

但应当有理解别人的愿望。

难。

难得普遍地产生这种愿望。

生活：网。

乘客们从一个网结流向另一个网结，借助于公共汽车时，他们的心灵或处于暂时的麻木状态，或沉浸于自我的思绪。对于他们来说，“公共汽车司机”和“公共汽车售票员”是两个抽象的概念，尽管面对着活生生的司机和售票员，他们也很难产生出如下的心绪：那些人各有各的名字，各有各的来历，各有各的生活道路，各有各的家庭，各有各的喜怒哀乐，生死歌哭……

乘客们的这种心态无可厚非。

当乘客们受制于公共汽车司机和售票员时，他们是无辜的。

当韩冬生在西单气恼而执拗地轰乘客们下车时，那满车的乘客便都是无辜的受害者。

来坐公共汽车的，谁也不容易。

当韩冬生和夏小丽他们往下轰乘客们时，有几位乘客的心灵最受伤害。

其中就有那位递过钱去要买票，而遭夏小丽拒绝的人。他是国家机关的一位技术干部。

韩冬生觉得自己比出租汽车司机挣得少，委屈，这位干部实际上挣得比他还少。

单看固定工资，这位四十岁出头的干部是比韩冬生拿得多。但韩冬生他们加上补助和奖金，能拿到一百二三十元，这位已经开始谢顶的干部却是干拿一份工资，额外的附加收入一年也不过一百多元。

韩冬生他们还能开辟第二财源。

韩冬生的同事里，有的经常泡病号。其实没有什么病。他们是同什么什么公司挂了钩，给人家到广州一类的地方接车去了。他们日夜兼程地从那边把车给人家开回来，或一周或半月，人家给他们一笔报酬。最多一次能拿到六百元。

韩冬生胆子小。秦淑惠也不让他那么干。秦淑惠头两年从街道上揽了糊纸盒的活儿。是糊装西装套服的那种漂亮的纸盒。糊一个大的能挣三分六厘钱，糊一个小的能挣两分四厘钱。韩冬生成年上早班。天不亮出去，中午一点半回到家里，吃过午饭，略事休息，他便帮秦淑惠糊那纸盒。

他们能从下午一直糊到吃晚饭，吃完晚饭一边看电视一边继续糊。韩冬生糊到九点来钟先睡。秦淑惠最来劲的时候能糊到十一点去。

最多一天能糊出二百多个来。

一月到头，把纸盒交上去，除了扣除百分之十的管理费，以及扣除糨糊钱和耗损费外，最多一月能挣到八十块钱。

那位平时骑自行车上班，偶尔才坐公共汽车的中年干部，可是一点这类的第二财源也没有。他和他那也当机关干部的妻子都没有开辟第二职业的魄力。客观条件也不具备。都说机关干部分房子占便宜。也不尽然。不过总的来说，确比公共汽车司机或售票员或然率高一点。那位干部前些时确实分到了一个两居室的单元。但说来韩冬生他们可能不信，那干部家里家具非常寒酸。他们也想添置点家用电器，一台十二英寸的黑白电视看了多年，暂不作更新之想，算有一件了吧，最急需的洗衣机他们就还没有买。要买个双缸的，他们就还得再攒一阵钱才能办到。

韩冬生家里除了一台十四英寸昆仑牌黑白电视机外，已经迎进了一台广东中山县出产的威力牌双缸洗衣机。秦淑惠特为它扯了两米花色艳丽的平绒布，不用时盖在上面，标志着它在他们家中目前所享有的荣耀地位。

韩冬生真不该觉得自己是天底下最倒霉的人，他在西单遇上点麻烦就这么不管不顾地对待工作，对待乘客，实在并不占理。

但乘客们也该知道他的家庭悲欢。

买那台双缸洗衣机对他们家来说是一桩大事。钱是用两双手辛辛苦苦糊纸盒子糊出来的。可是从百货商店运到家里，刚使两回就出了毛病。

气得不行。立即再去借平板三轮，运回百货商店，要求调换。

人家让他们先搁那儿，得研究研究，看究竟是机器本身有毛病，还是他们使用不当。韩冬生急了，跟人家吵。吵也没用。就像公共汽车上的乘客同他吵架一样。没用。权力，尽管是小小的权力，在人家手里。

洗衣机放在那儿了。韩冬生第二天早上开车心绪不宁。经常猛刹车。乘客们被弄得东倒西歪。没有哪个乘客知道，这除了惯性作用以外，还有司机本人的心理作用，而这竟又同一台搁在百货商店仓库里的待查洗衣机有关。

不细述了。韩冬生和秦淑惠四出四进，到百货商店换了三次，最后才得到现在稳定地覆盖着碎花平绒布的这一台。这一台真可爱，开动起来一点毛病也没有。

可是他们生活中的小悲欢仍在细波回澜般地展开着。

有一天韩冬生回到家，只见秦淑惠坐在床边上抹眼泪。

这是怎么了？

原来是有人给他们“下了蛆”。说他们是双职工，没权利领纸盒子到家里来糊。于是人家不再发给他们那样的纸盒糊了。

韩冬生对出租汽车司机们眼红。没想到也有人对他们两口子眼红。

韩冬生生气得不行。怎么着？八十块钱的外块挣得容易吗？有时候为了赶上交活的时限，得帮秦淑惠一直糊到半夜，第二天开车都迷迷糊糊的，万一出了事儿，自己吊销执照，坐班房，老婆孩子不得喝西北风去？

韩冬生愤愤地想：把我们挣的那八十块钱，拿出来跟你们劈分吗？有那么个理儿吗？

其实韩冬生这时候也该想一想，人家出租汽车的司机就那么轻松吗？不错，是挣得多，可开车的时间，不也比开公共汽车长吗？有时候一天有十六个、十八个小时都在跑车，最少也得跑十二个小时，容易吗？难道就该把他们多挣的钱，拿出来跟开公共汽车的劈分吗？这就合理了吗？

眼睛都朝比自己挣得多的人看，越看越眼红。

红眼病。这是目前中国人最常见、最多发、最普遍的心理症状。

失去了糊纸盒的财路，韩冬生秦淑惠便另辟蹊径。秦淑惠不知怎么的认识了邮局的人，于是他们从今年开始趸报纸卖。

趸来的报纸,《北京晚报》卖一张能挣四厘,《大千世界》和《球迷》合起来平均一张能挣五厘。他们每回趸三百份《北京晚报》，二百份《大千世界》和《球迷》。他们坚韧地几厘几厘地积累他们的财富。

韩冬生如今每天下午去卖报纸。一天能挣两块多钱。当秦淑惠每天点着挣来的钱——净是钢镚儿和皱皱巴巴的分票儿——她总是知足常乐地说:“把一天的饭钱挣出来了!”

中国是个以烹饪技术著称于世的国家。

但中国一般民众的三餐饮食仍旧相当俭朴。

北京一般小市民宁愿牙缝里省一点，攒出钱来置“大件儿”。

眼下北京市民衡量一个家庭富裕程度的标准，主要不再是吃得怎么样，也不是穿得如何讲究，甚至也远不是有没有组合家具或壁灯吊灯，现在主要是看拥有家用电器及高档耐用消费品的数量和质量。

有所谓“八大件”的说法。按其重要性，彩电稳定地排在第一位，其余的在各人心目中次序略有差异，它们是：电冰箱、洗衣机、缝纫机、录音机、照相机、摩托车和录像机。

为了向“八大件”进军，韩冬生一家在吃上非常节俭。他每天早上不吃东西就去上班，跑车跑到八点多的时候，他在终点站附近的回民小吃店买四根油条，就着热茶水啃。天天如是。中午全家等他回来一块儿吃。他家中午饭全院知名。一年三百六十五天，天天吃炸酱面。秦淑惠每三天炸一次酱，油搁得比较慷慨，但里面只有鸡蛋和虾米皮，并没有羊肉末。自从羊肉涨到一块九毛钱一斤以后，他们一月只买一次，每次只买一斤来吃。晚上一般吃米饭、炒菜。菜是哪样便宜了吃哪样。这一阵子柿子椒便宜了，一角六分钱一斤，秦淑惠就天天买两斤来炒着吃。

那位要买票反倒遭到拒绝的干部当然不知道。

使他所乘那辆公共汽车搁浅的司机，便来自这样的一个家庭。

夏小丽拒绝卖给他票，使他非常难堪，也使他非常气愤。

他愤然说：“你怎么不卖？我坐了国家的车，我就该买票，不能让国家吃亏！”他固执地伸着胳膊，把一毛钱递到夏小丽面前。

夏小丽竟越发粗暴地把他那拿钱的手推开，仰着脸，两眼眯成两条缝儿，下巴颏抖动着，嘴里像吐葡萄皮儿似的一连串地说：“得了吧得了吧得了吧……”

她不仅拒绝售票，还拒绝接受那位干部的正确道理，使周围的乘客难以再保持沉默。

一位花白头发的女乘客忍不住对她说：“你这样可不对……”

夏小丽没等她说完便又尖声地截断她说：“我不对我不对我不对……不对又怎么着?!”

那眼睛瞪成一对鼓鼓的豆荚。

另一位戴眼镜的知识分子也实在看不过去，激动得有点结巴地批评她说：“你你……这是什么态度？你你……怎么能这么工作?”

“就这态度！我还不想干呢!”

夏小丽的回答斩钉截铁。

真所谓“一波未平，一波又起”。这车更崴泥了。可怜满车乘客心!

夏小丽原是远郊区的一个高中毕业生。她父母都是那边工厂的普通工人。她上的那所学校是所谓“非重点”学校。全校高中毕业生里只有三个人考上了大学。她高中毕业时适逢北京市公共交通总公司招聘售票员。她是自愿来应聘的。

谁知经济改革的迅速进展，使所谓个体户活跃起来。破产或并无大赚的个体户人们很少顾及，到处传说着个体户暴发的消息。也不都是夸张。夏小丽的一个同班同学，如今是母校那一带的“糖葫芦王”，他通过从家庭车间里生产出的糖葫芦，垄断了那一片地区的糖葫芦批发业。存折上究竟有多大数目，不得而知；“八大件”置全了，可是有目共睹。夏小丽就被请到他家看过录像。对比之下，夏小丽越来越后悔当初为什么非来当这售票员。早知道的话不如在家耗一耗，耗到能领个体营业执照时，也领它一个大干一番。夏小丽觉得自己也不是个玩不转的人。

夏小丽在穿戴上原不怎么讲究。可如今刺激她的时髦事物实在太多。刚觉着“华姿系列化妆品”新鲜，电视上又推出了“威娜宝系列化妆品”的广告。刚置备了眉笔，百货商场化妆品柜台里又出现了睫毛夹子。最近北京街头陆续出现了港式的发廊，里头尽是打广州请来的有手艺的美容师，什么“小巴黎”“秋子”“新浪潮”“迷你”……光理发廊的名字就让人心里头怦怦乱跳。看过几次时装展览，她懂得了什么是“国际流行色”，什么是“X型”“H型”“A型”服装。光东长安街高台阶上的丽都百货商店里，就有那么多五光十色的真假首饰。刚买上一双细高跟皮鞋，人家就告诉说如今最新潮的女鞋倒是平跟的。

乘客们真该理解和谅解夏小丽的心思。

她虽不是如花似玉，到底正当青春，爱美是可贵的素质，万不可对之轻蔑。

问题是她越来越不乐意当售票员。公司发了工作服，蓝色，黄纽扣上的图案是方向盘，她嫌难看。料子很次，车队队长说值四十八块钱。她拿到信托商行估过价，人家只给开九块钱。她不按规定穿那工作服售票，她总按自己的心愿打扮自己，坐到那售票台上去。

她嫉妒那些比她打扮得好的女乘客。尤其外地来的女乘客。

有一回外地一位女乘客问她："同志，到颐和园在哪儿换车？"

她睨着那位女乘客。女乘客的西装套服材料高级，剪裁得也好，耳垂上的耳夹闪闪发光，不知是纯金还是包金……嗬，瞧那派份儿，敢情头一回来北京，口音透着"怯"，颐和园都没见识过。夏小丽撇撇嘴，傲慢地说："这车不去颐和园！哪儿换你下去问去！"

对方很伤心。人家头一回来北京，车子刚开过天安门，人家打车上望见天安门广场心里热乎乎的。人家觉得这是首都。首都应当处处、人人都比外地强。人家兴冲冲地要去游颐和园。人家家里的人还等着她回去讲述首都的风光。人家不过问一声怎么转车，首都的这位售票员就给人家一对卫生球眼珠，一句透心凉的冷话！

人家不能不提意见："同志你怎么这么说话？"

"我怎么说话啦？"夏小丽振振有词地说，"这叫北京话！你懂吗？告诉你这车不去颐和园，你啰唆什么？"

对方激动了："你这是什么态度？"

"就这态度！"夏小丽把头一转，"受不了这态度你坐小出租去呀！有能耐你坐专车去！”

人家气得要哭。游颐和园的兴致全给冲没了。

时常有乘客想：为什么汽车公司不对夏小丽这样的司、售员采取严厉措施，比如说，他们屡教不改，便加以开除？

有的乘客给公司打电话、写信，正式提出了这样的建议。

提出这类建议并不奇怪。头两年电影、电视剧里不净是这类的改革故事吗？新上任的改革家，铁腕人物，第一招就是对那些调皮捣蛋的人物实行“炒鱿鱼”。你不好好干？你改不改？你还捣乱？好，请你卷铺盖卷，滚蛋！

夏小丽那样的司、售员却不但不怕这一招，甚而巴不得你给他们来这一招。

在公共电、汽车的一万名司机里，已经有四分之一的人打了正式请调报告。有的人甚至要求离职。有的管你批准不批准，他就不上班，自己另辟财路去了。

售票员中也有一些这样的人。夏小丽就曾经闹过退职。不批准，她就把气往乘客身上撒，她经常懒得卖票。目前公司的规定是票款达不到指标不影响奖金，超过指标才能有额外奖励，数目也有限。夏小丽跑的那条线坐车的净是有月票的，买零票的不多，反正也超不了指标，所以她懒得卖票。

夏小丽不但不怕除名，她还自己除过自己的名。

头几个月，她忽然失踪了。老不来上班，车队干部去她家找她。她父母只是说：“我们也不知道她哪儿去了呀！”“许是到沈阳她姑那儿去了吧！”其实她就在北京。那个“糖葫芦王”帮忙，给她联系到一个外贸单位，当了接待室的接待员，负责给外商端茶递水。虽说是临时工，挣的不比售票员多，但实物油水非售票员可比，而且夏小丽觉得既体面又轻省。

车队终于找到了她，给那个单位说清楚，她是擅离职守的，于是人家辞掉了她。

夏小丽在这之后有一天来到了调度室。她穿着当接待员时候人家发给她的工作服，那是多么鲜亮的一身套服啊！她还戴着港式的蔚蓝色项链，耳垂上坠着雪花形的耳饰，脚上穿的是一双罕见的淡蓝色的人造革新款式高跟鞋。

简直是“衣锦还乡”的气派！

连韩冬生走进调度室，同她久别重逢，脑中也丝毫没有她犯了什么错误的意识。他只是乐呵呵地望着她说：“嗬，鸟枪换炮啦！”

夏小丽被一群女售票员围着。有的用手捻她套服的料子，有的在问她那头发是哪家发廊里做的，是九块钱还是十二块钱的工钱，有的皱着鼻子凑拢她闻着她身上的香水味儿。夏小丽得意扬扬地用一只脚掌握着平衡，因为她脱下了一只鞋，正让另一个姑娘试穿。那试穿者脸儿涨得红红的，心里翻腾着微妙而汹涌的思绪。

“嘿！”她招呼韩冬生说，“吃陈皮梅！”

她买来一包陈皮梅，摊在了调度桌上，让大家随便抓着吃。

韩冬生吃了一颗。

“人家外商都时兴吃这个，没人吃那奶糖！”她宣谕着自己获得的人生经验。

调度员也吃着陈皮梅。她一边嚼着一边问夏小丽："嘿，我说你打算哪天来上班啊？"

夏小丽恩赐似的说："那就明天吧！"

处分？除名？从总公司到车队的头头们心里都明白，与其用处分和开除来吓唬这类司机和售票员，莫若随时随地提醒他们，他们将永远被该公司雇用。因为该公司目前已经有三分之一的司机、售票员因待遇问题打了请调报告，出勤率一直保不住。公司对付这些人的办法只能防止他们自行脱离，一旦有人自行脱离，他们就要像找回夏小丽那样找回他们来。他们不被除名就办不下个体户执照，也不能被别的单位正式录用，因而到头来还得认命，该开车开车，该售票售票。

都会的血液。

流通不畅。

胆固醇过高？血栓？还是毛细管溢血？

中国啊中国，北京啊北京。你在艰难中发展！

人太多。人挤人。可又没有立体化的公共交通结构，来疏散世界上最稠密的人流。

国外许多大城市的公共交通起码有三个层面。一是地下的地铁，二是高架铁路上的电气火车，第三才是地面上的公共电、汽车。

其中起主要作用的一般是地铁。

例如法国巴黎，它那蛛网般的地铁超过一百九十公里，沿途有三百七十多个车站，平均每天远载旅客四百万人次，在公共交通总运载量中远居首位。

而北京目前只有两条尚不能沟通的地铁线路，统共只有三十九点五公里长，两边合起来统共也才二十九个车站。北京全年公共交通载客达三十多亿人次，地铁只有一亿多人次，仅占总运载量的百分之三点二。

北京并无高架铁路，载客的负荷，自然主要压在了地面上的公共电、汽车上。目前北京的公共电、汽车已设一百五十八条路线，有四千零九辆车在这些线上跑，运载总长度是一千八百六十六公里，每天客运量大约是八百五十六万人次。巴黎在1980年，其公共汽车（尚不包括有轨电车）已设二百一十九条路线，有三千九百九十二辆车在这些线上跑，运载总长度是两千三百三十九点九公里，而每天客运量仅约二百零八万人次。北京公共电、汽车的定员标准是每平方米最多装载九人，实际上高峰时已达每平方米装载十三人，而巴黎公共汽车的定员标准是每平方米最多装载六人，但由于他们的满载率不足百分之七十，所以实际上常常是每平方米仅有三四人。怪不得北京的公共汽车常常是挤成黑压压的一团，而巴黎的公共汽车上很少有人站着。

但巴黎再好，是人家的！

临渊羡鱼，莫若退而结网。

结网的人不少。

北京市公共交通总公司的干部们，他们何尝不愿意发展壮大首都的公共交通事业，何尝不愿意提高整个系统的服务质量呢？

总公司还有个城市公共交通研究所，几十个收入甚至比韩冬生还少的科研人员，目前仍挤在一幢屋顶漏雨的旧楼中，兢兢业业地搞着科研，整理着情报资料。

北京市市政府的市政管理委员会，说实在的也在做出最大的努力，来缓解公共交通中出现的纠结成团的问题。有的领导干部晚上确实常为这方面的头痛事半宿半宿地失眠。骂他们官僚主义是容易的，你换到他们那个位置上去试试，你能保证你一上台，北京市公共交通就立即面貌一新吗？难。

具体的困难就不去说它了。难就难在究竟怎么确定我国城市公共交通的性质。

公共交通系统，究竟应当确定为自负盈亏或基本自给的企业单位呢，还是应当确定为政府充分补贴的社会公益事业？

目前是举棋不定。暂称为“服务性的生产部门”。

但这就带来了不可克服的矛盾。

既然是服务性，就不能把赢利放在首位。甚至就得甘心认赔。目前北京市的公共汽车是开一条新路线赔一笔，有的线路甚至是跑一趟亏一趟。以服务性为宗旨，票价绝不能涨。可是汽油涨价了。能源税财政局照收。国家现在给每张月票补贴一点九元。全年补助大约三千两百万元。这只能勉强堵上亏下的窟窿。实际上只是一种成本的简单再还原。总公司的干部们在这种情况下调薪无望。司、售员们当然不可能再提高收入。整个系统的福利待遇只能维持在低水平上。

但既然你又规定它为生产部门，那么为了赢得更多的利润，整个公司的人心必然向捞取钞票上倾斜。眼珠子里钞票多了，乘客就挤得没有地方装了。有的城市的公共汽车系统已发生了混乱。既然我们是生产部门，自负盈亏，那么，好，我把大量的公共汽车都拨去搞旅游，只剩下很少的车跑一般运行路线；在一般运行路线上为了多捞钱，或私抬票价，或收了钱不给撕票，或少停站以提高运行频率，或挤满了再开以提高满载率，或因觉得收入不如开旅游车的而闹情绪、怠工……北京的公共电、汽车说实在的还相当不错，没有出现过这样的大混乱。不过开车、售票既然不能满足自己的挣钱欲望，那么，在班后开辟第二职业的风气愈演愈烈。今年八月二十一日清晨，四十四路一位女司机上班不到三个小时，按说应当正是精神最好的时候，却在马尾沟一带将车子猛地撞向在另一路汽车站牌下等车的人群。使一位上有老、下有小的中年女工程师当场惨死，另一名已考取大学正待去报到的青年右眼脱落，另两名无辜者受伤。这位女司机是位很善良的人，平时开车一贯认真。她怎会酿成此惨祸？她是开着车犯上困了！一大早开车就犯困！为什么？其原因不言自明。

公共交通究竟该算什么样的性质？

几乎所有西方资本主义国家，在观念上都是非常明确的：城市公共电、汽车理所当然是社会公益部门；不仅不要求它赚钱，甚至也不让它自负盈亏。它们采取稳定的补贴政策。例如法国的城市公共交通，票款收入只占其收入的百分之三十六，其余百分之六十四，都由国家、当地政府和受益单位承担。这百分之百的收入除成本还原外，不仅有余款可以发展公共交通，并且能够使公共电、汽车的司机保持相当不错的工资和福利待遇。例如巴黎的公共汽车司机，月薪平均六千法郎，大体上相当于两千元人民币左右，一般并不低于当地一个出租汽车司机的收入。

社会主义国家里，如匈牙利，原来对公共交通也没有很明确的决策观念，亏损严重，司机的积极性也不高。到了70年代末，国家在对饮食、娱乐等服务性行业进一步搞活，要求其自负盈亏的同时，却下决心将公共交通从自负盈亏的范畴中解放出来，确立了其社会公益部门的恒定性质。到80年代初，已投巨资将首都布达佩斯的公共交通全部更新，车票仍保持低价，国家补贴却大幅度提高，目前票款收入约占百分之二十五，而补贴却占百分之七十五，因而司机的工资福利待遇，在社会上已居于有吸引力的水平。

当公共交通系统同邮政海关等系统成为超出竞争之上的享受稳定补贴的部门时，服务于其中的工作人员自然会有一种职业上的自豪感和经济上的满足感，因而其服务质量，自然也就容易提高。

那我们也赶快补贴呀！多多补贴呀！

的确应当补贴，并且应当越来越多地补贴。

不光公共交通事业应当补贴。基础教育、幼儿园、小学、中学，就不该多多补贴吗？看见寒暑假里中小学临时改成旅馆，一些教员忙前忙后地招待着旅客，只为增加点外快以滋补困窘的生活，我们难道不鼻酸吗？公共文化事业呢，不该多多补贴吗？看见我们的图书馆把阅览室变成了收费播放港台低劣武打录像的场所，看见我们的博物馆和名胜地过一道门收一次费，租借不该租借的地盘给人家拍电影、拍电视、摆摊子、设商亭，弄得文物受损、风景被污，我们难道不气愤吗？该补贴的方面和部门实在太多，而且我们还可以举出无数国外补贴有方的例子：他们的中小学校舍设备如何高级，他们的博物馆如何向学生免费开放，他们的风景区不仅禁止摆摊售货，甚至不准汽车驶入……

但是补贴需要大笔的钱。

钱从何来？

事实证明，以前那种框死的经济方针，效率低，收益慢，国家富不起来，因而只好一口大锅熬稀粥，大家平摊着喝。

实践证明，只有对内搞活，对外开放，才能解放生产力，使国家富起来。

而一搞活，就必然带来不平衡。

一些部门，一些人，因搞活而富裕起来了。

一些部门，一些人，只是逐步受益。

还有一些部门，一些人，如城市公共交通系统，如公共汽车司机和售票员，他们相对于出租汽车司机和个体户确实处于“吃亏”的状态。

因为穷，所以要搞活。搞活，却又拉开了贫富差距。填平穷富差距，就得回头去吃大锅饭。不想再过又穷又单调的日子，还得搞活，因而就得有相对穷一些的部门和人员。这真是个“怪圈”。

哈姆雷特沉吟着：“活着，还是死去？这是一个问题。”

无数的中国人沉吟着:“搞活,还是框死?这是一个问题。”

让我们还是回到那辆公共汽车上来。

竟闹到了不可开交的地步。

有些乘客下去了。但后面的车不见踪影,于是有的在站台上抱怨,有的复又上到这车上来。

韩冬生仍在罢工。夏小丽扯着嗓子轰乘客们下车:“坏了坏了坏了,这车坏了不开了,下去下去下去!”

几位乘客开始同他们讲理。

“这车明明没坏。为什么不开?”

“你们像话吗?你们哪有想不开就不开的权力?”

“快点开车!注意影响!”

争吵中双方的话语都升了级。

“不坏也不开了,就不开了!”

“什么样子?你们怎么敢这样?非得给你们反映反映!”

“就这样!你反映去吧!你打电话告去!三十三局七〇三六转三六六,你下去打去呀!”

“你们没权力这么对待乘客!”

“你给《北京晚报》《古城纵横》写信去!你登报去!”

……

最后双方的话语都有点出圈。

双方的心理状态都有点——实在是都有点“反动”。

都对现实不满。

乘客里有的想:“什么世道!越来越乱!”

韩冬生和夏小丽他们想:“什么日子，受够了!”

敢于公然从最小的冲突中喊出最惊心动魄的话语，这也是目前中国民众的特点之一。

因而相互不能原谅。相互都把对方作为证明世道不好、自己吃亏的发泄靶。

甚至不惜从动口到动手。以至酿成流血事件。

其实这世道究竟亏待了哪一方呢?

即如韩冬生，难道他退回十年的境况比今天好吗?即如夏小丽，难道她所享受到的口红、睫毛夹、耳饰、项链……以至于进发廊、听流行曲、吃双味高杯冰激凌、看美国电影《星球大战》等等快乐，不正是这个世道给予她的吗?

家用电器进入了几乎每一个城市居民的家庭，增添新的品类和更换高上一档的家用电器已成为生活中能够争取实现的事情。一边抱怨着什么都涨价了，一边购买着过去不曾享用过的食品、衣着和日用品。

更要紧的是头上不再笼罩“阶级斗争”的阴云。干部们不用再上“五·七干校”;知识分子不再是理所当然的“臭老九”;家里的弟弟妹妹、儿子闺女不会再被强制性地轰去“上山下乡”;“出身不好”的，有“海外关系”的，被冤枉过戴上过种种“帽子”的，至少不会再被公开地歧视和遭受明目张胆的打击。

可是都不满意!

一种新的心理冲突:在搞活和开放所拉开的差距中，贫和富之间，小富和大富之间，富得容易和富得吃力之间……

怎么协调？

宣传不计个人利益、不在乎报酬和福利、甘于清贫和淡泊的高尚情操吧！那自然是应当赞颂的！但倘若宣传得过了分，则又必然引起对经济改革的怀疑。因为激发出把个人利益与工作任务挂钩的热情，恰是改革所赖以推行的心理动力。于是又有一个逆向的“怪圈”。

经济改革的成败，相当大程度系于心理改革的成败。

真理的核心是一种准确的分寸。实践的精髓在于掌握一种恰到好处的平衡。

难！

那辆公共汽车最后终究还是朝前开去了。

谁使然？

正当最混乱的时候，一位老先生从后面走拢车前。他又瘦又高，留一把稀疏的白胡须，穿一身西服，长长的脖颈上喉结非常突出。

他用手势止住了几位正跟夏小丽舌战的乘客，蔼然地对夏小丽说：“姑娘，你消消气吧！”

他又走近驾驶台，更加蔼然地对韩冬生说：“小同志，我不代表大家，我就代表自己。我看，你还是开车吧！”

他的话就那么简单。

可是，韩冬生却愣住了。他看到了老先生那双眼睛。那眼神儿。

韩冬生从那眼神儿里看见了什么？

事后他也说不清。人的思绪有时候是不可能说清的。

但韩冬生能一接触到那眼神儿便产生出那么一些思绪，却并非偶然。

韩冬生每星期日休息。车队长动员他星期日加班，他一次没去。加班给加班费，但规定不能超过三块钱，所以对他缺乏吸引力。他星期日唯一的乐趣，便是一大早带上他的京京，骑车去中山公园。他骑他的自行车，京京骑一辆带一对辅助轮的小自行车。京京真了不起，不到四岁，可他能沿着马路牙子，由爸爸护着，骑那自行车，一直骑到中山公园去！买那样一辆小自行车花了五十六块钱，韩冬生和秦淑惠舍得！

他舍得。为了京京。公园里的电动汽车，玩十分钟收一块钱，只要京京乐意，玩几场他都舍得掏钱。他还带京京去西单游乐场，那里的“碰碰车”玩十分钟就要两块钱。两块钱就两块钱，京京，你还玩不玩？

京京穿得比哪个富裕人家的孩子也不差。橘子刚上市，一块五一斤，他就立时买上两个大的，回家递到京京手中，然后每一瓣都由京京独享。他们全家一月吃一斤羊肉，这是笼统而言，其实他们每月总要买几回酱牛肉，每回称一块，要最精最好的，那也是由京京独享。京京的玩具也不少。看电视广告上宣传说有一种维生素E饼干儿童吃了健脑，他就让淑惠去买，结果转了半个城圈才买回来。饼干还没吃完，听车队里有人说维生素E过剩会造成呆痴，他回家又毫不吝惜地把剩下的饼干统统扔进了垃圾箱！

那维系着他和京京的东西，便是他接受老先生目光的契因。

那东西也不仅维系着他和京京，和秦淑惠，那东西也维系着他和岳父，乃至于更多的人。

岳父唤他，他走了过去。

“这后头、这后头……”

他知道是岳父实在忍耐不住了。但凡熬得住是不召唤他的。他便给他揉背。岳父发出也不知是痛苦还是痛快的呼噜声。

院里的人全都夸赞韩冬生小两口。谁都知道，淑惠并非那偏瘫怪僻的老头的亲生女儿！淑惠是落生五十六天以后抱过来养大的。淑惠在搞对象的时候就告诉了韩冬生。韩冬生知道全部事实。淑惠的亲生母亲依然健在，他们还有来往，韩冬生跟着淑惠叫她“大妈”。大妈原是这老头的嫂子，淑惠亲生父亲见弟媳妇总不生育，这才把她过继给了弟弟。如今淑惠的养母和生父都已故去。这么个关系，而小韩两口子还能伺候着那偏瘫的老头，没见着虐待和嫌弃。

但韩冬生小两口的心湖中也有过浮冰。院里的人全不知道，老头本人更不知道。小两口偷偷去过“法律顾问处”，请教了那里的律师：老头既非亲生之父，又自己有一笔收入，他们能不能同他脱离关系，由他自己另过，用他的钱请个人伺候他？或者是否政府将他安排到一个什么“敬老院”去？人家客客气气地接待了他们，曲曲折折地讲了半天，说来说去，还是以维持现状为宜。

小两口从“法律顾问处”出来，不知道为什么脸上都有点发烧。回家的路上，他们没怎么商量就破费买了五根一元五一斤的进口大香蕉，到家只分给京京两根，倒送了三大根到老爷子面前。

……在韩冬生住房对面，他还盖了一间厨房和一间只两平方米的小屋，那原是他盖来临时存放待糊和糊妥的套服盒的。自从有人给他们“下蛆”，失去了这项第二职业后，他便从场里弄来一只废弃的汽油桶，安装到那小屋的顶上，上面盖上一块大玻璃，从院里的自来水管那儿引出一条管子接到了油桶上，又从油桶底部往屋里接了一根带喷头和阀门的管子，于是，那间小屋便成了个地地道道的淋浴室，在炎热的夏季，利用阳光晒热那桶里的水，淋浴时水温恰到好处。从六月底到九月初，全院的人都不再去澡堂洗澡，全享用这韩冬生自创的“晒水器”淋浴……

所以韩冬生一接触那劝他继续开车的老先生的目光，便不由得软化下来。

夏小丽也有她另外的一面。每次回到远郊家中，她便要跑出二里路去看同学陈雪梅。雪梅的丈夫因为打架斗殴伤了人，被判了二年，如今自己带着个瘦猫似的小闺女凑合着过。夏小丽去了就给她拾掇屋子，帮她带孩子。雪梅哭，她就劝。雪梅说出离婚的想法，她跺脚责备，她搂着雪梅的肩膀，说许多知心的话。上回她给雪梅带去两口袋陈皮梅。她从小珠子穿成的钱夹子里取出一个小伙子的相片来，说是只给雪梅一个人看。那是她当接待员时认识的一个小轿车司机。雪梅劝她早拿主意，她忽然向雪梅要烟抽。这回是雪梅搂住了她的肩膀，轮到她流眼泪，雪梅就用手绢给她擦，说许多岔了声儿的话……

所以夏小丽一接触那老先生的眼神儿，也就不再大喊大叫。

那眼神儿里有那么一种说不出来的东西。那是一种时下人与人之间十分缺乏的东西，一种十分、十分宝贵的东西。

老先生经历的事情多了。他总能替别人设想。总能往好处想别人。比如那两个跳下车去跟韩冬生找碴儿的青年，不仅韩冬生夏小丽恨死他们，其他乘客、民警和治安联防的人几乎也都视他们为臭流氓。要不他俩怎么一见民警和联防人员过来就赶紧溜了？

老先生却宽容地想：他们一定是确有急事，确实非得刚才在工会大楼那站下才不误事。

也许真是那样。那两个穿牛仔服、着滑雪衫、戴铜戒指、烫鬈鬈发的青年，也许真有急着要办的事。也许他们跟人家约会，他们不希望误点，他们要在工会大楼那站下车去找人家，他们上车后坐在最后一排座位上，他们没听见司机和售票员“一站西单”的喊声，他们准备下车车却未停，一拉就把他们拉到了西单，于是他们气愤，懊丧，他们不找司机质问质问就不能取得心理平衡……

他们并非什么流氓。也许他们教养差、语言粗、动作野，确实有点讨厌。但他们也有他们应享的生活，存在的道理。他们显然也有他们的难处，他们的生活也挺不容易，但能够这么去想的人实在太少。

那老先生却能。

老先生对司机更怀有深入的理解，因而能产生出最宽宏的谅解。

“他们开车的也不容易。”他对站在一旁的一位中年妇女说，“前些日子，热天，我上王府井买了一大包东西，也是车挤，把我挤到最前边。大草编包沉，我把它搁在发动机盖子上。也是到这西单，车一停，包一歪，把包里东西甩到了驾驶台那边。开车的也是个小伙子，瞪我一眼，还是把东西捡回给我。到了木樨地，我才发觉驾驶台边还有一个我刚买的摆桌上的温度计。捡起来，我以为摔碎了，一看，嚯，四十五摄氏度！”

这番话老先生说得动情，韩冬生却没有听到。夏小丽也没有听到。

但他们能感觉和接受老先生的目光。

那是七月份，热得最邪乎的时候。老先生坐公共汽车回家，没人给他让座，他真累。他抓住司机座后头的那块隔板的立柱，尽量不让自己歪倒。他想起了十多年前，“文革”后期，那隔板上喷写着“服务公约”，其中有一条是“不夹不摔”。“不夹不摔”！这是什么标准？好比你去一家饭馆，墙上赫然贴着：“不给顾客往碗里放毒”……他望见了车上靠近售票员的双人座上方，喷写着“老幼病残孕专座”的字样，尽管那专座上现在坐着个假装闭眼打瞌睡的胖汉子，售票员拿他没有办法，但刚上车的一位抱小孩的妇女，把那小孩搁到了售票员的售票台上，售票员却并不觉得妨碍了自己。这景象是时下车上常见的，倒也多少弥补了胖汉子所构成的一个临时性缺憾……于是老先生不怨天，不尤人，站在那儿，于是他站到木樨地，看到了那个温度计……

他觉得“活到老，学到老”这话真是一点也不错。坐了这么多年公共汽车，他直到这天才知道夏天里司机是在什么样的条件下工作！

由此及彼，由一点推及全面，他的眼神儿里的那种东西，更增加了浓度和力度。

难怪他那眼神儿和韩冬生的目光一交接，便有那样的效应。当然，韩冬生并不能立刻达到完全的心理平衡。他决定开车了。但他还要维系一下面子。他朝着车厢里的乘客们宣布：“这车是有毛病！打不起火了！要开也成，可你们得下去人，帮着在后头推！”

乘客们纷纷议论。谁也不信。谁也不想下车去推。有人啧啧抱怨，有人打算再次抗争。

可是老先生带头往车底下去。他说：“下去推推吧！活动活动身体好啊！”

开头几个，后来十几个，都下去了，大家开始推车。夏小丽从车窗里欠出身子来对老先生说：“您别推，让他们推！”

韩冬生发动了汽车，下头的人陆续上来，老先生也被人搀上来了，有人给他让座，他就坐下了。

这辆公共汽车终于朝下一站开去。

公共汽车啊，公共汽车。

在我们的公共汽车里，你免不了还会遇上韩冬生那样的司机，夏小丽那样的售票员。你经常得在一个平方米上，同十二个同胞“筑成血肉长城”。

是该好好地琢磨一下了。“用我们的血肉，筑成我们新的长城”应当只是一种崇高的比喻。如果不打比方，我们该怎么办？

一九八五年国庆节写，十月十九日改毕

刘心武的《公共汽车咏叹调》首发于1985年第12期《人民文学》，1986年导演蔡晓晴将小说翻拍成同名电视剧。小说主要关注作为社会个体的普通人的生活状况和处境。一辆公共汽车在西单站从停靠到再次发动，作者写到了这件小事的里里外外，有如多声部的“咏叹调”一般。刘心武怀着知识分子的参与意识，以独特的视角和笔墨，呈现给读者80年代“改革开放”后北京新貌的一处横截面，描绘出公共汽车上具有特定风情、世态的北京市民社会生活图景。

——刘洣德

安乐居

汪曾祺

安乐居是一家小饭馆，挨着安乐林。

安乐林围墙上开了个月亮门，门头砖额上刻着三个经石峪体的大字，像那么回事。走进去，只有巴掌大的一块地方，有几十棵杨树。当中种了两棵丁香花，一棵白丁香，一棵紫丁香，这就是仅有的观赏植物了。这个林是没有什么逛头的，在林子里走一圈，五分钟就够了。附近一带养鸟的爱到这里来挂鸟。他们养的都是小鸟，红子居多，也有黄雀。大个的鸟，画眉、百灵是极少的。他们不像那些以养鸟为生活中第一大事的行家，照他们的说法是“瞎玩儿”。他们不养大鸟，觉得那太费事，“是它玩我，还是我玩它呀？”把鸟一挂，他们就蹲在地下说话儿，——也有自己带个马扎儿来坐着的。

这么一片小树林子，名声却不小，附近几条胡同都是依此命名的。安乐林头条、安乐林二条……这个小饭馆叫作安乐居，挺合适。

安乐居不卖米饭炒菜。主要是包子、花卷。每天卖得不少，一半是附近的居民买回去的。这家饭馆其实叫个小酒铺更合适些。到这儿来的喝酒比吃饭的多。这家的酒只有一毛三分一两的。北京人喝酒，大致可以分为几个层次：喝一毛三的是一个层次，喝二锅头的是一个层次，喝红粮大曲、华灯大曲乃至衡水老白干的是一个层次，喝八大名酒是高层次，喝茅台的是最高层次。安乐居的“酒座”大都是属于一毛三层次，即最低层次的。他们有时也喝二锅头，但对二锅头颇有意见，觉得还不如一毛三的。一毛三他们喝“服”了，觉得喝起来“顺”。他们有人甚至觉得大曲的味道不能容忍。安乐居天热的时候也卖散啤酒。

酒菜不少。煮花生豆、炸花生豆。暴腌鸡子。拌粉皮。猪头肉——单要耳朵也成，都是熟人了！猪蹄，偶有猪尾巴，一忽的工夫就卖完了。也有时卖烧鸡、酱鸭，切块。最受欢迎的是兔头。一个酱兔头，三四毛钱，至大也就是五毛多钱，喝二两酒，够了。——这还是一年多以前的事，现在如果还有，兔头也该涨价了。这些酒客吃兔头是有一定章法的，先掰哪儿，后掰哪儿，最后磕开脑绷骨，把兔脑掏出来吃掉。没有抓起来乱啃的，吃得非常干净，连一丝肉都不剩。安乐居每年卖出的兔头真不老少。这个小饭馆大可另挂一块招牌：“兔头酒家”。

酒客进门，都有准时候。

头一个进来的总是老吕。安乐居十点半开门。一开门，老吕就进来。他总是坐在靠窗户一张桌子的东头的座位。一年三百六十五天，天天如此。这成了他的专座。他不是像一般人似的“垂足而坐”，而是一条腿盘着，一条腿曲着，像老太太坐炕似的踞坐在一张方凳上，——脱了鞋。他不喝安乐居的一毛三，总是自己带了酒来，用一个扁长的瓶子，一瓶子装三两。酒杯也是自备的。他是喝慢酒的，三两酒从十点半一直喝到十二点差一刻："我喝不来急酒。有人结婚，他们闹酒，我就一口也不喝，——回家自己再喝！"一边喝酒，吃兔头，一边不住地抽关东烟。他的烟袋如果丢了，有人捡到一定会送还给他的。谁都认得：这是老吕的。白铜锅儿，白铜嘴儿，紫铜杆儿。他抽烟也抽得慢条斯理的，从不大口猛吸。这人整个儿是个慢性子。说话也慢。他也爱说话，但是他说一个什么事都只是客观地叙述，不大参加自己的意见，不动感情。一块喝酒的买了兔头，常要发一点感慨："那会儿，兔头，五分钱一个，还带俩耳朵！"老吕说："那是多会儿？——说那个，没用！有兔头，就不错。"西头有一家姓屠的，一家子都很浑愣，爱打架。屠老头儿到永春饭馆去喝酒，和服务员吵起来了，伸手就揪人家脖领子。服务员一胳臂把他搡开了。他憋了一肚子气。回去跟儿子一说。他儿子二话没说，捡了块砖头，到了永春，一砖头就把服务员脑袋开了！结果：儿子抓进去了，屠老头还得负责人家的医药费。这件事老吕亲眼目睹。一块喝酒的问起，他详详细细叙述了全过程。坐在他对面的老聂听了，说：

"该！"

坐在里面犄角的老王说：

"这是什么买卖！"

老吕只是很平静地说："这回大概得老实两天。"

老吕在小红门一家木材厂下夜看门。每天骑车去，路上得走四十分钟。他想往近处挪挪，没有合适的地方，他说：

“算了！远就远点吧。”

他在木材厂喂了一条狗。他每天来喝酒，都带了一个塑料口袋，安乐居的顾客有吃剩的包子皮，碎骨头，他都捡起来，给狗带去。

头几天，有人要给他说一个后老伴——他原先的老伴死了有二年多了。这事他的酒友都知道，知道他已经考虑了几天了，问起他：“成了吗?”老吕说：“——不说了。”他说的时候神情很轻松，好像解决了一个什么难题。他的酒友也替他感到轻松。他们几乎异口同声地说：

“不说了？——不说了好！添乱！”

老吕于是慢慢地喝酒，慢慢地抽烟。

比老吕稍晚进店的是老聂。老聂总是坐在老吕的对面。老聂有个小毛病，说话爱眨巴眼，凡是说话爱眨眼的人，脾气都比较急。他喝酒也快，不像老吕一口一口地抿。老聂每次喝一两半酒，多一口也不喝。有人强往他酒碗里倒一点，他拿起酒碗就倒在地下。他来了，搁下一个小提包，转身骑车就去“奔”酒菜去了。他“奔”来的酒菜大都是羊肝、沙肝。这是为他的猫“奔”的——他当然也吃点。他喂着一只小猫。“这猫可仁义！我一回去，它就在你身上蹭——蹭！”他爱吃豆制品。熏干、鸡腿、麻辣丝……小葱下来的时候，他常常用铝饭盒装来一些小葱拌豆腐。有一回他装来整整两饭盒腌香椿。“来吧！”他招呼全店酒友。“你哪来这么多香椿？——这得不少钱！”——“没花钱！乡下的亲家带来的。我们家没人爱吃。”于是酒友们一人抓了一撮。剩下的，他都给了老吕。“吃完了，给我把饭盒带来！”一口把余酒喝净，退了杯，“回见！”出门上车，吱溜——没影儿了。

老聂原是做小买卖的，他在天津三不管卖过相当长时期炒肝。现在退休在家。电话局看中他家所在的“点”，想在他家安公用电话。他嫌钱少，麻烦。挨着他家的汽水厂工会愿意每月贴给他三十块钱，把厂里职工的电话包了。他还在犹豫。酒友们给他参谋：“行了！电话局每月给钱，汽水厂三十，加上传电话、送电话，不少！坐在家里拿钱，哪儿找这么好的事去！”他一想：也是！

老聂的日子比过去“滋润”了，但是他每顿还是只喝一两半酒，多一口也不喝。

画家来了。画家风度翩翩，梳着长长的背发，永远一丝不乱。衣着入时而且合体。春秋天人造革猎服，冬天羽绒服。——他从来不戴帽子。这样的一表人才，安乐居少见。他在文化馆工作，算个知识分子，但对人很客气，彬彬有礼。他这喝酒真是别具一格：二两酒，一扬脖子，一口气，下去了。这种喝法，叫作“大车酒”，过去赶大车的这么喝。西直门外还管这叫“骆驼酒”，赶骆驼的这么喝。文墨人，这样喝法的，少有。他和老王过去是街坊。喝了酒，总要走过去说几句话。“我给您添点儿？”老王摆摆手，画家直起身来，向在座的酒友又都点了点头，走了。

我问过老王和老聂：“他的画怎么样？”

“没见过。”

上海老头来了。上海老头久住北京，但是口音未变。他的话很特别，在地道的上海话里往往掺杂一些北京语汇：“没门儿!”“敢情!”甚至用一些北京的歇后语：“那么好！武大郎盘杠子——上下够不着!”他把这些北京语汇、歇后语一律上海话化了，北京字眼，上海语音，挺绝。上海老头家里挺不错，但是他爱在外面逛，在小酒馆喝酒。

“外面吃酒，——香!”

他从提包里摸出一个小饭盒，里面有一双截短了的筷子、多半块熏鱼、几只油爆虾、两块豆腐干。要了一两酒，用手纸擦擦筷子，吸了一口酒。

“您大概又是在别处已经喝了吧?”

“啊！我们吃酒格人，好比天上飞格一只鸟（读如“屌”），格小酒馆，好比地上一棵树。鸟飞在天上，看到树，总要落一落格。”

如此妙喻，我未之前闻，真是长了见识!

这只鸟喝完酒，收好筷子，盖好小饭盒，拎起提包，要飞了：

“晏歇会！——明儿见!”

他走了，老王问我：“他说什么，喝酒的都是屌?”

安乐居喝酒的都很有节制，很少有人喝过量的。也喝得很斯文，没有喝了酒胡咧咧的。只有一个人例外。这人是个瘸子，左腿短一截，走路时左脚跟着不了地，一晃一晃的。他自己说他原来是“勤行”——厨子，煎炒烹炸，南甜北咸，东辣西酸。说他能用两个鸡蛋打三碗汤，鸡蛋都得成片儿！但我没有再听到他还有什么特别的手艺，好像他的绝技只是两个鸡蛋打三碗汤。以这样的手艺自豪，至多也只能是一个“二荤铺”的“二把刀”。——“二荤铺”不卖鸡鸭鱼，什么菜都只是“肉上找”，——炒肉丝、熘肉片、扒肉条……他现在在汽水厂当杂工，每天蹬平板三轮出去送汽水。这辆平板归他用，他就半公半私地拉一点生意。口袋里一有钱，就喝。外边喝了，回家还喝；家里喝了，外面还喝。有一回喝醉了，摔在黄土坑胡同口，脑袋碰在一块石头上，流了好些血。过两天，又来喝了。我问他：“听说你摔了？”他把后脑勺伸过来，挺大一个口子。“唔！唔！”他不觉得这有什么丢脸，好像还挺光彩。他老婆早上在马路上扫街，挺好看的，有两个金牙，白天穿得挺讲究，色儿都是时兴的，走起路来扭腰拧胯，咳，挺是样儿。安乐居的熟人都替她惋惜：“怎么嫁了这么个主儿！”——她对瘸子还挺好！有一回瘸子刚要了一两酒，他媳妇赶到安乐居来了，夺过他的酒碗，顺手就泼在了地上：“走！”拽住瘸子就往外走，回头向喝酒的熟人解释：“他在家里喝了三两了，出来又喝！”瘸子也不生气，也不发作，也不觉有什么难堪，乖乖地一摇一晃地家去了。

瘸子喝酒爱说。老是那一套，没人听他的。他一个人说，前言不搭后语，当中夹杂了很多“唔唔唔”：

“……宝三，宝善林，唔唔唔，知道吗？宝三摔跤，唔唔唔。宝三的跤场在哪儿？知道吗？唔唔唔。大金牙、小金牙，唔唔唔。侯宝林。侯宝林是云里飞的徒弟，唔唔唔。《逍遥津》，‘欺寡人’——‘七挂人’，唔唔唔。干吗老是‘七挂人’？‘七挂人’唔唔唔。天津人讲话：‘嘛事你啦？’唔唔唔。

二娃子，你可不咋着！唔唔唔……”

喝酒的对他这一套已经听惯了，他爱说让他说去吧！只有老聂有时给他两句：

“老是那一套，你贫不贫？有新鲜的没有？你对天桥熟，天桥四大名山，你知道吗？”

瘸子爱管闲事，有一回，在李村胡同里，一个市容检查员要罚一个卖花盆的款，他插进去了：“你干吗罚他？他一个卖花盆的，又不脏，又没有气味，‘污染’，他‘污染’什么啦？罚了款，你们好多拿奖金？你想钱想疯了！卖花盆的，大老远地推一车花盆，不容易！”他对卖花盆的说：“你走，有什么话叫他朝我说！”很奇怪，他跟人辩理的时候说得很明快，也没有那么多“唔唔唔”。

第二天，有人问起，他又把这档事从头至尾学说了一遍，有声有色。

老聂说：“瘸子，你这回算办了件人事！”

“我净办人事！”

喝了几口酒，又来了他那一套：

“宝三，宝善林，知道吗？唔唔唔……”

老吕、老聂都说：“又来了！这人，不经夸！”

“四大名山？”我问老王，“天桥哪儿有个四大名山？”

“咳！四块石头。永定门外头过去有那么一座小桥——后来拆了。桥头一边有两块石头，这就叫‘四大名山’。你要问老人们，这永定门一带景致多哩！这会儿都没有人知道了。”

老王养鸟，红子。他每天沿天坛根遛早，一手提一只鸟笼，有时还架着一只。他把架棍插在后脖领里。吃完早点，把鸟挂在安乐林，聊会天。大约十点三刻，到安乐居。他总是坐在把角靠墙的座位。把鸟笼放好，架棍插在老地方，打酒。除了有兔头，他一般不吃荤菜，或带一条黄瓜，或一个西红柿、一个橘子、一个苹果。老王话不多，但是有时打开话匣子，也能聊一气。

我跟他聊了几回，知道：

他原先是扛包的。

“我们这一行，不在三百六十行之内。三百六十行，没这一行！”

“你们这一行没有祖师爷？”

“没有！”

“有没有传授？”

“没有！不像给人搬家的，躺箱、立柜、八仙桌，桌子上还常带着茶壶茶碗自鸣钟，扛起来就走，不带磕着碰着一点的，那叫技术！我们这一行，有力气就行！”

“都扛什么？”

“什么都扛，主要是粮食。顶不好扛的是盐包——包硬，支支棱棱的，硌。不随体。扛起来不得劲儿。扛包，扛个几天就会了。要说窍门，也有。一包粮食，一百多斤，搁在肩膀上，先得颠两下。一颠，哎，包跟人就合了槽了，合适了！扛熟了的，也能换换样儿。跟递包的一说：‘您跟我立一个！’哎，立一个！”

“竖着扛？”

“竖着扛。您给我‘搭’一个!”

“斜搭着?”

“斜搭着。”

“你们那会拿工资?计件?”

“不拿工资,也不是计件。有把头——”

“把头,把头不是都是坏人吗?封建把头嘛!”

“也不是!他自己也扛,扛得少点。把头接了一批活:‘哥几个!就这一堆活,多会扛完了多会算。’每天晚半晌,先生结账,该多少多少钱。都一样。有临时有点事的,觉得身上不大合适的,半路地儿要走,您走!这一天没您的钱。”

“能混饱了?”

“能!那会吃得多!早晨起来,半斤猪头肉,一斤烙饼。中午,一样。晚半晌吃得少点。半斤饼,喝点稀的,喝一口酒。齐啦。——就怕下雨。赶上连阴天,惨啰:没活儿。怎么办呢,拿着面口袋,到一家熟粮店去:‘掌柜的!’‘来啦!几斤?’告诉他几斤几斤,‘接着!’没的说。赶天好了,拿了钱,赶紧给人家送回去。为人在世,讲信用:家里揭不开锅的时候,少!……”

“……三年自然灾害,可把我饿惨了。浑身都膀了。两条腿,棉花条。别说一百多斤,十来多斤,我也扛不动。我们家还有一辆自行车,凤凰牌,九成新。我妈跟我爸说:‘卖了吧,给孩子来一顿!’丰泽园!我叫了三个扒肉条,喝了半斤酒,开了十五个馒头——馒头二两一个,三斤!我妈直害怕:‘别把杂种操的撑死了哇!’……”

“您现在每天还能吃……?”

“一斤粮食。”

“退休了?”

“早退了!——后来我们归了集体。干我们这行的,四十五就退休,没有过四十五的。现在扛包的也没有了,都改了传送带。”

老王现在每天夜晚在一个幼儿园看门。

“没事儿!扫扫院子,归置归置,下水道不通了——通通!活动活动。老待着干吗呀,又没病!”

老王走道低着脑袋,上身微微往前倾,两腿叉得很开,步子慢而稳,还看得出有当年扛包的痕迹。

这天,安乐居来了三个小伙子:长头发,小胡子,大花衬衫、苹果牌牛仔裤、尖头高跟大盖鞋,变色眼镜。进门一看:“嗨,有兔头!”——他们是冲着兔头来了。这三位要了十个兔头、三个猪蹄、一只鸭子、三盘包子,自己带来八瓶青岛啤酒,一边抽着“万宝乐”,一边吃喝起来。安乐居喝酒的老酒座都瞟了他们一眼。三位吃喝了一阵,把筷子一摔,走了。都骑的是雅马哈。嘟嘟嘟……桌子上一堆碎骨头、咬了一口的包子皮,还有一盘没动过的包子。

老王看着那盘包子,撇了撇嘴:

“这是什么买卖!”

这是老王的口头语。凡是他不以为然的事,就说:“这是什么买卖!”

老王有两个鸟友,也是酒友。都是老街坊,原先在一个院里住。这二位现在都够万元户。

一个是佟秀轩，是裱字画的。按时下的价目，裱一个单条：十四元至十六元。他每天总可以裱个五六幅。这二年，家家都又愿意挂两条字画了。尤其是退休老干部。他们收藏“时贤”字画，自己也爱写、爱画。写了、画了，还自己掏钱裱了送人。因此，佟秀轩应接不暇。他收了两个徒弟。托纸、上板、揭画，都是徒弟的事。他就管管配绫子，装轴。他每天早上遛鸟。遛完了，如果活儿忙，就把鸟挂在安乐林，请熟人看着，回家刷两刷子。到了十一点多钟，到安乐林摘了鸟笼子，到安乐居。他来了，往往要带一点家制的酒菜：炖吊子、烩鸭血、拌肚丝儿……佟秀轩穿得很整洁，尤其是脚下的两只鞋。他总是穿礼服呢花旗底的单鞋，圆口的，或是双脸皮梁靸鞋。这种鞋只有右安门一家高台阶的个体户能做。这个个体户原来是内联升的师傅。

另一个是白薯大爷。他姓白，卖烤白薯。卖白薯的总有些邋遢，煤呀火呀的。白薯大爷出奇的干净。他个头很高大，两只圆圆的大眼睛，顾盼有神。他腰板绷直，甚至微微有点后仰，精神！蓝上衣，白套袖，腰系一条黑人造革的围裙，往白薯炉子后面一站，嘿！有个样儿！就说他的精神劲儿，让人相信他烤出来的白薯必定是栗子味儿的。白薯大爷卖烤白薯只卖一上午。天一亮，把白薯车子推出来，把鸟——红子，往安乐林一挂，自有熟人看着，他去卖他的白薯。到了十二点，收摊。想要吃白薯，明儿见啦您哪！摘了鸟笼，往安乐居。他喝酒不多。吃菜！他没有一颗牙了，上下牙床子光光的，但是什么都能吃，——除了铁蚕豆，吃什么都香。“烧鸡烂不烂?”——“烂!”“来一只!”他买了一只鸡，撕巴撕巴，给老王来一块脯子，给酒友们让让：“您来块?”别人都谢了，他一人把一只烧鸡一会的工夫全开了。“不赖，烂!”把鸡架子包起来，带回去熬白菜。“回见!”

这天，老王来了，坐着，桌上搁一瓶五星牌二锅头，看样子在等人。一会儿，佟秀轩来了，提着一瓶汾酒。

“走啊!”

“走!”

我问他们：“不在这儿喝了?”

“白薯大爷请我们上他家去，来一顿!”

第二天，老王来了，我问：

“昨儿白薯大爷请你们吃什么好的了?”

“荞面条！——自己家里擀的。青椒！蒜!”

老吕、老聂一听：

“嘿!”

安乐居已经没有了。房子翻盖过了。现在那儿是一个什么贸易中心。

一九八六年七月五日晨写完

汪曾祺的《安乐居》发表于《北京文学》1986年第9期。写作时汪曾祺的住所从甘家口搬到蒲黄榆,《安乐居》写的正是蒲黄榆、安乐林周边小酒馆里酒客的众生相。老吕、老聂、画家、上海老头、瘸子、佟秀轩、白薯大爷……汪曾祺在他的小说中以寻常的平民视角漫谈着发生在他们身上的经历与琐事。他从“安乐居”内具有北京特色的一酒一菜、酒客们的一言一行写起，为每个人物作了小传，刻写他们各异且原生态的性格，摹画出充满烟火气的北京市井场景。“安乐居”里只有普通人和普通事，读完却让人有回味，有琢磨，念念难忘。

——刘滐德

西三旗

赵大年

北京德胜门外有个小镇叫西三旗。与它对称的地名叫东三旗。外来的客人还以为这里有三面什么旗子。其实，这是三百年前满族入主中原的时候，旗人在京郊“跑马占荒”般圈占地的“旗地”。清华大学所在地的名称是蓝旗营，也许清华毕业的万千学子只记得母校清华园却不知道那里也是驻过八旗兵丁的营盘。这是历史。什么旗呀，营呀，在北方多得很……也许不仅仅是个地名儿。

如今的西三旗，是个工厂、机关、部队、学校和商店拥挤着的十字路口。由北京去长城八达岭的大公路穿镇而过。去十三陵，去军事重镇南口和出居庸关，也是这条路。外来游客要了解北京的名胜，大都要走这条路。所以车如流水马如龙，整天价熙熙攘攘，西三旗也沾了光，建设发展很快，变化很大，日新月异。这也是历史。

在这一日千里的巨大变革中，很难得，佟二爷老公母俩在西三旗还维持着一座老式平房四合院。青砖灰瓦房，榆檩柳椽松木门窗，少说也有百十年了，础石不陷，山墙不裂，梁柱未朽，还很结实。几番扩展公路，新建厂房，征地拆迁，都没碰着它，只是临近的大高楼有点欺光挡亮儿。“阿弥陀佛……”佟二奶奶常念叨，“挡亮儿不怕，咱屋有电灯！”

老公母俩——您千万别按广播员的标准口音来念，那有失恭敬，人还能说公说母？只能用地道的北京话，念成老“姑妐”俩，这就是尊称了。此时他俩又在北屋里盘算着过一天喜庆的日子。这日子就是每年二月初八。

“二月是双月，八日是双日，双月双日，为一喜！”

“敢情！二加八得十。十全十美，又是一喜！”

“逢八则发，发财发迹。第三喜！”

老公母俩盘腿坐在炕上，屁股底下热乎乎，脸对着脸儿，一递一句地大声聊天儿。有人问：“没隔山，没隔海，为啥大声聊天儿？”这问话的必定是不懂礼儿的年轻人，体会不到老年人的苦楚，凡是耳朵有点聋有点背的人都习惯大声说话——自己听不真亮也就认定了对方听不见。又有人问：“非年非节，为啥要过这二月初八？”老公母俩的回答还是这一套理儿——上述“三喜”。

老两口儿年年如此，提前好几天就这样大声聊上啦。

今年二月初八，阳历是几月几！能不凑上四喜？佟二爷下了炕，小心翼翼地翻开月份牌儿；佟二奶奶不识字，跟在一旁默诵着“阿弥陀佛……”哈！巧极了啦：这天是公元一九八六年三月十七日。佟二爷笑眯着眼，屈着手指头，算给老伴听：“八六是双数儿，没说的。一九相加得十！三加十七得二十！妙哉，原来全是吉祥数儿，啧啧啧，真是天赐的黄道吉日啊！”

“敢情！这日子一定得好生过一过！”佟二奶奶兴奋得差没掉泪儿。

“这日子怎么过？您说！”佟二爷跃跃欲试了。

“照老规矩过呗！今儿个就筹办……”二奶奶乐呵呵。

阳历三月十二是植树节，许多学生和机关干部一大早就赶到西三旗的路边上刨坑、栽树、浇水，还唱歌儿，真热闹。佟二爷见这个机会，跑前跑后问了一大遭儿，好不容易才抓住一辆运树秧的拖拉机，不花钱坐蹭车，蹭到了德胜门脸儿。拖拉机不准进城。他又去挤公共汽车，没买票，白坐到北海公园。“我可不是逛公园的！我找人……”跟把门的对付了半天，又没买票，进了门，找到白塔根底下的老字号“仿膳”。这是一家仿照御膳坊的烹饪法制作佳肴的餐馆。佟二爷大摇大摆走进去，找到一位满族老厨师，预订一桌宫廷糕点。

“您可着劲儿往好了做，不怕贵！”佟二爷很气派。

“二哥，别提不怕贵。中等的，一桌一百二。”

“什么？”佟二爷被这个数目差点儿噎个跟头，“去，去年，上等的酒席才八十呀！”

老厨师也叹气：“唉，您当我愿意涨价儿？这海参、对虾……”

“您耳朵背！我没要海味儿，光要点心……”

“点心也不贱。这么着吧，我给您拆兑着来，三等席面儿往二等上做。八十块钱。再少了，我也没法跟会计说。”

“一桌点心，八十？……”佟二爷还是不信耳朵。

“对呀，您不是要一桌嘛！便宜的，食品店有，您上街去采购十样八样儿，也得三四十吧？那可就成了茶话会啦。您也甭打我们‘仿膳’的旗号！”

这“仿膳”旗号非打不可。否则对不起二月初八，也对不起这天请来的贵客！好，佟二爷挺挺胸脯，露个笑脸儿：“有道理！就瞧您的手艺啦！”

离开“仿膳”往外走，回头看看白塔，也变成灰不溜丢的了……他算不清，这八十块钱是多少个两分的钢镚儿。

然而，那宫廷糕点也就是他从小就尝过的人间美味。小孩子记吃不记打。几个孩子在一块，馋嘴争食儿，庆爷的烟袋锅子敲脑袋的事儿，早已忘到爪哇国去了；但这青丝玫瑰、萨其马、蜜供、蜜三刀、京八件、奶饽饽、茯苓夹饼，特别是手指肚儿大小的栗子面窝窝头，却一直记到五十岁。五十岁以前，佟二年轻，不敢称“爷”；加上“查三代”和“脱胎换骨”什么的种种把戏，搞得胆子越来越小，他这个“太监的儿子”更不敢进“仿膳”啦！街上的蜜麻花、驴打滚，倒也是常偷着买来尝尝，却是不对味儿。五十岁这年，更惨，开始了史无前例的“革命”，他这馋嘴的坏毛病自然也就革除啦。那十年，他当真没想过栗子面的小窝头，只为一天两顿棒子面的小窝头犯愁。

回西三旗的路上，佟二爷心里渐渐舒坦了。白塔还是白塔，大概刚才也没变成灰不溜丢儿。八十块就是八十块，管它是几千几百个钢镚儿哩。馋嘴就是馋嘴，谁不馋？老佛爷不馋嘴干吗一顿儿摆四十个菜？尼克松不馋嘴干吗一下飞机就到人民大会堂吃国宴？可见想点儿好吃的，是人的本性！山河易改，本性难移嘛。

有人说，进入新时期之后，佟二爷馋嘴的老毛病又犯啦。他听了之后也不生气，因为这是真的。宫廷糕点的美味确实使他没齿难忘——已经换上了半口假牙，每逢二月初八，还是要变着法儿大嚼一顿。

佟二奶奶也是个馋嘴的，喜甜食，在这一点上与老佛爷慈禧太后完全一致。十年动乱吃尽了苦头，现在当然应该多吃甜食。她是位七十有三的胖老太太，比佟二爷还大三岁哩。当年是媒婆子鼓吹着“女大三，抱金砖”的高调儿把她吹来的。可惜过门之后也没发财。媒婆子还说过，“佟家是旗人，好客，最讲究吃！天天过年”。可惜过门之后经常吃窝头就咸菜，沦陷八年吃杂合面，三年困难吃野菜，十年动乱吃两顿儿……如今日子好过点儿啦，儿孙们却不知礼儿，常用什么胆固醇呀，高血糖呀，冠心病呀之类的洋话儿来吓唬她；用“七十三，八十四”的关坎儿来咒她；用“节食减肥”的黑心招儿限制她，她全然不信，反而极力支持老头子“过好这个二月初八！您快进城去包席，多花点儿也值。这几年我好不容易才吃富态了，又想把我饿瘦了哇？没门儿！您想想，咱老公母俩今生今世还能痛痛快快吃几回？”

植树节这天是旧历二月初三，佟二爷在二奶奶的支持下，提前五天进城去预订了一桌宫廷糕点，正在高高兴兴回家转；与此同时，佟二奶奶也在本镇里物色了四名小厮。小厮是什么？说难听点儿就是奴才、奴仆，说好听点儿是用人、下人，再说客气点就是听差、帮工。由于这六种叫法都有不妥之处，老公母俩绞尽脑汁才想出了这个俗称：小断。一开始，二奶奶也不懂得小断是个啥，就请识文断字的丈夫给讲讲。佟二爷当过三十多年教员，解放前教高中，解放后教初中，“千万不要忘记阶级斗争”之后教小学，十年动乱当中再次降级当了小学的勤杂工。由于家庭出身是太监，谁也不知道太监属于什么阶级，可谁都知道太监不会生儿子，他这个“太监的儿子”一定是孽种，所以他走了一辈子下坡路。走下坡路是很省劲儿的，有了空儿他就看闲书，还学会了下围棋。小断这个词儿就是他从《红楼梦》里学得的，他告诉老伴儿“小断就是使唤小子!”好在西三旗的年轻人不读《红楼梦》，压根儿就不懂小断是个啥。还以为是“小四”哩？——每年二月初八，佟家都要雇用四个眉清目秀的小伙子干一天杂活儿，可不就是小四么。

小断的杂差可不少，样样都有老规矩：初八这天大清早儿，先往佟家院门外挑八担水，清水泼街；再往院里挑八担土，黄土漫道。然后是伺候老公母俩洗脸、漱口、更衣、喝早茶、吃早点（自然是宫廷糕点）、抽烟（绝非鸦片）、喂鸟儿、浇花儿。十点来钟接待宾客，小断们要身穿干净衣裤鞋袜，在屋里院里垂手肃立，随时听候主子使唤。……最后客人走了，小断们便可来到下房——就是南屋，也叫南倒座的屋里歇歇腿儿，脚踩板凳（决不准坐着）吃一顿喷香的芝麻烧饼夹肉末儿——这也是宫廷食品。不等吃完，佟二奶奶便笑眯眯地走过来，发给每人一个红纸包的赏钱，就是一张

“大团结”；道个谢，小厮们也就可以回家去了。因为这个差事挺有趣，挺新鲜——陈旧的新鲜，所以西三旗的小伙子们并不反对去当这么一天小厮。当过之后，还在年轻人中间当笑话儿传说。

初八这天终于盼到了。幸好又是艳阳天。佟二爷老公母俩鼓足了当主子的精神气儿，由小厮们伺候着洗漱更衣，喝茶抽烟，大声聊天儿，整整摆了两个钟头的谱儿。

“咳咳！”佟二爷咳嗽两声，清清喉咙，“庆大爷回省（念醒）的时候，也是清水泼街，黄土漫道吧！”

“敢情！”二奶奶答话儿，“连净室（厕所）还撒上一层白灰哩！”

“庆大爷真辛苦！在大内（皇宫）伺候老佛爷，一年忙到头儿，过了新年过初五，过了元宵佳节，二月二龙抬头，直等到二月初八这放假的日子，才放归乡里省亲一日，啧啧啧，一年才放一天假呀！”

“敢情！掌灯以前还得坐上骡车赶回宫去请安谢恩嘛……还不如咱平民百姓自在。”

“嗯哪，好比咱们那几年的早请示晚汇报……”

他们所说的庆大爷，是佟二的亲大伯，十一岁的时候就“净了身”，领进宫去当了小太监。渐渐地，得宠了，有了点儿积蓄，便在老家西三旗买了这座四合院，并且收了佟二做继子。他每年二月初八回家一趟倒是真的，带回来一桌宫廷糕点分赏全家也是真的；是不是真敢清水泼街、黄土漫道？却无据可考。那是黄带子（皇室宗族）出巡时候的规格，谅他也不敢。辛亥革命以后，黄带子也不敢如此排场。等到1924年，冯玉祥的大兵把废帝溥仪轰出故宫，这位庆大爷也无踪无影了，再没回过西三旗，连骨头也没回来。当时佟二才十二岁，佟二奶奶未过门，所以他俩压根儿没见什么清水泼街、黄土漫道的阵仗；今天硬要这么说，而且还要雇四名小厮这么做，究竟图个啥？只有天知道，好在此事也没人干涉——你花钱雇人往大马路上泼清水，人家只当是五讲四美搞卫生，谁管你。

佟二爷倒是有一群儿孙，只可惜他们上班的上班，上学的上学，初八这天又是个星期一，谁肯请假回家来瞧老爷子老太太摆谱儿呢。其实，儿孙们，特别是那现代派的儿媳妇，宁愿躲得远远的，也不吃那宫廷糕点；否则，这一天呀，讲起旗人老规矩来，早晚请安，说句话也得直溜溜地站起来，大气儿也不敢出一声，谁受得了！

“世道坏了，孩子们全都变了狼，吃够了爹娘，立马就心眼儿朝外……”二奶奶愤愤地说。

“没错儿。我看了一篇洋小说，描写大活人变成了小甲虫。唉，咱家的孩子也变了形，骨头关节错了位，他妈的胳膊肘儿朝外拐！”

“别骂了，今儿个是二月初八……”

老公母俩常为此事叹气。这气主要叹在经济上——几个小家庭都是挣工资的，都强调工资追不上物价，甚至故意把涨价儿说得蝎虎些，以便比赛着不给爹妈钱。老两口儿全靠自己挣嚼裹儿。佟二爷有一笔退休金，可是小学教员的工资原本是最低的，当了勤杂工也没加分毫，这几年倒是纷纷调资，可是他早已退休了。把西厢房租出去，每月只能收一张“大团结”，想多收也不行，北京市有明文规定，房租不准涨价。“唉，什么都涨，唯独不准房租涨，多不公道！”此外，就是老两口儿替换着到西三旗大马路的道口去卖大碗茶。你看摊儿，我烧水；我看摊儿，你做饭，一碗茶水两分钱，赚不了几厘。夏天生意好点儿，冬天简直没人喝。因此，老公母俩为了过好这二月初八，也是省吃俭用啊，攒一年，花一天。

上午十点钟，客人们像是约好了，同时来到。全是退休了的老年旗人，一共六位，比过去少两位——那两位已作古，永远来不了啦。小厮们跑前跑后，接过六份小小的礼物，又规规矩矩地敬烟献茶。

礼物摆在擦得明光锃亮的方桌上，请佟二奶奶一一过目。原来是四朵绢花，一对儿绒鸡，一枚假玉石扇坠儿，一柄竹质挠痒痒的老头乐，一对儿不锈钢的保定健身球，还有四包郑州出的大前门香烟。

“真对不住，”客人说，“买不着上海大前门。”

“瞧您说的，甭论（念斋）哪儿出的，也是大前门！”

“好歹咱北京这前门箭楼子没拆了，所以这大前门香烟呀，瞧上一眼就喜兴！”

“敢拆前门！他敢不敢拆天安门？谅他也不敢！”

“唉，咱北京城啊，九城十八门，还剩了几个城门楼子？要是压根不拆，完完整整，如今也是天下第一的旅游城！”

“敢情！哪个敢比北京城！”

“……还剩了个德胜门，刚翻修过。”

“甭提啦，连城墙都扒平啦，还算什么门？”

“扒了城墙建地铁，天知道是地铁值钱还是城墙值钱？真比老农民还近视眼！”

“他总不敢拆了故宫种白薯吧！”

“种过！中山公园里就种过萝卜，还浇大粪……”

“那是‘大革文化命’。这几年好啦，又保护文化啦！”

老人们会面，先发点儿牢骚，顺顺气，也是一种享受和需要。把气憋在肚里，胀肚，还得吃顺气丸哩。

“来来来，动真招儿，您那副云子哪？摆上摆上！”

这才是二月初八的主要活动，小厮们连忙撤下礼物，搬过一块沉甸甸的枣木板围棋盘。这时，佟二奶奶才恭恭敬敬地亲手捧上两匣云子来。

说也凑巧，不知是哪个多事者，把佟二爷家过初八的消息泄露出去，传到了外事部门。此时便有一名不知礼儿的青年外事干部，通过了西三旗的有关干部（却没有通知佟二爷），直接把一面包车的外宾领来了。这真是一群不速之客，打算到这儿参观一下，然后就顺路去长城八达岭。谁知一进屋，就被这场面吸引住了。

外宾是日本人，而且多数是老年旅游者。日本人看见了下围棋，就像中国人看见了茅台酒，美国人看见了橄榄球，立刻忘乎所以，围了上来。

佟二爷没有思想准备。不过，他毕竟是七十岁的“老北京”啦，什么阵仗没见过哩！坐在西三旗道口看摊儿卖大碗茶的时候，也瞧够了成千上万过路的大鼻子，蓝眼珠嘛。不稀罕。何况今儿个是我家过二月初八，是我一年一度当主子摆谱儿时刻哩！来了外宾更好，给我助兴添彩。所以他仅仅欠欠屁股，漫不经心地朝几位老年外宾点点头，仍然按照老规矩，照例向棋友们夸了一遍云子。

“……这云子，还是庆大爷从宫里请出来、传下来的哪！真正的贡品。大理石研磨而成。白子儿润如玉，黑子儿沉如铁。特别是这匣黑子儿，全黑！没一丁点儿杂色，比和田墨玉都贵重啊！”

平心而论，佟二爷不知道这些老年日本人大都到过中国，懂中国话；而他夸耀自家的云子，更不是说给日本人听的。但是，说者无意，听者有心，日本客人立刻被他这几句大话镇住啦。一个个屏气静听，眼珠瞪得也像那黑黑白白的云子……倒让年轻的外事干部掉进了五里云雾之中，直担心佟二爷向外宾兜售这副围棋，有失国格。

棋友们见主人泰然自若，与往年一般，也就照例恭维一番，什么“云子出在云南省，万里迢迢来进贡”啦，“没准皇上和西太后还用过哩，有灵气儿”啦，“十年动乱埋在地下，一粒神子也没走，它也通人性、恋主人”啦！

棋友们互相谦让一番，便开始了一年一度的佟家围棋擂台赛。佟二爷自然是台主，棋友们轮番上阵弈博。没上阵或者败下阵来的，则有小厮们殷勤伺候，有好烟好茶招待，当然更有“仿膳”的各式宫廷糕点可供品尝喽。

佟二奶奶此时也摸准丈夫的脉搏，加上旗人好客的天性，便指使小厮们同样招待日本客人，大大方方，一视同仁，礼貌周全，事事得体，连那年轻的外事干部都怀疑佟二奶奶是否经过礼宾司的专门培训。

人们都知道酒喝多了会醉，广东人和福建人还知道，那种工夫茶喝多了也会醉，而且醉茶者更难醒。其实，球迷看球，戏迷听戏，棋迷下棋，进入了极致境界也会醉，若干天之后还是如醉如痴。现在，参加佟家围棋擂台赛的棋友们还没有醉，仅仅有一丁点儿狂了。所以，棋桌旁，已经发生了纵情评论与喝彩，而不管是否有外宾在场。

“好棋！一子定乾坤，二爷中盘取胜啦！”

“高手对弈，多看一着。这真是高着儿呀！”

“甭泄气，棋盘大得很，您占角，我占边儿……”

“不妨借用毛主席一句话：大路朝天，各走一边。你打你的，我打我的！”

“毛主席怎样解放北京城的？就是这几步棋呀：断而不围，围而不杀。傅作义将军就和平起义了。”

“陈老总也是围棋高手，所以常打漂亮仗。”

“胸怀全局，大处着眼，小处着手。是不是？”

“也是也不是。萝卜白菜，各有一爱。棋无定法！”

“段祺瑞输棋，就是器量太小，为一子半子，死死纠缠……”

“所以吴清源十一岁就能取胜段祺瑞。”

“后来姓吴的跑到日本，写了十几本棋书，《白布局》《黑布局》，讲气势，成了日本国的棋圣。”

“现在咱北京的聂卫平，能超过吴清源吧?”

“谁知道。他俩可不是同代人。”

“高！真是妙招儿。佟兄这盘又是必胜无疑了。是将才，还是帅才?”

下棋的没醉，只是有点儿狂，在桌旁聆听棋论的日本客人倒是醉了。他们既没想到解放北京城与围棋有什么关系，更没想到小镇西三旗的老式农舍里能聚集这多棋手，如此吃喝讲排场，也敢大发宏论……因此，他们改变了日程表，全天观棋，明日再去八达岭。

也有几个不懂围棋的日本姑娘，同样乐于留在佟家院子里玩一整天。原来她们到中国旅游已经十天了，每天的日程都由官方安排得满满的，死死的，都是去参观那些训练有素的所谓“开放点”，主人说官话，客人听官腔，甚感疲倦。今天属于“突然袭击”，主人毫无准备，却比早做准备的地方更有趣。特别是这位心宽体胖的佟二奶奶，通过翻译给她们讲解宫廷糕点的来龙去脉，以及吃法、做法。吃栗子面的小窝头为什么要细嚼慢咽?吃大窝头为什么必须就着老咸菜狼吞虎咽?这里面简直充满了深沉的历史感和伟大的哲理!而且，跟这位七十三岁的胖老太太在一起，日本小姐也开始怀疑来自欧美的“节食减肥”理论了。为什么想吃而不敢吃?那不等于自己跟自己摔跤吗?法国人说“瘦就是长寿”，这话简直岂有此理！难道只有中国人馋嘴?小姐们心里明白，日本人同样馋嘴……

家庭围棋擂台赛已接近尾声。佟二爷总是不会输的。棋友们心里明白，这是主人家的二月初八嘛！攒一年，花一天。管吃管喝，佟家老公母俩图个啥？图个吉祥，喜庆，气派！

六位对手，却无须对杀六个钟头，其中三位中盘就认输了，以便抓紧时间去吃栗子面的小窝头。待到红日偏西，佟二爷大获全胜，气血上涌，脸红脑涨，喊一声“送客”的时候，老公母俩一年当一天主子的瘾头也就算过去啦！

小厮们谢过赏钱，辞去之后，老公母俩为了节省电费，又黑着灯对脸坐在炕上大声聊天儿，回忆着遥远的往事和刚刚结束的这一天的往事……往事就是历史。

历史也有小插曲、开小玩笑。不久，那位年轻的外事干部和西三旗的干部又登门议事来了。

“日本客人想出高价，买您那副云子。”

“高价？您告诉他：黄金有价，云子无价！”

“唔……那，那就不勉强啦。另外，我们有个建议：把您家列为开放点，就是接待外宾的参观点儿。一切费用由我们旅行社开支，包括今天的糕点烟茶，实报实销！”

“为什么？”佟二爷忽然感到受了侮辱，大嗓门儿嚷道，“您别看我穷！我攒一年，玩一天，图个痛快自在！我决不让您花钱，买走了我的自在！”

第二天，春寒料峭，老公母俩又把茶摊儿摆在了西三旗的道口。

一九八六年五月十日

赵大年的《西三旗》写于1986年5月10日，最初载于《满族文学》1986年第5期。小说以十足的京味语言给读者呈现出满族风俗，展示了佟二爷老两口儿身为旗人后裔在时代变化中的现实境遇。京郊西三旗佟家小院里，佟二爷固守规矩、不合潮流的种种作为，实际是满族文化的巧妙体现。老两口儿的生活是既紧巴又“富有”的，赵大年写出了他们有里儿有面儿的鲜明个性，但也思索着北京人的历史与现状。旧的生活观念，能否在社会新变中维持下去，又该寻找怎样的出路。

——刘溁德

出版说明

《小说中的北京》(全3册)所收录的多是一代大家书写北京的经典作品，本次编辑工作秉承尊重作家的写作习惯和遣词用字风格、尊重语言文字自身发展流变规律的原则，对于已经经典化的作品不进行现代汉语的规范处理，力求最大程度保存作品的本来面貌，为读者提供一个可靠的版本。在编辑出版过程中，我们得到了作者或作者亲属的大力支持与帮助，在此一并致谢。

北京十月文艺出版社

2024年8月27日

图书在版编目 (CIP) 数据

小说中的北京．京城风景 / 张莉主编． -- 北京 ：北京十月文艺出版社，2024．9． -- ISBN 978-7-5302-2424-3

Ⅰ．I247.7

中国国家版本馆 CIP 数据核字第 2024T4W803 号

小说中的北京　京城风景

XIAOSHUO ZHONG DE BEIJING　JINGCHENG FENGJING

张莉　主编

出　　版　北 京 出 版 集 团
　　　　　北京十月文艺出版社
地　　址　北京北三环中路 6 号
邮　　编　100120
网　　址　www.bph.com.cn
发　　行　新经典发行有限公司
　　　　　电话 010-68423599
经　　销　新华书店
印　　刷　北京盛通印刷股份有限公司
版　　次　2024 年 9 月第 1 版
印　　次　2024 年 9 月第 1 次印刷
开　　本　850 毫米 × 1168 毫米　1/32
印　　张　15.5
字　　数　290 千字
书　　号　ISBN 978-7-5302-2424-3
定　　价　59.00 元

如有印装质量问题，由本社负责调换

质量监督电话　010-58572393